民國文化與文學^{研究文叢}

（四川大學特輯）

八　編

李　怡　主編

第 12 冊

民國時期新文學作家與俠文化研究

陳　夫　龍　著

國家圖書館出版品預行編目資料

民國時期新文學作家與俠文化研究／陳夫龍 著 — 初版 — 新
北市：花木蘭文化事業有限公司，2017〔民 106〕
目 2+276 面；19×26 公分
（民國文化與文學研究文叢 八編；第 12 冊）
ISBN 978-986-485-043-3（精裝）
1. 中國文學 2. 作家 3. 文化研究
820.9   106012796

ISBN-978-986-485-043-3

9 789864 850433

民國文化與文學研究文叢
八　編　第十二冊　　　　　　ISBN：978-986-485-043-3

民國時期新文學作家與俠文化研究

作　　者　陳夫龍
主　　編　李　怡
企　　劃　四川大學現代中國文化與文學研究中心
　　　　　北京師範大學民國歷史文化與文學研究中心
總 編 輯　杜潔祥
副總編輯　楊嘉樂
編　　輯　許郁翎、王　筑　美術編輯　陳逸婷
出　　版　花木蘭文化事業有限公司
社　　長　高小娟
聯絡地址　235 新北市中和區中安街七二號十三樓
　　　　　電話：02-2923-1455／傳眞：02-2923-1452
網　　址　http://www.huamulan.tw 信箱 hml 810518@gmail.com
印　　刷　普羅文化出版廣告事業
初　　版　2017 年 9 月
全書字數　261869 字
定　　價　八編 12 冊（精裝）新台幣 22,000 元

民國時期新文學作家與俠文化研究

陳夫龍　著

作者簡介

陳夫龍　山東棗莊人，生於 1975 年 4 月。文學博士，博士後山東師範大學文學院，副教授，碩士生導師。主要研究方向爲中國現當代文學與文化、人文教育與傳統文化。獨立主持並完成國家社會科學基金項目一項，獨立主持中國博士後科學基金面上資助項目一項，參與國家級課題和部省級課題多項；已出版學術專著一部，編著兩部，參著參編文學史和作品選多部；在國內 CSSCI 來源期刊、中文核心期刊和一般省級刊物，以及海外學術期刊上發表論文四十餘篇。

提　　要

　　俠文化是中國傳統文化體系中不可或缺的重要一維，它不斷汲取儒、墨、道等各家思想積極合理的精神內核作爲自己的精神資源。在漫長的歷史演變過程中，俠文化作爲一種集體無意識積澱於國人的人格結構和文化心理深層，逐漸形成民族性中的俠性心態。文學與俠文化結緣已成爲歷史事實，許多俠義題材的文學作品承載著豐富而深刻的俠文化內容。即使那些非俠義題材的新文學作品，在深受俠文化影響的新文學作家筆下，也能閃爍出俠文化精神的光芒。近代以來，面對傳統文化的種種危機，實現其創造性轉化作爲一項艱巨的歷史任務落在了近現代知識分子的肩上。在各種文化轉化模式的思路中，以魯迅爲代表的民國時期新文學作家對俠文化的現代思考是頗具特色的一個重要維度。以新文學作家與俠文化的關係爲切入點，在俠文化理論視野下，從整體上考察新文學作家俠性心態的生成與嬗變，探究他們與俠文化發生精神相遇的具體體現及其複雜糾葛，能夠管窺到他們對理想人格的建構思路及對傳統文化的現實改造思路和文化建構的價值理念。同時，對茅盾、鄭振鐸和瞿秋白的俠文化批評話語進行分析與評價，可以認識到俠文化的負面作用和消極影響。民國時期新文學作家與俠文化研究，對於當前中國社會文化、文學的價值重建與和諧發展，具有重要的理論價值和積極的現實意義。

構建中國現代文學研究「川大群落」的雛形——《民國文化與文學研究文叢》四川大學特輯引言

李　怡

　　2012 年，我開始與花木蘭文化出版社合作，按年推出「民國文化與文學」論叢，2014 年以後又按年加推「人民共和國文化與文學」論叢，可以說，鼓舞我完成這兩大學術序列的堅強的動力就在於我本人的「四川體驗」，更準確地說，是我對於四川大學學術群體的深切感受和強烈期待。「民國文化與文學」與「人民共和國文化與文學」論叢自誕生的那一天起，就是以中國現代文學研究「川大群落」的存在爲「學術自信」的，四川大學學人的身影幾乎在每一輯中都有出現，儼然就是這兩大序列的內在的紐帶和基石。迄今爲止，我們已經在論叢中集中推出了「南京大學特輯」、「中國人民大學特輯」與「蘇州大學特輯」，編輯出版「四川大學特輯」則是計劃最久的願望。

　　在當代中國的學術版圖上，四川大學留給人們的印象常常是古代文化的研究，包括「蜀學」傳統中的中國古代史、古代文學、古代漢語研究，新時期以後興起的比較文學研究也擁有深刻的古代文學背景，其實，中國現當代文學的發展和學術研究也與四川大學淵源深厚。

　　作爲西南地區歷史久遠的高等學府，四川大學經歷了一系列複雜的演化、聚合與重組過程，眾多富有歷史影響的知識分子都在不同的時期與川大結緣，構成「川大文脈」的一部分。例如四川省城高等學校下屬機構的分設中學堂時期的學生郭沫若與李劼人，公立外國語專門學校時期的學生巴金，成都高等師範學校時期的受聘教師葉伯和，國立成都大學時期的受聘教師李

劼人、吳虞、吳芳吉，國立四川大學時期的陳衡哲、劉大杰、朱光潛、卞之琳、熊佛西、林如稷、劉盛亞、羅念生、饒孟侃、吳宓、孫伏園、陳煒謨、羅念生、林如稷，新中國以後的川大學生中則先後出現過流沙河、童恩正、楊應章、郁小萍、易丹、張放、周昌義、莫懷戚、何大草、徐慧、趙野、唐亞平、胡冬、冉雲飛、顏歌等。作為學術與教學意義的中國現當代文學，也在川大早早生根，文學史家劉大杰在川大開設「現代文學」必修課的時間可以追溯到 1935 年，是中國較早開展新文學創作研究高校之一。新中國成立後，隨著中國現代文學（新文學）學科的建立，四川大學的相關學者代代相承，在各自的領域中成就斐然，成為中國現代文學研究界的主要力量。林如稷、華忱之先生是新中國中國現代文學學科的奠基人之一，新時期以後，則有易明善、尹在勤、王錦厚、伍加倫、陳厚誠、曾紹義、毛迅、黎風等持續努力，在郭沫若研究、李劼人研究、四川作家研究、中國新詩研究等方面做出了引人注目的貢獻，是中國西部地區最早培養碩士生與博士生的學術機構。〔註1〕

我是 2004 年加入四川大學學術群體的，當時中國高校的「學科建設」的大潮已經開始，許多高校招兵買馬，躍躍欲試，而川大剛好相反，老一代學者因年齡原因逐步淡出學術中心，相對而言，當時地處西部，又居強勢學科陰影之下的川大現代文學學科困難重重。在這個情勢下，如何重新構建自己的學術隊伍，尋找新的學科優勢，是我們必須面對的頭等大事。幸運的是，我的川大經歷給了我許多別樣的體驗，以及別樣的啟迪。

首先是寬闊、自由而富有包容性的學術環境。雖然生存在傳統強勢學術的學科陰影之下，但是川大卻自有一種巴蜀式的特殊的自由氛圍，學人生存方式、思想方式都能夠在較少干擾的狀態下自然生長，也正如「海納百川，有容乃大」的川大校訓所示，古典的規誡中依然留下了現代學術的發展空間。在學院的支持下，四川大學現代中國文化與文學研究中心成立，中國現當代文學學科有了學科設計、學科活動的平臺，2005 年，《現代中國文化與文學》創刊，除中國現代文學研究會的《中國現代文學研究叢刊》外，這在當時屬於國內僅有一份由高校創辦的現代文學研究叢刊。八年之後，該刊被南京大學社科評價中心列為 CSSCI 來源輯刊，算是實現了國內學界認可的基本目標。

其次是相對超脫、寧靜的治學氛圍。進入川大以前，我所服務的高校正

〔註 1〕 參見程驥：《四川大學與中國現代文學》，《現代中國文化與文學》2008 年第 5 輯。

處於「學科建設」的焦慮之中，那種「奮起直追」、「迎頭趕上」的熱烈既催人「奮進」，又瓦解著學術研究所需要的從容與餘裕心境。到川大沒幾天，我即受毛迅教授之邀前往三聖鄉「喝茶」，山清水秀的成都郊外風和日麗，往日熟悉的生存緊張煙消雲散，「喝茶」之中，天南地北，學術人生，無所不談，半日工夫雖覺時光如梭，但卻靈感泉湧，一時間竟生出了許多宏大的構想！毛迅教授與我一樣，來自步履匆忙、心性焦躁的山城重慶，對比之下，對成都與川大的生存方式多了幾分體驗，在後來的多次交談中，他對這裡的「巴蜀精神」、「成都方式」都有過精闢的提煉和闡發，據我觀察，這裡的「溢美之辭」並非就是文學的想像，實則是對當今學術生態的一種反省，而只有在一個成熟的文化空間中，形形色色又各得其所的生存才有可能，學術生活的多樣化才有了基礎，所謂潛心治學的超脫與寧靜也就來自於這「多元」空間中的自得其樂。〔註2〕春日的川大，父親帶著孩子在草坪上放風箏，老者在茶樓裏悠閒品茗，學子在校園裏記誦英文，教授一時興起，將課堂上的研究生帶至郊外，於鳥語花香間吟詩作賦、暢談學問之道，這究竟是「學科建設」的消極景觀呢？還是另一種積極健康的人生呢？真的值得我們重新追問。

第三是多學科砥礪切磋的背景刺激著現代文學的自我定位。在四川大學，中國現當代文學並非優勢學科，所以它沒有機會獨享更多的體制資源，但應當說，物質資源並不是學術發展的唯一，能夠與其他有關學科同居於一個大的學術平臺之上，本身就擁有了獲取其他精神資源的機會。與學科界限壁壘森嚴的某些機構不同，我所感受到的川大學術往往形成了彼此的對話與交流，例如文學與史學的交流，宗教學、社會學與其他人文學科的交流，就現代文學而言，當然承受了來自其他學科的質疑與挑戰——包括古代文學與西方文學，然而，在古今中外文化的挑戰中發展自己不正是中國現當代文學的實際嗎？除了挑戰，同樣也有彼此的滋養和借鏡，例如從中國少數民族文學中發展起來的文學人類學，原本與中國現當代文學關係密切，但前者更為深入地取法於文化人類學、符號學、民族學、社會學等當代學科成果，在學術觀念的更新、研究範式的革命等方向上大膽前行，完全可以反過來啟示和推動現當代文學研究的發展。

以上的這些學術生態特徵也是我在川大逐步感受、慢慢理解到的。可能也正是得益於這樣的環境，我個人的學術方式也與「重慶時期」有所不同了，

〔註2〕李怡、毛迅：《巴蜀學派與當代批評》，《當代文壇》2006 年 2 期。

更注重文學與史學的結合，更注意史實與史料的並重，也有意識地從其他學科中汲取靈感，跳出現代文學研究閉門造車式傳統套路，將回答其他學科的質疑當做學術展開的新起點。也是在四川大學，我更自覺地在一個較為完整的歷史框架中思考中國現代文學的發展方向，進而提出了「從民國歷史發現現代文學」、「民國文學機制」等新的設想，在構想這些新的學術理念的時候，我能夠深深地意識到來自周遭的歷史信息與學術方式的支撐力量，那種生發於土壤、回應於知音的精神基礎，那種彌漫於空氣中的「氣質型」的契合……是的，新的學術之路也關聯著現有的社會文化格局。幾年之後，我重新打量這裡的學術同好，在毛迅對「巴蜀自由」的激賞中，在姜飛對國民黨文學挖掘中，在陳思廣對現代長篇小說史料的鉤沉中，啟示也都透出了某種共同的文史互證的趣味，這可能就是悄然形成的中國現代文學「川大學術群落」的氣質吧。

最值得稱道的還是在這一氛圍中成長著的年輕的學子們，從某種意義上說，努力將前述的「川大學術氣質」融入研究生教育，這可能是我們自覺不自覺地一種追求。在我的印象中，可能源於毛迅教授，我自然也成為了自覺地推手。在三聖鄉的「茶話會」誕生了「西川讀書會」，從讀書會發展成為全國性的「西川論壇」，繼而將「論壇」開到了日本福岡，成為中日現代文學學者的兩國對話，從《現代中國文化與文學》的格局開闢出了《大文學評論》的方法論探求，最後兩岸合作，創辦《民國文學與文化》，誕生《民國文化與文學》論叢、《人民共和國文化與文學》論叢，以及《民國文學史論》、《民國歷史文化與中國現代文學研究》等大型叢書，一批又一批的四川大學的博士研究生在這樣的學術格局中發現了新鮮的話題，滿懷興趣地耕耘著他們自己的學術領地，關於民國文學，關於解放區文學，關於魯迅，關於通俗文學……作為導師，能夠「快樂著他們的快樂」，大概再沒有比這樣的時刻更讓人興奮的了。這至少說明，我們對川大學術積極意義的理解和發掘是正確的選擇，這樣的選擇無愧於川大，無負於我們自己，也對得起中國現當代文學！

限於論叢規模，《民國文化與文學研究文叢·四川大學特輯》在 2017 年只收錄四川大學資深學者的論著，以及四川大學中國現當代文學專業畢業的博士生尚未出版的論著，這樣的原則，顯然是將兩類川大學子排除了：一是著作已經先期出版了，二是在川大接受了良好的碩士訓練，並繼續沿此道路在其他學校取得博士學位者。這樣一來，某些洋溢著「川大氣質」的優秀論

著便無緣進入論叢了。不過，我想，遺憾只是暫時的，在不久的將來，我們完全可以重新編輯一套完整的「中國現當代文學川大學人論叢」，只要這「川大學術氣質」真的不是曇花一現，而是持續性的日長夜大，在當代中國的學界引人矚目。在那時，作為川大學術的曾經的見證人，作為川大氣質的第一次的闡釋者，我們都樂意以「川大群落」的一員為驕傲，並繼續為它添磚加瓦。

2017 年春節於成都江安花園

目次

緒論 民國時期新文學作家與俠文化

一 亂世天教重俠遊：研究目的、價值和意義

　　中國傳統文化是由儒、釋、道、墨、法等各家構成的一個博大精深的體系，俠文化是其不可或缺的重要一維。雖然「與儒、道、佛文化相比，俠文化是一種缺乏精確的話語外延及嚴格的語義規範的文化構成類型，以致在傳統文化結構中長期處於若即若離、若隱若現、乃至有形無相的狀態」，〔註 1〕但作爲一種觀念形態，俠文化中行俠仗義、扶危濟困、鋤暴安良、捨生取義以及追求人格獨立和維護生命尊嚴等精神內涵與價值取向早已作爲集體無意識積澱於中國人的文化心理結構深層，形成民族性中的俠性心態和俠文化精神。俠文化精神成爲支撐他們度過漫長黑暗的封建社會而執著追求自由、平等和幸福的強大精神支柱。俠作爲一種具有特殊精神氣質的社會群體，在漫長的歷史演變過程中，不斷汲取儒、墨、道等各家思想積極合理的精神內核，成爲一種人格精神的象徵、社會正義和良知的象徵、英雄的象徵。陳平原的「千古文人俠客夢」，一語道破了俠文化精神的歷史穿透力和影響深遠的豐厚蘊涵。但是，由於作爲歷史存在的俠活動於民間並肩負著下層民眾或弱勢群體的社會理想和不公平社會現實下的正義之氣，以民間文化形態構成了對主流政治社會的潛在威脅和顛覆功能，所以遭到歷代統治者的打壓、禁錮，再加上自身固有的缺陷，俠文化一直以亞文化的形態居於主流文化的邊緣一隅，處於被壓抑的生存狀態。即使生逢亂世，在參與奪權者的政治、軍事鬥

〔註 1〕楊經建《俠文化與 20 世紀中國小說》，載《文史哲》2003 年第 4 期。

爭中可以大顯身手，某種程度上能夠實現人生價值，留下光輝的形象，最終也大都不配有更好的命運。因爲一旦奪權者大權在握、江山坐穩，與他們曾經同生死、共患難的俠客，由於其非凡的影響力和桀驁不馴的叛逆精神，會被視爲現存社會秩序的不穩定因素和統治根基的顛覆力量，等待他們的是或遲或早的「鳥盡弓藏」、「兔死狗烹」的厄運。韓非子在《五蠹》中所言「儒以文亂法，俠以武犯禁」〔註2〕成爲歷代當權者統治邏輯的警世恒言。從遊俠歷史到武俠小說，其中的俠客義士表現出的對人類的偉大同情，對公平、正義和誠信的執著追求，對邪惡勢力的頑強抗爭精神，以及坦蕩、素樸的氣質和謙虛、無私的品德，等等，所有這些從他們身上煥發出來的激情，閃爍著理想的光芒和思想的力量，引起廣大人民的深刻共鳴，並爲中華民族歷史上無數仁人志士所繼承和發揚。

　　近代以來，由於滿清政府政治腐敗，西方殖民勢力入侵，鴉片戰爭爆發，開啓了中國三千年以來未有之大變局，逐步將封建社會推入半殖民地半封建社會的深淵，中國陷入了嚴重的社會危機。同時，由於西風東漸，中國傳統文化受到強烈衝擊和無情解構，傳統的宇宙觀、倫理觀、政治觀、價值觀等在西方文化的強勢面前啞然失語，繼而崩潰、坍塌，中華民族遭遇到了亙古未有的文化危機和生存危機。歷史大變局造成的特定時代的社會氣氛，再一次把俠和俠文化精神推向社會政治生活的風口浪尖。當時，一些憂國憂民的先進知識分子面對老大中國積貧積弱的社會現實和愚弱蒙昧的國民性開始了理性反思，爲中國社會和文化的發展前途探尋出路，大抵都用歷史上的俠義之士和俠文化精神相號召，以激發國人的勇氣，砥礪其鬥志，掀起了一系列救亡圖存的社會政治活動（如梁啓超的《中國之武士道》及蔣智由、楊度爲此書所作的序）。在擺脫社會危機、文化危機和生存危機的思路中，包括對傳統文化內部諸要素進行重新梳理和再度發掘，在新的歷史條件下，以實現其創造性轉化。俠文化作爲傳統文化中的一個因素，自然會進入近現代知識分子的文化批判與建構視野。正是由於俠文化精神的積澱和承傳，再加上積貧積弱的國情，在近代中國興起了規模宏大的尚武任俠思潮。同時，隨著無政府主義思想的西風東漸，在特定的歷史文化境遇中，俠文化與無政府主義思想取得了跨越時空的精神溝通和價

〔註 2〕　韓非《韓非子卷十九·五蠹第四十九》，景印文淵閣《四庫全書》（子部三五 法家類），第七二九冊，臺灣商務印書館，1986年，第781頁。

值對話，主要體現在實現互助共濟、自由、平等的社會政治理想上。從俠文化中汲取符合新的時代要求的質素作爲傳統文化與人格更新再造的精神資源，是在近代尚武任俠思潮中出現的實現新民強國之夢的一種思路。「那個時代（指晚清——引者注）裏，帶有『新民』精神色彩的小說戲曲中並不缺少俠義的形象，那是志士的變形，俠義的精神與反對專制的革命豪情聯繫在一起，而一般武俠小說中與『俠』密切相連的『武』卻被放置於不太重要的位置上，如鑒湖女俠秋瑾等」。〔註3〕梁啓超倡導尚武任俠精神以新民強國，是晚清尚武任俠思潮的集大成者，直接開啓了民國時期新文學作家從俠文化中汲取精神資源進行理想人格建構和新文化建構的先河。所有這一切，確實對以魯迅爲代表的民國時期新文學作家產生了重要而深遠的影響。這種影響不僅表現在他們的現實行爲當中，而且在他們的創作文本及相關思想言論中也彰顯出不可低估的價值和意義。當然，在中國社會文化開始由傳統向現代轉型及中外文化不斷發生碰撞、交流和對話的時代，民國時期新文學作家所接受的精神資源是多方面的，他們的人格結構、文化心理和思想觀念是在各種文化思想合力作用下逐漸形成與不斷發展的，俠文化只是其中不容忽視的一個方面或重要維度。作爲研究者，我們必須正視俠文化的歷史積澱和現代承傳以及近現代以來的歷史文化境遇和知識分子的俠性心態，以便從中汲取合理有益的精神資源，爲當前文化語境下的人格建構和文化建構提供重要的價值參照。

　　蔡翔認爲，知識分子有一種江湖情結，它包括「趨人之急」與知識分子的渴望拯救、公道與正義的理性要求、「酬知己」與知識分子的「明主」情結、生命方式的美的發現，知識分子也對俠進行著「誤讀與改造」，這包括正義化的俠、倫理化的俠、山林化的俠、文人化的俠。〔註4〕很多民國時期新文學作家就是具有俠的氣質的文人知識分子或「文人化的俠」，他們對待俠文化的態度是頗爲複雜的。在五四啓蒙話語語境和以後的民主革命話語乃至政治話語語境、民族救亡話語語境、翻身解放話語語境中，新文學作家對待俠文化的態度被歷史地單一化爲「批判」，但卻忽略了其對俠文化分析評價中「建構」

〔註3〕　徐德明《中國現代小說雅俗流變與整合》，社會科學文獻出版社，2000年，第62頁。

〔註4〕　參見蔡翔《知識分子與江湖文化》，載《上海文論》1992年第5期。又見蔡翔《俠與義——武俠小說與中國文化》，北京十月文藝出版社，1993年，第282～317頁。

的一面。究其實質，乃在於一些新文學作家及其研究者混淆了官方意識形態的俠文化觀、民間道德理想價值期待的俠文化觀、知識精英理想價值建構的俠文化觀三者之間的本質區別，以致於他們在不經意間有成爲政治權力或官方意識形態的無意識同謀的嫌疑。在民國文學史上，確實有些新文學作家以知識精英話語，抱持著俠文化的氾濫關乎民族國家命運的警惕來批判乃至否定俠文化，如茅盾、鄭振鐸、瞿秋白等。他們在新文化運動中「對傳統採取猛烈攻擊的態度，一時來不及分析傳統文化（包括儒家學說）中合理的可供現代轉化運用的成分，其目的主要是爲了衝破舊壘，開拓新路，顯示價值觀念的根本轉變」。〔註 5〕客觀地說，他們的評判確實有其歷史的合理性與時代的進步意義。五四知識精英把思想啓蒙作爲自己的神聖使命，他們相信只有爭得國民精神的普遍解放，才能拯救當時的中國社會，才能建設新文化。但爲了與傳統文化爭奪話語權乃至文化領導權，在激進地全面反傳統、用西方的民主和科學來建設中國新文化思想主張的引領下，以致於抹煞了俠文化話語的理想精神價值與俠文化話語的官方立場的本質區別。我在此指出激進主義在新文化建設方案上的不足，並不意味著認同主張新文化建設必須建立在儒家傳統基礎上的保守主義，更不是藉此爲曾被某些五四新文學作家視爲精神鴉片的俠文化和武俠小說做翻案文章。其實關於新文化建設的所謂「激進主義」和「保守主義」二元對立的劃分，並不符合當時歷史的眞實情況，這種命名自有其歷史的和認識論的局限性，不能眞實地反映當時錯綜複雜的歷史眞相。本課題以民國時期新文學作家與俠文化的關係爲切入點，試圖在俠文化理論的宏闊視野下，從整體上探究新文學作家俠性心態的生成與嬗變及其基本特徵，對以魯迅、郭沫若、老舍、沈從文、蔣光慈、蕭軍等爲代表的新文學作家及其作品文本加以審美觀照和具體解讀。目的在於，通過研究在中國傳統文化出現危機、發生大變革的歷史時期，特定的時代精神氣候和獨特的人生經歷及生命體驗怎樣激活了他們潛意識中的俠文化精神，從俠文化精神在不同時期不同創作主體身上的體現及其作品文本中的藝術呈現發掘出應有的價值，探討他們對理想人格的建構思路及對傳統文化的現實改造思路和文化建構的價值理念。同時，對以茅盾、鄭振鐸和瞿秋白爲代表的新文學作家有關俠文化和武俠小說的批評話語進行客觀地分析與評價。進而重返當

〔註 5〕錢理群、溫儒敏、吳福輝《中國現代文學三十年》（修訂本），北京大學出版社，1998 年，第 6 頁。

時的歷史語境，追問新文學作家究竟是以怎樣的態度來對待傳統文化中非主流文化或邊緣文化資源的。

王德威指出：「從文學革命到革命文學，俠義作為一種比喻符號而流通不輟，仍是有待我們探索的論題。當啓蒙作家自膺為新一代的良心，明察秋毫，譴責不公時，或者更激進的，當他們成為今之俠者，為求正義而不惜背離法律時，他們以最尖銳的方式，質疑並另行打造社會正義的功用。為了踐行他們的使命感，這些集文人與俠士於一身的作家以筆代劍，挑戰威權。他們所顯現的無私、叛逆、勇氣、自我犧牲的行動，並不全都得歸因於西洋文化的影響；它們也可以是傳統俠義行為改頭換面的作風。」〔註6〕在此，不妨把這段話中「從文學革命到革命文學」的說法替換為「民國文學時期」。我認為，這段話至少可以給我們以下啓示：第一，俠文化精神作為一種民族集體無意識深深積澱於新文學作家的人格結構和文化心理之中，成為人格精神的象徵。第二，新文學作家精神結構中沉潛的俠義質素和感時憂國情懷在西方啓蒙思潮的影響下，於特定的歷史文化境遇中被激活並煥發為反叛傳統、維護社會正義的熱情。可以說，傳統文化是近現代知識分子接受並汲取西方文化的土壤。第三，儘管有些啓蒙作家以激進主義的立場和態度，主張全面打倒儒家傳統，用西方的民主與科學來建設中國新文化，但由於傳統文化（當然包括俠文化）的積澱與承傳，早已內化為他們感受世界、體悟人生的思維方式和精神結構的寶貴質素，不可能從根本上割裂與傳統文化的精神聯繫；從他們對待傳統文化的態度，可管窺其把傳統俠文化精神轉化為文學革命與政治革命的現代符碼時所起到的重要作用和積極意義，從而顛覆那些有關五四新文化運動和文學革命從根本上割斷了與傳統文化、文學的聯繫及與此相類似的論調。

因此，本課題既具有重要的文學史研究價值，同時也潛隱著深刻的思想史、文化史意義。一方面，從俠文化的角度來研究深受俠文化影響和俠文化精神浸潤的民國時期新文學作家，或通過研究深受俠文化影響和俠文化精神浸潤的民國時期新文學作家來透視俠文化在現代中國歷史文化語境中的發展與流變，不僅有利於開拓新文學研究的思路，從新文學作家對待俠文化這一傳統文化中非主流文化或邊緣文化資源的真實態度及具體表現中尋找新的學

〔註6〕　（美）王德威《被壓抑的現代性——晚清小說新論》，宋偉傑譯，北京大學出版社，2005年，第143頁。

術生長點，而且有利於釐清俠文化在新文學作家筆下發生創造性轉化並獲得
精神承傳和價值體認的學理思路。一方面，通過透視俠文化精神在新文學作
家人格心理中的積澱、承傳及演進軌跡，可以對現代中國的社會文化心理、
知識分子的精神特徵及其由個人主義的啓蒙精英話語逐步納入政治權力的意
識形態話語體系的矛盾糾葛進行細緻精微的體察，以進一步加深對中國現代
思想文化變遷的認識和理解。從這個意義上說，本課題研究不僅有利於豐富
新文學研究的視角，而且還能夠對新文學的生成作出更爲生動、更富有歷史
意味的闡釋。

二 劍臥詩書香俠骨：以往研究成果述評

以民國時期新文學作家與俠文化的關係爲切入點，把新文學作家及其作
品文本納入俠文化理論的宏闊視野下來加以審美觀照和具體解讀，考察並發
掘它們之間在特定時代的互動關係及應有的價值，長期以來，由於意識形態
的或學術立場的諸多原因，並未引起學界足夠的關注。只是隨著 20 世紀 90
年代中國大陸俠文化研究熱的興起，民國時期新文學作家與俠文化關係作爲
一個重要課題才逐漸受到人們的關注，並且已經出現了一些研究成果。其中
既有顯著的成就，也存在著明顯的不足。現將民國時期新文學作家與俠文化
關係這一課題的以往研究成果述評如下。

（一）魯迅與俠文化

韓雲波的論文《論魯迅與中國俠文化的改造——兼談〈故事新編〉中的
三篇小說》〔註7〕，可以說，在民國時期新文學作家與俠文化關係這一課題研
究方面有開拓之功。作者從「文化基因論」出發，開篇指出：「春秋時代，儒
墨並稱顯學，其後韓非以儒俠對舉，在中國歷史上，墨、俠及其文化傳統作
爲儒的對立面之一，植根人心，形成國民性中的『俠性』心態，到近現代愈
益複雜。」並且認爲：「作爲新文化運動的組成部分，魯迅對俠文化傳統作了
深刻的改造，至今猶有重要的現實借鑒意義。」難能可貴的是，在具體論述
中，作者把魯迅對俠文化傳統的改造納入新文化運動的整體格局，指出其終
極目的在於國民性的根本改造。這樣就在新文學作家與俠文化之間找到了一
種深刻的精神聯繫：新文學作家在反思、批判與改造俠文化的同時，汲取了

〔註 7〕 載《魯迅研究月刊》1992 年第 1 期。

俠文化中合理積極的質素作爲國民性改造的寶貴的精神資源，從而打破了以往認爲「五四以來新文學作家對俠文化持批判或否定態度」的偏見或定論，這是韓文可貴的創新處和閃光點。

湯晨光的論文《魯迅與墨俠精神》〔註8〕重點闡述了俠文化精神在魯迅個性氣質和著作文本中的積澱與傳承，同時也指出了魯迅對俠文化的適度批判；袁良駿的論文《魯迅與「俠」文化》〔註9〕認爲，魯迅以發展的眼光對待俠文化，但對俠義小說的態度卻是貶大於褒。陳江華的碩士學位論文《俠之狂者——論魯迅的俠義精神》〔註10〕從心理學、地緣學的角度，探討了魯迅與傳統俠義精神的關係，在對「俠義」作出了界定的基礎上，著重考察了魯迅在現實世界中的俠骨柔情、對待俠文化的態度及其文本世界中的俠義關照；並深入魯迅的心靈世界，對其俠義精神的淵源進行了探究。

總起來看，這些論文在以俠文化視角拓展魯迅研究領域方面取得了可喜成績，具有較高的價值。但它們共同的不足之處在於，沒有通過論述魯迅與俠文化之間的互動來更深入地探討關於他致力於新文化建構與理想人格建構的問題。

嚴家炎在其專著《金庸小說論稿》中，針對有人以魯迅批判俠文化來否定武俠小說，提出了自己的觀點，他認爲，在新文學作家中，與俠文化有著複雜關係的還有「我以我血薦軒轅」的魯迅；1926年寫的《鑄劍》，可以說是一篇現代武俠小說，主人公黑色人就是一位代人向暴君復仇的俠士，而且其名字「宴之敖者」，就是魯迅自己曾經用過的筆名，足見作者對這一人物的喜愛。同時，針對鄢烈山《拒絕金庸》〔註11〕一文中以魯迅《流氓的變遷》作爲立論根據的謬說給以反駁。他認爲魯迅也肯定「墨子之徒爲俠」，直到1930年代，還寫了《理水》、《非攻》兩篇小說，頌揚禹和墨子爲民請命、埋頭苦幹、急人所難、不求名利的那種墨俠精神（按《莊子·天下篇》，墨子思想導源於禹）；同時也特別警惕俠在官方壓迫和引誘下的變質、墮落現象，在《流氓的變遷》一文中作了論述和揭露。有人如鄢烈山等依據此文而斷章取義，竟說魯迅視俠士爲流氓，或者說流氓的祖先爲俠，對俠文化完全否定，這實

〔註8〕 載《魯迅研究月刊》1997年第1期。
〔註9〕 載《中國社會科學院研究生院學報》2002年第3期。
〔註10〕 陳江華《俠之狂者——論魯迅的俠義精神》，碩士學位論文，東北師範大學，2006年。
〔註11〕 載《南方週末》1994年12月2日。

在是一種莫大的誤解或曲解。〔註 12〕值得肯定的是，嚴家炎從精英作家身上發現了其對邊緣文化或亞文化的精神承傳與價值體認，作為長期從事精英文學研究的權威專家來說，在文化多元並存的世紀之交，這種視界對於現代文學研究視野的拓展、思維的突破以及尋求新的生長點，是可資借鑒的。

（二）郭沫若與俠文化

在郭沫若與俠文化關係研究方面，原西南師範大學（現西南大學）的韓雲波和王本朝可以說幾乎同時亮劍。他們從不同的角度，以睿智的見解和嚴密的邏輯論述了郭沫若與俠文化之間複雜而深刻的精神聯繫，刷新了民國時期新文學作家與俠文化關係研究的學術時空。

韓雲波的系列論文《郭沫若歷史文學與士文化傳統——初論郭沫若的儒俠統一觀》〔註 13〕、《論郭沫若抗戰史劇的俠文化內涵》〔註 14〕、《郭沫若與中國俠文化》〔註 15〕、《郭沫若歷史劇與士文化品格的現代轉換》〔註 16〕，立足於傳統俠文化的歷史積澱和現代承傳，側重於文本分析和作家主體的精神審視，把郭沫若納入俠文化話語語境中加以學理考察和現代闡釋。結合作家的個性氣質和人生經歷，或從歷史文化的角度探究郭沫若人格理想中儒俠統一的文化內涵，或通過將抗戰史劇置於特定歷史文化背景下進行文本分析來肯定作家對傳統俠文化精神資源積極意義的發掘與張揚。王本朝的系列論文《郭沫若與俠義精神》〔註 17〕、《郭沫若與俠文化》〔註 18〕、《論郭沫若歷史劇與俠文化的現代改造》〔註 19〕，在俠文化的宏闊視野中，結合郭沫若的精神個性與人生際遇，或通過作品文本特別是歷史劇的分析比較深入地論述郭沫若對傳統俠文化的現代性闡釋與改造，或從作家主體的精神結構和情感世界層面探究郭沫若的俠性氣概，發掘傳統俠文化在特定時代的價值意義。另外，廖傳江的論文《郭沫若與中國俠文化》〔註 20〕，從郭沫若與中國傳統俠

〔註 12〕 參見嚴家炎《金庸小說論稿》，北京大學出版社，1999 年，第 24～25 頁。
〔註 13〕 載《郭沫若學刊》1992 年第 4 期。
〔註 14〕 載《貴州大學學報》（社會科學版）1993 年第 2 期。
〔註 15〕 載《郭沫若學刊》1993 年第 3 期。
〔註 16〕 載《郭沫若學刊》1994 年第 2 期。
〔註 17〕 載《文史雜誌》1992 年第 6 期。
〔註 18〕 載《貴州社會科學》1993 年第 3 期。
〔註 19〕 載《求索》1995 年第 5 期。
〔註 20〕 載《樂山師範學院學報》2000 年第 4 期。

文化的聯繫中探討了俠文化對他的人格、心理乃至文學創作的深遠影響，指出青年時代的郭沫若是一位站在時代潮流前端的頂天立地的儒俠形象。

從整體上看，韓、王、廖的論文具有較高的學術價值。但是，在論述郭沫若以審美藝術形式塑造、建構現代精神人格和豐富複雜的情感世界時所持精神立場與現實意識形態的矛盾糾葛方面，還有待於進一步挖掘。

（三）老舍與俠文化

湯晨光的論文《老舍與俠文化》〔註21〕，探討了俠文化在老舍個性氣質和作品文本中的積澱與承傳，指出他的描寫是改造國民性格的一種努力。何雲貴的論文《老舍與中國武俠文化》〔註22〕，主要從思想層面和敘事藝術層面全面考察了俠文化對老舍的複雜影響，特別強調弘揚武俠文化的積極因素成為老舍承傳武俠文化的基本態度。王衛東的論文《老舍小說俠義情結探源》〔註23〕，探究了老舍小說俠義情結的深層根源，指出敘述者的小人物立場成就了其小說中的俠義大觀，敘述者與革命大潮的疏離使其小說中的革命者更像俠客。

嚴家炎在《金庸小說論稿》中指出老舍「是一位童年就從傳統曲藝和小說作品中深受俠文化影響的作家」，〔註24〕並簡要分析了他的一些受俠文化影響的作品，著重指出「老舍小說決不是廉價的『革命文學』，但書中那種凜然正氣，俠義情懷，無疑曾激勵舊時代廣大讀者走上同情革命的道路」。〔註25〕徐德明在其專著《中國現代小說雅俗流變與整合》中，從雅俗整合的角度，對老舍的小說《斷魂槍》、《上任》等進行了個案分析。在他看來，短篇小說《斷魂槍》是一個武俠長篇的壓縮，《上任》是武俠小說的變種──幫會小說。他指出：「《斷魂槍》聯繫著中國武俠及其藝術表現的兩千多年歷史，它是在新的歷史環境中，以現實的態度確定武俠在社會轉型期的處境、地位與存在價值。」〔註26〕同時認為《上任》的亮點在於把傳統材料賦予了現代意識內容，成為一個政治寓言。徐德明通過分析指出，老舍對中國1930年代小說的貢獻在於將傳統詩學文化中的世俗題材在現代意識指導下提升，達到了雅俗

〔註21〕載《齊魯學刊》1996年第5期。
〔註22〕載《江西社會科學》2003年第9期。
〔註23〕載《北京聯合大學學報》（人文社會科學版）2005年第1期。
〔註24〕嚴家炎《金庸小說論稿》，北京大學出版社，1999年，第25頁。
〔註25〕嚴家炎《金庸小說論稿》，北京大學出版社，1999年，第26頁。
〔註26〕徐德明《中國現代小說雅俗流變與整合》，社會科學文獻出版社，2000年，第275頁。

整合，實現了現代化轉型。

這幾篇論文和嚴家炎、徐德明的有關論述，分別從不同的角度考察了老舍與俠文化的精神聯繫，有值得肯定的見解和學術價值，特別是徐德明的論述，有利於研究思路的拓展。但同時它們也存在不足：忽略了老舍的現代生命體驗尤其是旅英期間的人生經歷對他的精神刺激與俠文化的錯綜複雜的聯繫；他對俠文化的現實改造思路如何？他最初以現代意識觀照、批判國民劣根性和封建文化傳統，而抗戰期間轉為對民族精神（包括俠文化精神）和優秀文化傳統的歌頌，其轉化的內在機制如何？他的文化立場怎樣？這些都沒有加以深入探究。

（四）沈從文、蕭軍與俠文化

李輝的論文《湘西原本多俠氣——沈從文的〈記胡也頻〉與〈記丁玲〉》〔註27〕，以沈從文的兩部長篇回憶性散文《記胡也頻》和《記丁玲》為研究對象，深入考察了這兩部長篇散文創作及發表、出版的前後遭遇，指出沈從文身上帶有難得的俠氣，而這種俠氣源自友情，源自作者的人生觀念中對正義、對友情的態度，也源於家鄉湘西的薰陶。鄭英傑的論文《沈從文與湘西遊俠精神》〔註28〕，分析了湘西遊俠精神的特點和成因及其在沈從文身上的體現。陳娟的論文《蕭軍的小說與俠文化精神》〔註29〕，主要通過論述蕭軍的小說《八月的鄉村》與《第三代》中所表現出的對俠文化精神的體認和發展，指出小說人物胡子——抗日英雄及其表現的俠義精神對民族意識的覺醒和激發人民抗日救亡的戰鬥激情有著不可低估的作用。富治平的碩士學位論文《俠文化與蕭軍小說研究》〔註30〕，主要通過對蕭軍的生平、小說文本、敘述模式進行考察，探尋他對俠文化精神的獨特體驗，同時對蕭軍那種個人化的俠文化精神的成因、表現以及他對中國傳統俠文化的繼承與發展進行了梳理。

總起來看，在沈從文與俠文化關係研究方面，李輝的論文有較高的學術價值，為我們揭示了沈從文陽剛的一面，對於進一步全面認識沈從文其人其文開拓了新的思路；鄭英傑的論文在湘西遊俠精神的特點和成因上分析比較

〔註27〕 載《讀書》1990 年第 10 期。
〔註28〕 載《船山學刊》2000 年第 4 期。
〔註29〕 載《北京大學學報》（哲學社會科學版）2005 年第 4 期。
〔註30〕 富治平《俠文化與蕭軍小說研究》，碩士學位論文，西南師範大學，2005 年。

透徹，但在論述沈從文身上湘西遊俠精神的具體體現方面卻有欠深入，顯得有些單薄。關於蕭軍的兩篇論文，都能比較深入地探討蕭軍獨具個性的俠文化精神的成因與表現，但沒有能結合研究對象的人格心理和文化理想進行探究，未免有美中不足之嫌。

（五）新文學作家與俠文化關係的比較研究

　　王駿驥的論文《魯迅郭沫若俠義觀比較論》〔註31〕從魯迅的歷史小說《鑄劍》和郭沫若的歷史劇《棠棣之花》說起，通過比較分析，指出同樣是不畏犧牲、捨生取義的俠義題材，由於作者俠義觀的不同，卻表現出截然相反的兩種精神和意旨，即《棠棣之花》充分肯定了傳統俠義精神的正義性內涵，並賦予了新的時代精神；而《鑄劍》則從根本上否定了黑色人宴之敖者刺殺大王慷慨赴死的俠義精神。也就是說，魯迅對俠義精神是批判和否定的；郭沫若注重發掘歷史上俠的積極因素，肯定和張揚充滿正義的俠義精神。同時作者結合魯迅和郭沫若對俠、俠文化的有關論述，從他們各自的思想立場與文化視角來探究造成其俠義觀完全相反的深刻原因。作者還分析比較了魯迅和郭沫若不同的犧牲觀與人生觀，為深入比較分析他們的俠義觀提供了文化參照。作者最後指出，魯迅對傳統俠義精神的批判與郭沫若對傳統俠義精神的弘揚，表現了這兩位文化偉人在傳統文化基礎上建構中華民族現代新文化的不同選擇。

　　該論文從建構民族現代新文化的高度，以比較的研究視角，分別選取了魯迅和郭沫若的一篇代表性作品為切入點，以此深入比較分析他們不同的俠義觀，並且從他們各自的思想立場和文化視角來探究其俠義觀迥異的深刻原因，從而探求和梳理他們建構民族現代新文化的不同思路。可以說，視角新穎獨到，論述深刻，鞭闢入裏，在方法論上具有積極的借鑒意義。其中對郭沫若俠義觀的論述比較全面、深刻，但是，在論述魯迅俠義觀的時候，只顧其對俠文化批判和否定的一面，而沒有深刻挖掘魯迅精神結構深層所蘊涵的俠文化對民族新文化具有積極建構意義的一面。這是該論文的美中不足之處，應該引起研究者的注意和深入探討。

　　周蔥秀的論文《瞿秋白魯迅論俠文化》〔註32〕指出瞿秋白和魯迅都是為了革命的目的來研究俠文化的，都達到了相當的深度，但研究角度有不同，

〔註31〕載《魯迅研究月刊》1993 年第 9 期。
〔註32〕載《魯迅研究月刊》1995 年第 4 期。

瞿秋白主要持政治革命的角度，更多地從俠的階級基礎來剖析其本質，目的
在於揭示武俠作品在政治上的危害性；而魯迅則主要從思想革命的角度，通
過剖析俠的歷史演變來揭示其本質，目的在於研究國民性及其病根所在。通
過分析論證，作者認為：「瞿秋白與魯迅對武俠作品也並非全盤否定。他們對
其思想傾向，基本上是持否定態度，而對其藝術形式則有所肯定。」在此理
論前提下，作者指出他們有關俠文化的論述也存在局限，進一步辯證分析了
瞿秋白和魯迅忽略武俠作品思想內容上的積極東西的時代原因。該論文客觀
公正，論證深刻，體現了作者鮮明的歷史唯物主義態度，有較高的學術價值
和啓示意義。但在魯迅對俠文化積極因素的肯定方面論述不足。

　　這兩篇比較研究的論文推動新文學作家與俠文化研究走向深入發展，帶
來了方法論意義上的變革和研究水準的提升。但進入新世紀以來，以比較研
究的視角來探討新文學作家與俠文化的關係並未得到足夠重視，也沒有產生
有份量的研究成果，未免使人遺憾。

（六）新文學作家與俠文化關係的綜合研究

　　楊經建的系列論文《崇俠意識：20 世紀小說的一種文化心理取向——俠文
化價值觀與 20 世紀中國文學》〔註33〕、《俠文化與 20 世紀中國小說》〔註34〕、
《俠義精神與 20 世紀小說創作》〔註35〕等，以及他為羅成琰的專著《百年文學
與傳統文化》撰寫的第五章《俠文化價值觀與 20 世紀中國文學》〔註36〕，都涉
及到了新文學作家與俠文化的關係。楊經建在論著中提到了魯迅、老舍、艾蕪
和蕭軍等新文學作家，肯定了他們在俠文化意識的激勵下通過小說文本傳達出
的復仇精神、抗爭精神和強悍的生命意志。由於作者把整個 20 世紀中國小說乃
至中國文學納入了俠文化視野的觀照下，所以，並不能充分地剖析新文學作家
與俠文化的錯綜複雜的糾葛。從整體上看，作者的視野宏闊，論文的學術容量
較大，學術價值較高。

　　淩雲嵐的論文《現代文學中的俠文化——現代文人的文化改造思路》〔註
37〕，以俠文化為切入口，探討了現代文人如魯迅、老舍、蕭軍鄭振鐸等的文

〔註33〕載《學海》2003 年第 1 期。
〔註34〕載《文史哲》2003 年第 4 期。
〔註35〕載《雲南社會科學》2004 年第 1 期。
〔註36〕參見羅成琰《百年文學與傳統文化》，湖南教育出版社，2002 年，第 252～311
　　　　頁。
〔註37〕載《中國文學研究》2002 年第 4 期。

化改造思路，並將其分爲三種不同的類型：建構型、提煉型、反思型。該文視野開闊，立意較高，但由於作者關注的是，俠文化作爲傳統文化的一個因素在中國傳統文化發生大變革的特定時期，引起了近現代知識分子怎樣的關注，所以在學理上沒能深入探究文化的歷史變遷給近現代知識分子所能帶來的思想嬗變、精神突圍。

在民國文學史上，以茅盾、鄭振鐸、瞿秋白等爲代表的五四新文學作家對俠文化和武俠小說大都不屑一顧，對其廣泛流行持非常嚴厲的批判乃至徹底否定態度。在他們的心目中，俠文化與武俠小說是毒害民族精神和青少年的「迷魂湯」。〔註38〕針對他們的觀點，嚴家炎在《金庸小說論稿》中指出：「這種認爲武俠小說『製造幻想』、乃『精神鴉片』的看法卻是站在革命者立場上從左的方面來否定的。」〔註39〕同時認爲他們的觀點「在當時或許自有其針對性，結論卻未免過於簡單」。〔註40〕可以說，嚴家炎毫不容情地指出了這些五四先驅觀點的偏頗、結論的草率，爲我們重評五四開拓了全新的視角。陳平原在其專著《千古文人俠客夢——武俠小說類型研究》中，通過分析茅盾、鄭振鐸、瞿秋白對俠文化和武俠小說的有關論述，著重指出：「茅盾、鄭振鐸、瞿秋白的這些批評，大體上是中肯的。可過份強調小說的教誨功能而完全否認其娛樂色彩，並進而從思想傾向上全盤否定武俠小說，則又未必恰當。……指責作家有意毒害青少年，或者贊揚其弘揚愛國精神，其實都不得要領。」〔註41〕陳平原的觀點比較客觀、公允，找出了問題的關鍵所在。但由於兩位論者的著筆處不重在評價茅盾、鄭振鐸和瞿秋白對待俠文化的態度，所以，在挖掘這種態度背後所潛藏的歷史的和思想文化的深刻根源方面，做的還不夠深入。

陳山在其專著《中國武俠史》的有關章節裏，涉及到中國文化精神中的俠義傳統對新文學作家的文化心理及其創作的影響，〔註42〕學理性較強，有獨到的見解。但由於作者的論述重點在於中國武俠的歷史演變，作者對新文

〔註38〕參見沈雁冰（茅盾）《封建的小市民文藝》，載《東方雜誌》1933年第30卷第3號；鄭振鐸《論武俠小說》，《海燕》，新中國書局，1932年；瞿秋白《吉訶德的時代》，載《北斗》1931年第1卷第2期。

〔註39〕嚴家炎《金庸小說論稿》，北京大學出版社，1999年，第18頁。

〔註40〕嚴家炎《金庸小說論稿》，北京大學出版社，1999年，第19頁。

〔註41〕陳平原《千古文人俠客夢——武俠小說類型研究》，人民文學出版社，1992年，第66頁。

〔註42〕參見陳山《中國武俠史》，上海三聯書店，1992年，第271～297頁、第311～313頁。

學作家與俠文化關係的論述是爲其《中國武俠史》的理論體系服務的，主要側重於影響的層面，所以在論述的深度上稍嫌不夠。

海外漢學家王德威對新文學作家與俠文化的關係有所論述：「從文學革命到革命文學，俠義作爲一種比喻符號而流通不輟，仍是有待我們探索的論題。當啓蒙作家自膺爲新一代的良心，明察秋毫，譴責不公時，或者更激進的，當他們成爲今之俠者，爲求正義而不惜背離法律時，他們以最尖銳的方式，質疑並另行打造社會正義的功用。爲了踐行他們的使命感，這些集文人與俠士於一身的作家以筆代劍，挑戰威權。他們所顯現的無私、叛逆、勇氣、自我犧牲的行動，並不全都得歸因於西洋文化的影響；它們也可以是傳統俠義行爲改頭換面的作風。」〔註43〕同時他也指出：「在中國現代小說與現實中，有多少叛逆的『新青年』曾以激進的個人主義起家，卻臣服於集體烏托邦的號召下。他們奉獻一己的資質勇氣，以贏得民族和政黨的勝利，這些傾向，其實與晚清男女俠客向（君主）極權頂禮膜拜的趨向，有了詭譎的照映。這些『新青年』所經歷的馴化過程，不禁令人想起晚清男女群俠類似的命運。」〔註44〕他的研究視角可以給我們以方法論上的重要啓示，但對其意識形態和文化立場上的偏頗，應該有所明鑒。

在民國時期新文學作家與俠文化關係這一課題方面的研究成果，成就是值得肯定的，但問題仍不能忽視。總體上來看，1990 年代關於新文學作家與俠文化關係的研究成果較多，並且主要集中在魯迅、郭沫若和老舍身上，這其中自有特定的思想文化背景的激發。但進入 21 世紀以來，1990 年代的研究者沒有圍繞該課題繼續研究下去，這是一個耐人尋味的學術文化現象。同時，世紀之初，公開發表的一些論文大都沿襲以往的思路，在方法論和研究視野上較前並沒有新的突破，甚至還有重複他人乃至重複自己的現象發生。盡管海外漢學家也有相關的論述，但畢竟很少，也缺乏系統、深入。

通過對以往研究成果的回顧與簡要述評可以發現，在民國時期新文學作家與俠文化關係這一研究課題方面，大都爲單篇論文，或散見於相關的學術著作中，基本上是單個作家研究。儘管有的論文把作家納入俠文化的視野中加以審美觀照，但由於篇幅限制或論述需要，並沒有把作家的俠性心態的形

〔註43〕 （美）王德威《被壓抑的現代性——晚清小說新論》，宋偉傑譯，北京大學出版社，2005 年，第 143 頁。

〔註44〕 （美）王德威《被壓抑的現代性——晚清小說新論》，宋偉傑譯，北京大學出版社，2005 年，第 144 頁。

成與俠文化的歷史流變、作家的俠性心態的發展與其所處時代的特定精神氣候尤其是意識形態之間的複雜糾葛結合起來。同時，沒有把具有俠性氣質的民國時期新文學作家作為一個群體來考察其與俠文化之間錯綜複雜的關係。因此，至今尚未發現有比較全面系統的研究專著問世。

　　存在這些問題的原因，主要在於：第一，就研究主體而言，研究者沒有真正處理好雅俗對峙與對話之間的辯證關係。嚴家炎指出：「文學歷來是在高雅和通俗兩部分相互對峙中向前發展的。高雅和通俗兩部分既相互衝擊，又相互推動，既相互制約，又相互影響，構成了文學發展的內在動力。」〔註45〕雅俗對峙，構成了文學發展的內在動力，這已經成為學界的共識。並且，雅和俗都是歷史的、發展的概念，不同的時代、不同的人們會有不同的觀點與看法。同時，雅俗又是能夠相融的，能夠不斷地實現對話。所以在雅俗之間的相生相剋中，文學生態總是以不平衡──平衡──不平衡或激變或漸變或和諧發展的軌跡向前演進的。我們知道，俠文化屬於俗文化的範疇，而新文學作家則是精英文化的生產者與傳播者，要把這兩者糾合在一起，探討它們之間的關係，就必須處理好雅俗對峙與對話之間的辯證關係。如果做不到這一點，那就不能把俠文化的發展、流變與新文學作家心態的嬗變、特定時代精神的演進、國民性批判等有機結合，以揭示新文學作家的精英意識與俠文化之間在民國文學發生、發展過程中的複雜聯繫。

　　第二，就研究對象來說，新文學作家有關俠文化方面的論述和創作相對不多，造成資料蒐集的困難。當然，新文學作家主要從事新文學創作，致力於啟蒙、革命、救亡、翻身解放等具有時代特色的歷史使命。但是，我們應該充分認識到，在當時的歷史境遇裏，在「三座大山」的壓迫下，新文學作家屬於弱勢群體，他們代表著社會的良心，以筆為劍，向一切社會不公、一切強權、一切黑暗挑戰，所表現出來的無私、無畏、反叛、正義、自我犧牲等精神品質和高貴行為──傳統俠義精神的現代傳承，無不沉潛於他們的理論文本和創作文本之中。韓雲波指出：「中國俠文化在受到主流文化『改造』的同時，也在影響著主流文化，在歷史的矛盾統一中，中國俠文化始終保持著惟中國而有『俠』的特色。」〔註46〕事實上確實如此，在民國文學史上，

〔註45〕嚴家炎《文學的雅俗對峙與金庸的歷史地位》，載《西南師範大學學報》（人文社會科學版）2004 年第 5 期。

〔註46〕韓雲波《自序》，《中國俠文化：積澱與承傳》，重慶出版社，2004 年，第 2 頁。

新文學作家以現代意識對俠文化進行了現代性轉化和主體性再造，繼承和發揚了俠文化精神，致力於民族文化和理想人格的雙重建構。同時，俠文化作為一種文化精神也在影響著主流文化和新文學作家。因此，儘管存在直接資料不足的困難，但從新文學作家的理論文本與創作文本及其實踐行為等方面，應該能夠挖掘出豐厚而深刻的精神資源。

　　第三，關於民國時期新文學作家與俠文化關係研究仍然沒有受到學界足夠的重視。1990 年代從事過該課題研究的研究者並沒有繼續深入地研究下去，儘管《通俗文學評論》作為當時大陸唯一的通俗文學研究專業刊物，在中國文學研究史上特別是俠文化、俠文學研究史上創造了輝煌的業績，但它僅僅走完 1992～1998 年這光輝的瞬間便中途夭折，並沒有完成它應有的歷史使命，其中關於新文學作家與俠文化關係研究方面的論文數量幾乎為零。《西南師範大學學報》（哲學社會科學版）於 1993 年第 1 期開辦了「中國俠文化研究」專欄，對於推進俠文化研究有開創之功，但該專欄沒有長期堅持下去，與《通俗文學評論》的命運相似，並且編發的論文都是古代文學、文化領域的。從 2004 年第 4 期開始，由《西南師範大學學報》（人文社會科學版）與《今古傳奇》（武俠版）聯合開辦、由俠文化研究專家韓雲波主持的「21 世紀中國俠文化」專欄，接續了曾於 1993 年點燃的學術薪火，為俠文化研究提供了成果發表和學術交流的平臺與契機。自開辦以來，該專欄發表了許多富有真知灼見的論文，但有關新文學作家與俠文化關係研究方面的論文卻相對短缺。在 2006 年第 4 期，該專欄編發了陳夫龍的論文《批判中建構：論魯迅與俠文化精神》〔註 47〕。該論文在魯迅與俠文化關係已有研究成果的基礎上再度進行超越和提升，認為魯迅對俠文化的改造只是其思想啟蒙的一種策略、手段，經由對俠文化的批判性改造深入到對國民性的根本性改造，其真正目的在於新的文化精神和國民理想人格的雙重建構，最終建立理想的人國，而這又同近代以來中國知識分子對於建立現代民族國家的歷史目標的整體探索相一致。這是該專欄自開辦以來編發的第一篇關於新文學作家與俠文化關係的研究論文，它至少向學界發出了一個信號：民國時期新文學作家與俠文化關係這一課題仍然具有學術活力，俠文化研究仍然具有蘊涵豐厚的當下性意義。這應該引起學界的關注。

〔註47〕載《西南師範大學學報》（人文社會科學版）2006 年第 4 期。

　　從既有成果的不足及其原因分析，可以發現，民國時期新文學作家與俠文化關係這一課題尙存新的學術空間有待於開拓。

三　便引俠情到碧霄：研究方法和創新點

　　我認爲，民國時期新文學作家與俠文化關係這一課題仍然具有學術生命力。關鍵在於研究方法的創新和研究思路的拓展。

　　中國社會歷史經過了漫長的封建時期，直到十九世紀末二十世紀初才發生了質的變化，由封閉保守的封建君主社會轉變爲開放激進的基本實現共和政體的現代社會。作爲社會存在反映的審美意識形態，中國文學也在二十世紀早期發生了轉型，白話文取代文言文進入文學創作領域，「人的文學」主張的提倡，西方民主、科學、個性主義、無政府主義、人本主義等思想的輸入，使中國文學無論內容還是形式，都開始了現代性轉化。在這種歷史文化語境裏，隨著西風東漸，中西文學、文化的碰撞交流，中國傳統文化包括俠文化也在時代要求面前發生創造性轉化。在社會與文學的雙重轉型中，新文學作家和俠文化的聯繫必然會出現新的形態。本課題的主要任務是探究民國時期新文學作家與俠文化之間的新型關係，對某個作家進行單獨研究或者將作家所受俠文化的影響具體指出然後加以簡單評判等研究模式，顯然是不夠的。在研究中，我將借鑒文化人類學的文化基因論，在明確文學與俠文化結緣的基礎上，釐清俠的起源和界定問題，揭示出俠文化的精神資源和俠文化精神的本質蘊涵，根據論述的需要，建構一個比較合理的客觀、公允的俠文化理論體系。在俠文化理論視域下，選取宏觀考察的視角，把民國時期新文學作家作爲一個整體觀照對象納入俠文化的歷史場域及其現代性流變的宏闊視野中來研究，以社會歷史批評的方法，從廣闊的歷史文化背景出發，結合新的時代特徵，同時兼顧有關地域文化方面的理論知識，來探究新文學作家俠性心態的生成與嬗變。然後在此基礎上，堅持文本細讀和精神分析方法相結合，注重實證性分析，充分發掘和掌握材料，充實例證，以具有代表性的新文學作家爲個案，對他們的理論文本、創作文本和傳記性材料給以認眞梳理，具體分析他們的現實生活、精神情感世界和文本世界與俠文化的精神相遇及其體現，探討他們對待俠文化的基本態度。在具體論述過程中，力爭實現以下創新點：

　　第一，在俠文化理論體系的具體建構中，提出俠的起源的「整合說」；比

較系統深入地提出中國之俠和俠文化的三種表現形態或三個層次，即歷史實存俠、文學形象俠、思想觀念俠等概念；提出俠文化觀的三種話語形態，即官方意識形態的俠文化觀、民間道德理想價值期待的俠文化觀、知識精英理想價值建構的俠文化觀等概念術語，並指出它們之間的本質區別；總結歸納出俠文化精神的六大實質內涵，即以自由、平等、正義和公道為終極追求的理想精神、以俠義精神為核心的價值理念、以尚武精神為行俠手段的行為特徵、以叛逆精神和復仇精神為基點的反抗意志、以誠信守諾和謙遜不驕為特色的人格精神、以民族大義為高蹈的脊樑精神；力圖為俠文化研究提供新的理論借鑒，並為本課題研究奠定合理、堅實的理論框架。

第二，在從整體上綜合考察新文學作家俠性心態的生成與嬗變的基礎上，探究傳統俠文化的無意識積澱、地域文化精神的浸潤和特定時代西方文化思想的刺激三者在新文學作家俠性心態生成機制中的相互關係與作用。認為：中國傳統俠文化的無意識積澱是根本，地域文化精神的浸潤是基礎，特定時代西方文化思想的刺激是外在影響因素；傳統俠文化的無意識積澱和地域文化精神的浸潤奠定了新文學作家俠性心態生成的文化基因，特定時代西方文化思想的東漸，激活了沉潛在新文學作家人格結構和文化心理深層中的俠文化精神的寶貴質素，這些精神質素與西方文化思想如個性主義、無政府主義等相關精神價值獲得了跨文化的交融及在中國傳統文化土壤中的現代性改造，俠文化精神遂成為新文學作家積極參與傳統文化的反思及其創造性轉化、國民性改造、人格建構和文化建構的一種精神資源與價值參照。從而打破在傳統／現代、中國／西方等二元對立的研究框架中，尋求作家與古代或西方的某一思想學說、創作方法等簡單對應的局限，凸顯出新文學作家的思想與創作的錯綜複雜性。

第三，以新文學作家與俠文化的關係為切入點，在對深受俠文化影響和俠文化精神浸潤的新文學作家群體作出宏觀考察的基礎上，對具有代表性的新文學作家進行個案分析，通過深入分析他們各自對待俠文化的真實態度、對俠文化的現代性改造和創造性轉化及對俠文化精神的現代承傳，探討他們的精英立場和意識形態話語、民間話語之間的複雜糾葛，揭示出俠文化作為一種通俗文化對新文學作家和精英文學的精神影響力，從而為雅俗互動互滲、並存共榮的文化格局提供有力的論證。

第一章　俠文化：新文學研究的新視角

　　本章的主要內容是在明確文學與俠文化結緣及俠文化三個層次劃分的基礎上，釐清俠的起源和界定問題，提出俠文化觀的三種話語形態，揭示出俠文化的精神資源及其價值核心——俠文化精神的本質蘊涵，為民國時期新文學作家與俠文化這一研究課題的逐步展開梳理出比較清晰的理論思路，並根據論述的需要，建構一個比較合理的、客觀的、公允的俠文化理論體系。

一　文學與俠文化結緣：新文學研究視角的拓展

　　俠，是中國社會歷史文化的獨特產物，活躍於中國的歷史舞臺。自從有了俠，在中華民族的歷史文化傳統中，也就產生了俠文化和俠文化精神。然而，歷史上自《史記》、《漢書》以後，俠的活動和事蹟不再見載於歷代正史，顧頡剛認為：「儒俠對立，若分涇渭，自戰國以迄西漢殆歷五百年。……范曄作史，不傳遊俠，知東漢而後遂無聞矣。」〔註 1〕孫鐵剛也如是說：「二十五史中，只有《史記》與《漢書》有游俠傳，自《後漢書》迄《明史》都無游俠列傳，這正可看出自東漢以後遊俠已經沒落，不再為史家所重視。」〔註 2〕在這種情況下，「俠的真實面目因封建統治者的裁抑剷滅，因封建正統史家的摒棄不錄，抑或還因遊俠自身生活理想、處世方式的限定，一直模糊不可辨識，這又不能不說是一件至為遺憾的事情」。〔註 3〕但是，中國之俠和俠文化

〔註 1〕顧頡剛《武士與文士之轉換》，載《責善半月刊》1940 年第 1 卷第 7 期。
〔註 2〕孫鐵剛《秦漢時代士和俠的式微》，載《國立臺灣大學歷史學系學報》1975 年第 2 期。
〔註 3〕汪湧豪、陳廣宏《俠的人格與世界》，復旦大學出版社，2005 年，第 11 頁。

並沒有因此而消亡。作爲歷史上眞實存在的俠不再爲史家所重視，也不爲上層統治者所提倡，但只要條件具備，只要世上還有不平之事，潛伏於下層民間社會具有俠義氣質的正義之士總會挺身而出，伸張正義，不斷地豐富著俠文化的內涵，張揚著俠文化精神。更爲重要的是，歷史上的俠受到了抑制，但俠卻以文學的形式存活於人們的心中，俠的形象在魏晉以來的小說、詩歌和戲曲中大放異彩。單就小說而論，有人認爲，眞正的、嚴格意義上的俠義小說出現在魏晉時期，東晉干寶《搜神記》中的《干將莫邪》和《李寄》是俠義小說的濫觴。〔註4〕也有人認爲，大約在魏晉間，出現了一部專門描寫俠士荊軻的士大夫文人的文言武俠小說——《燕丹子》，《燕丹子》當爲我國最早的一部文言武俠小說。〔註5〕隨後的唐宋豪俠小說、清代俠義小說、二十世紀武俠小說、二十一世紀大陸新武俠小說，無不塑造著俠客義士的形象，歌詠著中國特色的俠文化精神。同時，歷代詠俠詩、歌頌俠客義士的元明清戲曲，在塑造中國之俠的光輝形象方面推波助瀾，與小說相得益彰。歷史上的俠以及文學作品中的俠形象在歷史發展進程中，以其獨特的行爲方式和道德理想，在一定程度上影響著歷史文化的發展，參與了傳統道德規範和人格精神的建構。這可以從胡秋原的《古代中國文化與中國知識分子》以儒、道、墨（儒、道、墨分別來自儒士、隱士和俠士）爲古代中國文化的基本格局，以及儒、隱、俠構成了中國知識分子三大性格要素的論斷中得到證明。〔註6〕於是，人們的思想意識中逐漸形成了一種俠的觀念，經過長期的歷史積澱而形成民族性中的俠性心態或俠文化心理。

從某種意義上說，自從文學領域出現了俠的形象，也就造成了俠這一歷史文化本體作爲行爲存在、精神存在和觀念存在的乖離現象，從而也形成了俠的行爲文化（諸子百家與史書傳記之遊俠）、精神文化（文學作品之武俠）和觀念文化（人們思想意識中的俠）的區分。由於史料的欠缺、俠自身存在的複雜性以及研究者的陳見乃至偏見，在俠及俠文化研究中，容易將俠的行爲文化、精神文化和觀念文化混爲一談，從而對於俠的起源、性質等問題眾說紛紜，褒貶不一。不可否認，作爲歷史上實際存在的俠對於我們來說已經

〔註4〕 袁良駿《中國古代俠義小說二題》，載《北京工業大學學報》（社會科學版）
　　　 2003 年第 1 期。
〔註5〕 陳山《中國武俠史》，上海三聯書店，1992 年，第 249 頁。
〔註6〕 參見韓雲波《中國俠文化：積澱與承傳》，重慶出版社，2004 年，第 3 頁。

非常模糊，不可辨識。現代人關於俠的認識大都依賴於小說、詩歌等文學作品中的形象及其所傳達的思想觀念，無外乎扶危濟困、捨己助人、見義勇為、重義輕利、守信重諾、快意恩仇等精神觀念的倡揚。究其實質，這是理想化的人格精神和行為觀念，反映和表達了勞動人民真誠的願望與純樸的精神追求，雖然揭示出歷史上俠的本質內涵，但並不意味著這就是俠的本真面目，而只是對俠的想像性建構和理想化提升，對於認識俠是有助益的。我認為，中國之俠在歷史發展過程中，已經出現了三種文化形態，或呈現為三個層次，即歷史實存俠、文學形象俠、思想觀念俠。歷史實存俠，是諸子百家和史書傳記中所記載的現實生活中實際存在的俠。文學形象俠，是文人根據歷史實存俠的具體存在，結合傳統文化觀念和時代精神需要，通過想像和虛構所塑造出來的充滿正義力量與俠義精神的人物形象。思想觀念俠，是歷史實存俠和文學形象俠的正面形象與積極意義的有機集合體，是俠文化長期積澱的產物，是內化為人們意識深處的一種理想人格精神、思想觀念和行為規範，作為一種文化精神的載體進入民族文化的價值體系，從而成為公道、正義和良知的象徵。在俠文化研究中，必須認清這個文化現象，否則就會陷入以偏概全的研究誤區。同時，在俠文化的歷代承傳過程中，人們結合時代精神的需要，不斷地注入新的內涵，從而使中國俠文化歷久彌新，顯示出旺盛的生命力，影響著一代又一代人的人格建構和文化選擇。所以，在研究過程中有必要根據時代特徵對俠文化及其精神內涵作出實事求是的闡釋。

隨著歷史實存俠這一社會群體的消失，以及作為文學形象俠之藝術載體的武俠小說、武俠戲曲等大眾文化產品的日益發達和廣泛流傳，俠已經逐漸成為一種純粹的精神現象，以思想觀念俠的形態呈現於現代民間社會之中。在歷史文化發展的進程中，已經有越來越多的人意識到，在民間社會的現實生活中，俠的存在雖然已經成為過去而消失於歷史的深處，但俠所體現出來的一種獨特的文化精神，卻不斷在普通平民百姓的日常生活言行、人際關係以及價值觀念中鮮明而強烈地表現出來。在中國文化精神譜系尤其是民間社會文化的精神譜系中，俠文化作為極其重要的一脈而不斷彰顯出自己應有的價值意義和永恆的精神魅力。

新文學作家聞一多曾引用英國人威爾斯《人類的命運》中的話，即「在大部分中國人的靈魂裏，鬥爭著一個儒家、一個道家、一個土匪」，他認為，可以將「儒家，道家，土匪，」改為「儒家，道家，墨家，」或「偷兒，騙

子，土匪，」。他說道：「而所謂俠者不又是墮落了的墨家嗎？……墨家失敗
了，一氣憤，自由行動起來，產生所謂遊俠了，於是秩序便愈加解體了。……
不過墨家確乎感覺到了那秩序中分配不平均的基本癥結，這一點就是他後來
走向自由行動的路的心理基礎。墨家本意是要實現一個以平均爲原則的秩
序，結果走向自由行動的路，是破壞秩序。只看見破壞舊秩序，而沒有看見
建設新秩序的具體辦法，這是人們所痛惡的，……墨家不能存在於士大夫中，
便一變爲遊俠，再變爲土匪，愈沈（指沉──引者注）愈下了。」在對待土
匪的態度和看法上，聞一多認爲：「從歷史上看來，土匪的前身墨家，動機也
最光明。如今不但在國內，偷兒騙子在儒道的旗幟下，天天剿匪，連國外的
人士也隨聲附和的口誅筆伐，這實在欠公允。」〔註7〕按照聞一多的解釋，威
爾斯所說的「土匪」，在中國特定的歷史文化語境中，實際上蘊涵著俠文化精
神傳統。然而，對於中國俠文化精神傳統的概括和分析是很不容易的，特別
是對其內在的人格精神特質，可以說眾說紛紜。壯遊在《國民新靈魂》中把
「遊俠魂」即俠文化精神傳統作爲「中國國民之魂」中「五大原質」之一來
加以剖析，他從內、外兩個層次來闡釋俠文化精神傳統：「重然諾輕生死，一
言不合拔劍而起，一發不中屠腹以謝，俠之相也；友難傷而國難忿，財權輕
而國權重，俠之概也。」他還把民間社會的俠文化精神傳統與上層社會的泛
儒文化傳統進行比較，指出：「俠者儒之反，儒者有死容而俠者多生氣，儒者
尚空言而俠者重實際，儒者計禍福而俠者忘利害，儒者蹈故常而俠者多創異。」
〔註8〕從而在闡釋和比較中，明確了與泛儒文化精神相對立的民間社會俠文化
精神傳統的特質。湯增璧把「俠之道」即俠文化精神傳統分爲三個組成部分：
「堅持正義」、「投之艱巨」、「處事爽捷」；〔註9〕沈從文將其概括爲「遊俠者
精神」；〔註10〕周作人則認爲是體現古遊俠精神的「義」與「勇」；〔註11〕聞
一多將其歸納爲墨──俠──匪的精神演變軌跡；〔註12〕時人張未民則提出

〔註 7〕聞一多《關於儒·道·土匪》，《聞一多全集》，第三冊，生活·讀書·新知三
　　　　聯書店，1982年，第469～473頁。
〔註 8〕壯遊（金松岑）《國民新靈魂》，載《江蘇》1903年第5期。
〔註 9〕揆鄭（湯增璧）《崇俠篇》，載《民報》1908年8月第23號。
〔註10〕沈從文《湘西·鳳凰》，《沈從文散文選》，凌宇編，人民文學出版社，1982
　　　　年，第273頁。
〔註11〕周作人《知堂回想錄》，三育圖書文具公司，1980年，第62頁。
〔註12〕聞一多《關於儒·道·土匪》，《聞一多全集》，第三冊，生活·讀書·新知三
　　　　聯書店，1982年，第472頁。

了「中國文化中大禹模式——墨學體系——墨俠精神這樣一條民間的線索」。
〔註13〕雖然說法各異，但有一點卻殊途同歸，那就是他們都認爲在中國民間
社會存在著源遠流長的俠文化精神傳統。這種俠文化精神傳統對於我們的國
民人格建構和民族性格塑造而言，是非常寶貴的精神資源。在學術界，吳小
如較早提出中國文化精神中「俠義的傳統」，他寫於 1950 年代的論文《說〈三
俠五義〉》中提出了俠的三個特徵：「一、有血性，有強烈的正義感和責任感；
二、言行深得人心，有群眾基礎；三、有超人武藝。」〔註14〕以後的學者對
此也都有自己獨到的論述，如劉若愚在《中國之俠》一書中列舉了「俠」的
八種特徵；侯健在《武俠小說論》一文中總結了「俠」的十種特徵；田毓英
在《西班牙騎士與中國俠》一書中列舉了「俠」的十一種特徵；崔奉源在《中
國古典短篇俠義小說研究》一書中列舉了「俠」的八種特徵。〔註15〕從整體
上來看，他們大都立足於整個民族文化精神的高度，來審視民間社會的俠文
化精神傳統，頗有眞知灼見。

不可否認，文學與俠文化結緣已經成爲歷史事實，許多古代和現代以俠
義爲題材的文學作品承載著豐富而深刻的俠文化內容。曹正文把俠文化界定
爲，「俠文化，就是以俠客義士爲主角，以歌頌俠義精神爲主旨的文學作品。
它包括傳記、詩歌、戲劇、小說和論述武俠的評論小品」。〔註16〕該界定雖不
免以偏概全之嫌，但卻深刻揭示了文學與俠文化的有機聯繫。在這種意義上
說，俠文化作爲一種研究視角而進入研究者的理論視野，實乃應有之義。以
俠文化的視角來研究俠義題材的文學作品，或通過俠義題材的文學作品來研
究俠文化，已經取得了豐碩的成果，但主要側重於古代文學和現代通俗文學
特別是武俠小說領域，未免美中不足。〔註17〕長期以來的研究思路形成了一
種思維定勢，那就是把俠文化研究的對象僅僅局限於俠義題材的作品或通俗
文學中的武俠小說，而相對忽略了非俠義題材的純文學作品和新文學作家。
其實，許多民國時期新文學作家，如魯迅、郭沫若、老舍、沈從文、蔣光慈

〔註13〕 張未民《俠與中國文化的民間精神》，載《文藝爭鳴》1988 年第 4 期。
〔註14〕 吳小如《古典小說漫稿》，上海古籍出版社，1985 年，第 140～141 頁。
〔註15〕 參見陳平原《千古文人俠客夢——武俠小說類型研究》，人民文學出版社，1992
年，第 1 頁。
〔註16〕 曹正文《中國俠文化史》，上海文藝出版社，1994 年，第 1 頁。
〔註17〕 參見羅立群《中國武俠小說史》，遼寧人民出版社 1990 年，第 376～381 頁；
曹正文《中國俠文化史》，上海文藝出版社，1994 年，第 289～299 頁；王立
《武俠文化通論》，人民出版社，2005 年，第 338～356 頁。

和蕭軍等，都與俠文化有著密切的聯繫，作爲他們的人格精神和思想情感載體的純文學作品，都程度不同地流溢出俠文化精神的光輝。我認爲，通過俠文化這個視窗來透視新文學作家及其作品，不失爲一個很好的視角。一來可以擴大俠文化的研究對象，揭示俠文化作爲一種通俗文化對純文學的精神影響力，從而爲雅俗互動共榮提供有力的論證。二來通過深入開掘新文學作家豐富複雜的精神情感世界，顯示出俠文化和俠文化精神強大的思想穿透力與影響深遠的價值意義。

二　俠的起源、界定

研究中國俠文化，特別是研究文學與俠文化或者作家及其作品與俠文化的關係，首先必須解決好俠的起源問題，以便於爲具體的論述奠定一個歷史的、邏輯的起點，爲探討文學與俠文化之間錯綜複雜的關係夯實牢固的理論根基。在這個問題上，由於某些時代的功利目的和主觀色彩作用，人們很容易混淆歷史實存俠、文學形象俠、思想觀念俠三者之間的明確界限，並割裂它們之間的有機聯繫，不能從根本上揭示俠文化的實質內涵和眞正的價值指向，從而陷入自己的預設前提而作出合乎自己論述需要的狹隘的理論視域而難以自拔。這是近現代以來關於俠的起源問題眾說紛紜而難以達成一致的重要原因，正如有的論者所言：「強烈的功利性預伏了這種研究本身的不幸，最終在俠的淵源問題上都未能取得一致的認識。」〔註18〕誠然，學術問題可以百家爭鳴，各抒己見，但卻有一種歷史文化的理論平臺或隱或顯地影響、制約著每一個試圖對俠文化起源問題作出合理解決的研究者，使他不至於偏離歷史文化的軌道而妄自立論乃至妄下結論。每個研究者在自己的理論闡釋和具體論述中大都帶有時代需要的功利目的與一己生命體驗的主觀色彩，但只要他能夠從歷史文獻的深處洞微燭幽，從歷代文學作品的話語蘊藉勘查精義，從俠文化觀念的歷史形成及其發展演變過程中把握其本質，應該能夠得出爲人們所認可的結論。

因此，從這種意義上說，只有把俠的起源問題解決好了，我們才能夠更進一步對俠的歷史文化定位作出相對穩妥的界定；只有把俠的起源問題解決

〔註18〕汪聚應《唐代俠風與文學》，博士學位論文，陝西師範大學， 2002 年，第 3 頁。

好了，我們才能夠眞正揭示出俠文化的精神資源和俠文化的價值核心——俠文化精神的本質蘊涵，從而爲探究民國時期新文學作家與俠文化這一研究課題梳理出比較清晰的理論思路。

（一）俠的起源說考辨與「整合說」的提出

在俠的起源問題上，近、現代以來，由於立場、觀點、方法等不同，有關專家、學者各執己見，眾說紛紜，尙未達成一致的共識。截至目前，歸納起來，大概有七種說法，即俠起源於士說、俠起源於刺客說、俠起源於諸子說、俠起源於民間說、俠起源於原始氏族的遺風說、俠起源於神話原型說、俠起源於某種精神氣質說。〔註 19〕在俠的起源這個問題上，爲什麼會出現這麼多的說法呢？在此，我們不妨看一下有關論者對這一學術現象的描述和論斷，或許能從中受到某些啓示：

> 爲俠尋找「源頭」的人，不是要解決原始俠的眞相問題，也不是要解決原始俠的行爲問題，而是要解決他所論述俠的「出路」問題。也就是說，他要藉有關俠的論述來達到他預定的某些目的（這看來很「詭譎」，令人不好想像。其實只要稍加思索，就會發現「事實」正是這樣）。反過來說，爲俠尋找「源頭」的人，不是要藉它來達到預定的某些目的，除非這項「作爲」不出於意志，否則就很可懷疑了；何況他也沒有絕對把握他的說法，完全符合原始俠的「實情」。這也暗示了有關俠的談論必然有談論者的「預設立場」（不是漫無目的的談論）。而這「預設立場」，又跟談論者所賦予俠的「內涵義」緊相關連。

〔註 19〕關於俠的起源說，劉若愚在《中國之俠》中總結了三種，並傾向於日本學者增淵龍夫的俠客氣質說，參見（美）劉若愚《中國之俠》，周清霖、唐發鐃譯，上海三聯書店，1991 年，第 2～4 頁；崔奉源在《中國古典短篇俠義小說研究》中總結了八種，比較認可劉若愚的觀點，認爲俠的主要成分是氣質和果敢的行動，參見崔奉源《中國古典短篇俠義小說研究》，聯經出版事業公司，1986 年，第 30～39 頁；羅立群在《中國武俠小說史》中總結了六種，比較讚同劉若愚的個人氣質說，參見羅立群《中國武俠小說史》，遼寧人民出版社，1990 年，第 2～10 頁；汪聚應在《唐代俠風與文學》中總結了五種，並在對這五種觀點分析的基礎上提出了「刺客說」，參見汪聚應《唐代俠風與文學》，陝西師範大學博士學位論文，2002 年，第 5～12 頁、第 24～37 頁。在此基礎上，我對這些總結及其觀點進行了歸類整理，重新歸納爲七種說法，並提出了俠的起源的「整合說」。

　　　　透過這樣的觀察，我們可以說歷來談論俠的人，不但不能確定真實存在的俠是什麼樣子，也不能確定歷史文獻上的俠是什麼樣子。因爲俠的本源早已「喪失」了，那些記錄俠士行跡的人，無不是用他所想像來的俠「稱許」對方；而掇拾這些記錄準備論述的人，又用他所想像來的俠加以理解，以至「眾說紛紜」，而難以究詰了。〔註20〕

很顯然，這兩段話深刻地揭示了探討俠的起源問題的研究者的眞正目的以及造成「眾說紛紜」的眞實原因。俠作爲歷史的眞實存在已經煙消雲散，隱退於歷史的深處，即如論者所言，俠的本源已經「喪失」了。因此，作爲研究者是不可能確定歷史上眞實存在的俠是什麼樣子的，也無法確定歷史文獻上的俠的眞實面目，這是客觀存在的事實，更是任何人都無法違背的事實。在這種情況下，研究者以「預設立場」論述俠的時候，帶有功利目的和主觀色彩，是不可避免的。對於一個研究者來說，不僅要尊重歷史事實，更重要的是在把歷史事實作爲研究對象來加以關注和探究的時候，要有一種睿智的史識，這是從事學術事業的靈魂所在。歷史事實作爲研究對象已經消逝於過去的時空之中，而無法眞正地還原它的本來面目。但只要研究者有一種睿智的史識，力圖重返「歷史原點」，在歷史文獻的蛛絲馬跡中耙梳歷史事實的行跡，同時對文學典籍中的有關資料加以仔細考察、辨識，對某些精神觀念的積澱和承傳作出合理的清理，那麼我們就能夠從中發現符合歷史本質的和規律性的東西。對於俠的起源問題來說，更是如此。現在對這七種起源說逐一加以考辨，並在此基礎上得出自己的結論。只有這樣，才能對俠的起源問題作出符合歷史規律的、合乎思維邏輯的合理闡釋。

1. 俠的起源說考辨

　　俠起源於士說，認爲俠起源於春秋戰國時期文武分途之後的武士階層，其代表人物爲馮友蘭、顧頡剛、李浩等。馮友蘭深受「諸子不同，由於他們的職業不同」說法的影響和啓發，〔註21〕在《原儒墨》和《原儒墨補》二文〔註

〔註20〕周慶華《俠的神話性與社會功能──兼論俠的「出路」問題》，《俠與中國文化》，淡江大學中文系主編，臺灣學生書局，1993年，第8頁。

〔註21〕參見陳平原《千古文人俠客夢──武俠小說類型研究》，人民文學出版社，1992年，第84頁。

〔註22〕馮友蘭《原儒墨》，載《清華學報》1935年第2期；《原儒墨補》，載《清華學報》1935年第4期。

22〕中論證隨著貴族政治的崩壞，下層貴族流入民間，漸漸成爲以賣其技藝爲生的士階層，士分爲二，一爲知識禮樂之專家，也稱文專家或文士，儒士；一爲打仗之專家，也稱武專家或武士，俠士。這樣，就把俠定位於是由士演變而來的，具體說來源於士階層中的武士。同時與諸子說中「俠出於墨」一說截然相反的是，他認爲墨家出自於俠。顧頡剛也認爲，古代的文武兼修之士到春秋戰國之際一分爲二，「憚用文者歸儒，好用力者爲俠」。〔註 23〕俠出於士這一觀點，後來一直爲大多數人所認同，並在論著中加以借鑒、引用。陳山在其專著《中國武俠史》中直接借鑒並引用了俠出於士這一結論：「在先秦的社會結構中，『士』階層處於一個十分特殊的位置。它是貴族與平民之間的過渡層，是上層社會與平民社會上下流動的匯合之處，因此其成員不斷地處於分化組合的過程中。……而『士』階層中未分化出去的一批武士，仍保持著樸素的源於史前時期遠祖的尚武傳統和強悍的民族特質，並不斷汲取民間社會的文化營養向前發展，這便是萌芽狀態的『俠士』」；「儒從『士』階層分化出去後，『士』階層中的武士便在新的歷史條件下開始轉化爲俠」。〔註 24〕李浩在其論文《原俠》中也認爲俠源於士。〔註 25〕

必須承認，俠起源於士說有它的學理根據和一定的合理性，在偏向用武的層面上揭示了俠的某些本質方面，爲我們認識俠的眞實面提供了可貴的借鑒。但縱觀先秦之俠，上至王侯貴族，下至屠夫平民，各階級、各階層中都有俠出現。士作爲介於貴族和平民之間的一個階層，固然由於文武分途之後，偏向用武的一類容易成爲俠士，但我們不能否認貴族階層和平民階層也有俠的出現。在俠起源於士說的思維邏輯演繹下，也照樣能夠得出「俠起源於貴族說」、「俠起源於平民說」等結論。陳平原認爲：「關於『俠』的起源，近代以來眾說紛紜，馮、顧之說也算自成體系。只是將其引入武俠小說研究則頗成問題。不論哪一家，探討武俠文學發展都不能不溯源於《史記》，因爲韓非雖有『儒以文亂法，而俠以武犯禁』（《韓非子·五蠹》）之說，可語焉不詳；只有到司馬遷爲遊俠作傳，才爲古俠勾勒出一個較爲清晰的形象。」〔註 26〕在此，陳平原指出了俠起源於士說的缺陷，即混淆了歷史實存俠和文學形象

〔註 23〕顧頡剛《武士與文士之轉換》，載《責善半月刊》1940 年第 1 卷第 7 期。
〔註 24〕陳山《中國武俠史》，上海三聯書店，1992 年，第 13 頁、第 14 頁。
〔註 25〕李浩《原俠》，載《西北大學學報》（哲學社會科學版）1996 年第 1 期。
〔註 26〕陳平原《千古文人俠客夢——武俠小說類型研究》，人民文學出版社，1992 年，第 84 頁。

俠的區別。武俠文學中俠大都有武功，以致於有人認為凡俠必有武功，在追溯俠的起源問題上也偏於用武一面的思考。但歷史上實際存在的俠卻未必都有武功，也就是說，偏向用武的人可以成為俠，但現實中沒有武功卻具有俠義胸懷和擔當精神的人也可以因行俠仗義而成為俠。根據陳平原的說法，汪聚應認為：「探究俠的淵源時，作為立足點的俠的初始形態只能是韓非所論述的俠，因為俠的名稱是他最早提出的。而對俠的社會存在價值的評判是較道義評判（指司馬遷在《史記‧游俠列傳》中對俠的價值判斷——引者注）更為重要的質素和出發點。」〔註 27〕於是他以韓非子《五蠹》中所說的俠的特徵為原點進一步上溯，發現了遊民——刺客——遊俠這樣一個俠的演變進程，認為：「由宗法性武士到非宗法性武士的選拔成為『國士』；由『國士』失位而加入遊民階層成為遊士，又成為養士中的私劍、刺客之流，應該說是考察遊俠產生的一條有效途徑。」〔註 28〕通過考察，他提出了「刺客說」，即俠起源於刺客。下面我們對俠起源於刺客說加以考辨。

俠起源於刺客說，認為俠起源於春秋戰國時期的刺客，代表人物為汪聚應，「刺客說」是他在博士學位論文《唐代俠風與文學》中提出來的。他在論文中認為，從社會歷史文化的角度看，嚴格意義上的俠實源於刺客，刺客是俠的直接源頭和雛形。論者通過聯繫先秦的社會現實，對照韓非子、司馬遷、班固等人的論述，把俠產生的時間定為戰國中晚期。在俠的演進過程中，遊民崛起、國士失位而成為遊民中的一部分——遊士，戰國後期，以行刺為職業手段並依附於權貴的遊士即刺客紛紛流落民間，又一次成為遊民，新的社會現實使他們的服務對象開始面向社會中下層民眾，其人格精神和行為觀念也發生了重大變化。他們自覺地將儒、墨、道、縱橫諸家思想中的一些成分凝聚為自己的行為觀念和人格精神要素，並繼承了古代氏族遺風中「任」的行為規範，加上民間文化精神的哺育，形成了俠義人格精神和行為觀念，於是產生了中國歷史文化中最早的俠。從整體上看，「刺客說」既考慮到了俠作為一種社會歷史文化現象的現實存在，又兼顧了俠是史家、文人的歷史文化共建這一獨特的文化現象，注重宏觀的歷史文化變遷和微觀的時代特徵，為俠的起源提供了一種較為公允的界說。但通過仔細分析，我們發現論者最終陷入了俠起源於士說、俠

〔註 27〕 汪聚應《唐代俠風與文學》，博士學位論文，陝西師範大學，2002 年，第 10 頁。

〔註 28〕 汪聚應《唐代俠風與文學》，博士學位論文，陝西師範大學，2002 年，第 9 頁。

起源於民間說中的「遊民說」的窠臼。從根本上講，刺客即以行刺爲職業手段的遊士終歸屬於遊民階層，同時也可以歸屬於士階層（具體說士階層中的武士），武士中的國士失位成爲遊民中的一部分——刺客型遊士，遊士又成爲遊民，最後演變爲遊俠，就是這樣一個循環往復的過程。儘管在具體論證中，顯得天衣無縫，合情合理，但無法避免人們理解上的分歧和偏差。讚同俠起源於士說的陳山認爲，「國士」和「遊士」是俠的初始形態，「國士」群體的出現是「武士」向「俠士」演變的一個中間環節。春秋戰國時期，「國士」失位成爲「遊士」的一個重要成份，身爲「遊士」的武士，看重超越實用功利的個人榮譽與氣節，在列國間與同類交遊，並通過「遊俠」的方式爲人解難濟困，從而成爲活躍於民間社會的豪士，這就是初始形態的俠。〔註29〕同時認爲，春秋末期，在中國歷史上第一次出現了由處於「遊士」狀態的「國士」中蛻變而出的新型武士階層即專門刺客，他們以自由交往的方式爲知遇者輕生相報，並以追求某種獨特的精神價值爲人生目標，雖殞身而不恤，這一社會現象表明：武俠作爲中國所獨有的社會群體眞正誕生了。〔註30〕通過深入比較，我們發現，汪聚應的觀點實際上是在陳山的觀點基礎上的深化和拓展。

俠起源於諸子說，認爲俠起源於諸子百家中的某一學派，其人格精神、思想觀念和行爲規範受到某一學派的影響，該說具體又可分爲三種情況。章太炎、梁啓超等認爲俠起源於儒家。章太炎認爲俠來源於儒，是儒的一種，俠與儒是相通的，他說：「漆雕氏之儒廢，而閭里有遊俠。……然天下有亟事，非俠士無足屬。……世有大儒，固舉俠士而並包之。」〔註31〕梁啓超論中國之武士道，舉孔子爲天下第一大勇，「《論語》《中庸》多以知、仁、勇三達德並舉，孔子之所以提倡尚武精神者至矣」。〔註32〕在他看來，中國之武士道，起於孔子而訖於郭解。他認爲：「孔子卒後，儒分爲八。漆雕氏之儒不色撓，不目逃，行曲則違於臧獲，行直則怒於諸侯。按此正後世遊俠之祖也。孔門必有此派，然後漆雕氏乃得衍其傳。」〔註33〕

〔註29〕陳山《中國武俠史》，上海三聯書店，1992年，第14～16頁。
〔註30〕陳山《中國武俠史》，上海三聯書店，1992年，第27～28頁。
〔註31〕章太炎《訄書初刻本・儒俠第五》，《章太炎全集》（三），上海人民出版社，1984年，第11～12頁。
〔註32〕梁啓超《中國之武士道》，《梁啓超全集》，第三冊，北京出版社，1999年，第1388頁。
〔註33〕梁啓超《中國之武士道》，《梁啓超全集》，第三冊，北京出版社，1999年，第1388頁。

　　譚嗣同、梁啓超、魯迅和聞一多等認為俠出於墨家。譚嗣同在《仁學》
及其《自敘》中，公開提倡遊俠之風，將俠歸於墨家，「墨有兩派：一曰『任
俠』，吾所謂仁也」，〔註34〕同時認為俠與儒是對立的，在他看來，儒是千百
年來民氣不振、社會衰敗的罪魁禍首。〔註35〕梁啓超在《論中國學術思想變
遷之大勢》中，將孔、老、墨稱為「三宗」，同時，他又把墨家分為三派：兼
愛一派、遊俠一派、名理一派。對於遊俠一派，他認為：「自戰國以至漢初，
此派極盛。朱家、郭解之流，實皆墨徒也。」〔註36〕很顯然，梁啓超也認為
俠來源於墨家。魯迅說：「孔子之徒為儒，墨子之徒為俠。」〔註37〕聞一多也
認為俠起源於墨家，「墨家失敗了，一氣憤，自由行動起來，產生所謂遊俠了」，
〔註38〕將俠視為墨家在行動上的延續者和體現者。

　　熊憲光認為俠出於縱橫家，縱橫家在後世的流變，主要派分為謀士、文
士、俠士三支，俠士是縱橫家的一個分支：「隨著縱橫家的衰落，以魯連為旗
幟的這一支策士也發生演變。其主要趨向是流為俠士，退出政壇而散入民
間。」也就是說，流為俠士的一支，實際上是縱橫家中以魯連為代表的具有所謂「高
行義節」的那一品類人物的流變。〔註39〕

　　從整體上來看，把俠的起源歸於儒、墨、縱橫等各家的觀點，大都立足
於歷史文化的角度，探討作為一種觀念形態的俠文化的理性基因，著眼點在
於以儒、墨、縱橫等各家為代表的傳統文化思想對俠的人格精神、思想觀念
和行為規範的深遠影響。諸子說的各派觀點從不同側面揭示和豐富了俠文化
的本質內涵，這是值得肯定的。但是，不能因為某家學派的某些人在言論或
行動上具有俠的特徵而簡單地得出俠起源於某家學派的結論。從諸子說各派
的觀點來看，各家學派中的人都有成為俠的可能，況且這也是先秦時期俠的
構成的歷史現實。由此看來，認為俠起源於某家學派的觀點是偏頗的，各派

〔註34〕譚嗣同《仁學·自敘》，《譚嗣同全集》（增訂本），下冊，中華書局，1981年，
　　　　第289頁。
〔註35〕譚嗣同《仁學》，《譚嗣同全集》（增訂本），下冊，中華書局，1981年，第344
　　　　頁。
〔註36〕梁啓超《梁啓超全集》，第二冊，北京出版社，1999年，第572頁。
〔註37〕魯迅《三閒集·流氓的變遷》，《魯迅全集》，第四卷，人民文學出版社，1981
　　　　年，第155頁。
〔註38〕聞一多《關於儒·道·土匪》，《聞一多全集》，第三冊，生活·讀書·新知三
　　　　聯書店，1982年，第471頁。
〔註39〕熊憲光《「縱橫」流為俠士說》，載《西南師範大學學報》（哲學社會科學版）
　　　　1997年第4期。

說法的自相矛盾亦毋庸贅言（典型的自相矛盾，莫如梁啓超認爲俠出於儒，俠也出於墨）。因此，郭沫若指出：「俠者不怕死，只有這一點和原始墨家相類，但我們不要以爲凡是不怕死的都是墨家呀。須要知道儒家也有漆雕氏的一派……假使儒家也要認任俠爲其嫡裔，難道又說不過去嗎？然而儒墨自儒墨，任俠自任俠，古人並不曾混同，我們也不好任意混同的。大抵在儒墨之中均曾有任俠者流參加，倒是實的情形。」〔註40〕可見，諸子說各派觀點的致命缺陷，在於混淆了歷史實存俠和精神觀念俠的區別，同時我們也應該注意諸子說把俠的起源歸於某家學派背後隱藏著的時代功利性和主觀願望。

　　俠起源於民間說，認爲俠來自民間，其人格精神、思想觀念和行爲規範都受到民間社會文化精神的浸潤與陶冶。該說具體分爲三種情況，一是以勞幹、楊聯陞等爲代表，他們認爲俠出於平民。〔註41〕二是以陶希聖爲代表，他認爲俠來源於遊民。〔註42〕三是以郭沫若爲代表，認爲俠出自商賈，「所謂任俠之士，大抵是出身於商賈。商賈而唯利是圖的便成爲市儈姦猾，商賈而富有正義感的便成爲任俠」。〔註43〕

　　從客觀上講，俠起源於民間說的這三種觀點各自都有史料根據，並非主觀臆斷。春秋戰國時期，隨著社會經濟的劇烈變遷，社會成員的地位也發生巨變，一些貴族淪落爲平民，加上當時新出現的從奴隸階級上升來的小地主、小工商業者，以及民間的雞鳴狗盜之徒，爲了生存競起爲遊俠，顯然是歷史上存在的事實。至於遊民，隨著周王室的衰微和井田制的瓦解，舊有的貴族、自由民和手工業者等「大批社會成員從傳統的社會結構中游離出來，從而形成一個龐大而分散的不工、不農、不商、不士的獨立於『四民』之外的社會群體」，〔註44〕這就是不事恆產、居無定所的遊民，其中的一部分人爲了生存起而行俠，也是不容置疑的事實。但非要說俠盡出於平民或遊民則不免狹隘。如果說俠盡出於平民，那就無法解釋司馬遷《史記・游俠列傳》中布衣之俠、卿相之俠、暴豪之徒的區分。再說遊民，由於失去了土地等生產資料和生活

〔註40〕郭沫若《青銅時代・墨子的思想》，《郭沫若全集》，歷史編第一卷，人民出版社，1982年，第484～485頁。

〔註41〕參見（美）劉若愚《中國之俠》，周清霖、唐發鐃譯，上海三聯書店，1991年，第2頁。

〔註42〕參見陶希聖《辯士與遊俠》，商務印書館，1930年，第74頁。

〔註43〕郭沫若《十批判書・古代研究的自我批判》，《郭沫若全集》，歷史編第二卷，人民出版社，1982年，第72頁。

〔註44〕陳寶良《中國流氓史》，中國社會科學出版社，1993年，第21頁。

手段，被農村封建生產關係拋離出來，又爲都市商品經濟所不容，爲求生存，他們要麼投靠富家貴族，要麼依靠政府的賑貸，要麼轉而欺壓更加弱小者，當然其中也不乏以仗義行俠謀生者。但要說遊俠都由遊民構成，卻是偏頗的。同理，俠出於商賈說也應作如是觀。商爲「四民」之末，先秦時期，統治階級實行重農抑商政策，商人的社會地位不高。因此，背井離鄉謀生於都市民間的商賈爲了爭得立足之地，必然會廣交朋友、行俠仗義，以求互助解危、同舟共濟。在家靠父母，出外靠朋友，遠離家族背景的江湖謀生現實形成了一套大家心照不宣的生存規則，商賈中出現俠義之士實乃社會發展的必然結果。其實，俠與民間社會之間存在一種互動關係。民間說指出民間是俠滋生、發展的土壤，俠是民間文化精神的載體，這與俠的思想觀念和下層民眾的俠崇拜心理是相吻合的，在某種程度上不失爲有價值的發現。但不能因認爲俠出身低賤且精神觀念多民間文化精神的質素，而將俠的起源歸於民間。「遊俠雖不構成一個特殊的社會階層，但就其出身而言，他們卻分別從屬於貴族和平民集團，同樣可以找到他們的終極歸宿」。〔註45〕可見，俠雖不是一個特殊的社會階層，但也並沒有超脫於各階級、階層之外，每個階級、階層中都有可能出現俠，這是歷史事實，所以俠的精神觀念和行爲特徵不可能只受到民間文化的單方面影響。從俠的歷史文化發展過程來看，其人格精神、思想觀念和行爲規範的形成不僅受到民間文化影響，同時也受到諸子百家知識精英文化乃至統治階級官方文化的浸潤。俠的人格精神、思想觀念和行爲規範形成後，反過來也會對民間文化精神、知識分子精英意識乃至政治權利話語產生廣泛而深遠的影響，從而形成我們國民性中的俠性心態或俠文化心理。在這個意義上，應該說，民間社會的平民或遊民或商賈中都可能產生遊俠，但不能由此反推出俠盡出於平民或遊民或商賈的結論。

俠起源於原始氏族的遺風說，代表人物爲鄭春元。他認爲：「俠起源於原始氏族的遺風。原始氏族的風俗是，氏族成員之間都平等互助，人人勇於擔負起爲氏族成員復仇的使命，好勇輕死，勇於捍衛氏族的利益。……到春秋時，氏族公社已經解體，進入了奴隸社會及封建社會。……社會上的人全力追求自身的利益，求富求貴，以利相交，損人利己。在這種社會條件下，這種社會風氣中，一些人仍堅持原始遺風來行事，維護正義，捨己助人，勇於復仇，這在當時社會中就是非常行爲，因而被人們所推崇，這種人被稱爲俠。

〔註45〕陳寶良《中國流氓史》，中國社會科學出版社，1993年，第48頁。

這是俠的眞正起源。……正因爲春秋戰國期間很多地方還存在著相當程度的原始氏族遺風，那些一直按原始氏族遺風行霸（此處「行霸」應爲「行事」——引者注）的人也就成了俠，由此造成了大量俠客的產生。」〔註46〕對於該說的評價，論者褒貶不一。王立認爲：「這一觀點眞是發前人之所未發，契合俠的下層文化特質，可謂找到了俠起源的眞正的源頭，是値得人們信服的。」〔註47〕與此相反，汪聚應認爲：「將俠的起源歸之遙遠縹渺的原始氏族遺風，事實上是抹殺了俠的人格精神，缺乏邏輯聯繫。」〔註48〕從民族集體無意識或文化基因積澱和承傳的角度看，原始氏族遺風說是頗有創建的，它揭示了俠的精神觀念和行爲特徵的某些本質，爲探究俠的起源提供了有益的借鑒。但俠是一定社會歷史文化發展的產物，產生於階級社會，經過官方意識形態和諸子百家思想精神的浸潤、改造與利用，其人格精神、思想觀念、行爲規範同原始社會樸素的互助遺風、復仇意識及原始正義觀念相比，已經發生了質的變化。我們可以說原始氏族遺風爲俠的精神觀念和行爲特徵的形成與確立提供了豐厚的文化基因，但將俠的起源上溯到原始社會時期，未免違背了中國俠產生的實際社會現實。

俠起源於神話原型說，代表人物爲李歐、陳雙陽。李歐認爲：「如果我們對中國文化中的『俠』形象，從現象、內蘊、功能諸方面進行分析，就可以認定：『俠』就是中國人的一種『原型意象』。」他從觀念、實存、文學等三個層面對俠這一原型意象進行了深入分析，爲澄清有關「俠」的一些爭論理出了一條較爲明晰的思路。〔註49〕陳雙陽認爲，中國俠文化經歷了神話原型、歷史實存與文人「幻設」三個發展階段，並伴隨著與各時代歷史特點相適應的複雜演變，在這一過程中逐漸積澱形成了「俠性」的三大「板塊」（即「神性」、「人性」和「魔性」），「當我們追蹤『俠』的源頭時，顯然無法避免上溯到神話這塊『聖地』。俠的最初的範本，正是神話這種綜合性意識形態中的英雄原型」。〔註50〕該說以文化人類學的方法推出俠起源於一種人格形象，在方法論上開闊了我們的研究視野，對我們深入探究俠的原初本質極富有借鑒意

〔註46〕鄭春元《俠客史》，上海文藝出版社，1999年，第2～4頁。
〔註47〕王立《武俠文化通論》，人民出版社，2005年，第354頁。
〔註48〕汪聚應《唐代俠風與文學》，博士學位論文，陝西師範大學，2002年，第25頁。
〔註49〕李歐《論原型意象——「俠」的三層面》，載《四川師範學院學報》（哲學社會科學版）1994年第4期。
〔註50〕陳雙陽《中國俠文化流變試探》，載《中山大學學報》（社會科學版）1996年第4期。

義。但把俠和神話原型相聯繫，認爲俠起源於神話原型，甚至將俠當作神，同樣違背了中國俠產生的實際社會現實。在探究俠的起源問題上，其缺陷在於過多地考慮了俠的觀念層面。

俠起源於某種精神氣質說，認爲俠不是一個特殊的社會集團，而是一群具有特殊的精神氣質的人。代表人物有劉若愚、汪湧豪和陳廣宏等。劉若愚認爲，遊俠爲人大多數是氣質問題，而不是社會出身使然，遊俠是一種習性，不是一種職業。〔註51〕從而指出俠是助人爲樂，具有正義感，「具有強烈個性、爲了某些信念而實施某些行爲的一群人」。〔註52〕汪湧豪和陳廣宏的結論是：「作爲中國社會富有俠義精神的特殊人群，受大無畏英雄精神的感召，他們彼此吸引，相互信任，成員間靠感情投入自發地產生，形成後又依約定俗成的規範控制自己的行爲，且在生活目標、行爲模式和價值取向等方面，與主潮文化聯繫較疏遠，而與社會副文化構成密切的關聯，實在具備了社會學意義上的『非正式群體』特徵。他們性格堅定，行爲果毅，能夠把注意力集中在自身之外的地方，同時又能犧牲爲常人關注的生存和安全需要，最終達到自我實現的需要。就人格特徵而言，凝聚了智慧力量、道德力量和意志力量，特別是張揚了意志力量中的獨立性、果毅性、堅定性和自制性一面，眞正凸現了英雄主義精神。」〔註53〕總之，他們認爲俠不是一種專門職業，構不成一個比較穩定的社會集團，俠來自社會上不同的階級與階層，每個階級和階層都有自己的生業，他們之所以起而行俠，目的不是爲了謀生，而僅僅因爲他們喜歡仗義行俠這種生存方式，容易受俠文化精神的驅使，秉持著自己的血性和良知，去做自己認爲應該做的事情，所以，俠是一個具有特殊精神氣質的社會人群。

精神氣質說深刻揭示了俠的人格精神的內涵，符合人民大眾所理解的遊俠形象，因爲某種精神氣質可以縱貫各個階級、階層，並不局限於哪一個社會集團，凡是具有俠的精神氣質並在現實中仗義行俠的人，都有成爲俠的可能。這是該說值得肯定和借鑒的地方。但是，精神氣質說沒有探究使人成爲

〔註51〕 （美）劉若愚《中國之俠》，周清霖、唐發鐃譯，上海三聯書店，1991年，第3頁。

〔註52〕 （美）劉若愚《中國之俠》，周清霖、唐發鐃譯，上海三聯書店，1991年，第4頁。

〔註53〕 汪湧豪、陳廣宏《引言》，《俠的人格與世界》，復旦大學出版社，2005年，第9頁。

俠的這種精神氣質的深刻根源，容易給人造成全從俠的正義人格精神方面立論而以偏概全的誤解，同時還會帶來側重俠的觀念層面而較少考慮俠的歷史實存層面之嫌。這是探討俠的起源問題所應該注意的。

通過對七種俠的起源說進行考辨分析，我們發現，它們從不同的角度在不同的層面上揭示了俠的較爲眞實的面目，爲進一步探究提供了有益的借鑒。然而，俠作爲一種社會歷史文化現象，畢竟存在於歷史文獻典籍和文學藝術作品的想像性建構之中，活躍在不同時代追求公道、正義和自由的人們的思想觀念裏。因此，研究者在探討俠的起源問題時，大都難以超越時代精神的需要和個體史識的制約，或多或少都要打上時代的功利要求和主觀色彩的印記。以這種宏觀視域來審視七種起源說，在還原俠的本來面目方面，它們各有不盡人意之處，沒能把中國之俠本身作爲歷史文化存在的獨特性，及其與史家、文人對俠的共同建構這一歷史文化現象之間的複雜性加以綜合考慮，也沒能從中國之俠的歷史文化變遷中對其起源問題給以宏觀把握。總之，一個人之所以成其爲俠，應該有各種各樣的原因，用武士、平民、遊民、諸子，乃至原始氏族遺風、精神氣質等標準來加以規約，其闡釋的罅漏和自相矛盾是不言自明的，前面的考辨分析已經指出了這一點，此處不再贅述。可以說，每一個社會集團或學派的人都有可能出現俠，爲俠者確實會受到自己所歸屬的那個社會集團或學派的道德理想、價值觀念和人格精神的影響，但由此得出俠來自某個社會集團或學派等的說法，卻未免不得要領，以偏概全了。

2.「整合說」的提出

在俠的起源問題上，我主張「整合說」。在時間上，俠起源於春秋戰國時期，這是沒有異議的。對於他們最初的身份、精神觀念和社會行爲的性質，我認爲必須從以下幾個方面綜合考慮。一是，社會發生大動盪、大變革，人間有眾多的危難、邪惡與不平，崇俠尙武的社會風氣推動，以及養士之風興起，這是俠產生的土壤和存在的基礎，即外因；二是，一些人具有血性、良知和正義感的精神氣質，這種原初之俠的精神氣質有其深刻的歷史文化根源，這是俠產生的內因；三是，諸子百家思想浸潤、史家立傳和文人想像，三者的參與建構，賦予俠的精神觀念和行爲特徵以理性質素與指導意義，共同促進了俠的人格精神、思想觀念和行爲規範的形成與確立。這是俠及其文化精神得以承傳和發揚光大的文化基因與恒久動力。

具體來說，俠本是一種具有血性、良知和正義感的浮遊於天地之間的特殊的精神氣質，這是人之爲俠的核心質素。這種精神氣質的淵源可以上溯到原始氏族的互助遺風、尙武習俗、復仇意識和原始正義觀念。原始氏族成員爲了生存，遵照原始遺風來行事，維護正義，互相幫助，同仇敵愾，舍生忘死，爲捍衛本族群利益而勇於復仇。同時如史所載「種、代，石北也，地邊胡，數被寇，人民矜懻忮，好氣，任俠爲奸，不事農商」，〔註54〕「鄭、衛俗與趙相類，然近梁、魯，微重而矜節。濮上之邑徙野王，野王好氣任俠，衛之風也」等，〔註55〕這些強悍的地域民風也是原始氏族遺風的表現，且已經演變爲尙武任俠風俗。原始氏族的這種本眞純樸的精神質素在漫長的歷史演進過程中逐漸積澱並內化爲人們的精神結構和文化心理中穩定、持久的「原始意象」，以至代代相傳而成爲民族性中的一部分。「所謂『原始意象』，按榮格的解釋，就是『人類遠古的深層集體無意識』，是自遠古人類在生活中形成的並世代遺傳下來的深層心理經驗，是一種互古綿延、無所不在、四處滲透的最深遠、最古老和最普遍的人類思想，即人類精神本體」。〔註56〕作爲俠的精神本體的這種特殊的精神氣質，一旦遇到特定時代精神氣候的刺激，就會被大大啓動而從人的潛意識層面浮出歷史地表，毅然煥發出正義的力量。春秋戰國時期，社會處於大動盪、大變革的劇烈變化之中，在這種時代精神氣候之下，邪惡叢生，人間有眾多的危難和不平，這就必然會出現社會角色的變異與錯位，在社會成員的集團構成及其利益的重新組合與再分配的過程中，原有的社會各階級、階層及其內部構成都將會發生不以人的意志爲轉移的層級變化，任何一個階級、階層中凡具有這種特殊精神氣質的人都有可能因這種變化而加入爲俠者的行列。同時，崇俠尙武社會風氣的推動及養士之風的興起和盛行，爲俠的生存與發展提供了有利的社會環境，也爲俠的自我價值實現提供了廣闊的歷史舞臺。俠主要是一種行爲，不是一個學派，缺乏理論原則和行動綱領。在俠的產生過程中，諸子百家爭鳴的自由學術環境與思想文化精神爲俠的人格精神、思想觀念和行爲規範的形成與確立提供了豐富的精神資源，奠定了堅實的學理基礎，更爲俠的行爲倫理充實了獨特的民

〔註54〕 司馬遷《貨殖列傳》第六十九，《史記》，卷一百二十九，嶽麓書社，1988年，第934頁。

〔註55〕 司馬遷《貨殖列傳》第六十九，《史記》，卷一百二十九，嶽麓書社，1988年，第935頁。

〔註56〕 童慶炳《文學理論教程》（修訂版），高等教育出版社，1998年，第151頁。

族文化傳統和正義人格力量（關於俠與諸子百家思想的關係，我將在後面的「俠文化的精神資源：俠與諸子百家思想」一小節中專門探討）。作爲歷史上實際存在的俠，其行俠的本義在於以一種無私無畏的精神行爲或實踐行爲，來彰顯正義的力量，獲得社會的認同和道德上的榮譽感。究其實質，俠是一種不同凡俗的付出行爲，俠以其果敢剛毅的意志力和尚義泛愛的胸懷而定格爲人們所崇拜的英雄，並經過史家和文人共同的文化建構而流芳千古。

在俠的歷史發展過程中，由於官方統治者的血腥鎮壓和正統史家、文人的扭曲排斥，俠逐漸轉向民間，其人格精神和行爲觀念也逐漸發展成爲一種民間文化精神。這種文化精神作爲支流文化與主流文化相對，作爲理想形態與社會生活現實形態相對，作爲社會文化的不安定因素與要求穩定與和諧的歷史文化慣性相對，作爲大眾世俗文化與精英文化相對，〔註 57〕從而形成中國特色的俠文化。儘管歷史上的俠之末流玷污了俠的傳世英名，儘管某些史家和文人站在統治者的立場上過份突出俠的負面影響，乃至於對俠進行口誅筆伐，儘管俠遭到歷代統治者的肉體摧殘和精神打壓，但俠的正面形象和正義人格已經演化爲中華民族的精神圖騰，並形成了自己的俠文化，而受到世人的景仰和歆羨，甚至自覺地將俠及其文化精神作爲人格建構和文化建構的參照系來指導自己的人生與事業。

（二）俠的界定：歷史文化詮釋與當下文化定位

1. 歷史文化詮釋

自從歷史上出現了俠，也就有了歷代人們對俠的認識和理解。關於俠的定義和詮釋，可謂仁者見仁、智者見智。但俠究竟是什麼？縱觀歷史上各家的觀點，大致經歷了從否定到肯定到否定再到否定之否定即新的肯定這樣一個歷史進程和邏輯規律，呈現爲動態的歷史文化變遷的過程。

（1）古代對俠的理解和詮釋

在現存的古代文獻典籍中，最早提到「俠」的是戰國時期法家代表人物韓非子的《五蠹》篇。他站在封建統治階級的官方立場，指出：「儒以文亂法，俠以武犯禁。而人主兼禮之，此所以亂也。」〔註 58〕同時指出：「廢敬上畏法

〔註 57〕參見韓雲波《自序》，《中國俠文化：積澱與承傳》，重慶出版社，2004 年，第1～2 頁。

〔註 58〕韓非《韓非子卷十九・五蠹第四十九》，景印文淵閣《四庫全書》（子部三五　法家類），第七二九冊，臺灣商務印書館，1986 年，第 781 頁。

之民，而養遊俠私劍之屬」，〔註59〕「群俠以私劍養」。〔註60〕在這裡，韓非子把俠定性爲目無法紀、敢於犯上作亂甚至爲所欲爲的人，認爲俠是社會的不穩定因素，具有反抗正統社會的叛逆性，有擾亂社會、顛覆政權的消極作用，視俠爲危害國家的五蠹之一，主張堅決地鎮壓翦除。在韓非子眼裏，「棄官寵交謂之有俠」，〔註61〕「人臣肆意陳欲曰俠」。〔註62〕可見，韓非子對俠的偏見是非常明顯的。韓非子以批判和否定的態度把俠定性爲「以武犯禁」、「棄官寵交」、「肆意陳欲」的人。雖然俠「犯五官之禁」，但「其帶劍者，聚徒屬，立節操，以顯其名」〔註63〕的俠行和俠節卻是有目共睹的，不可磨滅的。關於俠的影響，韓非子並沒有一味地否定：「行劍攻殺，暴憿之民也，而世尊之曰『磏勇之士』；活賊匿奸，當死之民也，而世尊之曰『任譽之士』。」〔註64〕由此可知，儘管俠目無法紀、聚眾藏奸、好武揚名、擅長暗殺，並因此而遭到統治階級和世俗輿論的仇視甚至歪曲，但韓非子等也不得不承認「俠」在民間還是得到了廣泛的認可與贊揚，那就是俠被世人尊爲「磏勇之士」、「任譽之士」。總之，韓非子雖然指出了俠具有反抗封建統治秩序的叛逆性這一精神特徵，雖然由於尊重歷史眞實也承認俠爲人所稱道的某些行爲特徵，但限於階級立場的狹隘與偏見，並沒有眞正地揭示出俠的本質。有論者指出：「韓非對『俠』下的定義並不公正，他片面地概括了俠的某些特徵，誇大了俠的某些弱點。也可以這樣說，他沒有眞正認識中國之俠的全部面目，因此得出了一個迎合統治階級立場的結論。」〔註65〕這種評價是中肯的。由於韓非子的立論站在官方立場，所以我把他有關俠的理解和闡釋稱爲官方意識形態的俠文化觀。

〔註59〕 韓非《韓非子卷十九‧五蠹第四十九》，景印文淵閣《四庫全書》（子部三五 法家類），第七二九冊，臺灣商務印書館，1986 年，第 781 頁。

〔註60〕 韓非《韓非子卷十九‧五蠹第四十九》，景印文淵閣《四庫全書》（子部三五 法家類），第七二九冊，臺灣商務印書館，1986 年，第 781 頁。

〔註61〕 韓非《韓非子卷十八‧八說第四十七》，景印文淵閣《四庫全書》（子部三五 法家類），第七二九冊，臺灣商務印書館，1986 年，第 771 頁。

〔註62〕 韓非《韓非子卷十八‧八說第四十七》，景印文淵閣《四庫全書》（子部三五 法家類），第七二九冊，臺灣商務印書館，1986 年，第 773 頁。

〔註63〕 韓非《韓非子卷十九‧五蠹第四十九》，景印文淵閣《四庫全書》（子部三五 法家類），第七二九冊，臺灣商務印書館，1986 年，第 784 頁。

〔註64〕 韓非《韓非子卷十八‧六反第四十六》，景印文淵閣《四庫全書》（子部三五 法家類），第七二九冊，臺灣商務印書館，1986 年，第 767 頁。

〔註65〕 曹正文《中國俠文化史》，上海文藝出版社，1994 年，第 8 頁。

歷史上第一個爲俠正名且眞正揭示了俠的本質內涵的是司馬遷。他站在民間立場，用民間的道德觀念和倫理準則對俠作出了客觀、公正的價值判斷：「今遊俠，其行雖不軌於正義，然其言必信，其行必果，已諾必誠，不愛其軀，赴士之阨困。既已存亡死生矣，而不矜其能，羞伐其德，蓋亦有足多者焉。」〔註 66〕同時，他認爲俠「救人於厄，振人不贍，仁者有乎；不既信，不倍言，義者有取焉」。〔註67〕在這裡，司馬遷指出俠的行爲雖然不合乎封建社會正統的倫理道德規範和統治秩序，但他們有「言必信」、「行必果」、「已諾必誠」的誠信人格；具備「不愛其軀，赴士之阨困」的大無畏的自我犧牲精神；具有「不矜其能，羞伐其德」的謙虛品質；胸懷天下仁義的道德情操。很顯然，在司馬遷眼裏，具備這四種特徵的人就是俠，俠的本質在於捨己爲人，即利他性。司馬遷並沒有抽象地爲俠唱讚歌，而是在布衣（匹夫、鄉曲、閭巷）之俠與暴豪之徒、卿相之俠、士人君子的對比或比較中，使俠的本質特徵具體凸顯出來。

司馬遷坦言：「自秦以前，匹夫之俠，湮滅不見，余甚恨之。以余所聞，漢興有朱家、田仲、王公、劇孟、郭解之徒，雖時扞當世之文罔，然其私義廉潔退讓，有足稱者。名不虛立，士不虛附。至如朋黨宗強比周，設財役貧，豪暴侵凌孤弱，恣欲自快，游俠亦醜之。余悲世俗不察其意，而猥以朱家、郭解等令與暴豪之徒同類而共笑之也。……自是之後，爲俠者極眾，敖而無足數者。然關中長安樊仲子、槐里趙王孫、長陵高公子、西河郭公仲、太原鹵公孺、臨淮兒長卿、東陽田君孺，雖爲俠，而逡逡有退讓君子之風。至若北道姚氏、西道諸杜、南道仇景、東道趙他羽公子、南陽趙調之徒，此盜跖居民間者耳，曷足道哉！此乃鄉者朱家之羞也。」〔註 68〕很顯然，他對布衣之俠與暴豪之徒在本質上作出了明確區分。毫無疑問，司馬遷最欣賞的是布衣之俠，他對世人將布衣之俠與「侵凌孤弱，恣欲自快」的暴豪之徒混爲一談表示極大的憤慨。司馬遷對二者的明確區分，對後世之人仍把暴豪之徒視爲俠的做法也是一個超前警惕。

〔註66〕 司馬遷《史記卷一百二十四·游俠列傳第六十四》，景印文淵閣《四庫全書》（史部二 正史類），第二四四冊，臺灣商務印書館，1986 年，第 887 頁。

〔註67〕 司馬遷《史記卷一百三十·太史公自序第七十》，景印文淵閣《四庫全書》（史部二 正史類），第二四四冊，臺灣商務印書館，1986 年，第 959 頁。

〔註68〕 司馬遷《史記卷一百二十四·游俠列傳第六十四》，景印文淵閣《四庫全書》（史部二 正史類），第二四四冊，臺灣商務印書館，1986 年，第 887～890 頁。

　　司馬遷認爲：「近世延陵、孟嘗、春申、平原、信陵之徒，皆因王者親屬，藉於有土卿相之富厚，招天下賢者，顯名諸侯，不可謂不賢者矣。此如順風而呼，聲非加疾，其勢激也。至如閭巷之俠，修行砥名，聲施於天下，莫不稱賢，是爲難耳。」〔註69〕在這裡，他把布衣之俠與賢公子即卿相之俠做了比較，說明二者稱名於世的方式和途徑是不同的：一靠有土卿相之富厚而顯名諸侯，一憑修行砥名而聲施於天下；一屬於上層貴族行爲，一屬於下層民間立場。

　　司馬遷指出：「今游俠，其行雖不軌於正義，然其言必信，其行必果，已諾必誠，不愛其軀，赴士之阨困。既已存亡死生矣，而不矜其能，羞伐其德，蓋亦有足多者焉。……今拘學或抱咫尺之義，久孤於世，豈若卑論儕俗，與世沈（即沉——引者注）浮而取榮名哉！而布衣之徒，設取予然諾，千里誦義，爲死不顧世。此亦有所長，非苟而已也。故士窮窘而得委命，此豈非人之所謂賢豪間者邪？誠使鄉曲之俠與季次、原憲比權量力，效功於當世，不同日而論矣。要以功見言信，俠客之義，又曷可少哉？」〔註70〕在這裡，司馬遷把遊俠和某些所謂潔身自好的謙謙士人君子做了比較。遊俠雖然受到官方和某些士人得敵視或鄙薄，他們卻能夠做到爲解救士人得厄困而不吝惜自己的身家性命，生死存亡而不誇耀自己的本領和功勞，聽到別人的誇讚和感謝，也以爲羞，這樣境界高踏的遊俠確實值得歆羨與敬慕；某些士人雖然斥責遊俠「不軌於正義」，但在他們自己身陷囹圄、遭到危難之時，卻總是把身家性命託付給遊俠保護；相比之下，季次、原憲等這樣潔身自好的儒家弟子，他們對現實社會的意義就與遊俠相差甚遠，不可同日而語了。

　　很顯然，司馬遷對俠的記載，是站在民間立場，在尊重歷史事實的基礎上融入了他作爲史家的主觀視野即史識。我把司馬遷對俠的理解和闡釋稱爲民間道德理想價值期待的俠文化觀。俠確實以武犯禁，但所有以武犯禁的人並非都是俠。只有言行符合司馬遷所歸納的那四種特徵的人才可稱之爲俠，反之，就不是俠了。比如盜，在莊子筆下，有一個叫盜跖的人，其從卒九千人，橫行天下，侵暴諸侯，是一個不軌於正義的以武犯禁者，同時，他們「穴室樞戶，驅人牛馬，取人婦女，貪得忘親，……所過之邑，大國守城，小國

〔註69〕司馬遷《史記卷一百二十四·游俠列傳第六十四》，景印文淵閣《四庫全書》（史部二　正史類），第二四四冊，臺灣商務印書館，1986 年，第 887 頁。

〔註70〕司馬遷《史記卷一百二十四·游俠列傳第六十四》，景印文淵閣《四庫全書》（史部二　正史類），第二四四冊，臺灣商務印書館，1986 年，第 887 頁。

入保，萬民苦之」。〔註71〕可見，盜跖既不合於官方的正義秩序，也違背了民間的道義原則。姑且不論莊子的描述是否可信，但只要一個以武犯禁的人違背了民間的道義原則，做出了禍國殃民的事情，那他就不是俠，而是盜，甚至法律意義上的流氓了。從表層看，俠與盜同是特定歷史境遇下的以武犯禁者；但在深層，他們之間卻存在本質區別。俠維護社會正義和社會公平，盜則破壞社會正義、製造社會不公；俠大公無私、捨己為人，盜則為一己之私而利己損人。當然，有的盜倘不是為了一己或集團的私利，而是把劫富濟貧、專取不義之財的行為作為對抗黑暗社會的手段，那他實際上就具有了「俠」的性質，所以可稱之為「俠盜」或「盜俠」。俠主持公道、追求社會正義不以劫財為手段，這一點與俠盜不同，但俠與俠盜在扶危濟困、鋤強扶弱的濟世目的上，卻相當一致，實為殊途同歸。

韓非子和司馬遷由於立場不同，所以他們給俠的價值判定完全相反，以致於形成完全不同的俠觀念。在有關俠的闡釋和定位上，這是中國歷史上典型的截然對立的兩種觀點。這兩種不同的文化基因也作為「集體無意識」積澱於國人的文化心理之中，並得到代代傳承。

東漢史家班固對俠持批判乃至否定的態度，在史學觀上他對司馬遷為遊俠作傳進行了強烈的譴責：「序游俠，則退處士而進奸雄……此其所蔽也。」〔註72〕他堅決認為像郭解這類遊俠「以匹夫之細，竊生殺之權，其罪已不容於誅」，其行為「不入於道德，苟放縱於末流，殺身亡宗，非不幸也」。〔註73〕顯而易見，班固對太史公的譴責及對俠的評價完全是站在官方立場，他對俠的口誅筆伐，大有滅之而後快的霸氣。儘管如此，他也無法否認「自哀平間，郡國處處有豪傑」〔註74〕的歷史事實，更無法泯滅俠「溫良泛愛，振窮周急，謙退不伐，亦皆有絕異之姿」〔註75〕的高蹈行為和精神風範。

〔註71〕王先謙注《莊子集解卷八・盜跖第二十九》，《諸子集成》，第三冊，上海書店，1986年，第195頁。

〔註72〕班固《前漢書卷六十二・司馬遷傳第三十二》，景印文淵閣《四庫全書》（史部八 正史類），第二五○冊，臺灣商務印書館，1986年，第446頁。

〔註73〕參見班固《前漢書卷九十二・游俠傳第六十二》，景印文淵閣《四庫全書》（史部九 正史類），第二五一冊，臺灣商務印書館，1986年，第155頁。

〔註74〕班固《前漢書卷九十二・游俠傳第六十二》，景印文淵閣《四庫全書》（史部九 正史類），第二五一冊，臺灣商務印書館，1986年，第164頁。

〔註75〕班固《前漢書卷九十二・游俠傳第六十二》，景印文淵閣《四庫全書》（史部九 正史類），第二五一冊，臺灣商務印書館，1986年，第155頁。

東漢末歷史學家荀悅也是站在官方立場對俠抱著極端仇視的態度，對俠的行為準則全盤否定。他把「遊俠」作為世上「德之賊」的「三遊」之一（另外是遊說、遊行），在他的眼裏，「立氣勢，作威福，結私交以立強於世者，謂之遊俠」。〔註76〕很明顯，荀悅把仗勢欺人、橫行霸道的人定性為俠，這種人類似於司馬遷記載的暴豪之徒，幾近於土匪、強盜，決不能稱其為俠。

東漢許慎在《說文解字》中從兩個方面對俠作出闡釋：一是「俠」通於「俜」，「三輔謂輕財者」為「俠」；二是「俠」通於「挾」，是「持也」。二者綜合，那麼俠就可以理解為一種仗義疏財、以強力雄霸地方的行為特徵，及具備這種行為特徵的人。〔註77〕仗義疏財合乎俠的本質，但以強力雄霸地方卻是暴豪之徒的行為。唐代司馬貞在《史記集解序》作「索隱」稱：「遊俠，謂輕死重氣，如荊軻、豫讓之輩也。遊，從也，行也。俠，挾也，持也。」《漢書·季布傳》唐人顏師古注也說：「俠之言挾也，以權力挾輔人也。」〔註78〕把有輕死重氣人格意志的人稱為俠，揭示了俠的人格的一個重要特徵，但認為俠「以權力挾輔人」卻偏離的俠的本質。

自《後漢書》起，史家不再為遊俠作傳，但這並不等於說遊俠在社會上已經消亡。相反，魏晉六朝的詩歌、唐代的傳奇和詠俠詩、宋元話本以及元明清戲曲，繼續以文學的形式為社會上的俠樹碑立傳，「每代作家都依據自己所處的歷史背景及生活感受，調整『俠』的觀念，但又都喜歡在前人記錄或創作的朱家、郭解等歷史人物及黃衫客、古押衙等小說形象上，寄託自己關於『俠』的理想」。〔註79〕可見，史家對歷史實存俠的放棄卻成為文學的幸事，俠作為精神文化形象進入文人創作的視野，文人通過創作對俠的想像和闡釋也離不開史書記載或文學創作的前文本。隨著俠作為創作的題材並通過文學創作進入社會文化領域，文學作品遂成為讚揚俠的正義人格力量、自由獨立精神和瀟灑豪邁行為的載體，使俠文化的延續和承傳比史書記載的遊俠活動本身多了一份生動活潑的氣息，更能使俠及俠文化精神深入到民間社會，密切俠與普通民眾的精神情感聯繫，「正因為俠客形象代表了平民百姓要求社會

〔註76〕 荀悅《前漢紀卷十·孝武一》，景印文淵閣《四庫全書》（史部六一 編年類），第三〇三冊，臺灣商務印書館，1986年，第290頁。
〔註77〕 參見韓雲波《中國俠文化：積澱與承傳》，重慶出版社，2004年，第31頁。
〔註78〕 參見鄭春元《前言》，《俠客史》，上海文藝出版社，1999年，第3頁。
〔註79〕 陳平原《千古文人俠客夢——武俠小說類型研究》，人民文學出版社，1992年，第6頁。

公正平等的強烈願望，才不會因為朝代的更替或社會形態的轉變而失去魅力」。〔註80〕同時，使千百年來的任俠傳統成為千古文人的俠客夢，為他們的人格建構和人生追求提供不竭的精神資源。當記載和表現俠的任務由史家轉移到詩人、小說家與戲劇家肩上時，後者賦予俠的主觀色彩比前者更加強化了。「隨著時代的推移，『俠』的觀念越來越脫離其初創階段的歷史具體性，而演變成一種精神、氣質，比如『俠骨』、『俠情』、『俠節』、『俠氣』、『俠烈』、『俠行』等等。……是一種富有魅力的精神風度及行為方式」。〔註81〕於是，俠與俠文化不斷地滲透於文學領域，文學創作也不斷地賦予俠以公道、正義和良知的精神品格，在這種良性互動中，俠不斷地由歷史實存形態向文學形象形態進而向思想觀念形態轉化，最終演變為社會的正義力量、精神象徵和行為楷模。我把這種歷代文人知識分子對俠的理解和闡釋稱為知識精英理想價值建構的俠文化觀。

在俠由歷史實存形態、文學形象形態向思想觀念形態轉變過程中，歷代史家和文人的俠文化觀大致也呈現出三種話語形態，即我在前面的分析中已經分別總結出來的官方意識形態的俠文化觀、民間道德理想價值期待的俠文化觀、知識精英理想價值建構的俠文化觀。俠的三種表現形態和俠文化觀的三種話語形態並不是一一對應的關係，他們之間是縱橫交錯、互相交融的。俠文化觀的三種話語形態之間有機聯繫，互相提供理論補充和思想借鏡，是一個動態發展過程，從正反兩個方面，不斷豐富著俠文化觀的合理內核，為人們合理地理解和闡釋俠與俠文化提供有益的借鑒，但同時它們之間存在鮮明的本質區別。官方意識形態的俠文化觀代表官方立場，是為維護封建統治秩序服務的，其對俠的態度是批判否定的。該俠文化觀的形成除了維護統治階級利益驅使外，與社會上大量偽俠的出現密不可分。司馬遷已經警惕世人注意布衣之俠和暴豪之徒的區別，但古代社會仍有很多人乃至一些史籍將真俠與偽俠混為一談。將偽俠也稱為俠的原因有三，一是歷史上許多惡棍流氓、暴豪之徒打著俠的旗號作惡，使人對俠真假難辨，以致於很多人把社會上胡作非為、欺壓良善之徒也視為俠；二是歷史上一些真俠的負面行為失去俠義規範，引起人們對俠整體上的誤解；三是一些忠於統治者的正統思想濃厚的

〔註80〕陳平原《千古文人俠客夢——武俠小説類型研究》，人民文學出版社，1992年，第8頁。
〔註81〕陳平原《千古文人俠客夢——武俠小説類型研究》，人民文學出版社，1992年，第6頁。

史家對俠持有偏見，用醜化和歪曲的方式來記敘俠的行為。〔註82〕所以，僞俠大量出現不可避免。另外還有一點，就是一些俠走向墮落，或成為流氓惡棍，或成為土匪強盜，同樣也混淆視聽，使人對俠真假難辨。僞俠不具備俠的本質特徵，墮落的俠也已經失去了俠之為俠的本質，就不是俠了，最多是俠的末流，他們都與真俠不可同日而語。如果有人依據僞俠或墮落之俠的行徑來對俠加以指責乃至否定，實際上所持的仍是官方立場，無意中充當了官方的同謀。民間道德理想價值期待的俠文化觀站在民間立場，代表弱勢群體的利益，對俠的道義行為和人格精神給予充分肯定和道德褒揚，在主流文化邊緣以世俗理想形態表達對公平、正義、自由和良知的價值期待，在這種意義上，它也可稱為人本主義的民間本位的俠文化觀。知識精英理想價值建構的俠文化觀代表文人知識者的精英立場，傳達的是一種精英意識。以俠作為理想價值建構的載體，無論對於得意還是失意的文人來說，都不失為一種有益的價值選擇。當文人知識者春風得意、事業蒸蒸日上之時，再來點俠的擔當精神、激進情緒則無異於如虎添翼，儒雅的外表充溢著陽剛豪氣是他們追求儒俠互補理想人格的極佳狀態。當文人知識者在理想追求和現實選擇出現背離而難以超拔人生困境時，狂放不羈、自由高蹈、灑脫豪邁、急公好義的俠自然會進入其期待視野，藉以洗盡儒生之酸，在不得已「獨善其身」的表面下，傾吐難以「兼濟天下」的理想苦悶和精神困境。在明確了俠文化觀的三種話語形態之間的聯繫和區別之後，再來觀照近現代以來文人知識分子對俠的文化闡釋，是大有裨益的。

（2）近、現代對俠的理解和詮釋

對俠的理解和詮釋是一個動態的歷史文化變遷的過程，每一代人大都以自己獨特的期待視野來理解和詮釋俠，由此體現出不同的價值取向。近代以來，人們堅持以正義為核心的價值標準，對俠的理解和詮釋緊密結合時代需要，把俠詮釋成為在民族前途、國家命運面前及社會生活中具有擔當精神和憂患意識的道德力量，在價值判斷上呈現出鮮明的時代功利性。同時，以司馬遷詮釋的原初俠義精神為基礎，融合韓非子、班固等史家對俠的詮釋，汲取作為文學形象的俠的人格精神的合理質素，並結合自己的生命體驗和理想追求，對俠作出了既體現時代精神又具有個性特色的文化詮釋。這種思路直接為現當代文人知識分子所承傳，並結合新的時代特色而發揚光大。

〔註82〕參見鄭春元《俠客史》，上海文藝出版社，1999年，第138頁。

　　晚清以降，國運衰微，民氣不振。許多仁人志士「由國勢衰微而招國魂、呼喚尚武精神；因求尚武而追憶、發掘早就隱入歷史深處的遊俠兒。終於，遊俠兒在被正統士大夫拋棄了近兩千年後，再次浮出歷史地表，迎接歐風美雨的嚴峻挑戰」。〔註83〕晚清志士鼓吹「尚武」、「任俠」精神的目的在於從傳統文化中發掘出反抗強權專制、抵禦外敵入侵、挽救民族危亡的精神資源，以應對不斷變化的國內外局勢。可貴的是，他們將俠文化精神提升到現代意義上的愛國主義和民族大義，爲傳統的俠義精神注入了新的質素，並且他們本身也以俠文化精神相號召，以對俠的詮釋和鼓吹，作爲喚醒民眾、進行革命的有效手段。章太炎俠骨崢崢，一反時人「俠之不作，皆儒之爲梗」、「儒爲專制所深資，俠則專制之勁敵」〔註84〕等諸如此類的說法，「儒俠」並舉，宣稱「世有大儒，固舉俠士而並包之。而特其感慨（指慨——引者注）奮屬，矜一節以自雄者，其稱名有異於儒焉耳」，〔註85〕認爲「天下有亟事，非俠士無足屬」，〔註86〕俠士殺身成仁、爲國除害的宗旨與儒家之義之用相類，強調俠「當亂世則輔民，當治世則輔法」，〔註87〕大大提高了俠的地位。章太炎儒俠並舉的觀點及其對俠的詮釋慷慨激昂，充滿了時代精神和革命色彩。

　　蔣智由認爲，司馬遷傳遊俠「所取多借交報仇之人，而爲國家之大俠缺焉」，他把墨子視爲「眞俠之至大，純而無私，公而不偏」，是「千古任俠者之模範」，強調區分大俠小俠公武私武。〔註88〕楊度認爲：「夫武士道之所以可貴者，貴其能輕死尚俠，以謀國家社會之福利也。」〔註89〕梁啓超認爲：「我民族武德之斫喪，則自統一專制政體之行始矣。」〔註90〕因此，他論中國之

〔註83〕陳平原《中國現代學術之建立——以章太炎、胡適之爲中心》，北京大學出版社，1998 年，第 220 頁。

〔註84〕揆鄭（湯增璧）《崇俠篇》，載《民報》1908 年 8 月第 23 號。

〔註85〕章太炎《訄書初刻本・儒俠第五》，《章太炎全集》（三），上海人民出版社，1984 年，第 12 頁。

〔註86〕章太炎《訄書初刻本・儒俠第五》，《章太炎全集》（三），上海人民出版社，1984 年，第 11 頁。

〔註87〕章太炎《訄書重訂本・儒俠第六》，《章太炎全集》（三），上海人民出版社，1984 年，第 141 頁。

〔註88〕蔣智由《中國之武士道・蔣序》，《梁啓超全集》，第三冊，北京出版社，1999 年，第 1377 頁。

〔註89〕楊度《中國之武士道・楊敍》，《梁啓超全集》，第三冊，北京出版社，1999 年，第 1380 頁。

〔註90〕梁啓超《中國之武士道・自敍》，《梁啓超全集》，第三冊，北京出版社，1999 年，第 1385 頁。

武士道,以提倡尚武精神為急務,蒐集起於孔子而訖於郭解的歷史事實,「貽最名譽之模範於我子孫者,敘述始末,而加以論評,……以補精神教育之一缺點云爾」。〔註91〕他們都把俠提升到了民族國家大義的高度,表達了對為國為民的「大俠」的期待。

晚清時期發生了俠歸儒、歸墨的學術論爭,結果如何並不重要,其真正目的在於「想以墨家的『摩頂放踵以利天下』或者儒家的『殺身成仁』來規範遊俠狂蕩不羈的生命活力,將其改造成為利國利民而不是報恩報怨的理想的『大俠』。……經過一番意味深長的選擇與改造,大俠作為聖潔的殉道者與拯世濟難的英雄,重新出現在世人面前」。〔註92〕

關於晚清志士的「尚武」、「任俠」思潮,陳平原認為「或許是大俠永遠隱入歷史深處前的迴光返照」,同時指出「現代人不只失落了藉以行俠的寶劍,連遊俠詩歌也吟不成篇,唯一剩下的,是近乎『過屠門而大嚼』的武俠小說」。〔註93〕而我認為歷史實存俠雖然已經隱入了歷史深處,現代人雖然只剩下了武俠小說,但大俠精神卻沒有被歷史塵封,現代人的人格結構和文化心理深層的俠文化精神積澱卻是無法抹殺的。現代文人特別是新文學作家直接師承了晚清志士的「尚武」、「任俠」精神,與晚清志士的激進情緒和急於求成的功利色彩不同,現代文人對俠的態度更多的是反思中批判、批判中建構。

魯迅主張俠出於墨,在《三閒集・流氓的變遷》中,他從歷史實存俠出發,通過對俠的歷史文化變遷的考察,指出俠蛻變、墮落的根本原因在於封建專制統治的高壓和俠本身奴性的加強,從而同反封建思想啟蒙和國民性批判結合起來,指出了國民理想人格建構所面臨的困難。對於俠的蛻變,魯迅是批判的,但他對俠本身並沒有全盤否定。他認為:「惟俠老實,所以墨者的末流,至於以『死』為終極的目的。」〔註94〕可以發現,魯迅肯定和呼喚的是真正的大俠,他對俠的蛻變、墮落的批判目的在於建構一種理想的人格。

〔註91〕梁啓超《中國之武士道・自敘》,《梁啓超全集》,第三冊,北京出版社,1999年,第1386頁。

〔註92〕陳平原《中國現代學術之建立——以章太炎、胡適之為中心》,北京大學出版社,1998年,第222頁。

〔註93〕陳平原《中國現代學術之建立——以章太炎、胡適之為中心》,北京大學出版社,1998年,第238頁。

〔註94〕魯迅《三閒集・流氓的變遷》,《魯迅全集》,第四卷,人民文學出版社,1981年,第155頁。

聞一多認爲俠是墮落的墨家，「墨家失敗了，一氣憤，自由行動起來，產生所謂遊俠了」，〔註95〕在聞一多看來，俠是墨家墮落的產物，是破壞社會秩序的不穩定因素，後來變化爲土匪。他對俠的詮釋側重於文化批判精神，隱含著對國民劣根性根源的挖掘、批判乃至否定。

馮友蘭在深入考察古代社會情況的基礎上，將俠詮釋爲幫人打仗的武專家或武士，而墨家出自於武士或俠。〔註96〕

錢穆認爲，「謂俠出於儒墨則可」，不然「皆不得社會曾流品之眞相者也」，「俠乃養私劍者，而以私劍見養者非俠」。〔註97〕在他看來，俠出於儒墨兩家，俠是養私劍的集團首領。他的詮釋重在揭示俠的出身和類型，對俠的思想觀念和行爲規範較少深入，同時他對俠與非俠的判斷標準也值得商榷。

郭沫若則一反時人俠出於儒、出於墨抑或出於儒墨的爭執，認爲「在儒墨之中均曾有任俠者流參加」。〔註98〕他對俠的詮釋是積極肯定的，他說：「所謂任俠之士，大抵是出身於商賈。……商賈而富有正義感的便成爲任俠。」〔註99〕其目的在於通過發掘傳統文化中俠的正義質素，並在現代性語境中實現其創造性轉化，來作爲民族精神建構的積極因素。

（3）當代對俠的理解和詮釋

當代文人學者對俠的詮釋，基本上是在古人和近現代文人、學者基礎上的深化與發展。

美籍華人學者劉若愚認爲，遊俠「只是一些意志堅強、恪守信義、願爲自己的信念而出生入死的人」，〔註100〕他們「直接地將正義付諸行動，只要認爲有必要，就不在乎是否合法，就敢於動用武力去糾錯濟貧扶難。他們的動機往

〔註95〕聞一多《關於儒・道・土匪》，《聞一多全集》，第三冊，生活・讀書・新知三聯書店，1982年，第471頁。

〔註96〕馮友蘭《原儒墨》，載《清華學報》1935年第2期；《原儒墨補》，載《清華學報》1935年第4期。

〔註97〕錢穆《釋俠》，載《學思》1942年第1卷第3期。

〔註98〕郭沫若《青銅時代・墨子的思想》，《郭沫若全集》，歷史編第一卷，人民出版社，1982年，第485頁。

〔註99〕郭沫若《十批判書・古代研究的自我批判》，《郭沫若全集》，歷史編第二卷，人民出版社，1982年，第72頁。

〔註100〕（美）劉若愚《中國之俠》，周清霖、唐發鐃譯，上海三聯書店，1991年，第13頁。

往是利他的，並且勇於爲了原則而戰死」。〔註101〕他還列舉了俠的八種特徵或信念：助人爲樂；公正；自由；忠於知己；勇敢；誠實，足以信賴；愛惜名譽；慷慨輕財。〔註102〕顯然，他的詮釋側重濫觴於《史記》中對俠的道德評價。

臺灣學者龔鵬程認爲：「在我們的觀念裏，俠是一個急公好義、勇於犧牲、有原則、有正義感、能替天行道、紓解人間不平的人。因此，我們便很難相信俠只是一些喜歡飛鷹走狗的惡少年，只是一些手頭闊綽、排場驚人的土豪惡霸，只是一些剽劫殺掠的盜匪，只是一些沉溺於性與力，而欺凌善良百姓的市井無賴。」〔註103〕該結論是在對歷史事實和文人創作綜合考察基礎上得出的，比較準確地揭示了俠的本質特徵。但有人根據這段話認爲：「歷史實存的俠，在龔氏看來，只是一些『惡少年』、『土豪惡霸』、『市井無賴』，即『流氓』。」〔註104〕這樣的論斷顯然不得要領，我們已經分析過，所謂「惡少年」、「土豪惡霸」、「盜匪」、「市井無賴」等流氓確實在歷史上曾混淆視聽，使人們對俠眞僞難辨，他們不具備或已經喪失了俠的本質特徵，因此不是或不再是俠。如果硬要根據某些史書中對這些曾冒俠名行事的流氓視爲俠的話，實在是既沒有深入領會司馬遷對布衣之俠和暴豪之徒加以明確區分的良苦用心，更低估了龔鵬程對俠之眞僞的價值判斷能力。

當代武俠小說大家、俠壇盟主金庸說：「我以爲俠的定義可以說是『奮不顧身，拔刀相助』這八個字，俠士主持正義，打抱不平。」〔註105〕出語精闢幹練，直指本質，他以一個小說家的眼光把俠詮釋成爲具有傳統美德的正義力量。

大陸學者的俠文化研究起步較港臺爲晚，但在對俠的文化詮釋方面仍取得了顯著成就。

嚴家炎可謂當代學界爲俠正名的先行者和俠文化精神的提倡者。針對劉若愚「西方騎士是封建制度的支柱，中國遊俠則是封建社會的破壞力量」〔註106〕

〔註101〕（美）劉若愚《中國之俠》，周清霖、唐發鐃譯，上海三聯書店，1991 年，第 1 頁。

〔註102〕（美）劉若愚《中國之俠》，周清霖、唐發鐃譯，上海三聯書店，1991 年，第 4～6 頁。

〔註103〕龔鵬程《大俠》，錦冠出版社，1987 年，第 3 頁。

〔註104〕汪聚應《唐代俠風與文學》，博士學位論文，陝西師範大學，2002 年，第 82 頁。

〔註105〕林翠芬記錄整理《金庸談武俠小說》，載《明報月刊》1995 年 1 月號。

〔註106〕（美）劉若愚《中國之俠》，周清霖、唐發鐃譯，上海三聯書店，1991 年，第 193～194 頁。

這一說法，嚴家炎通過論證指出，真正的「封建社會的破壞力量」不是俠客，俠客則「以自己的遊俠活動伸張正義，剷除強暴，激發人們扶困急難的精神，維護著社會生產秩序的正常運轉」。〔註107〕所以，把俠單純視爲「封建社會的破壞力量」這種說法，「實在是長期以來形成的一種誤讀」。〔註108〕針對歷史實存俠的實際生活際遇和某些人對俠的評價標準，嚴家炎分析道：「在長期封建社會中，俠和俠文化一向受到封建正統勢力的壓制和打擊。大概由於俠士的某種叛逆性，先秦法家人物韓非子就認爲：『儒以文亂法，俠以武犯禁。』其實，俠未必動武，墨子止楚攻宋這類重大的俠行，並未用過武力。而且自西漢起，『儒』就處於獨尊的地位，『俠』則常常被看作封建統治的直接威脅，遭到武力圍剿和鎮壓。漢武帝一面尊儒，另一面就殺了很多大俠，甚至將他們滿門抄斬，體現著當權者對主持正義而無視權威者的痛恨。因此，當今天有人譴責『俠以武犯禁』時，他所站的其實是封建統治者的立場。」〔註109〕可以說，嚴家炎對俠的文化詮釋既注重歷史實存俠的真實際遇，也闡發了俠的觀念意義和文學形象俠的精神價值。

汪湧豪、陳廣宏在其合著《俠的人格與世界》一書中，從文化人格的角度指出，作爲中國社會富有俠義精神的特殊人群，俠「性格堅定，行爲果毅，能夠把注意力集中在自身之外的地方，同時又能犧牲爲常人關注的生存和安全需要，最終達到自我實現的需要。就人格特徵而言，凝聚了智慧力量、道德力量和意志力量，特別是張揚了意志力量中的獨立性、果毅性、堅定性和自制性一面，真正凸現了英雄主義精神」。〔註110〕作者從俠的人格特徵特別是意志力量方面來闡釋俠之人格的文化價值，張揚其理想人格精神，視角獨特，觀點新穎。

韓雲波指出俠都存在著英雄與流氓的兩面性，〔註111〕認爲俠是流氓與英雄的統一。〔註112〕他進一步認爲，俠並不是單純的社會身份或社會行爲，「『俠』

〔註107〕嚴家炎《金庸小說論稿》，北京大學出版社，1999年，第17頁。

〔註108〕嚴家炎《金庸小說論稿》，北京大學出版社，1999年，第17頁。

〔註109〕嚴家炎《金庸小說論稿》，北京大學出版社，1999年，第15頁。

〔註110〕汪湧豪、陳廣宏《俠的人格與世界・引言》，《俠的人格與世界》，復旦大學出版社，2005年，第9頁。

〔註111〕韓雲波《論中國俠文化的基本特徵——中國俠文化形態論之一》，載《西南師範大學學報》（哲學社會科學版）1993年第1期。

〔註112〕韓雲波《論俠的流氓特徵與俠文化的虛僞——中國俠文化形態論之四》，載《社會科學輯刊》1994年第1期。

毋寧說是一種社會關係態度。其一，對人，顧朋友私義不顧朝廷公義，『棄官寵交』，在野不在朝。其二，對物，輕財而重義，不爲物所役，但在具體行爲中常持義利統一觀。其三，俠義道德講究義氣交合，『同是非』，『相與信』，以然諾誠信、趨人之急爲務。其四，俠的欲望中心是『立強於世』，有比一般人較強烈的自由意志和支配欲望」。〔註113〕從人性的角度和社會關係角度來詮釋俠的本質，是一種嶄新的視角，深刻地揭示了俠的複雜性及其人格精神和行爲觀念所體現出來的社會關係態度。

鄭春元認爲，俠的本質是「利他」性，大凡「具有急人之難、捨己爲人、伸張正義、自我犧牲精神的人就是俠」，並且認爲，「在大多數情況下，俠是替下層百姓解救困厄、剷除不平、伸張正義的社會力量」。〔註114〕顯然，他是較多地在觀念層面上肯定俠的積極意義。

從歷代文人知識分子對俠的文化詮釋來看，三種俠文化觀在或隱或顯地影響著人們對俠的社會道德評判和價值定位，即在司馬遷和韓非子相互對立的俠文化觀的基礎上，不斷融入文學形象俠寄寓的知識精英的理想人格精神和嶄新的時代內容。隨著俠從文化觀念上逐漸向民俗心理滲透，與民間社會的復仇意識、正義價值、崇俠情結、恩報觀念等互相融匯整合，從而形成整個社會範圍內的某種價值觀念而進入社會文化領域，雖不能成爲中國傳統文化的主流，卻彌漫於中國傳統文化的各個角落，以它獨有的特質和悠遠的魅力影響著國人的人格建構與民族的文化構成。這種源遠流長、一脈相承的文化詮釋凝結了歷代文人知識分子對各自生存境遇和人生價值的理性思考與心靈探尋，寄寓了他們對社會歷史的深邃洞見和參透人性的理想人格精神。

2. 當下文化定位

對俠的理解和詮釋是爲了更好地揭示俠作爲歷史文化存在客體的實質內涵，但由於俠在歷史發展過程中的複雜性及其自身的獨特性，在當下文化語境下，要想給它作出一個恰如其分的定位是相當困難的。一方面，正如龔鵬程所言：「試比較秦漢、南北朝、隋唐以及明清、民初各個時期對俠的看法，就可知道，俠並不是個固定的類型或人物。」〔註115〕一方面，陳平原也認爲：

〔註113〕韓雲波《俠的文化內涵與文化模式》，載《西南師範大學學報》（哲學社會科學版）1994 年第 2 期。
〔註114〕鄭春元《前言》，《俠客史》，上海文藝出版社，1999 年，第 4 頁、第 5 頁。
〔註115〕龔鵬程《大俠》，錦冠出版社，1987 年，第 48 頁。

「在我看來，武俠小說中『俠』的觀念，不是一個歷史上客觀存在的、可用三言兩語描述的實體，而是一種歷史記載與文學想像的融合、社會規定與心理需求的融合，以及當代視界與文類特徵的融合。關鍵在於考察這種『融合』的趨勢及過程，而不在於給出一個確鑿的『定義』。」〔註116〕一個認為俠不是固定的類型或人物，一個認為武俠小說中「俠」的觀念是各種因素相互融合的過程，我們應該在方法論上從這兩種論斷中得到啓示。同時，歷代文人知識分子對俠的文化詮釋也是一個動態的歷史文化變遷過程，俠的三種表現形態爲我們提供了考察和評價的客體對象，代表不同價值立場的三種俠文化觀爲我們的界定提供了理論資源和方法借鑒，如果單純從某個方面界定勢必會造成以偏概全的結論。在這種情況下，就需要我們在前人界定的基礎上對俠作出一個動態的、開放的文化定位。

我們反對在俠的界定上，站在官方意識形態的俠文化觀立場，片面誇大歷史實存俠的負面影響而將俠界定爲流氓；也反對以知識精英理想價值建構的俠文化觀立場，從文學形象俠出發過份拔高俠的社會作用而將其定格爲正義之神或救世主。我們的立場是以民間道德理想價值期待的俠文化觀爲平臺，以俠的「正義」觀念爲價值核心，既肯定歷代文人知識分子賦予俠的社會正義力量和行爲觀念，也發揚在歷史詮釋、文學想像和崇俠情結錯綜複雜的互動糾葛中積澱並承傳下來的理想人格精神與道德、良知等價值理念。很顯然，從對俠詮釋的歷史文化變遷中透視詮釋者的價值標準和俠之爲俠的本質特徵，可以爲合理解釋「千古國人俠客夢」之謎、科學認識俠的生存狀態和行爲觀念提供理論依據，有助於建構客觀、公允的俠文化理論體系，有利於揭示俠作爲一個歷史存在客體所應有的社會文化價值。

我們知道，俠作爲中國人的一種「原型意象」，「它在中國文化中長期反覆出現，在特定時代又密集出現；它的血肉中積澱著中華民族共同認定的某些文化準則，是民族文化模式某些層面的造型；凡經過華夏文化薰陶的人，一接觸到它，就能感受到文化價值的脈搏」。〔註117〕在這種意義上說，儘管歷史實存俠的人格和行爲等方面存在缺陷與消極影響，但更重要的是，俠的人

〔註116〕陳平原《千古文人俠客夢——武俠小說類型研究》，人民文學出版社，1992年，第2頁。
〔註117〕李歐《論原型意象——「俠」的三層面》，載《四川師範學院學報》（哲學社會科學版）1994年第4期。

格精神、思想觀念和行爲規範積澱著中華民族共同認定的文化準則與民族精神且代代承傳，並在特定時代得到創造性轉化而呈現出新的特質。這種道德價值觀念融入傳統文化之河，以其積極向上、奮發有爲的文化精神影響、塑造和刷新著國人的靈魂與民族的性格。因此，我對俠的當下文化定位是：

作爲歷史上的客觀存在和中國特色的文化精神，俠是一種具有特殊精神氣質、道德力量和堅強意志的歷史人物、文學形象與人格精神，是鋤強扶弱、見義勇爲、維護社會公道的實踐行爲，是社會存在、文學想像和思想觀念有機結合的文化生命體，以正義爲價值核心和終極追求。俠一般表現爲三種文化形態：歷史實存俠、文學形象俠、思想觀念俠。歷史實存俠，是歷史上實際存在的俠，既有仁義智勇之舉，亦具反封建社會的叛逆精神，多見於諸子百家和史書傳記的記載與評價。文學形象俠，是歷史事實和文學想像的結晶，是文人根據俠的歷史實存並結合傳統文化觀念和特定時代精神而塑造出來的充滿正義力量與俠義精神的人物形象，具有鮮明的時代特徵和強烈的主觀色彩，已經脫離了歷史實存俠的具體性而提升爲一種形而上的理想人格精神。思想觀念俠，是歷史實存俠和文學形象俠的正面形象與積極意義的有機集合體，是社會規定、道德理想和心理需求相融合的產物，是俠文化長期積澱的結果，是內化爲人們意識深處的一種思想文化觀念和道德行爲規範，已經超越了歷史實存俠的具體性和文學形象俠的形象性，而日益正義化、倫理化，成爲公道、正義和良知等抽象的價值觀念的象徵，作爲一種文化精神進入民族文化的價值體系。

三　俠文化的精神資源與俠文化精神

（一）俠文化的精神資源：俠與諸子百家思想

與儒、墨、道等諸子百家不同，俠不是一個學派，沒有自己的理論原則、指導思想和行動綱領。俠主要以實際行動參與社會歷史文化的進程，沒有專門的俠義理論來指導自己的行爲規範。「俠，雖然正式出現於戰國晚期，但它早就以文化基因的方式潛藏於先秦諸子之中，以儒、道、墨爲載體，參與到中國本土文化主體格局的建構之中」。〔註118〕也就是說，雖然沒有人爲俠創立專門的俠義理論，但俠在漫長的歷史發展過程中逐漸形成了自己立身處世的

〔註118〕韓雲波《中國俠文化：積澱與承傳》，重慶出版社，2004 年，第 2 頁。

俠義觀念，由此也就產生了樸素的俠文化，而俠義觀念和俠文化的形成離不開春秋戰國時期諸子百家自由爭鳴的社會文化環境，離不開諸子百家思想的浸潤和影響。正如韓雲波所言，「俠與俠文化，乃是中國文化共同的綜合產物，而不單單屬於一家一派」。〔註119〕

　　春秋戰國時期，周室衰微，禮崩樂壞，諸子蜂起，百家爭鳴。諸子百家思想成爲主流文化思想，充分體現了當時的時代精神，蘊涵著一定的任俠內容，對俠的人格精神、思想觀念和行爲規範的形成與確立提供了豐富的精神資源，產生了重要而深遠的影響。同時，諸子百家各學派中也存在不少任俠之士。儒家有「好勇」〔註120〕而像俠的子路和「不色撓，不目逃，行曲則違於臧獲，行直則怒於諸侯」〔註121〕的漆雕氏之儒，以及「養勇」之北宮黝和孟施舍、「大勇」「守約」之曾子；〔註122〕墨家多任俠之士，有「好勇」而欲與勇士決死的駱滑釐，〔註123〕墨子本人和禽滑釐、孟勝、田襄子等都曾是墨家集團的首領，稱爲鉅子，他們扶危濟困，維護正義，大有俠者風範。另外，《韓非子》中載有擅長「角力」的少室周、牛子耕，〔註124〕《呂氏春秋》盛讚「梁父之大盜」顏涿聚、「齊國之暴者」高何和縣子石、「東方之巨狡」索盧參等任俠之士「爲天下名士顯人以終其壽，王公大人從而禮之」。〔註125〕他們的思想和行爲給俠的形成與發展提供了人格楷模和行爲示範。

1. 俠與墨家思想

　　墨家是存在並活躍於春秋戰國時期的一個學術流派和社會團體，「他們的活動與主張，爲俠的誕生和生長起了推波助瀾的作用」。〔註126〕墨家思想繼承

〔註119〕韓雲波《中國俠文化：積澱與承傳》，重慶出版社，2004年，第5頁。

〔註120〕劉寶楠著《論語正義卷六・公冶長第五》，《諸子集成》，第一冊，上海書店，1986年，第91頁。

〔註121〕韓非著，王先慎集解《韓非子集解卷十九・顯學第五十》，《諸子集成》，第五冊，上海書店，1986年，第352頁。

〔註122〕焦循著《孟子正義・卷三公孫丑章句上》，《諸子集成》，第一冊，上海書店，1986年，第111～114頁。

〔註123〕孫詒讓著《墨子閒詁卷十一・耕柱第四十六》，《諸子集成》，第四冊，上海書店，1986年，第264頁。

〔註124〕韓非著，王先慎集解《韓非子集解卷十二・外儲說左下第三十三》，《諸子集成》，第五冊，上海書店，1986年，第220頁。

〔註125〕高誘注《呂氏春秋卷第四・孟夏紀第四・勸學（觀師）》，《諸子集成》，第六冊，上海書店，1986年，第38～39頁。

〔註126〕陳山《中國武俠史》，上海三聯書店，1992年，第20頁。

和發揚了原始正義觀念，俠的精神質素中也有原始正義觀念，在這點上它們是相通的。墨子爲墨家的精神領袖和行爲楷模，高舉「兼愛」的精神旗幟，反對以大欺小、恃強凌弱的侵略戰爭，「墨子服役者百八十人，皆可使赴火蹈刃，死不還踵」，〔註127〕他們爲了扶危濟困的正義事業而不辭辛勞、四處奔波，表現出重義輕生的俠義精神。孟子給予墨子以崇高的評價：「墨子兼愛，摩頂放踵利天下爲之。」〔註128〕從這種意義上說，有人認爲「作爲一種觀念形態的俠文化的理性基因卻主要淵源於墨家學派」，〔註129〕是有道理的。

墨家提出了任的行爲觀念和思想主張：「任，士損己而益所爲也。」〔註130〕注釋中說：「畢云，謂任俠；說文云，俜，俠也；三輔謂輕財者爲俜，俜與任同。」〔註131〕在這裡，墨子提出了一個非常重要的「任俠」觀念，精闢地概括了「任俠」精神的實質內涵——「損己而益所爲」，就是捨己爲人。爲此，墨子還進一步闡述了任俠精神的實踐方式：「任，爲身之所惡，以成人所急」，〔註132〕按照譚戒甫的理解，意思是：「幹己身所厭惡的事來解救他人的急難。」〔註133〕也就是要勇於犧牲自我去扶危濟困，爲人解難，這正是俠者的行爲準則。司馬遷認爲俠的行爲「專趨人之急，甚己之私」，〔註134〕與墨子「任」的實質內涵是一致的，說明俠實踐了「任」這一主張。可以說，「任」的思想觀念爲俠的人格精神和行爲規範的形成注入了新鮮的血液。

墨家認爲人應該有憂患意識和救世精神，大力宣導義，提出了「萬事莫貴於義」的觀點，〔註135〕認爲：「義者，正也。……天下有義則治，無義則亂。」

〔註127〕劉安著，高誘注《淮南子·卷二十泰族訓》，《諸子集成》，第七冊，上海書店，1986年，第357頁。

〔註128〕焦循著《孟子正義·卷十三盡心章句上》，《諸子集成》，第一冊，上海書店，1986年，第540頁。

〔註129〕楊經建《俠文化與20世紀中國小説》，載《文史哲》2003年第4期。

〔註130〕孫詒讓著《墨子閒詁卷十·經上第四十》，《諸子集成》，第四冊，上海書店，1986年，第192頁。

〔註131〕孫詒讓著《墨子閒詁卷十·經上第四十》，《諸子集成》，第四冊，上海書店，1986年，第192頁。

〔註132〕孫詒讓著《墨子閒詁卷十·經說上第四十二》，《諸子集成》，第四冊，上海書店，1986年，第204頁。

〔註133〕譚戒甫《墨經分類譯注》，中華書局，1981年，第196頁。

〔註134〕司馬遷《史記卷一百二十四·游俠列傳第六十四》，景印文淵閣《四庫全書》（史部二 正史類），第二四四冊，臺灣商務印書館，1986年，第888頁。

〔註135〕孫詒讓著《墨子閒詁卷十二·貴義第四十七》，《諸子集成》，第四冊，上海書店，1986年，第265頁。

〔註136〕還認爲：「義，利也。」〔註137〕也就是說，利國利民利人爲義，「義，天下之良寶也」。〔註138〕爲具體實施「義」，墨子主張：「有力者疾以助人，有財者勉以分人，有道者勸以教人。」〔註139〕做到了這些，那麼天下將「饑者得食，寒者得衣，亂者得治」。〔註140〕從而把義提升到關係國計民生的高度。後來司馬遷所肯定的遊俠「救人於厄，振人不贍」〔註141〕的俠義精神，可以說就是墨子這種以富濟貧、助人爲樂的大義兼愛精神的直接師承和發揚廣大。俠的本質是利他性，以義爲立身處世之本，救人急難，見義勇爲，仗義疏財，忠實地實踐著墨家的大義觀念。

在做人原則上，墨家主張「言必信，行必果，使言行之合，猶合符節也，無言而不行也」，〔註142〕「口言之，身必行之」。〔註143〕將言行一致作爲爲人處事的道德準則。俠重信守諾，「其言必信，其行必果，已諾必誠」，〔註144〕這與墨子的言行觀是一脈相承的。

墨家尚勇尚力，認爲：「勇，志之所以敢也。……力，刑之所以奮也。」〔註145〕指出：「今人固與禽獸麋鹿蜚鳥貞蟲異者也。……今人與此異者也，賴其力者生，不賴其力者不生。」〔註146〕俠也崇力尚勇，以立強於世。

〔註136〕孫詒讓著《墨子閒詁卷七・天志下第二十八》，《諸子集成》，第四冊，上海書店，1986年，第130頁。

〔註137〕孫詒讓著《墨子閒詁卷十・經上第四十》，《諸子集成》，第四冊，上海書店，1986年，第191頁。

〔註138〕孫詒讓著《墨子閒詁卷十一・耕柱第四十六》，《諸子集成》，第四冊，上海書店，1986年，第259頁。

〔註139〕孫詒讓著《墨子閒詁卷二・尚賢下第十》，《諸子集成》，第四冊，上海書店，1986年，第42頁。

〔註140〕孫詒讓著《墨子閒詁卷二・尚賢下第十》，《諸子集成》，第四冊，上海書店，1986年，第42頁。

〔註141〕司馬遷《史記卷一百三十・太史公自序第七十》，景印文淵閣《四庫全書》（史部二 正史類），第二四四冊，臺灣商務印書館，1986年，第959頁。

〔註142〕孫詒讓著《墨子閒詁卷四・兼愛下第十六》，《諸子集成》，第四冊，上海書店，1986年，第73頁。

〔註143〕孫詒讓著《墨子閒詁卷十二・公孟第四十八》，《諸子集成》，第四冊，上海書店，1986年，第281頁。

〔註144〕司馬遷《史記卷一百二十四・游俠列傳第六十四》，景印文淵閣《四庫全書》（史部二 正史類），第二四四冊，臺灣商務印書館，1986年，第887頁。

〔註145〕孫詒讓著《墨子閒詁卷十・經上第四十》，《諸子集成》，第四冊，上海書店，1986年，第192～193頁。

〔註146〕孫詒讓著《墨子閒詁卷八・非樂上第三十二》，《諸子集成》，第四冊，上海書店，1986年，第158～159頁。

墨家在恩報觀念上，主張「投我以桃，報之以李」，〔註147〕俠在現實中也是知恩圖報。墨家的恩報觀念對俠的知恩必報乃至爲知己者用的價值觀影響至深。

可見，墨家思想對俠的人格精神、思想觀念和行爲規範的形成與確立提供了寶貴的精神營養，產生了至關重要的影響。特別是墨子對俠的出現密切關注，並及時地對俠義精神和俠義行爲進行系統闡述，證明它們的合理性，「這無疑給初生的尙在用生命和鮮血去探索行動宗旨的武俠提供了所急需的精神武器」。〔註148〕

2. 俠與儒家思想

儒家主張積極入世，具有鮮明而強烈的社會責任感、歷史使命感和救世理想，特別是孔子知其不可爲而爲之的實踐行動和知難而進的精神，以及子路爲救主人而慷慨赴死的壯舉，均成爲萬世楷模。無論在人格精神、思想觀念還是行爲規範方面，儒家都與俠有相通之處，爲俠提供了精神借鑒、觀念啓迪和行爲示範。

儒家提倡重義輕利，把義作爲君子必備的品質，提出了「君子義以爲質」〔註149〕、「君子義以爲上，君子有勇而無義爲亂，小人有勇而無義爲盜」〔註150〕等觀點。在諸子百家中，孔子最早把義作爲人的立身處世的最高準則，形成了積極的「義利觀」。他把義作爲衡量君子、小人的一種價值尺規，認爲「君子喻於義，小人喻於利」。〔註151〕在義、利這二者之間，義則顯得更爲重要，「不義而富且貴，於我如浮雲」，〔註152〕主張做人要「見利思義，見危授命」。〔註153〕孟子更是大力提倡義，主張「士窮不失義」，〔註154〕認爲義至高無上，

〔註147〕孫詒讓著《墨子閒詁卷四·兼愛下第十六》，《諸子集成》，第四冊，上海書店，1986年，第78頁。

〔註148〕陳山《中國武俠史》，上海三聯書店，1992年，第21頁。

〔註149〕劉寶楠著《論語正義卷十八·衛靈公第十五》，《諸子集成》，第一冊，上海書店，1986年，第342頁。

〔註150〕劉寶楠著《論語正義卷二十·陽貨第十七》，《諸子集成》，第一冊，上海書店，1986年，第384頁。

〔註151〕劉寶楠著《論語正義卷五·里仁第四》，《諸子集成》，第一冊，上海書店，1986年，第82頁。

〔註152〕劉寶楠著《論語正義卷八·述而第七》，《諸子集成》，第一冊，上海書店，1986年，第143頁。

〔註153〕劉寶楠著《論語正義卷十七·憲問第十四》，《諸子集成》，第一冊，上海書店，1986年，第308頁。

〔註154〕焦循著《孟子正義·卷十三盡心章句上》，《諸子集成》，第一冊，上海書店，1986年，第525頁。

君子不僅要重義輕利，更要在義與生命發生衝突且二者不可得兼時，毅然決然地「舍生而取義」。〔註155〕對於俠者來說，其行俠就是行義，俠者接受了義並用義來約束和規範自己的行為，樹立行為倫理和道德規範，逐漸形成俠義倫理道德準則。由於義的滲入，俠不僅是一種行為方式，而且更成為一種人格精神和思想觀念。義成為俠文化觀念的價值核心，俠士們崇尚義，仗義疏財，重義輕生，視義的價值高於生命。很顯然，俠與義的有機結合離不開儒家義利觀的浸潤和影響。

儒家提倡勇的人格精神，認為「仁者必有勇」〔註156〕、「勇者不懼」，〔註157〕贊賞「雖千萬人，吾往矣」〔註158〕的精神，把勇視為君子必備的品格。更重要的是，把義和勇結合起來，要求人們對正義之事要敢作敢為，義是勇的來源，指出「見義不為，無勇也」，〔註159〕贊揚見義勇為的精神。儒家的見義勇為思想被俠所認同，並身體力行。無俠不勇，俠者路見不平、拔刀相助。顯然他們從這種思想中汲取了人格精神養料，獲得了行為理論根據。

儒家十分崇尚氣節和大丈夫氣概，提倡君子要有崇高的氣節、高尚的道德操守和剛毅的大丈夫氣概。孔子認為：「君子可逝也，不可陷也，可欺也，不可罔也。」〔註160〕《禮記·儒行第四十一》鄭重強調：「儒有可親而不可劫也，可近而不可迫也，可殺而不可辱也。」〔註161〕孟子更是高度激賞大丈夫「富貴不能淫，貧賤不能移，威武不能屈」〔註162〕的凜然正氣和俠者風範，

〔註155〕焦循著《孟子正義·卷十一告子章句上》，《諸子集成》第一冊，上海書店，1986年，第461頁。

〔註156〕劉寶楠著《論語正義卷十七·憲問第十四》，《諸子集成》，第一冊，上海書店，1986年，第301頁。

〔註157〕劉寶楠著《論語正義卷十·子罕第九》，《諸子集成》，第一冊，上海書店，1986年，第193頁。

〔註158〕焦循著《孟子正義·卷三公孫丑章句上》，《諸子集成》，第一冊，上海書店，1986年，第114頁。

〔註159〕劉寶楠著《論語正義卷二·為政第二》，《諸子集成》，第一冊，上海書店，1986年，第41頁。

〔註160〕劉寶楠著《論語正義卷七·雍也第六》，《諸子集成》，第一冊，上海書店，1986年，第130頁。

〔註161〕（清）阮元校刻《十三經注疏：附校勘記》，下冊，中華書局，1980年，第1669頁。

〔註162〕焦循著《孟子正義·卷六滕文公章句下》，《諸子集成》，第一冊，上海書店，1986年，第246頁。

明確地提出了「我善養吾浩然之氣」〔註163〕的主張。這些思想觀念帶有一些俠氣、俠節的質素，爲俠者所推崇。俠重氣節，頂天立地，可以爲保全名節而犧牲生命，可謂大丈夫。可見，儒家的這些思想對俠的人格精神的形成是非常重要的。

在做人方面，儒家主張要「言必信，行必果」，〔註164〕信是義的一種表現，做人要講信用，講信義。儒家要求「老者安之，朋友信之，少者懷之」，〔註165〕認爲「人而無信，不知其可也」。〔註166〕俠也是一言既出，駟馬難追，誠信守諾，把信作爲重要的行爲規範，如司馬遷所言：「不既信，不倍言，義者有取焉。」〔註167〕從中可見儒、俠在信的觀念上的相通和承傳關係。

儒家思想的核心是仁，孔子主張：「弟子入則孝，出則弟，謹而信，泛愛眾，而親仁。」〔註168〕仁者愛人、濟人、恕人、成人，義、勇、氣、信等觀念都統一於仁的思想體系之中。顏淵問仁，孔子回答：「克己復禮爲仁。」〔註169〕樊遲問仁，孔子回答：「愛人。」〔註170〕當子貢問：「如有博施於民，而能濟眾，何如？可謂仁乎？」孔子回答：「何事於仁，必也聖乎？堯舜其猶病諸。夫仁者，己欲立而立人，己欲達而達人。能近取譬，可謂仁之方也已。」〔註171〕仁表現爲一種克己利人精神，蘊涵著任俠的精神資源。仁是儒家最高的道德理想和價值追求，「士不可以不弘毅，任重而道遠。仁以爲己任，不亦

〔註163〕焦循著《孟子正義・卷三公孫丑章句上》，《諸子集成》，第一冊，上海書店，1986年，第117頁。

〔註164〕劉寶楠著《論語正義卷十六・子路第十三》，《諸子集成》，第一冊，上海書店，1986年，第293頁。

〔註165〕劉寶楠著《論語正義卷六・公冶長第五》，《諸子集成》，第一冊，上海書店，1986年，第110頁。

〔註166〕劉寶楠著《論語正義卷二・爲政第二》，《諸子集成》，第一冊，上海書店，1986年，第37頁。

〔註167〕司馬遷《史記卷一百三十・太史公自序第七十》，景印文淵閣《四庫全書》（史部二 正史類），第二四四冊，臺灣商務印書館，1986年，第959頁。

〔註168〕劉寶楠著《論語正義卷一・學而第一》，《諸子集成》，第一冊，上海書店，1986年，第10頁。

〔註169〕劉寶楠著《論語正義卷十五・顏淵第十二》，《諸子集成》，第一冊，上海書店，1986年，第262頁。

〔註170〕劉寶楠著《論語正義卷十五・顏淵第十二》，《諸子集成》，第一冊，上海書店，1986年，第278頁。

〔註171〕劉寶楠著《論語正義卷七・雍也第六》，《諸子集成》，第一冊，上海書店，1986年，第133～134頁。

重乎？死而後已，不亦遠乎？」〔註172〕爲了實現這一崇高的價值理想，儒家主張「志士仁人，無求生以害人，有殺身以成仁」。〔註173〕俠仗義行俠，急人之難，不愛其軀，捨己爲人，有「博施於民而能濟衆」的仁者風範，他們體現著儒家仁義道德的精義，所以司馬遷說俠「救人於厄，振人不贍，仁者有乎」。〔註174〕把俠提到仁者的高度，既可謂大膽的識見，也可見儒家思想的影響之深。

　　另外有人指出，儒家爲親友復仇的主張，客觀上給俠的復仇提供了理論上和道德上的支持，增強了俠進行復仇的合理性；孟子的反暴除惡思想成爲後來俠的鏟奸除惡觀念和行爲的先導。〔註175〕還有人考察了儒家的重「名」思想對俠的人格、觀念的影響，指出俠重義輕利，救人厄困，是爲了不辱俠名或成就俠名，他們「恩不忘報」，爲的是「名高於世」。〔註176〕

　　何新指出：「實際上，先秦孔、孟、荀宣導所謂『士君子』的德行風範，正是古代之俠與儒所一致認同的一種英雄主義人格觀念。因此俠的傳統，與儒的傳統並非對立的，而是本來合一的。」〔註177〕事實上確實如此，儒家的思想觀念，既體現了儒家的人格追求和價值理想，也與俠的人格精神和行爲觀念息息相通。可以說，儒家這些積極進取、剛健有爲的思想觀念已經內化爲俠的人格精神和行爲規範的合理因素，而俠者在具體行爲中實踐著儒家的這些思想主張，並把其中的合理積極因素提升爲俠義觀念。

3. 俠與道家思想

　　道家主張清淨無爲，與世無爭，崇尙自然，抱樸守拙。俠則積極入世，急人之難，重義輕生，剛猛好爭。可見，道家的思想觀念和處世行爲同俠相比似乎並無必然聯繫，但仔細深究則可發現道家對俠之人格精神、思想觀念

〔註172〕劉寶楠著《論語正義卷九・泰伯第八》，《諸子集成》，第一冊，上海書店，1986年，第159～160頁。
〔註173〕劉寶楠著《論語正義卷十八・衛靈公第十五》，《諸子集成》，第一冊，上海書店，1986年，第337頁。
〔註174〕司馬遷《史記卷一百三十・太史公自序第七十》，景印文淵閣《四庫全書》（史部二　正史類），第二四四冊，臺灣商務印書館，1986年，第959頁。
〔註175〕參見鄭春元《俠客史》，上海文藝出版社，1999年，第95～96頁。
〔註176〕參見汪聚應《唐代俠風與文學》，陝西師範大學博士學位論文，2002年，第41頁。
〔註177〕何新《俠與武俠文學源流研究（上篇）——論中國古典武俠文學》，載《文藝爭鳴》1988年第1期。

和行為規範的影響之處。《史記》和《漢書》都有黃老之學與任俠之風相結合的記載，張良、陳平、汲黯、鄭當時、田叔等人都是學黃老之術的任俠之士，是當時的道家之俠。〔註178〕

道家反對強權暴政，痛恨人間不平。面對弱肉強食、恃強凌弱、以富欺貧的不公平社會現象，老子指出：「天之道損有餘而補不足；人之道則不然，損不足以奉有餘。」〔註179〕俠也強烈反對和痛恨不公平的社會現象，封建社會中許多俠義之士、起義領袖一再打起「替天行道」的旗幟號召人們起來反抗專制暴政，要以平等的「天之道」取代不公平的「人之道」，這都體現了要求公道、平等的正義呼聲。可見老子的天道平等觀念對俠義觀念是有深刻影響的。

道家蔑視禮法、傳統和權威，反對一切清規戒律對人性的壓抑和束縛。老子說：「天下多忌諱，而民彌貧；……法令滋彰，盜賊多有。」〔註180〕莊子認為：「絕聖棄知，大盜乃止；摘玉毀珠，小盜不起；焚符破璽，而民樸鄙；掊斗折衡，而民不爭。」〔註181〕俠以武犯禁，對朝廷權威的挑戰，對現實社會的世俗、禮法和統治秩序的蔑視與反叛等行為觀念，與道家是相通的。

道家崇尚自然，提倡回歸自然，尊重人的價值，追求精神自由，維護人格尊嚴。老子和莊子都蔑視功名富貴，終身隱居不仕，過著逍遙自在的生活。老子認為：「道之尊，德之貴，夫莫之命而常自然。」〔註182〕莊子認為：「天地與我並生，而萬物與我為一。」〔註183〕追求「獨與天地精神往來」〔註184〕的自由境界。俠無視金錢、官位和現實社會的等級秩序，率性而為，我行我素，以血性和良知自掌人間正義，以俠義之舉爭取社會公平，從而贏得人格

〔註178〕參見韓雲波《中國俠文化：積澱與承傳》，重慶出版社，2004年，第16頁。

〔註179〕王弼注《老子道德經‧下篇七十七章》，《諸子集成》，第三冊，上海書店，1986年，第45頁。

〔註180〕王弼注《老子道德經‧下篇五十七章》，《諸子集成》，第三冊，上海書店，1986年，第35頁。

〔註181〕王先謙注《莊子集解卷三‧胠篋第十》，《諸子集成》，第三冊，上海書店，1986年，第60頁。

〔註182〕王弼注《老子道德經‧下篇五十一章》，《諸子集成》，第三冊，上海書店，1986年，第31頁。

〔註183〕王先謙注《莊子集解卷一‧齊物論第二》，《諸子集成》，第三冊，上海書店，1986年，第13頁。

〔註184〕王先謙注《莊子集解卷八‧天下第三十三》，《諸子集成》，第三冊，上海書店，1986年，第222頁。

尊嚴和個性自由，實現個體存在價值。可見，道家的自由觀對俠的人格精神產生了深刻影響。

可以說，道家思想對俠的影響主要表現在精神情感和人格個性方面，「一種與隱士理想結合起來的個性自由追求」，〔註185〕正是道家之於俠的價值意義所在。

另外，熊憲光在《「縱橫」流爲俠士說》一文中具體談到了縱橫家和俠的關係，認爲俠士是縱橫家的一支，實爲縱橫家中以魯連爲代表的具有所謂「高行義節」的那一品類人物的流變。他們扶危濟困，助人爲樂，排難解紛，救弱抗強，繼承和發揚了魯連精神。〔註186〕暫不論「縱橫」流爲俠士說是否成立，但必須承認先秦時期以魯連爲代表的縱橫家確實對俠的人格精神和行爲觀念產生了重要影響，特別是在實踐行爲方面爲俠樹立了視死如歸、報效國家的大丈夫氣概和大義人格範型。

綜上所述，俠自誕生之日起就生存於諸子百家自由爭鳴的文化磁場之中，它們之間呈現出一種互動互滲的關係。先秦諸子給予俠以精神浸潤、思想影響和行爲示範，雖然俠沒有專門的理論體系和行動綱領，但俠不斷汲取儒、墨、道、縱橫等各家思想的精神資源，在各家思想的共同合力作用下，逐漸形成了自己的俠義觀念，在人格精神和行爲規範上也接受著各家思想的滋養，充滿了傳統文化的底蘊和強烈的民族精神，從而產生了一種獨具特色且唯中國而獨有的文化形態——俠文化。儒、墨、道等各家思想「共同形成了中國俠文化的文化基因，影響及於整個中國俠文化的歷史發展與現代體驗」。〔註187〕同時，「俠作爲一種人的存在，其性格、行爲、道德觀念及處世方式，在不同程度上或多或少影響到儒、墨的思想學術。在墨，可能直接影響到其行爲實踐；在儒，可能更多地影響到其個人的人格修養上，諸如『剛毅木訥』，『強哉矯』等等」。〔註188〕也就是說，俠與諸子百家思想之間不是單向的影響關係，它們在百家爭鳴的文化磁場中互動互滲，共同生長。就是在這樣一個雙向交融的關係中，俠不僅僅表現爲一種行爲方式和文化形態，而

〔註185〕韓雲波《中國俠文化：積澱與承傳》，重慶出版社，2004 年，第 18 頁。

〔註186〕熊憲光《「縱橫」流爲俠士說》，載《西南師範大學學報》（哲學社會科學版）1997 年第 4 期。

〔註187〕韓雲波《中國俠文化：積澱與承傳》，重慶出版社，2004 年，第 5 頁。

〔註188〕蔡翔《俠與義——武俠小說與中國文化》，北京十月文藝出版社，1993 年，第 286 頁。

且更成爲一種道德風範、人格精神和自由自在的生命樣式,「以自己獨特的行爲方式和道德視境,在很大程度上影響了中國歷史發展的進程,參與了傳統道德規範和理想人格的塑型與建成」。〔註189〕

(二) 俠文化精神：俠文化的價值核心

中國俠文化在形成和發展過程中,既受到傳統主流文化和諸子百家思想的浸潤與改造,也在影響著主流文化和諸子百家思想,在歷史的矛盾統一中,逐漸形成了中國特色的俠文化精神,參與了和繼續參與著社會歷史文化的發展進程與國民人格及民族性格的建構。俠文化精神是俠文化的價值核心,以多種形式表現於社會生活和精神世界的各個領域。我認爲,作爲中國特色的文化精神體系,俠文化精神主要包括以下六個方面的實質內涵:

1. 以自由、平等、正義和公道爲終極追求的理想精神

在漫長的封建社會,生活於社會最底層的廣大平民百姓,在專制主義的黑暗統治和殘酷壓迫下,最起碼的生存權利和人身安全得不到保障,飽受欺壓和凌辱。整個社會處於極不和諧的劇烈衝撞之中。在普通平民的內心深處,充滿了對自由、平等、社會正義和社會公道的強烈渴望與執著追求。在「禮不下庶人,刑不上大夫」〔註190〕的不公正的社會境遇裏,在封建王朝的法律無法保障平民的權益和安全的情況下,他們的願望無法得到眞正的實現。於是,一些敢於挺身而出、維護正義的俠義之士,便成爲民間的執法者。他們能夠代表廣大平民的利益,路見不平,拔刀相助,仗義行俠,鋤強扶弱,追求自由和平等,維護社會的正義和公道。「哪裏有欺凌和壓迫,哪裏就有可能會湧現出一些激於對社會公正、社會正義樸素願望挺身而出的英雄好漢。自發性的俠義行爲便昇華成一種中國民間社會獨特的文化精神,一種混合著強烈的社會衝動和樸素的理想精神的『正義』與『公道』的象徵」。〔註191〕在漫長的歷史發展過程中,這種中國民間社會獨特的文化精神逐漸形成一種精神觀念和實踐行爲的傳統,充分體現了俠者以自由、平等、正義和公道爲終極追求的理想精神。

〔註189〕汪湧豪、陳廣宏《後記》,《俠的人格與世界》,復旦大學出版社,2005 年,第 375 頁。
〔註190〕(清) 阮元校刻《禮記・曲禮上》,《十三經注疏：附校勘記》,上冊,中華書局,1980 年,第 1249 頁。
〔註191〕陳山《中國武俠史》,上海三聯書店,1992 年,第 281 頁。

　　中國新派武俠小說大家梁羽生說：「我以爲在武俠小說中，『俠』比『武』應該更爲重要，『俠』是靈魂，『武』是軀殼。『俠』是目的，『武』是達成『俠』的手段。與其有『武』無『俠』，毋寧有『俠』無『武』。」〔註192〕可見，對俠的重視已經成爲人們的共識。也正是因爲俠者形象「代表了平民百姓要求社會公正平等的強烈願望，才不會因爲朝代的更替或社會形態的轉變而失去魅力」。〔註193〕在國家法律無法保證自由、平等、社會正義和社會公道眞正實現的情況下，俠文化精神無疑起到了維護社會生態平衡的作用。在對自由、平等、社會正義和社會公道樸素的精神追求背後，潛隱著普通平民強烈要求自掌正義、自主命運的政治願望，帶有樸素的民主意識。

2. 以俠義精神為核心的價值理念

　　在俠文化精神中，俠義是俠文化闡揚的一種核心精神，義是俠之爲俠的精神支柱。唐代李德裕的《豪俠論》云：「夫俠者，蓋非常人也。雖然以諾許人，必以節義爲本。義非俠不立，俠非義不成。」〔註194〕他把俠義並提，強調了兩者之間的相互依存的密切關係，突出了俠的倫理內涵和根本精神。俠文化就是在與中國傳統文化諸要素尤其是「義」的交互影響中形成了自己的「俠義」觀或俠義精神，那就是扶危濟困，捨己助人；路見不平，挺身而出；見義勇爲，懲惡揚善；慷慨赴死，重義輕生等等。具體到社會生活，人們常常以「講義氣」作爲爲人處世的道德規範與價值理念來要求自己，逐漸形成了以俠義精神爲核心的社會價值理念。

　　俠義精神體現爲許多具體的行爲方式，其中最根本的一條就是見義勇爲。在別人遇到危難時，敢於挺身而出，不怕犧牲，路見不平，拔刀相助，切實維護弱勢群體的利益。可以說，見義勇爲的俠義精神已經普遍成爲當時普通平民心中具有的樸素的道德信仰和價值理念。另外，恩怨分明、知恩必報也是俠義精神重要的行爲方式之一。但我們必須警惕那種把個人恩義、私人情感置於集體或國家利益之上的極端思想與行爲，因爲那樣容易產生小團體主義和無政府主義傾向，於個人、於集體或國家都是有害的。這是俠義觀念的局限。

〔註192〕佟碩之（梁羽生）《金庸梁羽生合論》，《梁羽生及其武俠小說》（增訂本），韋清編，偉青書店，1980年，第96頁。

〔註193〕陳平原《千古文人俠客夢——武俠小說類型研究》，人民文學出版社，1992年，第8頁。

〔註194〕轉引自陳平原《千古文人俠客夢——武俠小說類型研究》，人民文學出版社，1992年，第15頁。

3. 以尚武精神為行俠手段的行為特徵

尚武是俠仗義行俠的手段，是俠之為俠的外在表現。好勇強悍的原始初民在漫長的史前時代基於生存的需要，尚武風氣蔚然成風。在尚武習俗的長期薰陶浸潤之下，逐漸形成了強大深厚的尚武傳統。「這股基於我們民族根性的尚武傳統雖受到繼起的夏商周三代的禮樂王官文化的衝擊，但在先秦社會中始終有著巨大的影響。它的存在，為俠的產生提供了深厚的文化根基」。〔註195〕先秦時期，列國並立，諸侯爭強，「而其時人士，亦復習於武風，皆睚眥失歡，挺身而鬥，杯酒失意，白刃相仇，借軀報仇，恬不為怪，尚氣任俠，靡國不然」。〔註196〕也就是說，尚武傳統並未因原始初民進入文明時代而失去它應有的魅力，反而對俠的產生具有重要意義。尚武傳統在漫長的發展演變過程中，逐漸形成了尚武精神。隨著俠的出現，尚武精神也逐漸成為俠仗義行俠的手段，集中表現為一種勇猛威武、崇尚武德和正義的行為特徵。

尚武精神的表層意蘊是崇尚武力，但深層意蘊則表現為崇尚武德和正義，提倡和張揚懲惡揚善、匡扶正義的行為。我們知道，俠更多地是以個人行為直接向人間不平和反動統治威權挑戰。只有當整個社會矛盾日益激化而沒有絲毫緩和餘地時，具有遠見卓識和反抗精神的俠義之士揭竿而起，帶領深受壓迫和剝削的廣大民眾起來造反，這才以武裝鬥爭的群體行為直接向反動統治秩序宣戰。無論是以個人行為還是以群體行為反抗和挑戰人間不平與反動統治威權，尚武精神是其中重要的促動因素和激勵機制。武功是尚武精神的外在行為符號，「武功作為行俠的技能，作為實現價值關懷的手段，還蘊含著更高的一種超越性、即對自身處境的超越，去擔當他人的不幸，去承受人類的苦難」。〔註197〕在農民起義的封建社會，尚武精神和廣大普通民眾追求正義、公道的樸素社會理想相聯繫。晚清尚武任俠思潮的湧起，把尚武精神提升到振奮民心、激揚民氣、改造國民性乃至富國強兵、抵禦外侮的高度。在近現代民主革命時期，革命者把尚武精神和以武力推翻反動統治的革命武裝鬥爭相聯繫，以此聯絡革命群眾，鼓舞鬥志，從而賦予尚武精神以時代的階級的革命內涵，尚武精神逐漸演變為一種反帝反封建的革命尚武精神。與北洋軍閥窮兵黷武的武力統治不同，革命尚武精神以國家民族利益為重，把

〔註195〕陳山《中國武俠史》，上海三聯書店，1992年，第5頁。
〔註196〕梁啓超《新民說·第十七節 論尚武》，《梁啓超全集》，第二冊，北京出版社，1999年，第710頁。
〔註197〕李歐《武俠小說關鍵字》，載《博覽群書》2005年第5期。

武德和正義置於尙武精神的首要地位，內抗強權專制，外禦列強侵侮，充滿了民族的浩然正氣。在以蔣介石爲首的國民黨新軍閥叛變革命，扭曲了革命尙武精神之後，以毛澤東爲代表的中國共產黨人提出了「槍桿子裏面出政權」的革命主張，進一步把尙武精神和革命鬥爭實踐結合起來，以革命暴力對抗反革命暴力。中國傳統尙武精神經過馬克思主義的革命性改造，走上了爲最廣大人民群眾謀福利的革命道路。隨著土地革命、抗日戰爭和解放戰爭的到來及其波瀾壯闊地展開，革命尙武精神逐漸和推翻「三座大山」的民族民主革命任務取得了密切聯繫，帶有鮮明而強烈的反帝反封反官僚資本主義的革命色彩。

4. 以叛逆精神和復仇精神爲基點的反抗意志

俠者反抗不公正、不合理的統治秩序和等級觀念，不甘受一切封建禮法的束縛，具有敢於以身試法、鋌而走險的大膽叛逆精神。當社會上出現不平之事，且在當時法制體制和統治規則下難以伸張正義的時候，俠者會舉起復仇之劍，向黑暗的社會，向執法不公、助紂爲虐、爲非作歹、肆意妄爲的惡勢力大膽復仇。對於俠者來說，叛逆和復仇是相輔相成的。叛逆重在精神觀念，復仇重在行爲舉動。叛逆是復仇的思想前提，一個對黑暗社會連最起碼的叛逆精神都沒有的俠者，面對社會不公是很難舉起復仇之劍的，叛逆精神會煥發爲俠者向黑暗社會復仇的反抗意志。復仇是叛逆精神主導下的行爲結果，儘管復仇帶有盲目性和一定程度的破壞性，但反抗強權專制、剷除不義行爲的正義追求和叛逆精神賦予俠者復仇以俠義本色，從而使復仇具有了歷史合理性和社會正義性，昇華爲一種反抗精神和生存意志。歷史上既有對黑暗社會的叛逆、復仇，也有對異族侵略的反抗和復仇，都表現了人們在強權統治與壓迫之下對個性獨立、社會正義和民族平等的追求，更體現了人們對生命尊嚴、民族尊嚴和國家利益的捍衛與維護。以這種叛逆精神和復仇精神爲基點交匯而成的反抗意志，在不公正的社會裏，成爲人們討回公道、確證自我的正義行爲和精神力量。只要存在社會黑暗、權勢欺人、法制不公、道德淪喪等社會問題，這種叛逆精神和復仇精神就有其積極作用。

俠的復仇精神與捨生取義的「義」緊密相聯，我們可以把義理解爲俠對自己信仰的堅守，對自己所仇視東西的勢不兩立。俠的復仇精神蘊涵著強烈的反抗意識，具有叛逆性格和反抗意志的俠客，往往會蔑視社會的既有法則，

抨擊社會的不公正、不平等，義無反顧、堅定不移地踐行自己的俠義之道。對於強權勢力的反抗，在俠的復仇意識裏是最令人歆羨的壯舉；對於弱勢群體的無私相助，充分體現了俠者悲天憫人的人文情懷。俠的復仇意識充滿了社會正義感和歷史合理性，但有時也會偏離俠義價值規範，陷入為復仇而復仇、被他人作殺人工具利用的噩運。同時，具有復仇精神和反抗意志的俠內心嚮往天馬行空、自由自在的生命樣態，這是俠對抗專制、追求自由的一種對有限生命的精神超越。

誠然，俠者尚武任俠，率性而為，反叛社會，勇於復仇，對社會具有一定的破壞作用，這是俠的負面影響，也是歷史事實，但決不是真正的社會破壞力量。嚴家炎指出：「真正的『封建社會的破壞力量』有三種：一是貪官污吏、惡霸劣紳、昏君姦臣和其他黑暗勢力，二是農民起義軍，三是落後於封建階段的外族勢力的入侵。俠客主要是第一種破壞力量的遏制者和反對者。」〔註198〕這種觀點不僅僅在於為俠者正名，更重要的是揭示了所謂俠者不軌於正義的真正奧秘，即遏制和反對「封建社會的破壞力量」以維護真正的正義。所以，我們必須以歷史唯物主義的態度來正視俠者叛逆和復仇這種現象，更要切實領悟俠者反抗意志的實質內涵。

5. 以誠信守諾和謙遜不驕為特色的人格精神

司馬遷在《游俠列傳》中指出，俠具有「其言必信，其行必果，已諾必誠」的誠信守諾人格，胸懷「不矜其能，羞伐其德」的謙遜不驕品質。同時，他在談到自己創作《游俠列傳》的動機時說：「不既信，不倍言，義者有取焉。作《游俠列傳》第六十四。」〔註199〕把言行一致提升到義的高度，再次強調了俠的誠信品質。可見，古人也在極力倡導誠信守諾、謙遜不驕的人格精神。有些作家在這種人格精神的影響下，把目光投向古代的俠士，渴望從傳統的人文道德精神中尋求救世的良方。倫理和道德的理想主義者也在日趨功利化、物質化的世風中渴求寧靜明澈的理性，渴求人類精神的重建，呼籲恢復傳統的人文精神，讓文學參與倫理和道德的重建。由此可見誠信守諾、謙遜不驕作為俠的主導人格精神，其影響之深遠，意義之重大。可以斷言，誠信守諾、謙遜不驕的人格精神是人類永恆的追求。

〔註198〕嚴家炎《金庸小說論稿》，北京大學出版社，1999年，第17頁。
〔註199〕司馬遷《史記卷一百三十·太史公自序第七十》，景印文淵閣《四庫全書》（史部二 正史類），第二四四冊，臺灣商務印書館，1986年，第959頁。

誠信守諾、謙遜不驕的人格精神具體表現為一諾千金，一言九鼎，謙虛謹慎，言行一致，表裏如一。俠不是一般地信守諾言，而是視諾言重於自己的生命，用生命去實踐既出的諾言，一言既出，駟馬難追，赴湯蹈火，萬死不辭。同時，在用生命實踐然諾的過程中，不驕不餒，真正體現了俠者風範。這是俠者對獨立個性和自由意志的努力追尋與自覺實踐。

6. 以民族大義為高蹈的脊樑精神

歷史實存俠大都被視為正統社會的離軌者和叛逆者形象，受到官方和正統史家的批判乃至否定。後來，文人知識分子以建功立業的價值追求和民族國家的大義觀念對歷史實存俠的離軌、叛逆形象及行為進行了新的文化選擇與藝術改造，歷史實存俠以文學形象俠的嶄新面貌出現在世人的審美視野和精神世界之中。於是，俠作為一種正義形象也合理合法地進入了社會的正常秩序，恰如陳平原所言：「這令人仰慕又令人害怕的軼出常軌的『流浪兒』重新回到文明社會。」〔註200〕從曹植《白馬篇》歌詠「幽并遊俠兒」之「捐軀赴國難，視死忽如歸」的精神到王維《少年行》表達「孰知不向邊庭苦，縱死猶聞俠骨香」的建功抱負，文人知識分子賦予俠更多的家國大義觀念和建功立業的價值理念。就這樣，經過文人知識分子的詮釋和改造，俠逐漸從行為層面的歷史實存俠、精神層面的文學形象俠轉化為觀念層面的思想觀念俠，家國大義觀念和建功立業的價值理念遂作為集體無意識積澱於國人的文化心理與民族性格之中。

在國難當頭、民族危亡的關鍵時刻，這種思想價值觀念會結合時代需要、傳統文化精神和民族心理特點煥發為以民族大義為高蹈的脊樑精神，表現出強烈的愛國熱情和堅貞不屈的民族氣節，激勵著熱血志士為拯救民族國家於水火之中而奮不顧身、舍生忘死。從岳飛《滿江紅》「壯志饑餐胡虜肉，笑談渴飲匈奴血」的報國之志到梁啟超《中國之武士道》提倡尚武精神以新民強國；從文天祥《過零丁洋》「人生自古誰無死，留取丹心照汗青」的浩然正氣到魯迅《自題小像》「寄意寒星荃不察，我以我血薦軒轅」的愛國情懷；從以孫中山為首的革命黨人以任俠精神相號召，或暗殺滿清大員，或聯合會黨起義，積極從事反清救國大業的壯舉到抗日戰爭時期民間志士以江湖結義方式聯合各種力量以救亡圖存的豪情；所有這些俠義愛國之舉都離不開民族大義

〔註200〕陳平原《千古文人俠客夢——武俠小說類型研究》，人民文學出版社，1992年，第26頁。

的感召，俠文化精神由此提升爲民族脊樑精神。民族脊樑精神是思想觀念俠的最高精神境界，是現實社會中具有俠義氣質和報國情懷之士的最高價值理想，及其實踐行爲的強大精神動力。

金庸認爲：「在武俠世界中，男子的責任和感情是『仁義爲先』。仁是對大眾的疾苦怨屈充分關懷，義是竭盡全力做份所當爲之事。引申出去便是『爲國爲民，俠之大者』。中國的傳統思想是儒家與墨家，兩者教人盡力爲人，追求世事的公平合理，其極致是『殺身成仁，捨生取義』。武俠小說的基本傳統也就是表達這種哲學思想。」〔註201〕這段話的可貴之處在於，金庸把俠之精神提升到了「爲國爲民」的高度。由此可管窺到以民族大義爲高蹈的脊樑精神作爲一種價值理念對作家觀念及其創作影響深刻之一斑。

總之，俠文化在漫長的歷史發展中，不斷結合新的時代需要更新和豐富著自己的精神內涵，呈現爲開放、流動的價值體系——俠文化精神。其中以自由、平等、正義和公道爲終極追求的理想精神、以俠義精神爲核心的價值理念、以尚武精神爲行俠手段的行爲特徵、以叛逆精神和復仇精神爲基點的反抗意志、以誠信守諾和謙遜不驕爲特色的人格精神、以民族大義爲高蹈的脊樑精神等各方面精神質素，極大地充實了傳統民族文化的精神內涵，厚實了民族精神的底蘊，張揚了正義人格力量和個性獨立精神，成爲中華民族獨有的精神圖騰，永遠激勵著一代代追求正義事業的人們剛健進取、奮發有爲。

〔註201〕嚴家炎《金庸小說論稿》，北京大學出版社，1999年，第40頁。

第二章　民國時期新文學作家的 俠性心態

　　本章的主要內容是探討民國時期新文學作家俠性心態的生成與嬗變，並揭示新文學作家俠性心態的基本特徵，從整體上考察俠文化對新文學作家的深刻影響。在綜合考察新文學作家俠性心態的生成與嬗變的基礎上，探究傳統俠文化的無意識積澱、地域文化精神的浸潤和特定時代西方文化思想的刺激三者在新文學作家俠性心態生成機制中的相互關係與作用。新文學作家的俠性心態呈現爲兩大鮮明特色：一是以俠性和人性交融爲特徵的人格建構思路；二是以大小傳統溝通爲潛在旨意的文化建構理念。

一　新文學作家俠性心態的生成

　　談到民國時期新文學作家的俠性心態，就涉及到了作家心態問題。所謂「作家心態，是指作家在某一時期，或創作某一作品時的心理狀態，是作家的人生觀、創作動機、審美理想、藝術追求等多種心理因素交匯融合的產物，是由客觀的生存環境與主體生理機制等多方面因素綜合作用的結果」。[註1]在這裡，客觀生存環境包括社會環境、文化（人文）環境和自然環境三個方面，主體生理機制主要包括個人的體質強弱、氣質類型以及體徵、血型等。它們對作家心態的形成具有直接影響和決定性作用。在人類的現實生活中，每個人都離不開特定的客觀生存環境，個性氣質的形成和體質的發展往往也

〔註 1〕 楊守森主編《緒論》,《二十世紀中國作家心態史》,中央編譯出版社,1998
　　　　年,第 2 頁。

離不開特定的客觀生存環境的塑造與磨練。可以說，特定的客觀生存環境和作家的主體生理機制，直接影響甚至決定著作家的世界觀、人生觀和價值觀，並進而影響其創作動機、審美理想、藝術追求等心態的構成。新文學作家的俠性心態作爲一種作家心態，也是作家的人生觀、創作動機、審美理想、藝術追求等心理因素交融的產物，其生成同樣也離不開客觀生存環境和主體生理機制等多方面因素的綜合作用。只不過俠性心態是作家心態中的一種特殊形態，除了具有作家心態的普遍性之外，還具有自己的特殊性，那就是深受俠文化的影響和俠文化精神的浸潤。

韓雲波指出：「俠文化在其歷史發展中，既有沿襲著古老俠義傳統而承傳下來的遊俠行爲與江湖世界，也有更爲廣泛的知識分子化和內在性格化了的俠義心理與民族性格。」〔註2〕也就是說，傳統俠文化在漫長的歷史積澱和現代承傳過程中，不僅以行爲文化的方式影響著人們的行爲規範，而且以精神文化的方式作用於人們的人格心理和價值觀念，並已經逐漸內化爲人們文化心理結構中的有機質素，成爲民族性的一部分，即俠性心態或俠文化心理。在民國文學史上，我們可以看到許多新文學作家都有俠的精神氣質，他們內在的俠性心態，在其人生道路和文學創作中具有重要的意義與作用。在眾多的民國時期新文學作家中，魯迅、郭沫若、老舍、沈從文、蔣光慈、蕭軍等是俠的精神氣質比較鮮明而突出的代表。對於新文學作家而言，俠的精神氣質不是天生的，也不是一蹴而就的，它有賴於新文學作家俠性心態的生成。我認爲，新文學作家俠性心態的生成及其嬗變，從根本上說，是中國傳統俠文化集體無意識積澱和現代承傳的必然產物，但具體分析，則是由以下幾個因素綜合作用的結果：（一）晚清「尚武」、「任俠」思潮的影響；（二）家學文化背景與生活環境的薰染；（三）地域文化精神的浸潤；（四）作家個性氣質和現代生命體驗的激發。其中，前三個因素是外因，第四個因素是內因。這四個因素對新文學作家俠性心態的生成具有決定性作用，特別是縱貫於四個因素之中的傳統俠文化的無意識積澱、地域文化精神的浸潤以及作爲新文學作家現代生命體驗激活機制之一的特定時代西方文化思想的刺激，這三者在新文學作家俠性心態的生成機制中至關重要。新文學作家對特定時代精神的回應和對民族新生歷史使命召喚的遵從，使他們緊跟時代步伐而上下求索，其俠性心態也會隨著時代發展而不斷注入新的精神內涵，從而在時代大

〔註2〕韓雲波《中國俠文化：積澱與承傳》，重慶出版社，2004年，第302頁。

潮的推動下，新文學作家的俠性心態必然會發生新的嬗變，不斷充盈著新的時代精神。當然，所有這些因素都不是截然分開的，而是在錯綜複雜的關係中對新文學作家俠性心態的生成與嬗變起到一種綜合作用。

（一）晚清「尚武」、「任俠」思潮的影響

　　尚武任俠是一個民族的文化價值取向，尚武任俠精神充分體現了一個民族的文化心理，是俠文化精神的重要內涵。尚武任俠思潮意在探究老大中國積貧積弱的病根，承載著救亡和新民的時代使命。尚武任俠精神是中國文化發展歷史中的優良傳統，先秦時期的尚武任俠風潮，秦漢時代的訴諸武力，威震天下的大唐氣象，文治武功不僅為統治者相提並論、同等看待，普通平民百姓也心懷文武雙全的人格理想，文人知識者更是以投筆從戎、捐軀赴難為人生快事，以詩書藏劍的儒將高標自我鞭策，顯得豪情滿懷。宋代以後，重文抑武，尚武任俠精神逐漸在國民意識和社會輿論中淡化以致於缺失。滿清入關後，在順治、康熙、雍正、乾隆四朝，滿人的雄強勇武之風使社會風氣為之一振，一度呈現出尚武任俠之風，但隨著太平盛世的到來和社會風氣的日益腐敗，這股尚武任俠之風也日漸淡薄了，乾嘉以後，整個社會開始陷入顢頇無為、腐敗墮落的風氣之中。到了近代，西方列強的堅船利炮不斷洞開中國的大門，泱泱大國在西方列強的攻勢下不堪一擊，連連敗北，中華民族在被動捲入的世界化語境中喪失了與其它主權國家平等對話的權利，民族危機日益嚴重。尤其是中日甲午戰爭的慘敗，宣告了力圖從物質層面通過改革以求富自強的洋務運動徹底破產，更是令朝野震驚，令國人警醒。亡國滅種的時代恐慌和救亡圖存的歷史使命糾結在國人的心頭，在這種歷史背景下，積澱在民族傳統文化深層結構中的尚武任俠精神又應運而興起了。面臨西方列強的軍事侵略、經濟掠奪和文化滲透，國人只有消除孱弱心理、奮起反抗，才是唯一出路。於是，尚武愛國成為時代的強音。

　　晚清尚武任俠思潮首先是在知識分子群體中產生並開始傳播開來的，這些近代新型知識分子不同於傳統士大夫階層，近代知識分子在內憂外患之中睜眼看世界，獲得的世界眼光與全球意識使他們對時局和世界發展大勢有著敏銳的洞察力與強烈的時代意識，一種強烈的主體意識在逐漸形成，這些與清末新政中的學制改革、編練新軍和提倡「尚武」教育而營造的社會氛圍相耦合，救亡圖存的時代使命感和傳統士大夫感時憂國的憂患意識驅使著他們

爲全社會形成「尚武」風氣而奔走呼號，積極提倡暴力，主張流血鬥爭、破壞舊秩序。晚清知識分子尚武思潮帶來的結果，充分體現了新型知識分子在由傳統向現代轉變過程中對「萬般皆下品，惟有讀書高」、「秀才見了兵，有理說不清」、「書中自有黃金屋，書中自有千鍾粟，書中自有顏如玉」等傳統價值觀念的背離與叛逆，同時也爲辛亥革命的醞釀和到來凝聚了精神力量，獲得了人力支持，並爲武裝推翻清朝統治的暴力革命製造了輿論力量，擴大了群眾基礎。

　　自鴉片戰爭開始，不少有識之士就積極呼籲整軍經武、鞏固國防。林則徐、魏源等一些睜眼看世界的先賢就提出了若干改革武備、抵禦外侮的思想主張。洋務派著眼於消除內憂和抵禦外患以達到大清長治久安的目的，在器物層面上注重軍事裝備和軍事技術的革新。但甲午一役北洋水師的全軍覆滅說明軍事裝備的近代化不等於軍事力量的真正近代化。甲午戰後，清政府開始實施練兵制度，一再下詔籌餉練兵，於是，張之洞和袁世凱南北呼應，爲清王朝的基業鞏固而編練新軍。顯然，林魏、洋務派器物上的革新和甲午戰後制度上的改進，並不能從根本上把封建王朝的武裝力量改造成爲一支強大的近代化軍事力量。可貴的是，嚴復等啓蒙思想家在甲午戰後把西方的進化論思想比較系統地輸入國內，「物競天擇」、「適者生存」、「優勝劣汰」等進化論思想和民族競爭觀念在國人意識深處紮下了根。民族危機的刺激和社會進化觀念的啓示，使國人不再沉溺於「中國中心」的幻覺，在民族觀念上突破了夷夏之辨的傳統藩籬，逐漸走出了閉關鎖國的夜郎心態，以開放、競爭的意識和全球眼光來看待世界各民族生存競爭的大趨勢。在中西方文化的衝撞、交流與對話中，基於民族危機的現實考慮和探尋民族出路的需要，人們往往會以西方近現代文化爲參照系來反觀民族傳統文化。於是，清醒的現代理性意識使他們能夠以批判的眼光來審視民族傳統文化中腐朽沒落的一面，並能夠客觀公允地比較分析中西方文化的差異，加上國勢衰微不振和國人孱弱不武的客觀現實，使他們不得不痛感尚武任俠精神對於國家崛起、民族復興和國人覺醒的重要性。中日甲午戰後，以康有爲、梁啓超爲首的資產階級改良派所掀起的維新風潮，就深刻地反映了近代先進知識分子的民族自省意識和自強精神。戊戌變法雖如曇花一現，但以譚嗣同爲代表的「戊戌六君子」慷慨赴義的大無畏英雄氣概和我不入地獄、誰入地獄的自我犧牲精神，無不警示國人不要再對反動當局抱有任何幻想。從某種意義上說，俠風烈烈的譚

嗣同不愧爲「中國爲國流血第一烈士」，〔註 3〕他以一己之軀的犧牲，開啓了
資產階級革命派武力推翻清王朝統治的興論先聲。近代以來中國積貧積弱的
殘酷現實，使每一個有良知、有血性的國人警醒起來，不斷進行民族內省，
探求自強之路。而近鄰日本明治維新的成功使昔日彈丸小國迅速崛起爲亞洲
第一強國的歷史事實，更是給國人以極大震驚。對於日本的迅速崛起，蔣智
由分析道：「彼日本崛起於數十年之間，今且戰勝世界一強國之俄羅斯，爲全
球人所注目。而歐洲人考其所以強盛之原因，咸曰由於其向所固有之武士道。
而日本亦自解釋其性質剛強之元素，曰武士道。武士道，於是其國之人咸以
武士道爲國粹，今後益當保守而發達之。而數千年埋沒於海山數島間之武士
道，遂至今日其榮光乃照耀於地球間。」〔註 4〕梁啓超更是大發感慨：「吾聞
日本人有所謂日本魂者，謂尚武之精神是也。嗚呼！吾國民果何時始有此精
神乎？吾中國魂果安在乎？」〔註 5〕毋庸置疑，日本在近代的迅速崛起與其對
武士道精神的鼓吹和倡揚有很大關係。日本武士道精神對於中國留日學生影
響頗大，特別是一些留日學生從加藤弘之有關社會達爾文主義的著譯中進一
步接受和領悟了社會進化思想與民族競爭觀念的深刻蘊涵。落後就要挨打的
生存法則、民族競爭日益激烈的世界大勢和中國積貧積弱的殘酷現實，不斷
敲擊著愛國留日學生的心扉，促使他們苦苦求索民族新生和國家復興之路。
1903 年 5 月 11 日，東京留日學生秘密成立了反清革命組織——軍國民教育
會，這是他們提倡尚武精神的一種現實實踐行爲。他們在《軍國民教育會公
約》中明確宣佈該會的宗旨爲：「養成尚武精神，實行愛國主義。」同時，該
會決定通過三種方法開展革命活動，即「一曰鼓吹，二曰起義，三曰暗殺」，
〔註 6〕隨後，許多軍國民教育會成員和激進分子分批回國，向國人傳播革命思
想，成立革命組織，進行尚武實踐。於是，許多革命團體如雨後春筍紛紛湧
現於中華大地。他們通過聯絡會黨、運動新軍、恐怖暗殺、武裝起義等鬥爭
方式，給清王朝的反動統治以沉重打擊，促進了革命形勢的發展。尤其是 1905

〔註 3〕 梁啓超《〈仁學〉序》，《梁啓超全集》，第一冊，北京出版社，1999 年，第 170
頁。
〔註 4〕 蔣智由《中國之武士道·蔣序》，《梁啓超全集》，第三冊，北京出版社，1999
年，第 1376 頁。
〔註 5〕 梁啓超《中國積弱溯源論·第二節　積弱之源於風俗者》，《梁啓超全集》，第
一冊，北京出版社，1999 年，第 419 頁。
〔註 6〕 馮自由《革命逸史》，初集，中華書局，1981 年，第 112 頁。

年中國同盟會在東京成立後，反清革命組織如百川歸海，聲勢更爲浩大，力量更爲統一。同盟會成立後的第一件大事，就是積極準備武裝起義，把以暴力推翻清王朝統治的革命武裝鬥爭提上了最重要的日程。革命黨人的暴力革命活動在實踐上爲全民尚武任俠精神的養成和國民雄強人格的塑造，起到了行爲示範的積極作用，充分體現了革命尚武精神。

資產階級改良派代表人物梁啓超是晚清尚武任俠思潮的集大成者，他深感亡國滅種的生存危機，奮筆疾作《中國積弱溯源論》、《中國之武士道》、《新民說》、《祈戰死》、《中國魂安在乎》、《記東俠》等一系列文章，運用中外文化比較觀，在鮮明而強烈的中外文化對比中，呈現出傳統文化在現代文明世界中落後的一面，展開了深刻的民族文化內省和自我批判，指出造成中國積貧積弱、國勢衰微、民氣不振的重要原因在於「怯懦」，在於「右文」，〔註7〕而要彌補文化之缺失，重揚國威，振奮民氣，在二十世紀世界競爭場上擁有立足之地，必須「速拔文弱之惡根，一雪不武之積恥」，〔註8〕必須提倡和張揚尚武任俠精神，努力改造國民性。梁啓超爲此深入探討了俠文化與愛國主義、民族主義的內在聯繫，其意在於以俠義型人格來重鑄國魂、民魂，以激勵民心，振奮民氣，重揚中華之國威，最終實現新民強國之夢。資產階級革命派代表人物章太炎更是俠骨崢崢，曾三作《儒俠》篇，盡情召喚急公好義的大俠精神，目的就在於號召當時的知識分子祛除和滌蕩盡傳統士大夫身上沉潛內斂的酸腐之氣，發掘和張揚自己身上慷慨激昂、壯懷激烈的俠義之氣，從而改變自己中庸、怯懦、保守的一面，大膽改革，銳意進取，開創一片全新的天地。中國近代史上的女英雄、清末女革命家秋瑾，更是巾幗不讓鬚眉，她曾自號「鑒湖女俠」，別署「漢俠女兒」，經常佩劍習武，喜拔劍高歌尚氣任俠，充滿了俠骨豪情。最終，她爲革命捨生取義，灑盡了滿腔熱血，以尚武任俠精神和實際行動示範後人，可謂革命女俠。由此可見，在民族危亡的歷史境遇下，以梁啓超爲代表的有識之士積極回應救亡圖存的時代使命，已經開始透過器物層面上的軍事裝備、制度層面上的練兵制度，從文化精神層面尋找國勢衰微不振和國民孱弱不武的病根，並且認識到國民俠義人格塑造

〔註7〕 梁啓超《中國積弱溯源論·第二節 積弱之源於風俗者》，《梁啓超全集》，第一冊，北京出版社，1999年，第418頁。

〔註8〕 梁啓超《新民說·第十七節 論尚武》，《梁啓超全集》，第二冊，北京出版社，1999年，第712頁。

和尚武任俠精神養成的重要性。因此，他們大力呼籲培養尚武任俠風氣，積極提倡尚武任俠精神。

　　尚武任俠精神的提倡和張揚，重要的是培養一種民族氣節與民族凝聚力，著眼點在文化精神層面，而不能局限於物質層面的強健體魄。一個民族之所以強大，國民的體格健壯固然重要，但如果沒有強大的民族精神的支撐，這個民族最多只是一個強悍的烏合之眾的群體，無法與外族競爭高下，最終要被世界大潮無情淘汰。一個國家的衰微不振，根本原因不在於其國民體格的孱弱不武，而在於國民精神的愚昧無知、麻木不仁，喪失了雄強剛健的尚武任俠精神和與世界其它國家民族競爭的昂揚鬥志。晚清這股尚武任俠思潮，對民國時期新文學作家產生了廣泛而深刻的影響，對於他們俠性心態的生成起到了重要作用。郭沫若曾明確表白：「我們崇拜十九歲在上海入西牢而瘐死了的鄒容，我們崇拜徐錫麟、秋瑾，我們崇拜溫生材，我們崇拜黃花崗的七十二烈士。一切生存著的當時有名的革命黨人不用說，就是不甚轟烈的馬君武，有一時傳說要到成都來主辦工業學校，那可是怎樣地激起了我們的一種不可言狀的憧憬！」〔註9〕這些俠肝義膽的革命志士都具有殺身成仁、捨生取義的社會責任感和歷史使命感以及為正義事業而甘於自我犧牲的革命精神，對於郭沫若俠性心態的形成產生了重要影響，並且起到了行為示範的積極作用。

　　作為一個從晚清走過來的現代知識分子，魯迅必然會受到這種尚武任俠思潮的影響。他在日本留學期間，既受到了章太炎、秋瑾等革命俠義知識分子的影響，也受到了日本武士道精神的薰陶。特別是梁啟超提倡尚武任俠精神以改造國民性、重鑄國魂和民魂等主張，更給魯迅的心態以深刻啟示和重要影響。他的精神世界肯定深深打上了那個時代的精神烙印。在行動上，魯迅在日本加入了搞革命暴力暗殺活動的光復會。在思想上，魯迅尤為關注國民性問題，他站在 20 世紀的起點，對俠文化精神進行深度開掘和現代性改造，深情召喚尚武愛國的斯巴達之魂，極力呼喚人格獨立、個性張揚的摩羅詩人，無不在為民族救亡和祖國新生尋求出路。「寄意寒星荃不察，我以我血薦軒轅」，〔註10〕就充分體現了魯迅在晚清尚武任俠思潮影響下生命激情飛揚的精神風采。

〔註 9〕郭沫若《反正前後》，《郭沫若全集》，文學編第十一卷，人民文學出版社，1992
　　　　年，第 203～204 頁。
〔註10〕魯迅《集外集拾遺·自題小像》，《魯迅全集》，第七卷，人民文學出版社，1981
　　　　年，第 423 頁。

　　魯迅雖然深受晚清尚武任俠思潮的影響，在日本也受到了武士道精神的薰陶，但他能夠以清醒的現代理性意識審視尚武任俠思潮背後的深層意蘊。他曾參加過搞暗殺暴力活動的光復會，但沒有局限於這種武力衝動的誘惑，而是對之保持了清醒的認識。他開始答應革命組織回國刺殺清朝大員，後來以自己死後母親無人照顧爲由婉拒了這次革命的召喚，似乎從傳統孝道的角度可以諒解和闡釋魯迅拒絕回國執行暗殺任務的原因，但深究根因，我認爲，在於魯迅看到了當時尚武任俠思潮背景下革命黨搞恐怖暗殺這類暴力活動的局限性。雖然恐怖暗殺可以警醒國民的反抗意識，但不能從根本上動搖清王朝的統治基礎，於民族復興大業無補，結果會造成不少革命精英白白作了清廷暴力下無謂的犧牲，反而增強了清廷對革命的警惕性和殘酷鎮壓的力度。當一個民族群體尚處於在封建高壓統治的鐵屋子裏昏昏沉睡而難以喚醒的境遇下，即使他們的體格再健壯，也無法與入侵的外敵抗衡較量。不從文化精神上眞正喚醒沉睡的國民，縱使他們孔武有力，至多也不過是行尸走肉。正是在這樣的理性認識基礎上，魯迅沒有沉浸於當時尚武任俠思潮的狂熱當中，而是從中看到了盲動的「武愚」的可怕。可以說，這是魯迅拒絕回國執行任務的深層原因，也是他在幻燈片事件後棄醫從文的根本原因。魯迅認爲：「文藝是國民精神所發的火光，同時也是引導國民精神的前途的燈火。」〔註11〕選擇文藝這一「引導國民精神的前途的燈火」作爲終身事業，是魯迅苦苦探尋民族新生之路的必然選擇，也源於他深刻的現代生命體驗：「凡是愚弱的國民，即使體格如何健全，如何茁壯，也只能做毫無意義的示眾的材料和看客，病死多少是不必以爲不幸的。所以我們的第一要著，是在改變他們的精神，而善於改變精神的是，我那時以爲當然要推文藝，於是想提倡文藝運動了。」〔註12〕魯迅一生都在以筆爲刀，解剖著國民精神的痼疾，並尋求醫治的良方，更在以筆爲劍，猛烈刺向造成國民痼疾的封建傳統文化思想和一切國內外敵人。他以文藝的方式積極捕捉「國民精神所發的火光」，同時以文藝的「燈火」來「引導國民精神的前途」。於是，他以現代意識對俠文化進行了價值轉換和現代性改造，繼承和張揚著俠文化精神，致力於國民理想人格的重塑和民族新文化的建構。反映在其文藝著作中，就是積極呼喚個性張揚、

〔註11〕魯迅《墳·論睜了眼看》，《魯迅全集》，第一卷，人民文學出版社，1981年，第240頁。

〔註12〕魯迅《吶喊·自序》，《魯迅全集》，第一卷，人民文學出版社，1981年，第417頁。

尊俠尚義的摩羅詩人和尚武愛國的斯巴達之魂，大力提倡復仇精神，深刻開
掘民族脊樑精神。可以說，魯迅從尚武思潮走向尚文之路，並沒有違背尚武
任俠思潮之新民強國和救亡圖存的歷史使命與時代精神，而是著眼於文化精
神層面從根本上喚醒國民的現代意識，真正地開啓民智，袪除國民的奴性意
識，把改造國民性和個性意識覺醒統一起來，把個性解放和民族解放聯繫起
來，最終指向民族新生和國家復興的光輝前景，即建立一個人人都有個性自
由、人性都能得到健全發展的「人國」。

（二）家學文化背景與生活環境的薰染

　　在一個人的成長過程中，家庭教育及其所處的生活環境對他的人格塑造
和文化心理的形成至關重要。就民國時期新文學作家而言，他們大都在家裏
開始了自己的文化啓蒙教育，不僅閱讀用以治國平天下的儒家經典、歷史文
學，而且對當時不入傳統教育大雅之堂的武俠小說、史書雜著中的武俠事蹟
以及評書產生了濃厚的興趣，甚至超過了對傳統經典的熱愛。在他們的文化
心理結構中不僅沉潛著傳統主流文化的基因，而且躍動著俠文化精神的積極
質素。同時，生活環境中的一些俠義型人物和事件對新文學作家也會產生潛
移默化的影響。所有這些，為新文學作家俠性心態的生成奠定了良好的心理
基礎。

　　艾蕪出生於四川省新繁縣清流場一個鄉村耕讀人家，祖母梁氏，知書識
理，能背誦白居易的《長恨歌》，還會講許多優美動人的民間故事和傳說，算
得上是艾蕪的啓蒙老師。1914 年，艾蕪十歲的時候，和二弟一起隨祖父到祖
母娘家的家塾裏讀書，祖父作家塾教師。艾蕪在一年內讀完了四書五經，同
時也開始讀《七劍十三俠》和《三國演義》等小說，對這類歌頌人的英勇、
贊美人的智慧的書極感興趣，愛不釋手。他常常在空閒的時候愛低頭默想書
中的人物故事，甚至把自己設想為書中的一員。〔註 13〕顯然，從家學教育和
生活環境上來看，艾蕪在幼年時代便受到了俠文化的影響和薰陶，其文化心
態打上了俠文化精神的印記。

　　同樣來自四川的李劼人，出身於一個貧苦知識分子家庭，從小就隨父親
奔波，接觸了社會，目睹了世上的不平和官場的黑暗，又耳聞義和團英勇抗
爭的事蹟和八國聯軍在祖國大地的暴行，父親客死他鄉的悲慘結局，使他飽

〔註13〕參見胡德培編《艾蕪》，人民文學出版社，1986 年，第 261～262 頁。

嘗了人情冷暖和世態炎涼。所有這一切都在他幼小的心靈埋下了不平的種子，也開啓了他不滿現實的叛逆精神、反抗意志和反帝愛國的朦朧意識。在中學時代，李劼人積極投身於四川的保路運動，和郭沫若等一起參加了在成都召開的「四川保路同志會」成立大會，並以組織罷課、罷市等實際行動抗議清廷的壓制。四川保路運動很快轉變爲武裝鬥爭，成爲辛亥革命武昌起義的導火線。李劼人毅然剪掉了象徵屈辱的長辮子，親身經歷並積極參加了這一壯烈的革命鬥爭。他一方面積極投入反清革命鬥爭，一方面博覽群書，他嗜讀《三國演義》、《水滸傳》、《紅樓夢》、《儒林外史》、《官場現形記》和《七俠五義》等古典小說及林琴南等人翻譯的世界名著，如華盛頓‧歐文的《旅行述異》、司各特的《艾凡赫》（舊譯《撒克遜劫後英雄略》）等，既豐富了知識，也開闊了視野，對裏面的俠義人物有了深刻的認識。〔註14〕不難看出，李劼人的家學文化背景和生活環境賦予了他強烈的叛逆精神與反抗意志，在他的人格心理深處埋下了俠文化精神的質素。

蕭軍生下來不足七個月，他的母親就吞食鴉片自殺了，他在祖父母和姑姑們照料下長大。童年時期，在這些親人中，他更喜歡祖母的性格和爲人。祖母善良、勇敢、熱心腸，給他講各種民間傳說和歷史故事，《薛家將》、《楊家將》、《呼家將》都是從祖母那裏聽來的。在耳濡目染中，蕭軍從祖母那裏學會了分辨忠奸、明確愛憎。「他覺得所有的皇帝全是狼心狗肺，忘恩負義，翻臉無情的東西，他們連對待開國功臣都是那樣兇狠殘暴，只要觸犯了他們，便前功盡棄，全家抄斬、禍滅九族。同時，對於那些不怕權勢，敢於反抗，勇於復仇的人物，以及綠林的英雄，響馬，俠客……都寄以無限的尊敬和同情。並且自己也想成爲他們那樣的人物」。〔註15〕祖母的人格性情和爲人立身處世都深刻地影響了蕭軍，在蕭軍眼裏，祖母簡直就是一位大英雄，家裏遇到重大變故、碰上嚴重危機，只有祖母挺身而出，獨立支撐。蕭軍的二叔對他影響也很大，二叔外柔內剛富於反抗精神，和同村一個叫楊正的青年是好朋友，他們一起上山當了「馬轆子」，糾集了一夥人馬，打家劫舍，殺富濟貧，跟官府作對，受到人民的歡迎和景慕。他們總共十三人，使官軍和財主們聞風喪膽，人稱他們爲「十三太保」。後來「十三太保」大都戰死，這些綠林好

〔註14〕 參見李劼人研究學會編《李劼人研究》，四川大學出版社，1996 年，第 278～279 頁。
〔註15〕 張毓茂《蕭軍傳》，重慶出版社，1992 年，第 5 頁。

漢雖然失敗戰死了，但蕭軍對他們充滿了尊敬和愛戴。直到蕭軍成爲作家後，對他們那種反抗強暴的勇敢精神仍然激賞不已，從他的長篇小說《第三代》（後改名爲《過去的年代》）中海交、劉元、楊三等人物形象身上，就能夠看到「十三太保」的某些影子。可以說，在這樣的家學文化背景和生活環境薰染之下，蕭軍的心態必然會增添進俠文化精神的積極因素，其俠性心態的生成也實屬必然。

　　郭沫若從小就生活於一個俠文化氛圍濃厚的環境之中。他的乳名叫文豹，有著儒雅、勇武之寓意；又號尙武，蘊涵著崇尙武功的價值取向。人的名和號雖然不能寄寓什麼微言大義，但卻能集中反映一個時代人們的文化精神和深層心理。就郭沫若而言，他的名與號充分表明，不論是家庭裏的長輩，還是郭沫若自己，都希望他能夠成爲一個文武兼備、智勇雙全的人。這種希望不僅是俠文化氛圍濃厚的生活環境給予郭沫若的外在規範，而且更是他發自內心的人格追求和價值選擇。更重要的是，郭沫若祖輩艱苦創業的自強精神和任俠好義的人格風範已經內化爲他人格結構與文化心理深處的寶貴質素，從而激發他能夠作出積極的人格追求和價值選擇。郭沫若曾回憶說：「我們的祖先是從福建移來的，原籍是福建汀州府寧化縣。聽說我們那位祖先是背著兩個麻布上川的。在封建時代弄到不能不離開故鄉，當然是赤貧的人。這樣赤貧的人流落到他鄉，漸漸地在那兒發起跡來，這些地方當然有階級或身份的感情使地方感情更加強固化了。」〔註16〕可見，郭沫若的祖先是作爲流民而行走江湖，最終經過長途跋涉來到四川的。祖輩們行走江湖的冒險經歷、艱苦創業的自強精神以及節義好俠的人格風範自然會使郭沫若產生敬仰之情和自豪之感。特別是祖父郭明德，長年奔走江湖，與郭沫若的叔祖父共同執掌過沙灣碼頭，爲人豪爽耿直，好義任俠，在銅、雅、府三河一帶遠近聞名，有「金臉大王」的美譽。郭沫若的父親郭朝沛自小就輟學入商，在銅、雅、府三河之間奔波，曾與盜匪結下了不解之緣。郭沫若五歲那年，有一次跟隨父親前往流華溪走親戚，在歸途中遇到盜匪，匪首竟然向郭沫若的父親跪謝昔日救命之恩。父親對爲匪做盜者有著深切的理解和同情，他訓誡郭沫若等兒輩，爲匪做盜者不全是凶頑卑劣之徒，大多因失業或被逼迫才鋌而走險的。對郭沫若幼年時代影響最深的是他的母親，郭沫若的母親杜邀貞出身

〔註16〕郭沫若《我的童年》，《郭沫若全集》，文學編第十一卷，人民文學出版社，1992年，第15頁。

官宦之家，其父杜琢璋是清朝的二甲進士，在貴州黃平州州官任上時，恰遇苗人造反，苗人攻破了黃平州，杜琢璋因為城池失守，不甘受辱，便以身殉節，同時還手刃了一個四歲的女兒，其妻謝氏和另一個六歲的女兒也跳池自盡了。當時，郭沫若的母親剛好一週歲，在劉奶媽的仗義相助下，才僥倖脫險，歷盡艱辛，終於在兩年後逃回了四川。當杜邀貞向兒女們講述這段悲酸經歷時，郭氏兄妹都感到很光榮。〔註 17〕很顯然，外祖父誓死不受屈辱的精神和奶媽舍生忘死而赴人之厄、救人之難的俠義精神在郭沫若的幼小心靈中留下了不可磨滅的印象。

通過深入考察發現，在新文學作家接受傳統文化教育的過程中，不少人對儒家經典之外的武俠小說和史書雜著中記載的武俠事蹟以及評書等發生了濃厚的興趣，這是他們接受俠文化影響和俠文化精神浸潤的重要途徑。武俠小說和史書雜著中的武俠事蹟以及評書裏的俠義英雄故事，對於新文學作家人格結構的塑型和文化心理的構成意義重大。不少新文學作家的文化啓蒙教育和個性意識的萌動，都與他們從小讀武俠小說、讀史書雜著、聽評書密切相關。魯迅在十多歲的時候就已經接觸《劍俠傳圖》以及充滿義士復仇內容的漢代野史《吳越春秋》、《越絕書》等圖書。他早年曾自號「戛劍生」和「戎馬書生」，做過若干俠肝義膽的事。長大後對故鄉先賢有俠氣的人物非常注意，曾經編輯過一本《會稽郡古書雜集》的書；對秋瑾這樣富有俠義精神的烈士，則尤為欽佩。在《中國地質略論》中，魯迅從正面積極肯定了豪俠之士，把他們視作愛國者，激情洋溢地說：「吾知豪俠之士，必有恨恨以思，奮袂以起者矣。」〔註 18〕郭沫若曾在 1906 年年假期間，把《史記》讀了一遍，他在自傳中寫道：「那時候我很喜歡太史公的筆調，《史記》中的《項羽本紀》、《伯夷列傳》、《屈原列傳》、《廉頗藺相如列傳》、《信陵君列傳》、《刺客列傳》等等，是我最喜歡讀的文章。這些古人的生活同時也引起了我無上的同情。」〔註 19〕茅盾在十一二歲的時候，「也讀《七俠五義》一類的書。對於俠客們所使用的『袖箭』，了不得的佩服」。〔註 20〕他是在什麼樣的情形下讀這些小說

〔註17〕 參見郭沫若《我的童年》，《郭沫若全集》，文學編第十一卷，人民文學出版社，1992 年，第 18～19 頁。

〔註18〕 參見嚴家炎《金庸小說論稿》，北京大學出版社，1999 年，第 24～25 頁。

〔註19〕 郭沫若《我的童年》，《郭沫若全集》，文學編第十一卷，人民文學出版社，1992 年，第 92 頁。

〔註20〕 茅盾《談我的研究》，《茅盾論創作》，上海文藝出版社，1980 年，第 23 頁。

的呢？據茅盾回憶說：「我家有一箱子的舊小說，祖父時傳下，不許子弟們偷看，可是我都偷看了。」〔註21〕周作人少年時代就愛讀武俠小說，曾購買《七劍十三俠》一部，「凡六本。閱一過，頗新奇可喜」。〔註22〕在俠文化精神的影響和感召下，少年周作人甚至與秘密社會的「破腳骨」來往，並且對「破腳骨」崇尚義氣和勇氣的俠義精神充滿了仰慕之情。老舍是一位童年時代就從傳統曲藝和小說作品中深受俠文化影響與俠文化精神浸潤的作家，他在幼小時不但經常從母親和大姐那裏聽到許多民間小故事，而且耳聞目睹了不少周圍旗人表演的曲藝節目，那些民間故事和曲藝節目包含著必不可少的俠義內容。〔註23〕老舍少年時代常常在下午放學後，和小夥伴們一起到茶館去聽評講《小五義》或《施公案》，又讀過《三俠劍》和《綠牡丹》，聽過《五女七貞》等評書。蔣光慈在少年時代特別愛讀那些替天行道、劫富濟貧的遊俠小說，並把小說中的俠客義士、英雄豪傑作為效法的榜樣。錢鍾書在七歲的時候，曾「津津有味地大看伯父租來的《說唐》、《濟公傳》和《七俠五義》等。由於貪看小說，眼睛開始近視」。〔註24〕師陀（蘆焚）在上小學期間，「總愛到城隍廟去聽說書。兩年中，聽過《水滸》、《封神榜》、《七俠五義》、《小五義》、《施公案》等評話」。他回憶說：「認真說，我接觸文學作品是從聽評話開始的。」〔註25〕另外，胡適、丁玲、陳白塵、陳企霞、唐弢等新文學作家，他們小時候也都愛讀武俠小說。〔註26〕更有甚者，詩人朱湘在上小學的時候，就曾有過創作一部俠義小說的打算。〔註27〕俠文化精神就是這樣通過圖書和評話等大眾傳播媒介對新文學作家的人格結構與深層文化心理產生著潛移默化的影響的，這種影響對他們的俠性心態的生成至關重要。陳山認為：

〔註21〕茅盾《我閱讀的中外文學作品》，載《中國現代文學研究叢刊》1982 年第 1 期。

〔註22〕周作人《知堂回想錄》，三育圖書文具公司，1980 年，第 57 頁。

〔註23〕參見胡絜青、舒乙《散記老舍》，北京十月文藝出版社，1986 年，第 12 頁。

〔註24〕田蕙蘭等選編《錢鍾書楊絳研究資料集》，華中師範大學出版社，1997 年，第 7 頁。

〔註25〕劉增傑編《師陀研究資料》，北京出版社，1984 年，第 3 頁。

〔註26〕參見耿雲志《胡適年譜》，四川人民出版社，1989 年，第 7 頁；袁良駿編《丁玲研究資料》，天津人民出版社，1982 年，第 10 頁；陳虹、陳晶《陳白塵年譜》，載《新文學史料》1989 年第 1 期；陳恭懷《陳企霞傳略》，載新文學史料》1989 年第 3 期；包子衍等整理《浮生自述——唐弢談他的生平經歷和文學生涯》，載《新文學史料》1986 年第 4 期。

〔註27〕趙景深《朱湘傳略》，載《新文學史料》1982 年第 3 期。

「兒童和青少年對於俠義精神的嚮往，是一種自覺的文化選擇，而不是如同儒文化影響那樣是被動的接受，因為在當時的社會條件下青少年只能採取這樣一種方式來抗拒儒文化的桎梏。」〔註 28〕因此，從人性解放和個性張揚的意義上說，武俠小說、史書雜著和評書中所體現出來的俠文化精神，對於長期以來身心深受儒家文化束縛的少年兒童而言，不啻是一種巨大的心理衝擊和精神解放。

可以說，在家學文化背景和生活環境的薰染下，許多新文學作家的心態從幼年時代開始就萌生了俠性的精神質素，從而影響著他們以後的人生道路和價值選擇。

（三）地域文化精神的浸潤

文化作為人類社會歷史的產物，是在特定的時間和空間中發展演變的。文化因古今沿革，有其時代性；因環境之別，又有其地域性。對於中國傳統文化而言，因環境之別，大致可以劃分為齊魯文化（由齊文化和魯文化構成）、秦文化、晉文化、吳越文化（由吳文化和越文化構成）、燕趙文化（由燕文化和趙文化構成）、巴蜀文化（由巴文化和蜀文化構成，袍哥文化是巴蜀文化的民間形態）、楚文化、黑土地文化（即關東文化）等地域文化形態。它們是傳統文化在不同地域的表現形態或分支，不僅具有傳統文化的共性，更有其鮮明的地域性特色。作家不是一個孤立的存在，必然會與他所置身的社會的自然的人文的環境有著密切的關係，也就是說，作家個性心態的形成，離不開他所處的地域文化精神的浸潤和薰陶。雖然有的作家從小就離開了自己的故鄉而遠行漂泊，並且童年時期對故鄉山水風物、世態人情的諸般感受和早期經驗也早已經過了成年經驗比較理性的篩選、過濾與重塑，但卻無法割斷與故鄉地域文化的血脈聯繫。故鄉的文化母體孕育了作家個體的生命，作家個體的人格結構和文化心理深處永遠帶著與生俱來的文化胎記，故鄉的人文精神傳統也就會依賴於帶著文化胎記的作家個體不斷地傳承和發揚下去。俠文化雖然不是傳統文化的主流，但其影響卻滲透於傳統文化的各個角落，特別是和不同地域的民風相結合，呈現出勃鬱強旺的生命力，從而使不同的地域文化程度不同地蘊涵著俠文化精神的因素。新文學作家來自中國不同的地域，從出生那一刻起就要受到地域文化精神的浸潤和民風民俗的薰陶。如魯

〔註28〕陳山《中國武俠史》，上海三聯書店，1992 年，第 289 頁。

迅之於越文化，郭沫若之於袍哥文化，老舍之於燕趙文化，沈從文、蔣光慈之於楚文化，蕭軍之於黑土地文化等。地域文化精神中所蘊涵的俠文化精神質素，對於新文學作家俠性心態的生成意義重大，影響深遠。

　　美國學者露絲・本尼迪克特認為：「個體生活的歷史中，首要的就是對他所屬的那個社群傳統上手把手傳下來的那些模式和準則的適應。落地伊始，社群的習俗便開始塑造他的經驗和行為。到咿呀學語時，他已是所屬文化的造物，而到他長大成人並能參加該文化的活動時，社群的習慣便已是他的習慣，社群的信仰便已是他的信仰，社群的戒律亦已是他的戒律。」〔註29〕個體的精神氣質、人格心理就是這樣逐漸鍛造出來的，它們既來自個體對文化環境的模仿，也來自個體獨特生命體驗的積極參與。也就是說，個體在童年期間所處的文化環境對其一生發展至關重要，個體的人格結構和文化心理中積澱著地域文化的集體無意識與基本價值取向，個體在該文化環境中所獲得的童年經驗，不論是價值取向還是行為模式，都會潛移默化地成為他以後的人格結構和文化心理的重要組成部分。魯迅的硬骨頭精神、韌性戰鬥精神和不屈不撓的俠義氣概，以及郭沫若、老舍、沈從文、蔣光慈和蕭軍等各有特色的俠性氣質，都與他們故鄉的地域文化血脈相連。雖然新文學作家的俠性氣質及其作品文本中所張揚的俠文化精神已不單純是童年期間無意識接受地域文化精神質素刺激、薰陶、教化的結果，其中已包含了他們成年後現代生命體驗的理性選擇，但童年期間的感性認識和無意識積澱畢竟是先在的創作意向結構的基礎，對他們的個性、氣質、思維方式等的形成和發展起著決定性的作用，甚至關乎他們後來創作的成敗得失，並為他們的整個人生定下基調，或隱或顯地規約和影響著其作品的格調與精神走向。

　　古越大地尚氣任俠，民風強悍剛硬，硬氣中帶點匪氣，越文化具有復仇雪恥的精神傳統。紹興是古越國的都城，來自浙東紹興的魯迅從小就受到了古越民風的薰染和越文化的影響及其反抗復仇等傳統人文精神的浸潤。「夫越乃報仇雪恨之國，非藏垢納污之地」，〔註30〕這是明末王思任的名言，充分概括了越地先賢「報仇雪恥」的人文精神傳統。魯迅在一生中對此名言援引過多次，1936 年，他曾一連三次在文章和通信中提到「會稽乃報仇雪恥之鄉」。

〔註29〕　（美）露絲・本尼迪克特《文化模式》，王煒等譯，生活・讀書・新知三聯書店，1988 年，第 5 頁。
〔註30〕　參見王思任致明朝宰相馬士英信，轉引自魯迅《且介亭雜文末編・女弔》，文後注解（2），《魯迅全集》，第六卷，人民文學出版社，1981 年，第 619 頁。

〔註 31〕可見，魯迅非常推重故鄉先賢「報仇雪恥」的人文精神。他反覆借用王思任的話，實際上表明的是自己的心跡，也就是對於自己的真正的敵人，「讓他們怨恨去，我也一個都不寬恕」〔註 32〕的決絕態度和復仇精神。從早年高舉「其民復存大禹卓苦勤勞之風，同句踐堅確慷慨之志」的越地人文傳統，尤其諄諄告誡軍人務必繼承和發揚古越國「臥薪嚐膽，枕戈待旦」的精神遺風，〔註 33〕到晚年反覆申明「身爲越人，未忘斯義」〔註 34〕的意味深長，都充分表明了魯迅將越王句踐以來越地不畏強暴、誓不妥協的反抗意志和復仇精神視爲先人遺訓，他的文化血脈中湧動和張揚著這種敢於反叛鬥爭、大膽復仇雪恥的越文化的人文精神傳統。越王句踐曾淪爲吳王夫差的階下囚，受盡了苦難和屈辱，但他能夠於困厄中忍辱負重，臥薪嚐膽，奮發圖強，經過艱苦卓絕的隱忍自勵，終於洗雪了國恥，恢復了國力。從此以後，報仇雪恨的精神傳統在越地代代相傳和發揚光大，以越王句踐爲表率的越文化的復仇精神和反抗意志在後人的人格結構與文化心理中也得到了承傳，如明朝的方孝儒、王思任、張煌言等，或隱居山林，或犧牲生命，但決不向強權和暴敵屈服；如晚清志士徐錫麟捨身刺殺安徽巡撫，鑒湖女俠秋瑾爲反清大業從容就義，他們都是俠肝義膽、鐵骨錚錚的義士，無不表現出剛勇豪俠的大義之舉。誕生並成長於這樣的歷史文化環境之中，魯迅必然會受到其人文精神傳統的浸潤和影響。據魯迅留日期間的同學回憶，他「平日頑強苦學，毅力驚人」，「因志在光復」，「志向從不動搖。同學們笑著說：『斯誠越人也，有臥薪嚐膽之遺風。』」。〔註 35〕由此可見，魯迅受越王句踐臥薪嚐膽報仇雪恥精神的影響頗深。同時，魯迅對紹興目連戲中「女弔」悲慨卻很剛勇的復仇意志欣賞有加、推崇備至。孩提時代的魯迅，不僅是故鄉目連戲的旁觀者，而且

〔註 31〕 參見（1）魯迅《且介亭雜文末編‧女弔》，《魯迅全集》，第六卷，人民文學出版社，1981 年，第 614 頁；（2）魯迅《集外集拾遺補編‧關於許紹棣葉溯中黃蘋蓀》，《魯迅全集》，第八卷，人民文學出版社，1981 年，第 404 頁；（3）魯迅《書信‧360210 致黃蘋蓀》，《魯迅全集》，第十三卷，人民文學出版社，1981 年，第 306 頁。

〔註 32〕 魯迅《且介亭雜文末編‧死》，《魯迅全集》，第六卷，人民文學出版社，1981年，第 612 頁。

〔註 33〕 魯迅《軍界痛言》，《魯迅佚文全集》（下），群言出版社，2001 年，第 810 頁。

〔註 34〕 魯迅《書信‧360210 致黃蘋蓀》，《魯迅全集》，第十三卷，人民文學出版社，1981 年，第 306 頁。

〔註 35〕 沈殿民《回憶魯迅早年在弘文學院的片斷》，《魯迅回憶錄》（散篇），上冊，北京出版社，1999 年，第 45～46 頁。

有時是積極的參與者。因此,「女弔」這種目連戲的演出在魯迅幼小的心靈中留下了深刻的印象,直到晚年,魯迅對「女弔」的演出仍念念不忘。他曾著《女弔》一文,表達對作為弱者的「女弔」剛毅勇敢的復仇精神和反抗意志的深切同情與理解。在魯迅的描述中,「女弔」穿著「大紅衫子,黑色長背心,長髮蓬鬆,頸掛兩條紙錠」出場,「穿紅」是「因為她投繯之際,準備作厲鬼以復仇,紅色較有陽氣,易於和生人相接近」。「女弔」銜冤悲泣,緩緩唱道:「奴奴本是楊家女,呵呀,苦呀,天哪!……」悲涼冤屈的聲音充滿著復仇的渴望,同時也表達了復仇的無助和渺茫。「越地歷史上一切因反叛而遭橫死的孤魂厲鬼的冤屈,都定格在『女弔』悲涼的形象上」。〔註36〕魯迅稱贊「女弔」是「比別的一切鬼魂更美、更強的鬼魂」,實際上蘊涵著他對「女弔」的復仇精神和反抗意志的肯定與褒揚。「女弔」的復仇精神和反抗意志,借助於民間目連戲的藝術形式,在浙東一帶的城鄉地區廣為流傳,魯迅的精神世界自然也會受到這種精神意志的薰陶。

越王句踐報仇雪恥的精神風範和「女弔」含冤復仇的精神意志,給幼年魯迅以寬厚深廣的人格浸潤和精神滋養。他曾坦言:「不知道我的性質特別壞,還是脫不出往昔的環境的影響之故,我總覺得復仇是不足為奇的。」〔註37〕可以說,「魯迅對越地復仇傳統的繼承弘揚,彰顯了他頑強的意志和反抗的精神,同時也昭示了他思想性格中不調和、不妥協的徹底和深刻」。〔註38〕故鄉人文傳統中的復仇精神和反抗意志逐漸轉化為剛勇強悍、堅忍不拔、嫉惡如仇的人格品質,成為魯迅人格結構和文化心理深處的寶貴質素,並伴隨了他光輝的一生。

活躍於巴蜀大地的袍哥文化發源於晚清,盛行於民國,其組織袍哥會是以武力為後盾的民間團體,與青幫、洪門為當時民間的三大幫會門派。在清代時期的四川,袍哥會曾是一小部分人的秘密團體,而辛亥革命之後,它便長期成為四川地區大多數成年男性都可直接參加或間接受其控制的公開性組織。「四川袍哥人數之多,分佈之廣,勢力之大,是外省所不能比的。與一般的土匪不同,四川袍哥的最大特點是它與世俗社會融為一體,力量滲透到了包括官、兵、紳、商在內的各種『體面』階層,甚至知識分子。在更多的時

〔註36〕倪婷婷《「五四」作家的文化心理》,南京大學出版社,2005年,第272頁。
〔註37〕魯迅《墳‧雜憶》,《魯迅全集》,第一卷,人民文學出版社,1981年,第223頁。
〔註38〕倪婷婷《「五四」作家的文化心理》,南京大學出版社,2005年,第274頁。

候，它是以公開半公開的方式直接參與社會事務而無須嘯聚綠林。求取袍哥組織的接納和保護與投靠某個軍閥同樣重要，甚至更實在，這就形成了四川所特有的濃厚的『袍哥文化』基礎」。〔註39〕袍哥會和袍哥文化對四川社會生活的各方面都有著極為重要的影響，甚至在今天也能看到它很多遺留下來的痕跡。這一特點，是中國其它任何地區都從未有過的。袍哥會也稱哥老會，在四川的哥老會成員被稱為袍哥。袍哥會的成員混雜，素質不一。有對抗強權，行俠仗義，劫富濟貧者；也有追求享樂，殺人越貨，為非作歹者。在官方眼裏，袍哥就是土匪，袍哥會要麼面臨被官方剿滅的厄運；要麼被官方招安或收編，成為官府的鷹犬、爪牙。但從袍哥對抗強權、行俠仗義、劫富濟貧等價值取向來看，他們代表著社會中下層利益，具有民間俠客的性質。從某種意義上說，袍哥文化蘊涵著俠文化的精神質素，張揚著俠文化精神。

　　四川籍的新文學作家大都在袍哥文化中浸潤過，吳虞的舅舅劉藜然，沙汀的舅舅鄭慕周、岳父李豐庭，都是袍哥會的龍頭大爺，在他們處於人生困境的時候，都曾得到過袍哥的幫助和庇護。康白情的父親是袍哥會的成員，而康白情本人年僅九歲就操了袍哥，深受秘密社會遊俠之風的影響，「和氣味相近的大小同學結過兩次金蘭，大約前後和二三十人換帖」，〔註40〕後來康白情還成為了「吉」字義安公社社長。

　　艾蕪有著漂泊他鄉異域的人生經歷，耳聞目睹小人物的悲慘命運和不公道的社會現實，時時面臨江湖險惡的考驗與磨難，從小深受袍哥文化的影響和浸潤，精神人格中有著崇尚自由的天性和頑強堅忍的生命意志。特殊的人生旅程和特定地域的文化積澱養成了他追求自由、大膽反叛、嚮往正義與公道、敢於承受和超越生命苦難的文化人格，漂泊他鄉異域的生命之旅及由此獲得的人生哲學鑄成了他同情弱小、扶危濟困和維護正義等俠義情懷。艾蕪「在風華正茂的歲月，含辛茹苦地領略了所謂『化外』邊陲和華緬雜居的異邦的風光習俗、人情世態，這種奇異獨特的人生閱歷和作家在『五四』時期就開始獲得、并在『左聯』時期繼續補充的現代意識相撞擊，便迸射出璀璨的藝術靈感的火花，從而寫成了使他一舉成名的短篇集《南行記》」。〔註41〕

〔註39〕李怡《盆地文明·天府文明·內陸腹地文明——論現代四川文學的文化背景》，載《社會科學研究》1996年第2期。

〔註40〕丘立才、陳傑君《矛盾而複雜的五四詩人康白情》，載《新文學史料》1990年第2期。

〔註41〕楊義《中國現代小說史》，第二卷，人民文學出版社，1986年，第464頁。

在《南行記》中，艾蕪以一種不向現實命運屈服的頑強生命力和超越生命苦難的俠義情懷去觀照滇、緬邊地的世俗人生和狂野蠻荒的異域風光，以自由的生命意識審視南國和異域那些野蠻強悍、桀驁不馴的奇特怪異男女，如滑竿夫、流浪者、小偷、強盜、商賈、馬哥頭、走私犯等。這些人物遠離喧囂的鬧市，生活於社會的底層，蔑視社會的世俗成規和法律秩序，沒有什麼人生的壯舉。但行走於人生江湖的苦難經歷磨練和造就了他們強悍的生命意志，這種強悍的生命意志和崇尚自由的天性成為他們在冷酷無情的生存法則下賴以生存與張揚生命激情的精神支撐。

李劼人有個綽號叫鄺瞎子的乾親家，就是當年在一個憲兵司令的部下當諜查的袍哥大爺。他為人豪俠仗義，曾幫助李劼人從票匪手中贖回了被綁架的兒子，後來鄺瞎子成為李劼人小說《死水微瀾》中男主角羅歪嘴的原型。與袍哥大爺結交，使李劼人能夠充分瞭解和體察袍哥的為人與生活以及他們的精神心理，這對他的俠性心態的生成具有重要的促進作用。更重要的是，李劼人善於從袍哥文化中提煉出粗獷強悍的民風和反叛精神，並將其置入小說創作之中，營構出一種充滿江湖氣息和俠義情懷的敘事空間與精神氛圍。從某種意義上說，袍哥文化是傳統俠文化在巴蜀大地的地方變體，袍哥作為綠林社會的成員，深受傳統俠義觀念的影響，以「路見不平，拔刀相助」和「有福同享，有難同當」作為自己的道德準則與行為方式，頗有俠者風範。雖然作為一種社會力量的袍哥組織自近現代以來所謂的江湖義氣逐漸失去應有的約束力，而發生了蛻變和墮落，但他們身上粗獷豪放的俠義氣概和敢於對抗官府的反叛精神以及對自由平等的執著追求，無不對黑暗中苦苦掙扎的普通民眾構成一種心靈召喚和精神嚮往。李劼人的小說《死水微瀾》中的俠義人物光棍羅歪嘴就是一個剽悍豪俠、行俠仗義的袍哥，小說人物的生存背景「天回鎮」是一個典型的以俠義袍哥羅歪嘴為統領的江湖世界。在這個民風狂野蠻悍、險惡叢生的江湖世界裏，上一代的袍哥首領余樹南猶如梁山泊的及時雨宋江，仗義疏財，為人義氣，是個古風猶存的民間英雄。到了羅歪嘴這一代，袍哥組織正在走向蛻變和墮落之途，袍哥的俠義精神也在不斷淪喪。雖然作為袍哥頭領的羅歪嘴使用各種不怎麼正大光明的方式搞錢，並且佔有了自己表弟的妻子蔡大嫂，確實有著蛻變、墮落的跡象，但從人性的層面來考察，其行為卻能夠得到理解與同情。在一個險象環生的黑暗社會，一個游離於社會時代主潮之外的地下社會組織採取極端手段撈取錢財，實屬於

生存需要，只要它不恃強淩弱、欺負百姓，還是能夠得到一種歷史的諒解的。羅歪嘴與蔡大嫂的關係除了性的需要之外，更重要的是兩者之間存在著心靈的契合與精神的溝通。羅歪嘴不受現存秩序約束的自由性格、反對洋人和反對官府的大膽叛逆精神以及行俠仗義的胸懷深深地吸引了不甘寂寞、追求自由愛情的蔡大嫂，而大膽潑辣、敢作敢為的蔡大嫂也使羅歪嘴看到了傳統婦女身上少有的野性力量，他們之間就這樣互相吸引著，成就了一番自由的愛情。由此可見，羅歪嘴佔有自己表弟之妻的舉動不是什麼袍哥頭領仗勢欺人、欺男霸女的行為，他的某些不為世俗偏見所容的行為是遮蔽不了其俠義光輝的。透過小說文本可以發現，羅歪嘴到底是一個正派的俠義之士，為人仗義豪放，鋤強扶弱，不畏強權，敢作敢為，在天回鎮這個江湖世界中頗有聲望。小說描述了羅歪嘴義救佃戶的壯舉，東大街觀燈和青羊宮的兩場武戲，以及他反洋人、反清廷的反叛意識，這些都反映了羅歪嘴的正義性，體現了他的俠義氣概。

郭沫若的家鄉銅河沙灣素有土匪巢穴的稱謂，他說：「就在那樣土匪的巢穴裏面，一八九二年的秋天生出了我。這是甲午中東（即中日——引者注）之戰的三年前，戊戌政變的七年前，庚子八國聯軍入京的九年前。在我的童年時代不消說就是大中華老大帝國的最背時的時候。」〔註42〕郭沫若出生於土匪的巢穴，他的童年時代就是老大帝國最背時的時候，幼小的心靈自然會受到袍哥文化的浸潤和影響，其最初的人格結構和文化心理會受到俠性精神質素的滋養。當時，嘉定的土匪大多出自銅河——大渡河的俗名，而銅河的土匪頭領大多出在沙灣，有名的土匪頭領如徐大漢子、楊三和尚、徐三和尚、王二狗兒、楊三花臉等，都比郭沫若大不上六七歲，有的還是他兒時的好友。郭沫若小時候曾和他的五哥一起掩護過楊三和尚，使其免遭官差的逮捕，據他後來回憶說：「我們小時候總覺得楊三和尚是一位好朋友，他就好像《三國志》或者《水滸》裏面的人物一樣。」〔註43〕這位楊三和尚十幾歲就做了土匪，在受到官府的迫害以後，就完全成為了秘密社會的人。在世俗眼光裏，袍哥是地道的土匪，屬於社會和文化邊緣的成分，但同時土匪也是俠的歷史變體。不可否認，土匪在歷史上有著很大的局限性，但他們的仗義疏財、劫

〔註42〕郭沫若《我的童年》，《郭沫若全集》，文學編第十一卷，人民文學出版社，1992年，第 17 頁。

〔註43〕郭沫若《我的童年》，《郭沫若全集》，文學編第十一卷，人民文學出版社，1992年，第 16 頁。

富濟貧、重義氣、講信用等俠性品質仍產生過積極的歷史作用，發生過巨大的歷史影響。成年後的郭沫若在《女神‧匪徒頌》中就高度讚頌過人類歷史上的真正「匪徒」——克倫威爾、華盛頓、馬克思等等，他肯定的主要是「匪徒」們的叛逆精神、反抗意志及其對人類社會發展所作出的巨大貢獻。在一定意義上說，這是郭沫若對袍哥文化中反抗復仇、行俠仗義等積極的俠義質素的改造、提煉和張揚。

燕趙地區自古以來就是游牧、農耕兩大文明爭奪的前哨。早在原始社會末期，農耕文明的炎帝部落和游牧文明的黃帝部落就在河北涿鹿一帶展開了多次大規模的部落戰爭，最終促進了炎黃兩大部落的融合。春秋戰國時期，燕趙地區戰爭不斷，頻繁的戰亂塑造了燕趙人民英勇頑強的反抗意志和俠義性格。戰國後期，燕趙大地湧現出許多以壯別易水、大義刺秦的荊軻為代表的俠義死節之士。還有千百年來，燕趙地區不斷遭受外族侵擾，戰亂頻仍，無數英雄豪傑和仁人志士為了民族正義事業而捐軀赴難、視死如歸。所有這一切，在漫長的歷史積澱中使燕趙大地呈現出尚武任俠、慷慨悲壯的文化精神。特別是在中國現代史上，日本帝國主義悍然發動全面侵華戰爭的罪惡的第一槍就在燕趙大地的盧溝橋打響。為了挽救民族危亡，英勇頑強的燕趙兒女首當其衝地挺起了民族的脊樑，同侵略者展開了艱苦卓絕的鬥爭。在八年抗戰中，燕趙大地湧現出無數抗日英雄和抗戰事蹟，延續著燕趙文化的血脈，譜寫了一曲曲尚武任俠、慷慨激昂的燕趙悲歌。韓成武等認為：「燕趙文化主要由俠文化與儒文化構成。從先秦到唐代，燕趙文化精神的內涵，是在不斷擴大著的，在繼承傳統的同時納進了新的東西。它應該包括以下四點：任俠使氣，慷慨悲歌，崇儒尚雅，敦厚務實。」〔註44〕也就是說，在漫長的社會歷史發展中，俠文化參與了燕趙文化的形成和建構，俠文化精神成為燕趙文化精神的重要組成部分，其尚武、任俠、慷慨、悲壯等精神質素已經融合內化於燕趙文化的血脈之中。

老舍青少年時代生活的北京處於燕趙地域範圍，深受燕趙文化精神潛移默化地浸潤和薰陶，任俠使氣、慷慨悲歌的精神質素春風化雨般無聲地滋潤著他的人格心理和精神意志。特別是老舍對當時流行的武俠公案小說、街頭茶肆中的說唱文學和曲藝節目等情有獨鍾，俠文化無不借助於這些藝術形式

〔註44〕韓成武、趙林濤、韓夢澤《燕趙文化精神與唐代燕趙詩人、唐詩風骨》，載《河北師範大學學報》(哲學社會科學版) 2006 年第 6 期。

影響他幼小的心靈。於是,老舍的人格結構和文化心理深處不可避免地打上了俠文化精神的底色,並對那些路見不平、拔刀相助的俠義英雄及其俠義精神油然而生敬意且心嚮往之,其深層文化心理中積澱著豐厚的俠性質素,從而奠定了他一生對俠文化的情感眷戀。他的許多小說創作在俠文化的審美觀照下,充滿了凜然正氣、悲憫意識和俠義情懷,許多小說人物尚武任俠,身上多燕趙慷慨悲歌之氣,閃耀著俠文化精神的光輝,而這正是老舍的俠性心態在其小說文本中的沉潛和精神投射。

來自燕趙大地的新文學作家如孫犁和孔厥、袁靜等,無不受到燕趙文化精神的浸潤,他們的抗戰文學創作繼承和發揚了燕趙文化尚武、任俠、慷慨、悲壯這一傳統血脈,文本中洋溢著積極向上的民族正氣和慷慨激昂的燕趙文化精神。孫犁的小說《荷花澱》雖然沒有正面描寫殘酷戰爭中的彌漫硝煙和刀光劍影,但卻塑造了以水生嫂為代表的普通農村勞動婦女——這些燕趙大地的女性英雄形象。在民族危亡的關鍵時刻,為了支持丈夫奔赴抗日前線英勇殺敵,她們深明大義,任勞任怨,不怕犧牲自己的生命。孔厥和袁靜的《新兒女英雄傳》借用傳統章回體小說的藝術形式,成功地塑造了以牛大水為代表的具有革命傳奇色彩的抗日英雄形象。牛大水出身於農民,是從戰火中鍛鍊出來的英雄戰士,不同於清代文康《兒女英雄傳》等舊小說中來無影、去無蹤的綠林好漢。牛大水尚武、任俠、英勇殺敵,可謂燕趙大地慷慨悲壯之士。但作者沒有把他塑造成一個俠客,而是在現代革命思想的指導下,對他身上的俠文化精神進行了改造,讓他最終走上了革命道路,成為一個俠客般的抗日英雄。

湘西和大別山區大致上屬於古楚國的領域範圍,它們均處於多省交界的邊地,統治階級政權的控制相對鬆弛,並且都森林密佈,大山綿延,交通不便,有天險可倚,容易滋生盜匪;特別是下層民眾,在頻繁的自然和社會災難面前走投無路,衣食無著,極易鋌而走險,嘯聚山林,劫富濟貧,從而走上反抗道路。長期以來,逐漸形成雄強蠻悍、勇武好鬥的習性和剛健剽悍的民風。

來自湘西鳳凰縣的沈從文和來自大別山區的安徽霍邱人蔣光慈,在他們的青少年時代,都或多或少地受到了楚文化精神的影響和浸潤。楚地民風剽悍,楚人勇武、剛烈,剛勇尚武和崇神信巫是楚文化的兩大特色。楚文化作為中國傳統文化的地域分支之一,其剛勇尚武的特色,除了民俗學意義上的

民風剽悍使然之外，傳統俠文化的影響是顯而易見的。也就是說，楚文化蘊涵著俠文化中尚武、任俠等精神質素。沈從文和蔣光慈這兩位來自古楚國大山腹地的新文學作家，其精神血脈中擁有著楚文化剛勇尚武的因素，而這種精神因素無不閃耀著俠文化精神的光輝。劉祖春指出，沈從文的故鄉——湘西的大山所賦予他的那種「潛在的力量一旦爆發，往往有一種不可抑止的原始野性」。〔註45〕蔣光慈也具有大山的性格，倔強、勇敢、不畏強權、敢於叛逆，心中潛藏著一種不滿現實而亟待爆發的力量。蔣光慈從小就愛讀遊俠仗義行俠的事蹟，他曾坦言：「那時我的小心靈中早種下不平的種子。」〔註46〕可以說，楚文化對於沈從文和蔣光慈俠性心態的生成，具有不可低估的作用。活躍於沈從文筆下的湘西遊俠精神和蔣光慈小說文本中張揚著的向黑暗社會復仇的革命尚武精神，就是他們的俠性心態和俠文化精神在文學創作中的情感滲透、精神浸潤與藝術呈現。

　　嚴家炎認為，即使對某些身世不很熟悉的作家，義俠精神也會像一道光柱，把他們的作品連同靈魂，照得通體透明。他舉了來自大別山區的安徽霍邱人新文學作家臺靜農的例子。臺靜農與受俠文化影響頗深的魯迅過從較密，寫過《地之子》、《建塔者》兩本短篇小說集，前者是出色的鄉土小說，後者顯示了作者思想又跨前一步，成為革命者的風姿。嚴家炎特別指出自己因後來讀了葉嘉瑩的《〈臺靜農先生詩稿〉序言》，才知道臺靜農抗戰時期曾寫過一些慷慨激昂的舊體詩，如《滬事》一首謂「他年倘續荊高傳，不使淵明笑劍疏」，《泥中行》一首謂「何如怒馬黃塵外，月落風高霜滿韝」，《誰使》一首謂「要拼玉碎爭全域，泚水功收屬上游」等，才對臺靜農有了更為全面的認識：他青年時代原是壯志報國，深受荊軻、高漸離一流影響的知識分子。結合臺靜農二十年代末白色恐怖下的思想狀態，以及許壽裳被刺殺後五六十年代他在臺灣的長期沉默，嚴家炎深刻體悟到具有俠義風範的臺靜農同情革命、走向革命的深層原因。從而得出「臺靜農的一生，無疑再次證明：俠肝義膽確實和革命相通！」這樣的結論。〔註47〕

　　來自湘楚大地的新文學作家黎錦明能夠寫出像《復仇》這樣充滿了強烈的復仇意識和反抗精神的小說，從某種意義上說，是與其文化心理結構中積

〔註45〕劉祖春《憂傷的遐思——懷念沈從文》，載《新文學史料》1991年第1期。
〔註46〕蔣光慈《鴨綠江上・自序詩》，《蔣光慈文集》，第一卷，上海文藝出版社，1982年，第86頁。
〔註47〕參見嚴家炎《金庸小說論稿》，北京大學出版社，1999年，第26頁。

澱著俠文化精神的積極因素分不開的，而他的俠性心態的生成也深受楚文化精神的浸潤。從《復仇》中不難發現，在剛勇尚武的楚文化精神浸潤之下，黎錦明的文化心態中滿蘊著俠性質素。《復仇》描述了一番反抗強權勢力的俠義復仇壯舉，一夥裝扮成江湖賣藝人的強盜，在一個風高月黑之夜，把板橋驛惡霸黃七老爺的全家殺盡，並放火燒毀了黃家的莊園。鎮上知情的老人道出了事實的眞相，原來這夥強盜的首領姓方，方家與黃家有不共戴天的世仇。當年黃家把方家幾乎趕盡殺絕，方姓首領的母親因有孕在身，僥倖被殺手放走，流落漂泊到貴州，才活下命來。這位僥幸存活下來的方姓孩子現在已經長大成人，回家鄉復仇來了。快意恩仇的復仇行爲本身帶有盲動性和嗜血的殘酷性，但作者並沒有正面描述這番復仇壯舉，而是通過旁觀者的眼睛來寫，不僅爲接受者留下了一些意義的空白和想像的空間，更渲染了這夥強盜剷除惡霸、爲民除害的俠義復仇壯舉的浪漫神奇。作者在小說的最後，讓這夥強盜唱出了反帝、反統治者的歌曲，這種藝術安排暗示著他們在報了個人私仇之後，會走上革命道路，從而使反抗復仇的精神意志逐步向革命尚武精神靠攏，不僅緩衝了他們身上的盲動性和嗜血特性，而且賦予了他們的復仇行爲以社會正義性與歷史合理性。

地處關外的東北大地遠離王官文化的禮樂教化，嚴寒酷烈的生存環境，民族爭鬥的劇烈頻繁，大量移民的不斷湧入，賦予這片土地敢於冒險的風氣和堅韌頑強的生存意志，逐漸形成了剛勇蠻悍、尚武使氣、粗獷豪邁的民風。「從遠古到近代，在東北這塊神奇的土地上，那種追求自由與漂泊的鳥圖騰文化精神，那種在漁獵牧狩的生存方式中養成的並在一次次民族遷徙中被不斷強化和擴大的流動不羈的天性，那種在闖關東的移民潮流中凝聚出的開拓冒險精神，在東北特定的自然、歷史和人文環境中，在時間的長河中，它們相互激蕩與融合，有機地構成爲以漂泊流蕩爲特徵、以崇尚自由奔放爲實質的地域文化精神」。〔註48〕這種地域文化精神就是黑土地文化精神，它對繁衍生息在東北大地上的人們的心態、性格、人生方式和價值選擇，潛移默化地發生著影響和制約，作爲一種集體無意識，其冒險、抗爭、漂泊、剛勇強悍、崇尚自由的人格精神與生存意志影響和塑造著人們的人格結構與文化心理。

蕭軍出生於遼寧西部山區一個叫下碾盤溝的山村，這是一個偏僻、荒涼、貧困、落後的窮山溝。這裡的居民大都是從關裏的山東、河南、直隸一帶逃

〔註48〕逄增玉《黑土地文化與東北作家群》，湖南教育出版社，1995年，第53頁。

荒的移民和發配的罪犯們的後代。蕭軍的祖先據說就是由山東移來，已經有
十三、四代歷史了。「惡劣的自然條件磨練出他們吃苦耐勞、堅毅勇敢的精神，
這在蕭軍的性格上似乎也留下了明顯的烙印」。〔註 49〕當地有殺人越貨、綁
票、砸孤丁、打家劫舍的盜匪，人稱「紅胡子」、「馬韃子」。這些盜匪集團的
成份非常複雜，除少數野心家與統治階級勾結並爲其利用外，多數人是爲生
活所迫、鋌而走險自發起來奮力抗爭的貧苦農民和破產的手工業者。他們英
勇善戰，艱苦奮鬥，但在沒有先進思想和先進階級領導的情況下，找不到正
確的出路，要麼被官方殘酷鎮壓下去，要麼成爲少數野心家利用的工具，被
官府招安，結局總是歸於失敗。這些草莽英雄、綠林好漢雖然多以失敗告終，
但他們的武裝活動，在當地的社會影響非常巨大，以致於那裏的民風剽悍，
好鬥尚武。蕭軍的親戚、鄰居有不少胡子英雄，他在幼年時非常崇拜這些英
雄。但「作爲孩子，蕭軍當時還不可能懂得他心目中的那些『英雄』，全是被
拋出了正常生活軌道的亡命之徒，他們在黑暗中摸索徘徊，狼奔豕突，……
然後一個一個被黑暗吞噬了」。〔註 50〕正是在黑土地文化精神的浸潤之下，小
蕭軍幼小的心靈中埋下了反抗、不平以及尚武任俠的種子，形成了桀驁不馴、
敢於反抗復仇、追求自由正義的俠性心態和文化品格。

　　與蕭軍一起馳名於左翼文壇的蕭紅，作爲一個弱女子，雖然沒有東北大
漢強悍的體魄和勇武的外表，但黑土地文化精神的影響和浸潤，卻使她身上
存在著東北婦女那種常見的俠義雄邁氣質，這種鮮明的個性氣質使得蕭紅在
少女時代便表現出倔強的反抗意志和崇尚自由的精神。當殘酷無情而又蠻橫
專制的父親將封建包辦婚姻的枷鎖強加在蕭紅身上時，她表現出強烈的抗爭
精神和極大的反抗意志，她的心中充滿了對新的自由人生的渴望和追求，而
不願成爲舊社會舊制度的殉葬品，強烈的反抗意志和追求自由人生的生命激
情使一個柔弱的女子煥發出無畏的抗爭勇氣與強大的生存意志。於是，蕭紅
毅然決然地走出了那個家庭的牢籠，與舊社會舊制度徹底決裂，走上了一條
叛逆和抗爭之路，開始了人生江湖上的漂泊生涯。後來在蕭軍的義救之下，
蕭紅擺脫了生存的困境，不向命運低頭的個性和反抗意志使她重新燃起了生
命的火焰，與蕭軍這個勇武強悍、俠肝義膽的東北漢子作爲同路人，一起跋
涉在文學人生的道路上。在蕭紅的小說《王阿嫂的死》、《生死場》、《曠野的

〔註49〕張毓茂《蕭軍傳》，重慶出版社，1992 年，第 3 頁。
〔註50〕張毓茂《蕭軍傳》，重慶出版社，1992 年，第 3 頁。

呼喊》、《呼蘭河傳》中，蘊涵著鮮明而強烈的反抗精神、生存意志以及原始強悍的生命力。可以說，這是蕭紅的俠義雄邁氣質和反抗意志以及追求自由人生的生命激情在小說文本中的濃縮與投射。

（四）作家個性氣質和現代生命體驗的激發

作家的個性氣質對於其心態的生成是一個不可或缺的促進因素，具有獨特生理心理機制的作家作為獨立的生命個體，也離不開特定時代精神的感召。對於新文學作家而言，個性氣質和特定時代精神感召下的現代生命體驗的激發對於其俠性心態的生成非常重要，特別是其豐富而深刻的現代生命體驗隨著時代的變遷而呈現出不同特點，其俠性心態也隨之發生嬗變，並被賦予鮮明的時代內涵。

五四時期高舉文學革命大旗的陳獨秀，具有多血質和膽汁質兩種氣質類型，精力充沛，感情豐富，意志剛強，容易激動，個性剛烈耿直，做事勇往直前，無所顧忌，是一個天生的叛逆者和革命家。早在幼年時代，陳獨秀就不怕鬼神，不服管教，性情粗獷剛烈，顯露出強烈的叛逆個性。由於早年喪父，從小就養成了獨立意識，雖然在祖父的嚴屬管教下成長，但祖父生性孤僻、性格暴烈，並沒有扼制住陳獨秀叛逆個性的發展，反而助長了其反抗意志和叛逆精神。在祖父眼裏，陳獨秀「這個小東西長大成人，必定是一個殺人不眨眼的兇惡強盜，真是家門不幸」。〔註51〕從陳獨秀的個性氣質而言，具有俠的反正統的叛逆型和反抗性。在陳獨秀以第一名的優異成績考中秀才之後，家人希望他走傳統文人的科舉仕途之路，但在康有為、梁啟超等變法維新思想的影響下，他堅決放棄了科舉入仕的想法，開始探索救國救民的真理，走上了革命之路。他先是積極從事推翻清政府的革命活動，接著高舉起新文化運動的旗幟，在現代中國的歷史文化語境下，掀起了一場轟轟烈烈的思想啟蒙運動。陳獨秀及其同道者以重估一切價值的勇氣，以筆為劍，刺向封建專制主義政治的靈魂——孔孟之道，積極引進西方的民主和科學精神，追求個性解放和人格獨立，希望打破專制主義的思想統治，改造國民性，爭得國民精神的普遍解放。在革命生涯中，陳獨秀曾多次遭到反動政府的通緝並被捕入獄，但仍不屈不撓，以堅定的革命性和大無畏的叛逆精神走上了無產階級革命道路。

〔註51〕唐寶林、林茂生編《陳獨秀年譜》，上海人民出版社，1988年，第5頁。

　　現代中國最為清醒然而最為痛苦的靈魂魯迅，具有膽汁質和抑鬱質兩種氣質類型，精神獨立，意志堅強，情緒深沉，易生孤獨感，個性剛烈決絕，深沉憂鬱，對敵人橫眉冷對，對人民大愛深沉，天性中有一種反叛精神和憂患情懷。魯迅在一個封建專制的家庭中長大成人，祖父和父親的脾氣暴躁、怪僻，對待孩子相當嚴厲刻薄，這種專制的家庭生活必然會在他幼小的心靈中埋下仇恨和逆反的種子。特別是祖父入獄，父親早逝，家境驟然敗落，使他過早地體驗了人情冷暖和世態炎涼，看清了社會和人生的真面目，更加激起了他對現實社會的仇恨和憤怒。魯迅在青少年時代，曾自號「戛劍生」、「戎馬書生」，表現出對俠文化精神的嚮往之情，顯示了他欲拔劍而起，與舊社會舊制度決戰到底的雄強氣魄和英勇精神。年輕時代的魯迅胸懷救國救民的政治抱負，東渡扶桑，尋求民族新生之路。在他早期創作的《斯巴達之魂》、《文化偏至論》、《摩羅詩力說》等小說或論文以及「我以我血薦軒轅」的詩句中，都湧動著一種慷慨激昂、憂憤悲壯的英雄主義情緒和拯救情懷。

　　少年郭沫若在一個物質富裕、精神優越、缺乏封建禮教束縛的環境中生活成長，形成了自由任性、放蕩不羈、蔑視威權的衝動型、叛逆型的人格特質。他的氣質類型偏向於多血質，情緒多變，容易激動、亢奮甚至狂妄，個性偏於主觀和衝動，敢於叛逆，大膽反抗。在西方個性主義思想的刺激下，感應著五四時代精神的脈動，郭沫若人格結構和文化心理深層的俠性質素被大大啓動而煥發為反抗封建壓迫、追求個性張揚的精神力量。郭沫若的出現，使魯迅所深情呼喚的東方摩羅詩人終於成為現實的存在。巴金的氣質類型屬於多血質，情感豐富，情緒不穩，容易激動，個性衝動，激情充沛，富於叛逆精神。他從小就生活在一個封建專制的大家庭裏，目睹了人間的罪惡和不幸，幼小的心靈中早就燃起了對舊社會舊制度的怒火，天性中具有一種反抗意志，內心裏充滿了對公道正義和自由平等的深情渴盼與執著追求，人格結構和文化心理深層有著俠文化精神的積極因素。老舍、沈從文、蔣光慈和蕭軍等新文學作家的氣質類型都偏向於膽汁質，意志剛強，個性或剛烈不撓，或桀驁不馴，好抱打不平，仗義執言。他們或在革命時代以筆為劍向黑暗社會復仇（如蔣光慈）；或在民族危亡之際親赴國難，高揚民族精神，抒寫民族的復仇精神和反抗意志（如老舍和蕭軍）；或在時代的變遷中感受著歷史的滄桑巨變，悲憫芸芸眾生的生存狀

態，探尋民族新生之路（如沈從文）。總之，個性氣質和現代生命體驗爲新文學作家俠性心態的生成奠定了精神基礎，在特定時代氛圍中，其俠性心態將隨著現代生命體驗的激發而愈益彰顯。

二 新文學作家俠性心態的嬗變

在民國文學發生發展的過程中，具有反叛個性的新文學作家總是感受著時代精神的脈搏，以滿腔的熱血和作爲一個知識精英所應有的良知及人文情懷，時刻回應著時代發展的弦音和民族新生的召喚，積極投身於民族民主革命和一切正義事業。特定時代的精神氣候賦予新文學作家豐富而深刻的現代生命體驗，現代生命體驗的激發對於他們俠性心態的生成不僅是一個很好的觸媒點，而且會促使他們的俠性心態隨著時代的發展而發生嬗變，這種俠性心態也會被賦予嶄新的時代精神內涵。

在五四啓蒙話語語境下，新文學作家對「吃人」的封建禮教及其文化思想體系進行了全面掃蕩，特別是對束縛人性健康發展的儒家倫理道德及其思想規範展開了猛烈批判，積極改造國民性，大膽追求個性解放和社會的正義與公道，充分體現了五四新文學作家人性的覺醒以及強烈的社會責任感和歷史使命感，誠如王德威所言：「正義的蘊涵一直是中國現代文學最重要的主題之一。而借小說來呈現甚至實踐正義，更常被視爲作家的使命。有鑒於各種層面的社會混亂與政治騷動，『五四』以降的作家往往乞靈文學表述來伸張正義。」〔註52〕不論是魯迅的《狂人日記》，還是郭沫若的《女神》，都充分體現了五四新文學作家借助於文學創作向舊社會舊制度舊思想猛烈開火的戰鬥激情，以及追求個性解放、伸張正義的大無畏精神。在西方個性主義思想和無政府主義思想的影響與刺激下，五四新文學作家人格結構和文化心理深層的俠文化精神質素浮出意識層面，在個性解放時代精神的感召下，煥發爲反對封建權威和專制主義統治、追求自我主體人格建構與個性自由解放的現實力量。於是，新文學作家背叛了自己出身的階級，紛紛脫離家族，走出家庭，追尋著人間的正義和自由的生命形式。隨著外國資本主義的入侵和國內資本主義的產生，日益社會化的商品經濟形態打破了傳統家族化的自然經濟形態，再加上現代城市的興起和發展，造成廣

〔註52〕 （美）王德威《被壓抑的現代性——晚清小說新論》，宋偉傑譯，北京大學出版社，2005 年，第 372 頁。

大農村破產，所有這些經濟因素都大大加速了傳統家族的解體。而五四新文化運動，主張打倒封建權威偶像和專制主義制度，提倡個性解放、人格獨立和自由平等，首先就是反對封建家族制度，家族主義遭到個性主義的衝擊而衰落，傳統家族也在正義的討伐聲中失去了昔日的神聖光環，不再值得留戀，逐漸喪失了存在的現實依據。五四新文學作家作為現代知識分子，不論出身於農村、小鎮還是城市，他們已經脫離了傳統家族的羈絆，走出了自己的家庭，進入城市這個可容現代知識分子自由表達意志的公共空間，成為城市平民。但是，由於商品經濟的極不發達和市場機制的極不完善，傳統中國並沒有為現代知識分子創造出一個健全完善的市民社會，沒有給他們提供一個足夠的生存空間。他們不能回到傳統家族中去重溫小家庭的舊夢，又無法真正在市民社會中立足，難以找到固定的職業。即使擁有一份職業，但因他們天性中的反叛精神和主持正義的血性良知常常激勵其走上與反動政府對抗的道路，也會失去這安身立命之本。於是，在個體生存危機和官方政治壓迫之下，這些追求個性解放和人間正義的現代文俠經常淪為城市流民而漂泊於人生的江湖。而這，正是他們在生活世界和文本世界中伸張正義與開掘、張揚俠文化精神的現實依據。從而，五四時代賦予新文學作家的俠性心態以個性張揚和人格獨立、反對專制威權與追求自由解放等精神內涵。

五四以後，新文學作家在革命激情的驅動下，緊跟時代步伐，投身於大革命的洪流。在革命話語語境下，他們把文學創作的實踐行為和正義公道的理想追求相結合，以筆為劍，向帝國主義、封建主義乃至大革命失敗後逐漸形成的以四大家族為代表的官僚資本主義挑戰。「在『為革命而文學』的名義下，這些作家自身與筆下人物所扮演的形象，如果不是真的戰士，至少也是新型的『文俠』，他們試圖在自己構造的理想平面上，上演正義伸張的好戲」。〔註53〕特別是 1927 年「四・一二」反革命政變爆發和 1931 年「九・一八」事變爆發，給新文學作家提出了新的時代命題，對於其俠性心態的嬗變無異於極為強烈的刺激。在嚴峻的歷史形勢下，如何謀求生存之路？如何實現自己的人生價值和社會理想？如何讓手中的筆——正義之劍發揮其應有的社會作用？新文學作家面臨著時代的考驗。

〔註53〕　（美）王德威《被壓抑的現代性——晚清小說新論》，宋偉傑譯，北京大學出版社，2005 年，第 373 頁。

　　1927 年「四・一二」反革命政變爆發前後，國內的政治氣氛沉重窒悶，封建舊軍閥還在垂死掙扎，國民黨新軍閥正在蠢蠢欲動，企圖叛變革命。當蔣介石、汪精衛等國民黨反動派向中國共產黨和革命人民舉起罪惡的屠刀，徹底暴露其猙獰的反革命面目時，轟轟烈烈的大革命隨即宣告失敗。面對國民黨反動派的血腥屠殺，中國共產黨悍然舉行了「八一」南昌起義，打響了武裝反抗國民黨反動政權的第一槍，以革命暴力對抗反革命暴力統治，開始走上武裝奪取政權的革命道路。無論在政治領域，還是在文學創作領域，革命尚武精神成為時代的潮流。早在大革命時期，作為無產階級革命領導者之一的毛澤東，在其革命實踐中，就能夠從遊民無產者身上發現革命的力量，積極探尋適合中國國情的革命道路。對於遊民無產者，他曾分析道：「此外，還有數量不小的遊民無產者，為失了土地的農民和失了工作機會的手工業工人。他們是人類生活中最不安定者。他們在各地都有秘密組織，如閩粵的『三合會』，湘鄂黔蜀的『哥老會』，皖豫魯等省的『大刀會』，直隸及東三省的『在理會』，上海等處的『青幫』，都曾經是他們的政治和經濟鬥爭的互助團體。處置這一批人，是中國的困難的問題之一。這一批人很能勇敢奮鬥，但有破壞性，如引導得法，可以變成一種革命力量。」〔註 54〕很顯然，毛澤東從革命的現實利益出發，認識到了改造遊民無產者的重要性。一般而言，遊民無產者及其秘密組織具有破壞性，但他們大都講義氣，有古代俠客的遺風，也「很能勇敢奮鬥」，並且其秘密組織「都曾經是他們的政治和經濟鬥爭的互助團體」，具有可改造性。在毛澤東看來，如果能夠用無產階級革命思想對他們進行革命性改造，引導得法，完全可以使他們變成一種革命力量，從而使他們身上的封建義氣轉化為革命尚武精神。當然，這種改造之路不是一蹴而就的，它需要長期的探索和革命實踐的檢驗。對於新文學作家來說，寫作是他們的生存方式和實現人生價值的有效途徑，他們在用自己的劍筆從事反對封建舊軍閥和國民黨新軍閥的鬥爭，積極探索著中國革命鬥爭之路。在沒有尋找到正確的革命道路之前，俠肝義膽的新文學作家容易和來自西方的無政府主義思想發生共鳴。一是因為無政府主義者特別是俄國的虛無黨人主張以暗殺的鬥爭方式對抗專制政權，大類中國古代俠客行刺專制暴君或貪官污吏、豪強惡霸以伸張正義之舉。二是因為無政府主義思想和俠文化在社會政治理

〔註54〕毛澤東《中國社會各階級的分析》,《毛澤東選集》,第一卷,人民出版社,1991年,第 8～9 頁。

想上存在著價值耦合與精神溝通。從某種意義上說，俠的理想之高，近乎「今所謂無政府論者」；〔註55〕同時，「對中國無政府主義思潮影響最大的是俄國人克魯泡特金，克氏的無政府主義理論核心是『互助論』，其精神實質和思想底蘊都與俠文化的『兼相愛，交相利』的價值精神指向，與以賴力自強、互助共濟、持誠守義乃至用損有餘益不足的方式來達到經濟上平等、政治上自由、人生上的自我保障的所謂『四海之內皆兄弟也』的『大同』世界的社會理想，存在著無可置疑的同源性」。〔註56〕在特定的歷史文化語境下，所有這些因素很容易啓動新文學作家潛意識中的俠性質素。反映在創作上，就是新文學作家塑造了許多搞恐怖暗殺或個人復仇行動的無政府主義者或具有無政府主義傾向的革命者形象。如蔣光慈小說《短褲黨》中的邢翠英、《最後的微笑》中的王阿貴和巴金小說《滅亡》中的杜大心等。巴金和蔣光慈都接受過無政府主義思想的影響，無政府主義反對專制強權、破壞一切的思想激活了他們內心深處的俠性質素，點燃了他們血氣方剛的革命激情，從而使他們成爲向黑暗社會復仇的叛逆的猛獸，把無政府主義思想因素溶解於革命民主主義的時代思潮之中，不遺餘力地向現存的一切不合理制度和反動派開火。於是，革命時代賦予新文學作家的俠性心態以反抗專制強權、追求自由正義的精神內涵和革命尙武精神的價值理念。1931 年「九‧一八」事變爆發，日本帝國主義侵佔了我國東北三省的大好河山，並妄圖進一步侵略全中國。在革命話語中，又增添了救亡圖存的時代強音。一些富有正義感和歷史使命感的新文學作家，挺身而出，以自己的手中之筆大膽揭露日寇的殘酷暴行和罪惡本質，抒寫著民族的復仇精神和反抗意志，鼓舞廣大軍民起來與民族敵人作殊死搏鬥。蕭軍小說《八月的鄉村》是這方面的代表作，對於激勵全國人民的抗日鬥志，堅定抗戰必勝的信念，發揮了其不可磨滅的歷史作用。於是，抗戰的時代激情賦予新文學作家的俠性心態以抗日愛國的精神內涵。

　　自「九‧一八」事變以來，儘管國內的階級矛盾錯綜複雜，但中日之間的民族矛盾逐漸升級，日益激化，抗日救亡逐漸成爲時代的總主題。1937 年7 月 7 日，盧溝橋事變爆發，日本帝國主義悍然發動全面侵華戰爭，中華民族處於生死存亡的危急關頭，全民族抗戰正式拉開帷幕。在民族救亡的話語語

〔註55〕章太炎《檢論‧卷三‧儒俠》，《章太炎全集》（三），上海人民出版社，1984年，第 440 頁。
〔註56〕楊經建《俠文化與 20 世紀中國小說》，載《文史哲》2003 年第 4 期。

境下，有著血性和良知的新文學作家滿懷愛國熱情和民族悲憤，毅然決然地拋妻別子，慷慨激昂地親赴國難，為救亡圖存的民族解放事業不惜拋頭顱，灑熱血。在創作上，他們以民族大義和愛國熱情高揚本土文化，重視民族意識，揭露日寇的血腥罪行，弘揚民族氣節和抗爭精神。所有這一切，都充分體現了中國知識分子「天下興亡，匹夫有責」的歷史使命感和社會責任感。郭沫若滿懷著民族義憤，拋妻別子，從日本回國，積極投入到民族救亡大業。在繁忙的抗戰工作之餘，他先後創作了六部抗戰史劇，即《棠棣之花》（1941年）、《屈原》（1942年）、《虎符》（1942年）、《高漸離》（1942年）、《孔雀膽》（1942年）和《南冠草》（1943年）。在這些作品中，郭沫若根據抗戰的實際需要，深入地發掘和提煉傳統俠文化中不畏強權、敢於反抗、捨生取義、維護正義等精神資源，並對之進行改造和轉化，賦予人物高貴的民族氣節和愛國情操。通過褒揚歷史上反侵略、反投降、反分裂的仁人志士和民族英雄，極大地鼓舞了人民群眾的愛國熱情和抗戰精神。為了抗戰，老舍也是忍痛走出家庭，放棄了齊魯大學的教授職位，義無反顧，奔赴國難。他一方面為了民族救亡大業而奔走呼號，嘔心瀝血；一方面通過文學創作積極宣傳抗戰主張，鼓舞人民的抗日鬥志。老舍在他的小說《四世同堂》中審視和反省了民族傳統文化，揭示和批判了國民劣根性，但通過塑造頗具儒俠氣派的錢默吟和勇赴國難的祁瑞全等抗日志士形象，開掘出民族傳統文化中的「俠骨俠節」，找到了民族傳統文化可以積極建設的一面，呼喚民族的覺醒，探尋民族新生之路，有力地鼓舞了人民抵禦外侮、抗戰救國的民族抗爭精神和國家復仇意識。於是，民族救亡的時代賦予新文學作家的俠性心態以愛國熱情和民族氣節以及不屈不撓的民族復仇精神與反抗意志等精神內涵。

抗戰勝利後不久，國民黨反動派不斷挑起事端，內戰的陰雲籠罩在祖國的上空，祖國大地重新陷入了水深火熱之中，歷史又在十字路口徘徊，中國向何處去這一時代問題嚴峻地擺在了中國人民面前。為了民族前途和國家命運，為了徹底推翻「三座大山」的統治以謀求最廣大人民的翻身解放，許多新文學作家以大無畏的膽識、氣魄和不怕犧牲的精神，投身於解放戰爭的時代洪流。在翻身解放的話語語境下，他們不顧個人安危，秉持著對民主自由和公道正義的追求，與國民黨反動派展開了新的殊死搏鬥。面對國民黨反動派的倒行逆施，早在五四時代就呼喚著祖國新生的郭沫若，義憤填膺，在一些民間集會甚至在國民政府組織的政治協商會議上，公開嬉笑怒罵，嚴厲斥

責美帝國主義干涉中國內政的無恥行徑，大膽揭露蔣介石集團發動內戰的罪惡陰謀。郭沫若仗義執言、維護正義的行為使反動派惱羞成怒，在一次民主集會上，他竟然遭到了特務的毒打。在生死考驗面前，郭沫若毫不畏懼，他堅定地認為：「自己只受了一點輕傷，算不了什麼，實現民主才是重要的事情。我身上還有許多血，我是準備第二次、三次再去流血的！」〔註 57〕大有譚嗣同為變法而不怕流血、慷慨赴死的俠義之風，充分表現了郭沫若為民主自由正義而血戰到底的決心。在光明與黑暗、民主與專制相抗爭的新的時代浪潮中，聞一多、朱自清等新文學作家，在馬克思主義和中國共產黨領導的人民革命鬥爭的影響下，紛紛走出書齋，將個人生死置之度外，同國民黨反動派展開激烈的鬥爭。「這些人多是身兼教授、學者的詩人，他們同樣在經歷思想上一個『變』的過程，變得由內向外，變得由冥思苦想到干預生活，殘酷而嚴峻的形勢甚至逼迫他們把沒有用筆來完成的使命，用鮮血和生命完成了」。〔註 58〕聞一多拍案而起，橫眉怒對國民黨反動派的槍口，成為無畏的民主鬥士的表率。他以滿腔愛國激情和決絕、果敢的鬥爭意志鼓舞著熱愛和平、追求正義的人們，誓死堅定與反動政權鬥爭到底的決心。面對國民黨反動派統治下物價飛漲、政局動盪、民不聊生的慘狀，朱自清毅然走出書齋，投身於民主鬥爭的時代激流。在身患嚴重胃病，生活十分艱難的窘境下，他毅然在拒絕美援麵粉的檔上簽了名，寧可餓死，也不接受美國的嗟來之食，充分體現了中華民族的浩然正氣。從而，翻身解放的時代主題賦予新文學作家的俠性心態以反抗專制強權、追求民主自由、維護公道正義等精神內涵。

在從整體上對新文學作家俠性心態的生成與嬗變進行了綜合考察的基礎上，我想專門探討一下傳統俠文化的無意識積澱、地域文化精神的浸潤和特定時代西方文化思想的刺激，這三個因素在新文學作家俠性心態生成機制中的相互關係和作用。無論從哪個層面或哪些因素來探討新文學作家俠性心態的生成與嬗變，都離不開傳統俠文化的無意識積澱這個根本因素。作為傳統文化的地域表現形態或分支的地域文化，蘊涵著傳統俠文化的積極因素，地域文化精神中也必然踴躍著俠文化精神的生命樣態。每個新文學作家都與生養自己的家鄉的地域文化有著無法割捨的血脈聯繫，地域文化精神中俠性質

〔註 57〕龔濟民、方仁念《郭沫若傳》，北京十月文藝出版社，1988 年，第 353 頁。
〔註 58〕楊守森主編《二十世紀中國作家心態史》，中央編譯出版社，1998 年，第 313 頁。

素的浸潤，對於他們接受俠文化而言，是非常重要的文化心理基礎。新文學作家在成長過程中都要受到他們所處時代的政治、經濟、文化思想、道德倫理等的制約和影響，這些影響往往是多重的、複雜的，既影響其世界觀、人生觀和價值觀的養成，也制約其文化心理、情感意志、人格精神的選擇與建構。所有這些對新文學作家具有制約和影響作用的因素共同構成特定時代的精神氣候。其中，特定時代西方文化思想的刺激是必不可少的因素之一。我認為，在新文學作家俠性心態生成機制中，傳統俠文化的無意識積澱是根本，地域文化精神的浸潤是基礎，而特定時代西方文化思想的刺激是外在影響因素。三者對於新文學作家俠性心態生成的作用，具體表現為：傳統俠文化的無意識積澱和地域文化精神的浸潤奠定了新文學作家俠性心態生成的文化基因，特定時代西方文化思想的東漸，激活了沉潛在新文學作家人格結構和文化心理深層中的俠文化精神的寶貴質素，這些精神質素與西方文化思想如個性主義、無政府主義等相關精神價值獲得了跨文化的交融及在中國傳統文化土壤中的現代性改造。就個性主義思想來說，五四作家人性的覺醒和五四文學對於「個人」的發現，與其說是受到了西方個性主義思想影響的結果，不如說個性主義思想的西風東漸激活了沉潛於新文學作家深層文化心理結構中的俠文化精神質素。個性主義思想與俠文化精神在反叛傳統、張揚個性、維護生命尊嚴、追求人格獨立和精神自由等價值層面獲得了溝通，在中國傳統文化體系中找到了自己生存的土壤。就無政府主義思想而言，也是如此。來自西方的無政府主義思想大大激活了沉潛於新文學作家人格心理中的俠文化精神質素，無政府主義思想與俠文化精神在反對強權專制、反對權威、嚮往社會正義和社會公道、追求自由平等等方面存在著重要的價值耦合。正是在這樣的價值平臺上，西方無政府主義思想才能在中國傳統文化土壤中實現軟著陸，經過轉化與再造，終於找到了自己的東方知音──中國特色的俠文化，從而在價值溝通和精神交流過程中，發揮著自己的作用。在與異質文化實現了價值溝通的過程中，俠文化精神遂成為新文學作家積極參與傳統文化的反思及其創造性轉化、國民性改造、人格建構和文化建構的一種精神資源與價值參照。

王本朝認為：「中國有一套成熟而實用的思想文化，中華民族是文化早熟的民族，任何外來的思想、知識和信仰，都不可能繞開中國文化的約定與輻射力量，外來思想的進入必然會產生一個相互衝突和不斷磨合的過程，它或

是在激活既有思想生命力的同時也使自身得以『著陸』，且能被本土化，如佛教的中國化；或是固守自己而漂浮於無地；或是使自己發生裂變，部分適應接受者的現實文化背景，而讓自己某部分被接受。反之，接受者也在外來文化的影響下自然出現或開放或封閉的變化。」〔註 59〕通過探討傳統俠文化的無意識積澱、地域文化精神的浸潤和特定時代西方文化思想的刺激，這三個因素在新文學作家俠性心態生成機制中的相互關係和作用，我們發現，事實上的確如此。對於民國時期新文學作家來說，他們置身於前所未有的新舊交替、中外交匯的文化情境之中，他們對外來思想的選擇和接受，離不開自己所受的傳統文化的制約和影響。具體來說，民國時期新文學作家成長於傳統文化的環境之中，深受傳統文化包括俠文化的影響、薰陶（地域文化精神的浸潤當屬於傳統文化影響的具體而獨特的形式）並接受過不同程度的訓練，打下了傳統思想文化的根基，這種來自傳統文化的素養決定了他們以後主導的人格精神和價值取向。成年後深爲外來的各種異質文化精神所吸引，他們便開始自覺地汲取異域文化的精神營養。來自異域的異質文化精神在與傳統文化思想不斷衝撞、磨合、交流、對話過程中，之所以會被國人所接受，並出現交融的趨勢，從某種意義上說，是因爲它們與傳統文化思想取得了價值溝通和精神交流的跨文化的契合點。這種契合點超越了時空限制，使外來文化思想在中國這套「成熟而實用的思想文化」體系內獲得了價值意義的實用性轉換和本土化範圍內的現代性改造，從而擁有了在中國本土文化體系內得以生存的現實土壤。

三　新文學作家俠性心態的基本特徵

　　從整體上來看，深受俠文化影響和俠文化精神浸潤的新文學作家在現代人格建構和文化建構的思路與價值理念上，呈現出俠性和人性交融、大小傳統溝通的態勢，這是新文學作家俠性心態的基本特徵和表現形態。他們有的以俠文化作爲人格建構和文化建構的參照系，從中汲取積極質素作爲現代自我主體人格建構和文化建構的精神資源，不僅注重對復仇精神的現代詮釋和超越，積極開掘民族脊樑精神，張揚反叛精神和獨立人格，推重俠義精神，而且還注意發掘地方強悍粗獷、剛健勇武的民風來映照和反思現代都市文明

〔註 59〕王本朝《20 世紀中國文學與基督教文化》，安徽教育出版社，2000 年，第 8頁。

下怯懦萎靡的人格類型與病態文化，如魯迅、老舍、沈從文等。有的具有鮮明的政治傾向性，注重從俠文化中提煉出鮮明而強烈的復仇精神和反抗意志，以此注入文本和現實鬥爭實踐，在現代革命意識的觀照和改造下，直接與喚起民眾的鬥志相聯繫，並因為革命戰爭和民族戰爭的到來及其發展而達到高潮，如郭沫若、蔣光慈、蕭軍等。相反，那些一向對俠文化抱有偏見的新文學作家，卻過份強調文學的教誨功能，對俠文化的思想傾向進行徹底批判甚至全盤否定，他們更多地是從思想啟蒙、政治革命、民族革命等現實層面來反思俠文化對國民人格塑造和民族文化發展的負面作用與消極影響，他們也強調人格建構和文化建構，只不過沒有從傳統俠文化中發掘可資借鑒的積極因素，而只看到了其負面作用和消極影響，如茅盾、鄭振鐸、瞿秋白等。就新文學作家對待俠文化的態度而言，在現代人格建構和文化建構的思路與價值理念上，前二者注重發掘和提煉，體現了俠性和人性的交融、大小傳統的溝通，屬於建構型思路；後者側重於反思和批判，俠性和人性、大傳統與小傳統處於背離狀態，屬於解構型思路。

（一）俠性與人性的交融：人格建構的思路

　　幾千年來，傳統儒文化作為占統治地位的主流文化，對人們實行溫柔敦厚的禮樂教化，塑造出一種體質文弱、性格內向、奴性和依附性鮮明的傳統人格模式。這種人格模式缺乏剛健進取、勇武豪邁、獨立自主的質素，顯然是不健全的，國人的人格結構出現了嚴重的缺失。隨著社會歷史的發展，這種人格模式對於個體成長和民族進步而言，逐漸成為一種桎梏。特別是時至近代，「國力荼弱，武風不振，民族之體質，日趨輕細。此甚可憂之現象也」。〔註60〕可以說，國力衰微、民氣不振、國民體質文弱的一個直接原因在於國民精神意志的萎靡墮落，缺乏陽剛勇武、獨立進取之氣勢。在競爭日益加劇的現代世界格局中，積弱積貧的國情和亡國滅種的危機感，更促使先進的仁人志士不斷反省國民性的愚弱，發現了改造國民性的重要性。俠文化之所以具有強大的精神穿透力，就在於它能從另一個方面彌補國人的人格缺失；俠文化之所以在近代以來的歷史舞臺上對國人產生巨大的影響力，就在於他們的內心深處都萌動著對於血性男兒、英雄好漢的強烈渴望和熱切嚮往。儒文化的長期統治，給國人帶來了太多的精神重負，不利於人性的健康發展，而

〔註60〕二十八畫生（毛澤東）《體育之研究》，載《新青年》1917年4月1日第3卷第2號。

俠文化卻能夠給國人帶來新鮮的精神空氣，使國人的人性底色中注入俠性質素，實現俠性和人性的交融互動，這對於他們的人格矯正和人性解放具有重要作用，所以陳山指出：「在儒文化占統治地位的中國社會裏，中國人的英雄崇拜心理是極其複雜的。對於武俠一類民間英雄的崇拜和渴望，大半不是出於宗教式的敬畏心理，而是被束縛的人性的釋放。」〔註 61〕這就深刻揭示了俠文化對於人格建構的重要意義。

　　針對近代以來民氣不振、民心孱弱的國民人格缺陷，晚清志士提倡尚武任俠精神，希望將勇武雄強的俠肝義膽注入民族魂中，改變其中庸、怯懦、不思進取、逆來順受的一面，喚醒其剛健進取、敢於反抗的精神意志。這對具有俠性心態的新文學作家是一個重要的啟示，有利於他們人格建構思路的探求和調整。新文學作家對於人格建構思路的探討，既是對晚清尚武任俠思潮中改造國民性問題的深入思考，更多了一層現代理性意識。在西方個性主義思潮的刺激下，帶著亡國滅種的危機感，他們以現代理性意識審視傳統文化規範下國人「手無搏雞之力，心無一夫之雄；白面纖腰，嫵媚若處子；畏寒怯熱，柔弱若病夫」〔註 62〕的病弱素質，認識到了傳統人格模式的弊病，積極探索現代自我主體人格的建構之路。

　　魯迅注重發掘俠文化中有利於人格建構的積極因素，同時以現代理性意識審視俠文化精神的蛻變，揭示出傳統文化對俠義型獨立人格的侵蝕、破壞以及國民性格中愚弱的一面，從而把對俠文化的思考與對傳統文化的整體性批判和國民性改造結合起來。魯迅在早年就熱情呼喚善美剛健、尊俠尚義的摩羅詩人——精神界戰士的出現，因為他們「無不剛健不撓，抱誠守真；不取媚於群，以隨順舊俗；發為雄聲，以起其國人之新生，而大其國於天下」。〔註 63〕後來，他又「希望中國的青年站出來」，敢於「站在沙漠上，看看飛沙走石，樂則大笑，悲則大叫，憤則大罵」。〔註 64〕很顯然，魯迅眼裏的理想人格具有灑脫豪放的氣度、率真任性的個性，彰顯出剛健有力的人格力量。然而，魯迅又指出：「特生民之始，既以武健勇烈，抗拒

〔註 61〕陳山《中國武俠史》，上海三聯書店，1992 年，第 292 頁。
〔註 62〕陳獨秀《今日之教育方針》，《獨秀文存》，安徽人民出版社，1987 年，第 20 頁。
〔註 63〕魯迅《墳・摩羅詩力說》，《魯迅全集》，第一卷，人民文學出版社，1981 年，第 99 頁。
〔註 64〕魯迅《華蓋集・題記》，《魯迅全集》，第三卷，人民文學出版社，1981 年，第 4 頁。

戰鬥，漸進於文明矣，化定俗移，轉爲新懦。」〔註 65〕在魯迅看來，原初之民具有「武健勇烈，抗拒戰鬥」的人格精神，而隨著社會歷史的發展和文明的進步，卻逐漸養成了怯懦的人格，伴隨著文明進步而來的卻是人性的退化，這是人類社會發展所付出的慘重代價。據許壽裳回憶，魯迅之所以熱情洋溢地編譯歷史小說《斯巴達之魂》，其目的在於：「借斯巴達的故事，來鼓勵我們民族的尚武精神。」〔註 66〕很顯然，魯迅站在整個民族文化發展進程的高度來反省我們民族的性格和國民的人格，認識到尚武精神對於國民人格塑造的重要性。

郭沫若從小就表現出桀驁不馴的叛逆個性，自我意識強烈，認識到傳統人格模式的病弱無力。因此，他注重提煉俠文化中的反抗精神、自由意志和大義情懷等積極因素，以此作爲人格建構的精神資源。他的《女神》以氣吞日月的天狗、烈火中永生的鳳凰、勇於破壞舊世界的匪徒等意象和立在地球邊上放號的氣魄，勾勒出五四時代特有的敢於破壞一切和大膽創造一切、蔑視威權、追求個性自由的叛逆者形象，這種形象是五四時代勇武頑強的剛健人格的象徵。在抗戰史劇中，郭沫若更是結合時代精神發掘俠文化的積極質素，提煉出鼓舞人民鬥志的愛國熱情和民族大義以及同仇敵愾、反抗民族敵人的精神意志。在評價王陽明時，郭沫若指出：「他（指王陽明——引者注）三十以前，所謂溺於任俠、溺於騎射、溺於詞章的時代，在他的生涯中也決不是全無意義的。他的任俠氣概是他淑世精神的根株，他的騎射、詞章是他武功、學業的工具。」〔註 67〕這對於理想人格的建構具有重要啓示。一個人不僅要有立身處世的才學，還要有體現淑世精神的任俠氣概，這不僅是文武相兼、德才齊備的人格要求，更體現了郭沫若對傳統人格模式的反思和對理想人格的期盼。

從小就體質羸弱、性情羞怯的新文學作家郁達夫內心深處有著自卑、怯懦的人格缺陷，但他的潛意識中卻湧動著勇武雄強的天性，以致於他曾將一位皮膚黝黑、臂膀粗大且充滿了原始野性的農家子阿千作爲自己崇拜的英雄。郁達夫在自傳中這樣寫道：

〔註65〕 魯迅《墳・摩羅詩力說》，《魯迅全集》，第一卷，人民文學出版社，1981 年，第 66 頁。

〔註66〕 許壽裳《亡友魯迅印象記》，人民文學出版社，1953 年，第 14 頁。

〔註67〕 郭沫若《史學論集・王陽明禮贊》，《郭沫若全集》，歷史編第三卷，人民出版社，1984 年，第 291 頁。

　　　　他雖只比我大了一歲，但是跟了他們屋裏的大人，茶店酒館日

　　日去上，婚喪的人家，也老在進出；打起架吵起嘴來，尤其勇猛。

　　　　我每天見他從我們的門口走過，心裏老在羨慕。〔註68〕

郁達夫潛意識中勇武雄強的天性，其實是他的俠性心態的構成質素，這種帶
有陽剛之氣的質素一旦被外在的刺激因素——充滿原始野性的農家子阿千所
喚醒，便會從潛意識層浮出，與他自卑、怯懦的人格缺陷形成有力的互補，
從而激發出對於我們民族強悍勇武根性的復歸心理，於不健全的人性中注入
剛健進取的俠性因素，實現俠性和人性的交融。俠有放蕩不羈、反叛傳統、
蔑視權威的天性，雖然被封建正統勢力及其文人視爲大逆不道，但這卻是人
性中個性張揚的積極因素。郁達夫以勇於大膽暴露自我著稱，一部《沉淪》
充分體現了他作爲一個覺醒者反叛封建傳統、打破思想桎梏、張揚獨立個性
的勇氣，在五四文壇掀起了一場軒然大波。郭沫若稱譽道：「他那大膽的自我
暴露，對於深藏在千年萬年的背甲裏面的士大夫的虛僞，完全是一種暴風雨
式的閃擊，把一些假道學、假才子們震驚得至於狂怒了。爲什麼？就因爲有
這樣露骨的眞率，使他們感受著作假的困難。」〔註69〕可見，在現代自我主
體人格建構的探索中，郁達夫身上反叛舊傳統、張揚個性的現代個性意識和
放蕩不羈、英勇無畏的俠性心態有機結合所煥發出來的人格力量，對於封建
倫理道德是一個沉重的打擊，具有鮮明的反封建意義。

（二）大小傳統的溝通：文化建構的價值理念

　　五四新文化運動是由現代中國知識分子發動起來的一場企求中國現代化
的思想啓蒙運動，「和以往歷次變革不同，新一代知識精英開始把思想啓蒙作
爲自己的主要使命，他們相信只有國民精神的解放才會有社會的革新進化，
而當務之急，要在傳統文化的劣根上動手術，打破以『三綱五常』爲核心的
專制主義文化的束縛。聲勢浩大而激進的新文化運動就是在這種精神啓蒙救
國的熱望中掀起的」。〔註70〕所以，五四新文化運動的自我意識並不是政治，
而是文化精神。它的目的在於，通過思想啓蒙重塑國民靈魂，鑄造新的民族

〔註68〕郁達夫《我的夢，我的青春——自傳之二》，載《人間世》1934 年 12 月 20
　　　　日第 18 期。
〔註69〕郭沫若《論郁達夫》，《回憶郁達夫》，陳子善、王自立編，湖南文藝出版社，
　　　　1986 年，第 3 頁。
〔註70〕錢理群、溫儒敏、吳福輝《中國現代文學三十年》（修訂本），北京大學出版
　　　　社，1998 年，第 5 頁。

精神，摧毀舊的文化傳統，爲現代中國社會建構一種全新的文化思想體系。

王富仁認爲：「中國文化向來不是一個和諧的整體，並且大多數文化品類受到儒家文化的壓迫，即使儒家知識分子自己，也在自造的『政治——文化』體制中受到壓抑，無法逃脫文字獄的威脅。」〔註71〕作爲儒家文化承載者和傳播者的儒家知識分子尙且受到自造的體制文化的壓抑，何況作爲支流文化或亞文化的俠文化呢？俠文化受到作爲主流文化的儒家文化之壓迫是文化發展的必然。

從某種意義上說，自漢武帝「罷黜百家，獨尊儒術」之後，儒家文化作爲主流文化堂而皇之地進入廟堂，爲維護皇家的正統統治秩序而不斷地排斥和壓迫其它異己的文化品類，以不畏強權、蔑視權威、追求自由和正義等爲精神特徵的俠文化當然也列於其中。王夫之認爲：「有天下而聽任俠人，其能不亂者鮮矣！」〔註72〕正由於俠的現實存在會對皇家的正統統治秩序構成潛在的威脅，「故文、景、武三代，以直接間接之力，以明摧之，而暗鋤之，以絕其將衰者於現在，而刈其欲萌者於方來。武士道之銷亡，夫豈徒哉」！〔註73〕也就是說，封建統治者不僅在文化策略上確立了儒家文化的絕對權威地位以實現對人民的思想控制，而且企圖用武力徹底消滅異己思想負載者的肉體存在，以徹底消除叛逆思想，並通過儒家文化溫柔敦厚的道德教化，使人民成爲忠實的奴僕而甘願接受皇權的統治，那麼，雄強剛健的中國之武士道精神也就在這種溫柔敦厚的正統文化底色中漸漸失卻了鮮明的色調。於是，作爲社會群體存在的歷史實存俠漸漸消失於歷史的深處，「俠」所負載的上古英雄時代的尙武文化也因「儒」所承載的廟堂文化的壓迫而轉入民間社會，其長期積澱的精神質素以民間文化精神的形式而得以承傳和發揚光大，顯示出生生不息的發展勢頭。陳平原指出：「一般而言，大傳統（精英文化）和小傳統（通俗文化）之間既互相獨立，又互相交流，絕對的封閉和絕對的開放都是不可想像的。」〔註74〕在與上層社會主流精英文化或主流意識形態的複雜糾葛中，作爲通俗文化之一脈的俠文化以其開放、流動的價值體系，不斷實

〔註71〕王富仁《中國現代文化指掌圖》，人民文學出版社，2004年，第91～92頁。
〔註72〕王夫之《讀通鑒論·卷二·文帝》，《讀通鑒論》，第一冊，中華書局，1975年，第81～82頁。
〔註73〕梁啓超《中國之武士道》，《梁啓超全集》，第三冊，北京出版社，1999年，第1423頁。
〔註74〕陳平原《中國現代學術之建立——以章太炎、胡適之爲中心》，北京大學出版社，1998年，第234頁。

現著自己的價值轉換和精神突圍，體現出大小傳統溝通的價值趨向。一方面，任何時代的主流意識形態都要按照自己的價值觀念對俠文化進行必要的改造或同化，不斷賦予其忠、孝、仁、義等儒家文化的精神要素，將俠文化納入官方意識形態話語系統之中，以實現對民間俠文化的精神改造和價值轉換，最終達到爲我所用的政治目的。在這樣的改造或同化中，俠客形象就帶有了濃厚的儒俠色彩，「早在中國古代大量的詩歌當中，我們就可以輕易地看到官方儒俠在國家、民族與人民的命運之間，忙碌穿梭、精忠報國的矯健身影，他們不僅具有著高超的武藝，而且還承載著正統文人的精英意識」〔註75〕一方面，俠文化在接受主流精英文化或主流意識形態改造或同化的同時，也在不斷地影響著主流精英文化或主流意識形態，使得原先非主流非正統的文化思想逐漸從邊緣向中心位移，進而牽動、引發、影響整個社會思潮的激蕩。

　　近代以來的思想風尚是推崇個性解放，主張人格獨立，追求自由平等和社會正義，而許多社會革命、思想革命和文學革命的先驅者在宣導西方現代人文精神的同時，卻旗幟鮮明地張揚傳統文化中的尚武任俠精神。尤其是五四以來，在舊的價值體系被摧毀、舊的文化模式受到衝擊而新的價值體系和文化模式有待於重建的歷史文化語境下，新文學作家感受著時代精神的脈搏，積極探索文化建構之路。在各種文化建構的思路中，包括對傳統文化內部諸要素進行重新梳理和再度發掘，而對處於傳統文化體系邊緣一隅的俠文化進行現代性改造和創造性轉化，就是其中頗具特色的重要組成部分。可以說，他們的主觀目的在於希望從傳統俠文化中汲取雄強剛健的精神質素注入因受儒家主流文化長期統治乃至壓抑而積弊重重的民族文化肌體，使我們的民族在世界化的文化語境下亢奮起來，使累積了太多文化惰性的國民個體盡快擺脫影響的焦慮而眞正獲取人格獨立的個性自由意識和社會正義觀念。這樣俠文化在對主流精英文化或主流意識形態的影響中，起到了重塑國民理想人格和重建民族文化的重要作用。

　　陳平原指出：「傳統的內部對話，不應只是局限於士大夫中儒釋道的此起彼伏，也應包括以儒釋道爲代表的精英文化與民間通俗文化的對話。」〔註76〕俠文化作爲民間通俗文化的一脈就是在改造——被改造、影響——被影響的動態結構關係中，與主流精英文化或主流意識形態之間彼此交流、不斷對話，

〔註75〕　宋劍華《百年文學與主流意識形態》，湖南教育出版社，2002年，第314頁。
〔註76〕　陳平原《中國現代學術之建立——以章太炎、胡適之爲中心》，北京大學出版社，1998年，第233頁。

實現著中國傳統文化內部大傳統（精英文化）和小傳統（通俗文化）之間的溝通。魯迅認為：「要論中國人，必須不被搽在表面的自欺欺人的脂粉所誆騙，卻看看他的筋骨和脊樑。」〔註77〕在《學界的三魂》一文中，魯迅更是直截了當地指出：「惟有民魂是值得寶貴的，惟有他發揚起來，中國才有真進步。」〔註78〕因此，他要求「有志於改革者」去「深知民眾的心」。〔註79〕同時，魯迅以精英立場審視和發掘俠文化的現代價值，如在小說《鑄劍》中塑造了一個具有復仇戰鬥精神的遊俠形象——宴之敖者，在《補天》、《奔月》、《理水》、《非攻》等小說中開掘民族脊樑精神，在小說《斯巴達之魂》中提倡愛國尚武精神；還專門著《流氓的變遷》一文，以現代理性意識考察俠文化的起源和蛻變。可以看出，魯迅在文化建構的價值理念上，力圖實現大小傳統之間的溝通和對話。老舍指出：「粗野是一種力量，而精巧往往是種毛病。」「有了病的文化才承認這種不自然的現象。」〔註80〕可見，老舍對我們民族文化的發展充滿了憂患意識和精英關懷，認識到了尚武任俠對於民族文化發展的重要性，病弱的民族文化必須注入粗野強悍的俠文化精神才能彌補其不足，呈現出活力。沈從文在具體的創作實踐中，也「提起一個問題，即擬將『過去』和『當前』對照，所謂民族品德的消失與重造，可能從什麼方面著手」。〔註81〕為此，他在1930年代提出了民間社會的「遊俠者精神」，並指出遊俠者精神是「個人的浪漫情緒與歷史的宗教情緒結合為一」，〔註82〕具體表現為「為友報仇」、「扶弱鋤強」、「有諾必踐」、「敬事同鄉長老」。〔註83〕很顯然，沈從文想以強悍雄武的民間俠文化注入萎靡病弱的所謂上層文化的血液，使之在生存競爭日益激烈的現代世界中煥發出生命的活力。

〔註77〕魯迅《且介亭雜文·中國人失掉自信力了嗎》，《魯迅全集》，第六卷，人民文學出版社，1981年，第118頁。

〔註78〕魯迅《華蓋集續編·學界的三魂》，《魯迅全集》，第三卷，人民文學出版社，1981年，第208頁。

〔註79〕魯迅《二心集·習慣與改革》，《魯迅全集》，第四卷，人民文學出版社，1981年，第223頁。

〔註80〕老舍《我怎樣寫〈離婚〉》，《老舍論創作》，上海文藝出版社，1980年，第32頁。

〔註81〕沈從文《〈長河〉題記》，《沈從文文集》，第七卷，花城出版社，1984年，第4頁。

〔註82〕沈從文《湘西·鳳凰》，《沈從文散文選》，凌宇編，人民文學出版社，1982年，第273頁。

〔註83〕沈從文《湘西·鳳凰》，《沈從文散文選》，凌宇編，人民文學出版社，1982年，第281頁。

伴隨著中國古代文明繁榮發展而來的是中華民族喪失了初民的強悍性與生命活力，這是文明發展所付出的巨大卻必然的代價。在這種歷史事實面前，新文學作家試圖在民間文化精神包括俠文化精神中尋找積澱於我們民族文化心理結構深層的強悍的民族特質與勇武雄健的人格精神，挖掘底層社會平民的文化性格中的積極因素，以此作爲文化革新的一個精神基礎，從而在這樣的文化平臺上實現大小傳統的溝通與對話，這就是新文學作家關於文化建構的價值理念。從整體上看，其眞正目的在於：立足於民間立場，以知識精英姿態審視和開掘中國民間文化深層的積極因素，遵照大眾文化自身發展規律並結合現代意識對之進行改造、轉化，使之與改革了的上層文化精神共同構成新的現代民族精神，從而爲建構我們民族的新文化提供豐富的精神資源和思想支撐。同時，新文學作家也清醒地認識到，像俠文化精神這樣一些民間社會的文化傳統，畢竟屬於過去時代的產物，其本身有著很大的自發性和盲動性，正如沈從文所指出的那樣：「這種遊俠精神若用不得其當，自然也可以見出種種短處。」〔註84〕因此，他們在文化建構的價值理念中，對俠文化並非全盤接受，而是對之進行了現代性改造和創造性轉化，使之眞正成爲新文化建設可資借鑒的精神資源。

總之，「俠從古典型到近代型（即現代人心目中的俠）的發展軌跡，揭示了中國上層社會的精英文化與民間社會的大眾文化之間錯綜複雜的結構關係。先秦『士』階層的文武分途、戰國民間遊俠在上層社會養士風氣中的早熟、兩漢豪俠中統治階層的介入和皇權對於豪俠勢力的摧殘、魏晉至隋唐俠的分流以及宋以後俠的日趨世俗化，都具體而微地演示了總體文化內部兩種亞文化的激烈衝突與複雜糾葛。而『俠』所負載的上古『英雄時代』的尙武文化，在先秦社會的主體文化中，被『儒』所負載的三代王官文化擠出和壓入民間社會的過程，展現了民族性格的自我設計與文化選擇的曲折道路。這一切，都是我們民族已經走過的歷史進程」。〔註85〕在這個歷史進程中，俠文化雖然受到儒家文化的壓迫，但卻以充塞於天地之間的浩然正氣和行俠仗義、懲惡揚善的民間正義精神，而傲然獨立於中國傳統文化之林，影響和塑造著國民的人格精神與民族的文化品格。

〔註84〕沈從文《湘西‧鳳凰》，《沈從文散文選》，凌宇編，人民文學出版社，1982年，第273頁。
〔註85〕陳山《中國武俠史》，上海三聯書店，1992年，第271頁。

第三章　民國時期新文學作家與俠文化的精神相遇

　　精神相遇，是指作爲主體的人與宇宙間其他在者之間發生的一種跨越時空、超越歷史的精神聯繫，其價值呈現於一種關係之中，呈現於人與宇宙間其他在者的精神聯繫之中。具體表現爲兩種情況：一是，人與他者之間在相遇的過程中發生了精神共振和情感共鳴，體現爲一種價值耦合，在這種關係中，人將會擁有一個靈魂棲居的精神家園，能夠真正地敞亮自身，澄明自己的精神世界，從而獲得心靈淨化、精神昇華，實現自我超越。二是，人與他者在相遇的過程中發生了精神牴牾和情感失調，體現爲一種價值衝突，在這種關係中，人將會以一種批判乃至否定的態度審視他者，以自我價值標準質疑他者的存在意義，在批判和否定中實現自我精神突圍。民國時期新文學作家作爲具有獨立個性的主體人，與俠文化之間發生了跨越時空、超越歷史的精神相遇。他們有的基於人格建構和文化建構的價值理念，結合特定的時代氛圍，努力開掘和提煉俠文化中積極的精神質素，在與俠文化發生價值耦合的過程中，繼承和張揚了俠文化精神，如魯迅、郭沫若、老舍、沈從文、蔣光慈、蕭軍等；有的過份強調文學的教誨功能，在與俠文化的精神相遇中發生了嚴重的價值衝突，他們抱持著事關民族命運的價值理念，對俠文化的思想傾向給予了強烈批判乃至全盤否定，在質疑俠文化和俠文化精神存在意義的過程中，實現自我精神突圍，如茅盾、鄭振鐸和瞿秋白等。

　　本章的主要內容就是對與俠文化精神發生價值耦合的魯迅、郭沫若、老舍、沈從文、蔣光慈、蕭軍等具有代表性的新文學作家及其作品文本加以審美觀照和具體解讀，通過深入分析他們基於人格建構和文化建構的價值理

念，各自對待俠文化的眞實態度、對俠文化的改造和創造性轉化以及對俠文化精神的現代承傳，探討他們的精英話語和意識形態話語、民間話語之間的複雜糾葛，揭示出俠文化作爲一種通俗文化對新文學作家和精英文學的精神影響力，從而爲雅俗互動互滲、並存共榮的文化格局提供有力的論證。同時，對與俠文化精神發生價值衝突的以茅盾、鄭振鐸和瞿秋白爲代表的新文學作家有關俠文化和武俠小說的批評話語進行客觀地分析與評價，對他們站在革命者立場上對俠文化的反思與批判姿態進行實事求是的考察和理性判斷。進而重返當時的歷史語境，追問新文學作家究竟是以怎樣的態度來對待傳統文化中非主流文化或邊緣文化資源的。

作爲中國特色的文化精神，俠以其精神穿透力和思想影響力積極參與著民族性格的養成與民族文化的建構，影響和塑造著國人的人格心理、價值觀念與行爲特徵，對於追求自由、平等、正義和公道的人們構成永恆的價值期待與話語魅力。我之所以選取魯迅、郭沫若、老舍、沈從文、蔣光慈和蕭軍等與俠文化精神發生價值耦合的代表性作家爲個案，來具體探究新文學作家與俠文化的關係，主要因爲他們不僅在現實生活中具有一身的俠肝義膽、滿腔的俠骨柔情，而且作爲他們的思想情感和精神觀念載體的作品文本凸顯與張揚著俠文化精神，以及他們的理性視野充滿了對俠文化的現代思考和精神探尋。與俠文化精神發生了價值耦合，並不意味著他們對俠文化全盤接受，他們有著自己的價值判斷和理性選擇。總的來說，他們站在民間立場，以現代知識精英的精神姿態，對俠文化中不利於人格養成和文化建構的成分給以理性批判，對其中積極的精神質素則大膽地發掘、提煉和張揚，以此作爲反抗舊制度、舊體制和超越生存困境、探求生命自由之路的精神資源，體現出一種批判中建構的思路。同時，我之所以選取茅盾、鄭振鐸和瞿秋白作爲與俠文化精神發生價值衝突的代表性個案，來具體分析新文學作家與俠文化之間的另一種關係，主要因爲他們更多地看到了俠文化的負面作用和消極影響，對於我們全面認識俠文化有所說明，而不至於走向過份拔高俠文化之途。客觀上講，他們站在革命者立場，也是以知識精英的姿態來思考和探究俠文化，但由於過份注重文學的教誨功能與社會作用，在深入反思俠文化的過程中，從事關革命發展和民族命運的高度，對其思想傾向給以強烈批判乃至全盤否定，呈現爲一種反思中批判的思路，然不經意間充當了官方意識形態的無意識同謀。深入這兩種思路的深層結構發現，從對待俠文化的態度和策略

上看，二者走的是不同路徑，但從人格建構和文化建構的意義上講，二者的終極目的卻存在著某種契合，即都著眼於國民性的思考和民族新生的文化構想。於是，這兩種不同思路之間便形成了一種相反相成且相得益彰的張力結構，爲我們全面認識和具體分析俠文化在現代中國文化語境中的影響與作用提供了重要的理論依據和價值參照。

一　魯迅：肩住黑暗閘門的鬥士

　　魯迅是現代中國的民族魂。作爲一個從傳統文化中走出來的現代知識分子，他從小就接受了傳統文化（包括儒家正統文化以及佛、道、墨、法等非正統文化）與民間文化的薰陶，其中，當然包括俠文化的浸染。以後在南京求學（1898～1902）及日本留學（1902～1909）期間，又廣泛接觸西方文化。他的一生，經歷了世紀轉型期中國社會、思想、文化的巨大變遷，從一個傳統知識分子成長爲一個自覺把握 20 世紀世界思潮的偉大啓蒙作家。他把個體生命存在的自覺意識和強烈的社會責任感、歷史使命感結合起來，在對自我發展和民族現代化的雙重思考與探求中，形成了現代型文化人格。魯迅的文化人格是一個複雜的立體性格系統。其外在特徵是敢愛敢恨，猶如俠的愛恨分明，「橫眉冷對千夫指，俯首甘爲孺子牛」是其形象概括。其內在本質是敢於叛逆、大膽反抗的硬骨頭精神、自我犧牲精神和韌性戰鬥精神。其中，「我以我血薦軒轅」的英雄氣概與憂國憂民的文人氣質始終是他性格中相輔相成的兩個要素。魯迅在青少年時代就自號「戛劍生」和「戎馬書生」，爲其不凡的一生平添了幾許俠骨豪氣。

　　魯迅面對黑暗社會、專制強權和民族壓迫，毫不畏懼，大膽反抗。「魯迅是中國文化革命的主將，他不但是偉大的文學家，而且是偉大的思想家和偉大的革命家。魯迅的骨頭是最硬的，他沒有絲毫的奴顏和媚骨，這是殖民地半殖民地人民最可寶貴的性格。魯迅是在文化戰線上，代表全民族的大多數，向著敵人衝鋒陷陣的最正確、最勇敢、最堅決、最忠實、最熱忱的空前的民族英雄。魯迅的方向，就是中華民族新文化的方向。」〔註1〕一方面，他以憂國憂民的博大胸懷鐵肩擔道義，發出「救救孩子」的吶喊，肩住黑暗的閘門，爲人民的幸福和民族的解放而勇往直前，不怕犧牲；一方面，他以正義人格

〔註1〕毛澤東《新民主主義論》，《毛澤東選集》，第二卷，人民出版社，1991 年，第698 頁。

力量妙手著文章，張揚打破鐵屋子的氣勢，敢於面對強大的敵人——無物之陣，毅然決然地舉起投槍，成為勇於擔當啓蒙民眾覺醒、振奮國民精神之重任的鬥士。總體上看，「魯迅身上的那種『俯首甘為孺子牛』的平民意識和『我以我血薦軒轅』的愛國情懷，那種『橫眉冷對千夫指』的反抗精神和『一個都不寬恕』的復仇意識無疑是現代俠義精神的最好注解」。〔註 2〕是的，魯迅與傳統俠文化有著複雜的聯繫。他不僅以批判的眼光看到了俠文化虛偽的一面，對其局限性進行了深刻的解剖和無情的鞭撻，同時作為深受俠文化影響和俠文化精神浸潤的新文學作家，他的思想、行為和作品文本不時閃爍出俠文化精神的光輝。因此，魯迅與俠文化的精神相遇，既有以批判的鋒芒來檢視俠文化的現代流變的一面，更有以其現代意識來審視和開掘俠文化中積極因素的一面，從而在新的歷史文化境遇下繼承和發揚了俠文化精神，致力於文學啓蒙和思想革命的事業。我認為，魯迅對俠文化的改造乃至批判只是其思想啓蒙的一種策略、手段，經由對俠文化的批判性改造深入到對國民性的根本性改造，其真正目的在於新的文化精神和國民理想人格的雙重建構，最終建立理想的人國。具體而言，魯迅從啓蒙主義文學觀念出發，從反封建思想革命的角度，以現代意識展開對俠文化的反思和對國民性的審視，希望將俠文化精神注入國民靈魂，以改變其中庸、怯懦、不思進取、逆來順受、委曲求全等劣根性。在對俠文化的批判性改造中，致力於文化和人格的雙重建構。而這又同近代以來中國知識分子對於建立現代民族國家的歷史目標的整體探索相一致。

（一）現實生活中的俠義行為

魯迅的生命本體充溢著強烈的「人」的自覺和個性解放意識，這與他對本民族的奴隸地位的自覺意識和理性思考相關聯，同時他對個體生命尊嚴的維護和對獨立人格的張揚，以及對人的主觀戰鬥精神的重視，使他成為一個獨立不羈、堅韌頑強的文化戰士。現實中的魯迅「自己背著因襲的重擔，肩住了黑暗的閘門，放他們（指年輕一代——引者注）到寬闊光明的地方去；此後幸福的度日，合理的做人」，〔註 3〕他同情弱小、不畏強權、敢於叛逆、

〔註 2〕 陳江華《俠之狂者——論魯迅的俠義精神》，碩士學位論文，東北師範大學，2006 年，第 16 頁。
〔註 3〕 魯迅《墳·我們現在怎樣做父親》，《魯迅全集》，第一卷，人民文學出版社，1981 年，第 130 頁。

嫉惡如仇、勇於自我犧牲，他在現實世界中的行為舉止充分體現了俠文化精神。

　　魯迅在少年時代就愛打抱不平，表現出仇恨以強凌弱和仗義好鬥的正義性格與勇敢行為，常常把內心潛在的俠氣付諸實踐行為，路見不平，挺身而出。當年紹興城裏有一家私塾叫廣思堂，裏面有一個外號「矮癩胡」的塾師，常常變著法兒體罰學生，還經常罰跪。當時魯迅在三味書屋讀書，看不慣這種無視學生人格尊嚴的行為，就帶著人去管閒事，伸張正義，盡興而歸。在魯迅十四五歲的時候，聽說一個姓賀的武秀才欺負過路的小學生，他就約一幫人向那個武秀才挑戰，結果，武秀才沒有應戰，魯迅不戰而勝。在南京讀書期間，魯迅自號「戛劍生」，並刻有「戎馬書生」和「文章誤我」的印章，可見他對傳統儒家文化缺乏淩厲陽剛之氣的不滿，以及立志投筆從戎、建功立業的決心和對陽剛武功的渴望。

　　魯迅在北大任教期間，曾發生過一次頗有意味的「講義風潮」。由於當時北大的不在籍學生同在籍學生之間為講義而發生了爭執，造成了講義費用過高的後果，學校乘機要收講義費，於是學生不滿，發起了請願活動，待事件平息之後，學生馮省三卻作為「替罪羊」而被學校開除。對於「講義風潮」這件事，蔡元培、胡適等人給以強烈的譴責，而魯迅則不同，他沒有在事後立即發言表態，而是在風潮結束一個月後，在《晨報副刊》上發表了一篇名為《即小見大》的文章，為馮省三——一個青年學生無辜蒙冤，被當作「散胙」而伸張正義，充分彰顯了他同情弱小、不畏強暴、見義勇為、抱打不平的俠者風範。

　　發生於北京的「女師大風潮」一事對魯迅的震驚同樣很大，並且激起了魯迅強烈的義憤，使他更加看清楚了反動軍閥和一些所謂文人、政客的真實面目。一九二五年四月，北洋政府教育總長章士釗公開支持當時的女師大校長楊蔭榆，楊蔭榆開除了六名學生領袖，章士釗要解散女師大，段祺瑞也發佈了恫嚇命令。這種難容天理的不公正事件激起了魯迅強烈的義憤和無畏的抗議，他毅然冒著被教育部開除的危險，公開表態支持學生。更加不幸的是，「女師大風潮」尚未結束，一九二六年三月十八日，又發生了段祺瑞執政府門前士兵殘暴槍擊請願學生的「三・一八」慘案。在這人間地獄的恐怖和威嚇面前，魯迅更加出離憤怒了，他以一個現代知識分子的責任和良知，冒著遭通緝受迫害的生命危險，撰寫文章猛烈抨擊段祺瑞

執政府的慘無人道，揭示其人間地獄的反動本質。爲紀念在「三·一八」慘案中英勇犧牲的學生劉和珍而奮筆寫下了《紀念劉和珍君》，其中兩段集中表達了他對社會黑暗、世道不公的義憤，以及對青年學生那種義勇精神的讚頌和不幸遭遇的同情：

> ……我已經出離憤怒了。我將深味這非人間的濃黑的悲涼；以我的最大哀痛顯示於非人間，使它們快意於我的苦痛，就將這作爲後死者的菲薄的祭品，奉獻於逝者的靈前。

> 眞的猛士，敢於直面慘澹的人生，敢於正視淋漓的鮮血。這是怎樣的哀痛者和幸福者？然而造化又常常爲庸人設計，以時間的流駛，來洗滌舊跡，僅使留下淡紅的血色和微漠的悲哀。在這淡紅的血色和微漠的悲哀中，又給人暫得偷生，維持著這似人非人的世界。

> 我不知道這樣的世界何時是一個盡頭。〔註4〕

在北京女師大風潮和「三·一八」慘案中，魯迅始終站在愛國學生這一無辜的弱勢群體一邊，直接同校長楊蔭榆和北洋軍閥政府教育總長章士釗乃至反動的北洋軍閥政府對抗。有論者認爲：「魯迅是因爲感同身受著中國社會的『弱者』（無地位者，不被承認者，受壓迫者）的痛苦，而自覺地進行他的反抗（復仇）的。」〔註5〕這種同情弱小、不畏權勢、勇於反抗、捍衛正義、主持公道的精神，可謂俠肝義膽、豪氣干雲。經歷了鬥爭的磨練和洞明世事、參透人性之後，魯迅深深感到「改革最快的還是火與劍」，〔註6〕這充滿了鬥爭經驗和人生世故的話語，流露出魯迅欲借豪氣一洗儒生酸的渴望，及其潛意識中對豪氣干雲的俠客風範的推崇。

現實生活中的魯迅不是一個俠客，而是一個「以文犯禁」的鬥士，他以筆爲劍，劍走筆鋒，筆耕不輟，以很多匕首、投槍似的雜文，刺向飛揚跋扈、甚囂塵上的帝國主義勢力，刺向罪惡的封建制度，刺向北洋軍閥政府和國民黨反動派，以及他們的幫兇與幫閒。

魯迅雜文是最富有戰鬥性的，「對於有害的事物，立刻給以反響或抗爭」，

〔註4〕 魯迅《華蓋集續編·紀念劉和珍君》，《魯迅全集》，第三卷，人民文學出版社，1981年，第273～274頁。

〔註5〕 錢理群、溫儒敏、吳福輝《中國現代文學三十年》（修訂本），北京大學出版社，1998年，第377頁。

〔註6〕 魯迅《兩地書·第一集 北京》，《魯迅全集》，第十一卷，人民文學出版社，1981年，第39頁。

〔註7〕充分體現了魯迅作爲一個鬥士「路見不平，奮筆相助」的俠者風範。比
如《熱風》對封建舊禮教、舊傳統的批判；《華蓋集》、《華蓋集續編》對「五
卅慘案」和「三・一八慘案」中殘殺中國人民與青年學生的帝國主義、封建
軍閥的大膽揭露和無畏抗爭；《而已集》對大革命失敗後國民黨反對派鎮壓、
殺戮革命青年，無情摧殘民族精英等暴行的指斥、抗擊；《且介亭雜文末編》
對國民黨反動政府法西斯專政的批判與抗議等等。從整體上看，魯迅雜文顯
示出不屈不撓的批判精神和攻擊性特色，「從根本上有違於中國文化與中國士
大夫知識分子的『恕道』、『中庸』傳統，集中地體現了魯迅其人其文的反叛
性、異質性」。〔註8〕魯迅的雜文是他置身於黑暗社會從事現實鬥爭的「匕首」
和「投槍」，大類古代俠客刺向人間不平的三尺利劍。古俠以武犯禁，作爲現
代文人的魯迅則以自己的俠義良知和手中之筆「以文犯禁」，特別是以筆鋒展
露的思想力量和精神鋒芒來閃擊不公平的時世、鞭笞腐敗無能的統治者。劍
是俠客義士揚名立腕的利刃，筆是文人實現自己價值理想的依憑。「劍」與
「筆」、「古代俠客」與「現代文人」在置身於現代中國文化語境中的魯迅身
上實現了精神溝通和價值交匯。

　　魯迅用手中之筆抒寫自己的理想、抱負，表達自己的反抗意志和復仇精
神，以喚起民眾覺醒和戰鬥的熱情。從文化傳承的角度來說，這是中國傳統
俠文化精神的現代性轉化，更是那個時代充滿正義感和民族良知的現代文人
的主體性選擇。對於自己的選擇，魯迅說：「我自己也知道，在中國，我的筆
要算較爲尖刻的，說話有時也不留情面。但我又知道人們怎樣地用了公理正
義的美名，正人君子的徽號，溫良敦厚的假臉，流言公論的武器，吞吐曲折
的文字，行私利己，使無刀無筆的弱者不得喘息。倘使我沒有這筆，也就是
被欺侮到赴訴無門的一個；我覺悟了，所以要常用。」〔註9〕從這種意義上說，
現實生活中的魯迅選擇雜文這一最具戰鬥性和生命力量的文學樣式作爲表達
自己俠義良知的利劍，作爲反抗專制強權的行爲方式，同情弱小，抑強扶弱，
可謂現代文俠、人間鬥士。他一直以「犯禁」的大無畏精神和「過客」般堅

〔註7〕 魯迅《且介亭雜文・序言》，《魯迅全集》，第六卷，人民文學出版社，1981
　　　 年，第3頁。
〔註8〕 錢理群、溫儒敏、吳福輝《中國現代文學三十年》（修訂本），北京大學出版
　　　 社，1998年，第377頁。
〔註9〕 魯迅《華蓋集續編・我還不能「帶住」》，《魯迅全集》，第三卷，人民文學出
　　　 版社，1981年，第244頁。

韌頑強的毅力來確證自己的價值理念，實現作為「人」的本質力量。縱使在國民黨反動派叛變革命的危急關頭，他也冒著生命危險，依然以犀利的筆鋒當作搏戰的匕首與投槍，刺向殺人不眨眼的國民黨反動當局，不愧為充滿浩然正氣的錚錚鐵漢。為了抗議國民黨反動派的大逮捕和大屠殺，他毅然辭去了中山大學的一切職務。在國民黨反動派法西斯式的白色恐怖之下，魯迅毫不畏懼，仍然冒著風險堅決地鬥爭，因為他相信革命烈火雖然轉入地下，但總有一天會從地下噴薄而出，燃成熊熊烈火，燒毀那腐爛的舊世界。當廣州市的夏令學術講演會請他作報告時，他以《魏晉風度及文章與藥及酒之關係》為題目，講述了魏晉時期黑暗動盪的政局，曲折隱晦地抨擊了蔣介石反動集團的血腥屠殺。這些大膽「犯禁」、敢於擔當、不怕殺頭的壯舉，這種生命激揚的現代意識與激昂慷慨的古俠風度的交融，使魯迅作為一個「戰士」的光輝形象屹立在現代中國文化的歷史潮頭。

（二）文本世界中的俠文化精神

魯迅不是一個「以武犯禁」的俠客，他也深知憑個人衝動和一己武力去反抗黑暗社會與反動統治秩序不過是在做無謂的犧牲，在現實面前，他主張韌性的戰鬥，以滿腔熱血和正義良知，抒寫自己內心的俠義衝動，文本中張揚著俠文化精神。

1. 反叛精神和獨立人格的張揚

俠文化的重要精神資源之一，是對反叛精神和獨立人格的張揚。我們知道，俠大多游離於正統的社會規範和文化規範之外，大都居於民間立場，不與統治者合作。俠的反叛精神和自由理念使它無法得到統治者的認同，「古代俠客的命運儘管如此不幸，但俠文化卻不以統治階級的主觀意志而被消滅。相反，文化藝術能夠曲折地反映古代俠客生活與歌頌俠義精神。」〔註10〕它更多地以人格風範和精神力量的形式存在於魯迅的人格結構及其文本的話語蘊藉之中。

在《文化偏至論》中，魯迅強烈地指出，中國的嚴重問題在於人，不在於物；在於精神，不在於物質；在於個性，不在於「眾數」。該文慷慨陳辭，提出了一個令世人矚目的論點，即要「立國」，必須首先「立人」，而「立人」的關鍵則在於個性的覺醒解放和精神的振奮高揚。「外之既不後於世界之思

〔註10〕曹正文《中國俠文化史》，上海文藝出版社，1994年，第2～3頁。

潮，內之仍弗失固有之血脈，取今復古，別立新宗，人生意義，致之深邃，
則國人之自覺至，個性張，沙聚之邦，由是轉爲人國。人國既建，乃使雄厲
無前，屹然獨見於天下。」〔註11〕魯迅相信，只要國人個性覺醒，精神振作，
我們的國家就會強大起來，無敵於天下。爲此，他提出了「掊物質而張靈明，
任個人而排眾數」〔註12〕的主張，並且認爲要從根本上改變中國，「其首在立
人，人立而後凡事舉」，〔註13〕只有這樣，才能最終建立起理想的人國。總之，
當時中國最嚴重、最迫切的問題在於真正地改變人的精神。救國的根本途徑，
民族復興和國家強大之本，就在於國人個性的覺醒，精神的解放。要喚醒在
鐵屋子裏沉睡的國人，使他們覺醒起來，振奮起來，爲爭取做人的資格和尊
嚴，爲建立真正的人國而抗爭而奮鬥，就需要大批具有獨立人格和獨立個性
的精神界戰士，這些戰士應該是強者，他們率真任性，無所顧忌，勇於鬥爭
邪惡虛僞，敢於反叛傳統，敢於蔑視和挑戰一切威權與偶像，能激發人們的
鬥爭意志和進取精神。在這種意義上，魯迅非常推崇尼采。魯迅認爲，處於
生存困境和精神貧困狀態中的國人與祖國，迫切需要尼采這種天馬行空的「超
人」精神來給以震盪激發，使國人和國家的精神都振奮起來，積極參與世界
的生存競爭。魯迅接受尼采的超人思想，張揚個性，重估一切價值，實際上
只是把它作爲一種強大的批判武器，藉以推翻當時仍在統治中國的封建威權
和君主偶像，挽救沉淪中的中國。從這種意義上說，魯迅早期思想儘管借用
吸收了尼采的某些思想形式和鬥爭口號，但其實質內涵與尼采哲學的核心思
想是不同的。單就「任個人」言，魯迅的「個人」是敢於立在時代潮頭的啓
蒙知識者，是勇於掙脫奴性而具有強烈個性意識的精神界戰士，是敢於反抗
強權和壓迫的同情弱小民族的英雄，而不是尼采式的「超人」，即以強凌弱無
視群體利益的極端個人主義者。這是魯迅從本質上超越了尼采「超人」思想
的可貴之處。

　　在魯迅的心目中，拜倫和尼采一樣，也是敢於抗世違情、勇於張揚個性
的精神界戰士。但魯迅認爲：「其非然者，則尊俠尚義，扶弱者而平不平，

〔註11〕魯迅《墳・文化偏至論》，《魯迅全集》，第一卷，人民文學出版社，1981 年，
　　　　第 56 頁。
〔註12〕魯迅《墳・文化偏至論》，《魯迅全集》，第一卷，人民文學出版社，1981 年，
　　　　第 46 頁。
〔註13〕魯迅《墳・文化偏至論》，《魯迅全集》，第一卷，人民文學出版社，1981 年，
　　　　第 57 頁。

顛僕有力之蠢愚,雖獲罪於全群無懼,即裴倫最後之時是已。」〔註14〕他把拜倫譽爲行俠仗義、鋤強扶弱的俠士。對於拜倫的大義之舉,魯迅給予了高度評價:「故懷抱不平,突突上發,則倨傲縱逸,不恤人言,破壞復仇,無所顧忌,而義俠之性,亦即伏此烈火之中,重獨立而愛自繇,苟奴隸立其前,必衷悲而疾視,衷悲所以哀其不幸,疾視所以怒其不爭,此詩人所爲援希臘之獨立,而終死於其軍中者也。」〔註15〕可見,與尼采相比,他更傾向於喜歡拜倫。於是在《摩羅詩力說》中,魯迅極力推崇「立意在反抗,指歸在動作」〔註16〕的富有叛逆精神的摩羅詩派,鼓吹敢於勇猛反抗強暴、不隨時俗的拜倫式的精神界戰士。他縱觀西方文學史,覺得拜倫、雪萊、密茨凱維支、顯克微支、普希金、萊蒙托夫等「摩羅」詩人,都是這種以改革社會爲己任,勇于堅守自己的主張,敢於力抗時俗異端和挑戰神明威權而不隨波逐流的精神界戰士。「摩羅」就是魔鬼,即《聖經‧舊約全書》中的撒旦。據《聖經‧創世紀》中說,上帝創造了亞當和夏娃後,把他們安排在伊甸園裏生活。但他們不聽上帝的勸告,受到撒旦的引誘,偷吃了智慧樹上的禁果,於是,被上帝逐出了美麗的伊甸園。英國詩人彌爾頓借用這個原型故事創作了《失樂園》,描寫了象徵光明的上帝與代表黑暗的魔鬼撒旦之間的生死較量和搏鬥,撒旦被視爲罪惡與黑暗的象徵。魯迅卻贊揚撒旦是人類精神的引導者,「惠之及人世者,撒旦其首矣」,「無天魔之誘,人類將無由生」。〔註17〕在這裡,魯迅把上帝當作束縛人性自由發展的舊秩序的維護者,把撒旦作爲大膽衝破舊秩序網羅而勇敢追求人性解放的戰士。「從文學的象徵意義上看,亞當與夏娃偷食禁果,是人類由自然人走向文化人的隱喻。智慧之樹是文明之樹的象徵,智慧之果即知識之果、文化之果。就人類來講,對智慧之果的欲求乃是對知識的欲求,對文明的欲求。亞當與夏娃吃了智慧之果後知羞恥、明善惡,標誌著人的自我意識和理性意識的覺醒,標誌著人與自然的分離——自然人走向了文化人,從而標誌著『人』的誕生,這說明,智慧起於

〔註14〕魯迅《墳‧摩羅詩力說》,《魯迅全集》,第一卷,人民文學出版社,1981年,第79頁。

〔註15〕魯迅《墳‧摩羅詩力說》,《魯迅全集》,第一卷,人民文學出版社,1981年,第79～80頁。

〔註16〕魯迅《墳‧摩羅詩力說》,《魯迅全集》,第一卷,人民文學出版社,1981年,第66頁。

〔註17〕魯迅《墳‧摩羅詩力說》,《魯迅全集》,第一卷,人民文學出版社,1981年,第73頁。

人的理性，文化源於人走出同自然渾然無別的原始狀態。人與自然分離是人類的一大進步」！〔註18〕從文化人類學的角度來看，亞當與夏娃偷食禁果標誌著人的誕生和人的自由的獲得，這是人類的自我提升和文明的進步。但如果沒有魔鬼撒旦的引誘，沒有撒旦勇於衝破上帝所主宰的舊秩序的網羅，人類仍將作爲自然人生活在伊甸園裏，如同籠中鳥一樣沒有思想、知識和信仰，沒有對理性、自由的精神追求，只知道順應現行秩序，只知道如何取悅上帝。從這種意義上說，撒旦作爲上帝這一絕對權力的異己力量，其剛健、抗爭和破壞的精神，是使人類擺脫蒙昧狀態而走向文明階段的引導動力。撒旦的最大特徵就是對上帝意志的反叛與對抗，魯迅欣賞撒旦，更稱贊具有撒旦精神的西方浪漫派詩人，主要原因在於這些詩人敢於反抗強暴，不隨時俗，大膽地追求個性解放和精神自由。然而，這種具有強大意志力量和個性力量的精神界戰士與尼采式的精神界戰士不同。尼采是具有超人性格的精神界戰士，他站在強者立場，厭棄弱者；拜倫等是具有摩羅性格的精神界戰士，他們站在弱者立場，力抗強者。相比之下，魯迅更喜愛敢於力抗強者的「摩羅」性格。因爲「魯迅覺得，中國的興起，中國要從精神萎頓狀態中振作起來，正需要一批具有這種『摩羅』性格的啓蒙家，像他們那樣地百折不撓，勇往直前，以打破祖中國社會之沉寂和民族精神之偏枯，這樣中國就有希望了」。〔註19〕可見，魯迅的「任個人」，提倡個性解放，實質上是和國家、民族的利益緊密相聯的。

　　從上面的分析來看，無論是尼采式的精神界戰士，還是「摩羅」式的精神界戰士，他們的個性特徵、挑戰威權和舊秩序的叛逆精神以及對自由的追求，無不與中國特色的俠文化取得了跨文化、超時空的精神聯繫，魯迅接受他們的思想精髓，在傳統俠文化積澱的河床上實現了「軟著陸」，兩種異質文化資源在反叛舊秩序和追求個性解放的歷史境遇中獲得了同構的機遇。魯迅不僅從超人思想那裏，更從摩羅詩人和浪漫主義詩歌中尋找到了與自己發生精神相遇的契合點，即對個性主義的推崇、對自由的熱烈追求以及對堅強意志、獨立人格和叛逆精神的張揚。同時認爲摩羅詩人「無不剛健不撓，抱誠守眞；不取媚於群，以隨順舊俗；發爲雄聲，以起其國人之新生，而大其國

〔註18〕蔣承勇《偷食禁果故事及其文化人類學解讀》，載《文藝研究》2002 年第 4
　　　　期。
〔註19〕林非、劉再復《魯迅傳》，中國社會科學出版社，1981 年，第 72 頁。

於天下」。〔註20〕對這種融叛逆精神和啓蒙思想於一體的摩羅精神的推重，反映了魯迅改造國民性的強烈願望。從整體上看，這都體現了魯迅對獨立個性的張揚和不隨流俗、敢於反抗的叛逆精神。於是，積澱於魯迅精神結構和文化心理中的傳統俠文化精神被西方個性解放思想與啓蒙精神大大激活，在他獨特的生命體驗的燭照下，煥發出不同時俗的精神力量，成爲他向傳統思想文化挑戰和大膽解剖的精神武器。

2. 復仇精神的現代詮釋

在俠文化的價值觀念中，復仇是俠樂以爲之的行爲目標，更是在王道廢弛、群魔亂舞的亂世掃除人間不平以獲得心理平衡的一種重要途徑，也是弘揚正義的現實手段。儘管復仇帶有盲目性和一定程度的破壞性，但在客觀上卻起到了對正義、公道的捍衛和對民眾生命尊嚴的維護。

魯迅在《墳·雜憶》中說：「時當清的末年，在一部分中國青年的心中，革命思潮正盛，凡有叫喊復仇和反抗的，便容易惹起感應。」〔註21〕這種復仇情感反映了半殖民地半封建社會的中國知識分子在帝國主義和封建主義雙重壓迫下民族意識與民主意識的充分覺醒。魯迅筆下的復仇者與傳統俠文化的復仇者形象有深層的精神聯繫，也有對其的現代超越。魯迅強烈呼籲：「渴血渴血，復仇復仇！仇吾屠伯！天意如是，固報矣；即不如是，亦報爾！報復詩華，蓋萃於是，使神不之直，則彼且自報之耳。」〔註22〕他大力提倡復仇精神，並把對復仇精神的現代詮釋同對整個傳統文化的批判與對國民性改造的思考聯繫起來。把復仇同個體生命價值的實現與社會公正緊密結合，歸結爲恪守人倫義務和社會責任以突出復仇的歷史合理性與社會正義性，並在對復仇的價值肯定的前提下，確立了「復仇母題」的正邪不兩立、最終懲惡揚善的思維模式和價值評判。

在小說《孤獨者》中，魯迅塑造了一個孤獨的復仇者形象魏連殳，小說的開頭和結尾都出現了「受傷的狼」的形象，這匹「當深夜在曠野中嗥叫，慘傷裏夾雜著憤怒和悲哀」的「狼」，實質上象徵著主人公魏連殳，暗示他身

〔註20〕魯迅《墳·摩羅詩力說》,《魯迅全集》，第一卷，人民文學出版社，1981 年，第 99 頁。

〔註21〕魯迅《墳·雜憶》,《魯迅全集》，第一卷，人民文學出版社，1981 年，第 220～221 頁。

〔註22〕魯迅《墳·摩羅詩力說》,《魯迅全集》，第一卷，人民文學出版社，1981 年，第 95 頁。

陷囹圄之中而不願向黑暗現實低頭，但當直面現實人生卻又無可奈何的精神困境，充滿了憤世嫉俗而又不甘失敗的複雜心理。魏連殳曾經是一個憤世嫉俗、不肯向邪惡勢力和黑暗社會現實低頭的現代知識分子，但在社會的種種壓力面前，他的現實選擇完全違背了自己的價值理想和精神追求，不得已躬行自己先前所憎惡、所反對的一切，拒斥自己先前所崇仰、所主張的一切了。在這樣一種由幾千年遺留下來的傳統習慣、傳統勢力和扭曲的現實體制所構成的「無物之陣」中，任何一個正直、有良知的知識分子要想有所作為，不可避免地都要陷入選擇的尷尬，要麼遵循遊戲規則違背心志去順應現實，要麼漠視遊戲規則堅守精神立場來對抗現實，但不管怎樣，都有可能面臨失敗的危險，付出慘重的代價。在這樣的「無物之陣」面前，魏連殳付出了代價，他承認自己「已經真的失敗」，但同時坦言「然而我勝利了」。為什麼他作出了自相矛盾的自我總結呢？透視小說文本，從魏連殳的生命軌跡中，我們發現，作為一個現代知識分子，他有足夠的洞察力和豐厚的人生睿智認識自己所處的艱難險惡的生存境遇──「無物之陣」，雖然無力擺脫這種「無物之陣」的桎梏，但他能夠從這強大而荒謬的「無物之陣」深處拯救起生命的尊嚴和意義，那就是魏連殳以自己特有的生存策略向「無物之陣」──生命的敵人舉起了「投槍」，體現出強烈的復仇意志。在這樣的「無物之陣」面前，魏連殳永遠是一個異端的存在，時時感到「無物之陣」的無形的迫壓和束縛。在現實生活中，「無物之陣」不讓魏連殳們正常地「活下去」，甚至連願意魏連殳們活下去的人也不能正常地活下去。就在這樣的連自己及愛自己的人都不能正常「活下去」的生命絕境中，魏連殳們「滅亡是不願意的」，仍然選擇了反抗──「偏要為不願意我活下去的人們而活下去」，但這種「活下去」的生命激情和動力來源不是為自己、也不是為愛自己的人而活著，而是為不願意自己活下去的人們及為敵人而「活下去」。錢理群認為，這種生存策略「才是真正屬於魯迅的生命選擇：他早就宣佈，他天天吃魚肝油，努力延長自己的生命，不是為了愛人，而正是為了敵人：要以『我』的存在打破他們的世界的『圓滿』；在《兩地書》裏，他也是這樣以懷著幾分惡意的快意談到自己將如黑的惡鬼一般站在他的對手們的面前」。〔註23〕在敵人膝下苟活或在敵人面前慘死，都會給敵人帶來變態的滿足。在敵人不願意自己活下去的窘況下，

〔註23〕錢理群《試論魯迅小說中的「復仇」主題──從〈孤獨者〉到〈鑄劍〉》，載《安順師專學報》（社會科學版）1996 年第 1 期。

偏要堅強地生而不卑怯地死，捍衛人格尊嚴，見證生命的意義，足以引起敵人的不快，讓他們的想法落空。爲敵人而「活下去」，並不意味著向敵人妥協、低頭，而是一種鬥爭策略，就是以自己堅強的生向敵人示威，使他們感到自己的願望落空，在敵人的失望與不快中實現自己的生命價值，從內心對敵人的憎惡和仇恨中獲取足以支撐自己生命的強大的精神力量，從而實現對敵人的精神復仇。

魏連殳正是以這樣的方式，懷著對「無物之陣」──生命敵人的憎惡和仇恨，選擇了「以毒攻毒」的復仇。首先以對現實的妥協──做了軍閥師長的顧問，使自己成爲向敵人復仇之「毒」。從小說文本的表層結構上看，魏連殳作出了違背自己價值理想的現實選擇──躬行自己先前所憎惡、所反對的一切，拒斥自己先前所崇仰、所主張的一切了，但透過小說文本的深層結構，我們看到的卻是，向現實妥協是魏連殳爲了實現對敵人的復仇而作出的策略性選擇。他在以一種獨特的方式向敵人舉起精神的「投槍」，以出其不意，攻其不備。於是乎，在魏連殳選擇了做軍閥師長的顧問，獲得了世俗的認可後，接著就利用由此獲得的權勢，「以其人之道還治其人之身」，向壓迫、凌辱自己的敵人施以壓迫和凌辱。當往昔的敵人紛紛向自己「磕頭和打拱」，面對「新的賓客和新的饋贈，新的頌揚」，看到自己所憎惡、仇恨的這些敵人的醜態，魏連殳確實感到了復仇的快意，實現了對敵人的復仇。但是清醒的現代理性意識又使他感到這只是一種「精神的勝利」，而無法迴避事實上他已經躬行自己先前所憎惡、所反對的一切，拒斥自己先前所崇仰、所主張的一切所付出的代價，無法祛除內心深處的悲哀和慘傷，他自己也意識到「已經眞的失敗」。「無物之陣」──生命的敵人由於歷史的慣性、文化傳統的惰力而沒有變化，也永遠不會變化，但魏連殳卻能以「知其不可爲而爲之」的生命勇氣，以自己的「變」來應對、報復這個強大的「無物之陣」的不變。雖然他的復仇以自我精神的扭曲和生命的毀滅爲代價，但這種誓與敵人同歸於盡的復仇精神卻是值得讚佩的。「然而我勝利了」，正顯示了他的生命自信。魏連殳最後付出了生命的代價，但他的靈魂深處並沒有停止向敵人復仇的意志。「他在不妥帖的衣冠中，安靜地躺著，合了眼，閉著嘴，口角間彷彿含著冰冷的微笑，冷笑著這可笑的死屍」。向強大的敵人復仇，不管成功與否，必然都要付出代價，關鍵在於用一種什麼樣的態度來對待復仇的結局。魏連殳死後「安靜地躺著，合了眼，閉著嘴」，顯示他在實現了對敵人精神復仇後的坦然與欣慰；

但「口角間彷彿含著冰冷的微笑，冷笑著這可笑的死屍」，卻又暗示他不能從根本上實現復仇願望的憤怒，以及以有限生命無法完成向無限強大的「無物之陣」復仇的遺憾，同時預示著主人公復仇意志並未因此而磨滅。從這種意義上說，魏連殳又是一個勝利者，至少是一個失敗的英雄。在這裡，復仇的「失敗」與「勝利」、「欣慰」與「遺憾」構成了一個矛盾複雜的張力結構。在這個張力結構中，隱含著魯迅對魏連殳的復仇模式的理解和同情。魯迅理解魏連殳的復仇選擇，而這也是他自己陷入極度絕望中曾深思熟慮過的反抗選擇。為敵人而「活下去」作為一種向敵人復仇、反抗絕望的生命選擇，雖然是擺脫生命困境的途徑和方式，但在現實中，以這種途徑和方式向敵人復仇卻是以自我精神的扭曲與生命毀滅為代價的，即在向敵人復仇的同時，自我也受到了傷害。同時作者又很同情魏連殳的復仇選擇和悲劇結局，並沒有因為他的死亡而宣告復仇的失敗，而是以一種新的希望昭示著並不黯淡的前景。當作者離開魏連殳的死屍，不覺走出大門時，感到「潮濕的路極其分明，仰看太空，濃雲已經散去，掛著一輪圓月，散出冷靜的光輝」。這是一種對前景的充滿希望的暗示。然而，在他快步走著的時候，感覺自己「彷彿要從一種沉重的東西中衝出」，卻不能夠衝出，繼而感到「耳朵中有什麼掙扎著，久之，久之，終於掙扎出來了，隱約像是長嗥，像一匹受傷的狼，當深夜在曠野中嗥叫，慘傷裏夾雜著憤怒和悲哀」。這樣就與開頭照應了起來。最後，作者「心地就輕鬆起來，坦然地在潮濕的石路上走，月光底下」。小說結尾對作者心理變化和環境氛圍的描寫內蘊著「反抗絕望」的魯迅哲學及其深刻的生命體驗，昭示著死後之生，絕望後的挑戰。這是魯迅個體生命體驗的折射，同時也體現了他對人類普遍生存狀態的理性審視及面對生存困境的精神突圍。

魯迅的小說集《故事新編》中的《鑄劍》取材於相傳為曹丕著的《列異傳》和晉干寶著的《搜神記》，講述了一個民間廣為流傳的古代「復仇」英雄「眉間尺」誅暴君而報父仇的故事。《鑄劍》是一曲為正義而復仇的壯歌。為了復仇，眉間尺不惜獻頭。為了伸張正義，黑色人慷慨相助。他們以壯烈的殉身，達到了報仇雪恨、伸張正義的目的。在談到《鑄劍》時，李歐梵認為：「它既是集子裏技巧最高、召喚力量最強的篇章，從忠實於原來的傳統材料的意義上說，也是最具藝術真實性的一篇。但是，從原來材料的古代文字脈絡中，魯迅卻創造了一幅強有力的充滿象徵的獨創視象。特別是對兩個主要人物的刻畫，

再次表現了魯迅衷心喜愛的那個主題——復仇。」〔註24〕事實上確實如此，魯迅在《鑄劍》中提倡復仇，讚頌眉間尺和黑色人那決絕的復仇精神與崇高的道義品格。更重要的是，在文本給我們以強烈震撼的背後，也可以管窺到作者的人格世界。魯迅對人間充滿了愛心，但另一方面，他又嫉惡如仇、對敵人決不手軟，甚至臨死之際仍不寬恕自己的敵人。魯迅臨終前留言：「我的怨敵可謂多矣，倘有新式的人問起我來，怎麼回答呢？我想了一想，決定的是：讓他們怨恨去，我也一個都不寬恕。」〔註25〕這種對敵鬥爭的決絕姿態，還有他的「痛打落水狗」精神，正是這種人生態度的生動寫照。

李怡認為：「在這樣一個冷漠的社會上，復仇也就不僅是屠戮暴君的壯舉，『橫眉冷對千夫指』也是一齣復仇精神的偉業。」〔註26〕這是一種深得魯迅復仇精神三昧的獨到發現。如果把向世俗習慣勢力的精神復仇（魏連殳的復仇）、向封建暴君權威的挑戰（眉間尺和黑色人的復仇）作為魯迅復仇精神的第一個層面的話，那麼它的第二個層面就是向社會現實中的庸眾挑戰。「魯迅之所以一再地呼籲『復仇』，鼓動憎的感情，是針對著中國國民性的弱點的」〔註27〕這種情感態度在《鑄劍》、《野草·復仇》、《野草·復仇（二）》、《野草·頹敗線的顫動》中都有鮮明而深刻的體現。

在《鑄劍》中，涉世不深的眉間尺面對庸眾的無聊、鄙俗困惑不解，而飽經滄桑、洞明世事的黑色人則以其鋒利無比的精神之劍直刺向庸眾卑劣而虛弱的靈魂，無情地摧毀他們的看客心理。於是，「乾瘦臉少年」在黑色人的冷眼逼視下頹然溜走。

在《野草·復仇》中，「沉浸於生命的飛揚的極致的大歡喜」的復仇格鬥即將開始，從四面八方奔來的「路人」們「拼命地伸長頸子，要賞鑒這擁抱或殺戮」。就在這無數的「路人」興致盎然，甚至已經在想像中品嘗著「汗或血的鮮味」的時候，裸體男女卻巋然不動了。裸體男女給「路人」以「無動作」，「以致無聊人仍然無聊」。〔註28〕

〔註24〕（美）李歐梵《鐵屋中的吶喊——魯迅研究》，尹慧瑉譯，嶽麓書社，1999年，第37頁。

〔註25〕魯迅《且介亭雜文末編·死》，《魯迅全集》，第六卷，人民文學出版社，1981年，第612頁。

〔註26〕李怡「渴血渴血，復仇復仇！」——〈鑄劍〉與魯迅的復仇精神》，載《名作欣賞》1991年第6期。

〔註27〕錢理群《心靈的探尋》，北京大學出版社，1999年，第213頁。

〔註28〕魯迅《書信·340516·致鄭振鐸》，《魯迅全集》，第十二卷，人民文學出版社，1981年，第415頁。

在《野草‧復仇（二）》中，耶穌被塑造成一個為民眾謀福利卻反遭淩辱、迫害的精神界戰士的形象。耶穌為了拯救世人的罪孽，受盡磨難，歷盡艱辛，最後被釘死在十字架上。他對世人博大悲憫的情懷，為拯救世人而勇於自我犧牲的獻身精神和對世人的大愛，都與魯迅存在著精神上的溝通和一致性，魯迅極為推重耶穌那種寬厚仁愛、勇於自我犧牲的救世精神，這種精神實際上也是魯迅憂國憂民、拯世濟難的崇高思想和偉岸人格的寶貴質素，與他積極改造國民性、啓蒙民眾的文化理想是息息相通的。正是這樣一個幫助和拯救世人的先覺者，卻被世人釘死在十字架上，還要遭受世人的詬罵、淩辱。在文本中，「魯迅則看取耶穌受難時的生命體驗，以及耶穌作為被庸眾所害的先覺者悲涼的命運和極大的悲憫情懷」，〔註29〕拯救世人不僅不被理解，反而被世人送上了十字架，何其悲涼的命運！這樣的結局令人悲憤不已。魯迅看透了世人的真面目，賦予文本「復仇」的標題，著力宣揚向庸眾宣戰的鬥爭精神。於是，十字架上的耶穌──世人的救世主「不肯喝那用沒藥調和的酒，要分明地玩味以色列人怎樣對付他們的神之子，而且較永久地悲憫他們的前途，然而仇視他們的現在」。

在《頹敗線的顫動》中，為了養活自己的孩子，「垂老的女人」以「瘦弱渺小的身軀」，忍受著「飢餓，苦痛，驚異，羞辱，歡欣而顫動」，等到兒女們長大成人之後，他們卻都「怨恨鄙夷」這個「垂老的女人」，因她而「沒有臉見人」，反成了他們的「帶累」。她「骨立的石像似的站起來了。……遺棄了背後一切的冷罵和毒笑」，〔註30〕「在深夜中盡走，一直走到無邊的荒野；四面都是荒野，頭上只有高天，並無一個蟲鳥飛過。她赤身露體地，石像似的站在荒野的中央，於一剎那間照見過往的一切：飢餓，苦痛，驚異，羞辱，歡欣，於是發抖；害苦，委屈，帶累，於是痙攣；殺，於是平靜。……又於一剎那間將一切併合：眷念與決絕，愛撫與復仇，養育與殲除，祝福與咒詛……。她於是舉兩手儘量向天，口唇間露出人與獸的，非人間所有，所以無詞的言語」。〔註31〕「當她說出無詞的言語時，她那偉大如石像，然而已經

〔註29〕管恩森《耶穌‧撒旦‧魯迅──魯迅與基督教關係發微》，載《魯迅研究月刊》2002 年第 2 期。

〔註30〕魯迅《野草‧頹敗線的顫動》，《魯迅全集》，第二卷，人民文學出版社，1981年，第 205 頁。

〔註31〕魯迅《野草‧頹敗線的顫動》，《魯迅全集》，第二卷，人民文學出版社，1981年，第 205～206 頁。

荒廢的，頹敗的身軀的全面都顫動了」。〔註32〕很顯然，這個曾為子女而犧牲自我卻反遭怨恨遺棄的「垂老的女人」，是在用「無詞的言語」，以「頹敗的身軀的全面都顫動了」，向世上那些受恩卻忘恩負義甚至恩將仇報者復仇。

　　黑色人、裸體男女、耶穌、垂老的女人，這些偉大的復仇英雄以堅強的意志和個性力量，在庸眾的無聊、倦怠、失望中，完成了中國特色的偉大復仇。

　　李怡指出，黑色人的復仇似乎不是純粹的「外向」，它同時還有「內向」於己的特徵。〔註33〕於是，魯迅的復仇精神又具有了向自我挑戰的第三個層面。在《鑄劍》中，黑色人說：「我的魂靈上是有這麼多的，人我所加的傷，我已經憎惡了我自己！」又說：「仗義，同情，那些東西，先前曾經乾淨過，現在卻都成了放鬼債的資本。我的心裏全沒有你所謂的那些。我只不過要給你報仇！」俠士黑色人的這種理性自剖，反映了魯迅從憎惡社會的「毒氣和鬼氣」到痛感於自我的「毒氣和鬼氣」〔註34〕的心路歷程。魯迅把復仇的利劍指向了自己，將「抉心自食」與「揭出病苦」相聯繫，目的是為了營造一個新的理想的人生境界。

　　通過對魯迅的復仇精神三層面的分析，我們可以看出其實質並非單純的對抗性行動，而是一種人格精神的象徵，一種不滿現實卻要作絕望抗戰的反抗意志和鬥爭精神。因為在當時的歷史情勢下，「魯迅覺悟到，必須對中國柔弱的國民性格進行一番根本改造，灌注『以眼還眼，以牙還牙』的復仇精神，與反改革勢力進行殊死的鬥爭；這是保證中國改革事業取得勝利的必要精神條件之一」。〔註35〕「復仇」是魯迅作品文本中的一個重要主題。但我們必須認識到，魯迅所復的仇，是「公仇」而非「私仇」，並且魯迅更不是為復仇而復仇。他的復仇精神內涵豐富而複雜，首要的是，魯迅立足於民族的解放和人的生存、發展，以強烈的民族主義立場和人性立場，借筆下人物的言行，對近代以來壓在中華民族頭上的帝國主義和封建主義，以及幾千年來束縛、摧殘人性健康發展的不合理制度和文化傳統及世俗習慣勢力舉起復仇的利

〔註32〕魯迅《野草‧頹敗線的顫動》，《魯迅全集》，第二卷，人民文學出版社，1981年，第206頁。

〔註33〕李怡《「渴血渴血，復仇復仇！」——〈鑄劍〉與魯迅的復仇精神》，載《名作欣賞》1991年第6期。

〔註34〕魯迅《書信‧240924‧致李秉中》，《魯迅全集》，第十一卷，人民文學出版社，1981年，第431頁。

〔註35〕錢理群《心靈的探尋》，北京大學出版社，1999年，第214頁。

劍，發出無畏的吶喊。這種鮮明而強烈的民族主義和愛國主義復仇意識與反抗意志，加上改造國民性、重塑國民理想人格的啓蒙精神，使魯迅的思想帶上了悲壯的英雄主義色彩和強烈的主觀戰鬥精神。

3. 民族脊樑精神的開掘

俠在歷史存在和文學想像、社會體驗和心理認同、當代視界和價值期待的不斷整合與融匯的動態過程中，已不再是一個個具體的存在了，「主要是一種浮游於天地間的特殊的精神氣質」，〔註36〕在歷史文化變遷中，逐漸成爲人們觀念形態中的一種價值訴求，帶有民間思維化了的、類化了的完美人格的內蘊。在這個意義上，俠成爲一種富有民間文化魅力和理想主義色彩的價值理念、精神風度與生命樣態。魯迅在《斯巴達之魂》中，通過謳歌斯巴達人慷慨赴國難、視死忽如歸的英雄氣概，呼喚中國的斯巴達兒女出現，提倡尚武愛國精神，以新民強國。在小說集《故事新編》中，通過神話、傳說與史實的現代演義，唱出了俠文化精神的讚歌，爲危難中的中華民族提供了強大的精神動力。二者都在民族大義的層面上，開掘出了頂天立地的脊樑精神。

魯迅於 1903 年編譯的歷史小說《斯巴達之魂》以熱情奔放、慷慨激昂的筆觸讚頌了古希臘斯巴達兒女在抗擊外來侵略戰爭中勇赴國難、視死如歸英雄氣概。《斯巴達之魂》所描寫的，是斯巴達王黎河尼佗率領三百市民，數千同盟軍，與波斯王澤耳士率領的數萬波斯侵略軍決戰於溫泉門的壯烈景象。斯巴達軍在敵眾我寡的嚴峻形勢下，無所畏懼，斯巴達王黎河尼佗慷慨陳辭：「希臘存亡，繫此一戰，有爲保護將來計而思退者，其速去此。惟斯巴達人有『一履戰地，不勝則死』之國法，今惟決死！今惟決死戰！餘者其留意。」〔註37〕這大大鼓舞了斯巴達軍的士氣。作爲三軍統帥，斯巴達王黎河尼佗抱著「王不死則國亡」的爲國戰死的決心，和全軍將士同仇敵愾，英勇奮戰。斯巴達王黎河尼佗身先士卒，策馬露刃，在驚天動地的金鼓聲中與敵人展開激烈的廝殺。頓時，「吶喊格擊，鮮血倒流，如鳴潮飛沫，奔騰噴薄於荒磯。不剎那頃，而敵軍無數死於刃，無數落於海，無數蹂躪於後援」。〔註38〕但最

〔註36〕陳平原《千古文人俠客夢——武俠小說類型研究》，人民文學出版社，1992年，第 200 頁。

〔註37〕魯迅《集外集·斯巴達之魂》，《魯迅全集》，第七卷，人民文學出版社，1981年，第 10 頁。

〔註38〕魯迅《集外集·斯巴達之魂》，《魯迅全集》，第七卷，人民文學出版社，1981年，第 12 頁。

後斯巴達軍終因寡不敵眾，國王戰死，全軍覆滅。對斯巴達人的寧肯戰死也不屈服的壯烈精神和衝天豪氣，魯迅由衷地禮贊：「巍巍乎溫泉門之峽，地球不滅，則終存此斯巴達武士之魂；而七百剎司駮人，亦擲頭顱，灑熱血，以分其無量名譽。」〔註39〕魯迅描寫了在這次鏖戰中，斯巴達軍只有一名因為眼睛有病沒有能夠參加戰鬥的士兵得以生還。而他的妻子卻因為他沒有能為國戰死而深感極度恥辱，她驚懼且懷疑，好久好久才說道：「何則……生還……污妾耳矣！我夫既戰死，生還者非我夫，意其鬼雄歟。告母國以吉占兮，歸者其鬼雄，願歸者其鬼雄。」〔註40〕她毅然死諫丈夫，再赴疆場。魯迅深為斯巴達女子這種與國家共存亡，與敵人勢不兩立、不共戴天的精神所感動：「我今掇其逸事，貽我青年。嗚呼！世有不甘自下於巾幗之男子乎？必有擲筆而起者矣。」〔註41〕

其實，斯巴達人的尚武愛國精神早在梁啓超的《斯巴達小志》中就有所論述，他鼓吹和提倡斯巴達精神以強國強種，而這種精神正是當時倍受侮辱和侵略的中國所需要的。梁啓超稱贊雅典為文化之祖國，斯巴達為尚武之祖國，視雅典為十九世紀的模範，斯巴達為二十世紀的模範。由於斯巴達以尚武精神為立國的第一基礎，所以它成為現代世界十數強國文明國的祖師。顯而易見，在民族生存危機的歷史境遇下，梁啓超實質上是把斯巴達精神作為當時中國強國強種的第一救世良藥，一個民族，一個國家有無這種尚武愛國精神，事關其生死存亡：「自今以往，二十世紀之世界更將以此義磅礴充塞之，非取軍國民主義者，則其國必不足以立於天地。」〔註42〕梁啓超尤其強調斯巴達婦人的愛國之心最重，妻子送其夫，母親送其子奔赴戰場，往往大義凜然，激勵他們為國英勇作戰，祝福道：「願汝攜盾而歸來，不然，則乘盾而歸來。」〔註43〕有一個普通的母親，生有八個兒子，在蔑士尼亞之戰，全部壯

〔註39〕魯迅《集外集・斯巴達之魂》，《魯迅全集》，第七卷，人民文學出版社，1981年，第12頁。

〔註40〕魯迅《集外集・斯巴達之魂》，《魯迅全集》，第七卷，人民文學出版社，1981年，第13頁。

〔註41〕魯迅《集外集・斯巴達之魂》，《魯迅全集》，第七卷，人民文學出版社，1981年，第9頁。

〔註42〕梁啓超《斯巴達小志》，《梁啓超全集》，第二冊，北京出版社，1999年，第865頁。

〔註43〕梁啓超《斯巴達小志》，《梁啓超全集》，第二冊，北京出版社，1999年，第870頁。

烈殉國難，斯巴達大獲全勝。戰爭結束後，在斯巴達高奏凱歌為死難的將士招魂時，這位普通卻偉大的母親「不濺一滴之淚，乃高聲而祝曰：『斯巴達乎，斯巴達乎，吾以愛汝之故，生彼八人也。』」〔註44〕對此，梁啟超感慨道：「即此亦可見斯巴達婦人以愛國心激勵男子，而其所以立國之精神，亦於此可見矣。」〔註45〕總之，這種尚武愛國的神聖精神，正是感動天下的「斯巴達之魂」，由此可見，魯迅寫作《斯巴達之魂》以喚起國民奮發圖強，砥礪鬥志，顯然受到了梁啟超提倡尚武精神以強國強種思想的深刻影響，並對其有所承傳和發揚。《斯巴達之魂》取材於古代，寄寓著理想和激情，具有濃鬱的浪漫情調和英雄傳奇色彩。同時，也具有現實的隱喻意義，即針對老大中國的國力衰頹、民氣不振，呼喚著中國新生的斯巴達兒女出現。這樣就把民族氣節和愛國熱情作為俠文化的重要內涵凸顯了出來，從而達到新民強國的目的。

　　《斯巴達之魂》的內容是關於斯巴達人抵抗波斯入侵的故事，但在該故事中，魯迅所注重的正如該文題目所示，是一個民族的「魂」，就是斯巴達人英勇獻身、不勝則死的精神，即尚武愛國精神。所以該文在精神方面的描寫與開掘上迥異於那個時代流行的觀念，「既不同於梁啟超的改良主義，也不同於孫中山的民族革命的態度，他強調的是探索中國人民的精神深度的必要」。〔註46〕魯迅留日期間曾參加過章太炎領導的光復會，積極從事反清革命活動，但他似乎不喜歡任何狹隘的政治方案，更不贊成那種急於求成、冒然犧牲而無濟大局的恐怖暗殺行動。他著重強調的是從根本上剔除我們民族精神結構中卑瑣、怯懦、逆來順受、安於現狀等阻礙人性健康發展的劣根性，注入剛健不撓、敢於抗爭、大膽進取、嫉惡如仇等血性質素，以張揚民族個性，砥礪振奮民族精神，以此作為立人、繼而立國的精神之本，這是一項艱巨而長期的歷史任務，不是一蹴而就的。在魯迅看來，民族的復興，國家秩序的重建，絕不是以某個人或某些人的盲目犧牲為代價所能奏效的。他主張韌性的戰鬥，不願做無謂的犧牲。正是在這種意義上，魯迅「對同鄉的兩位烈士（徐錫麟和秋瑾）之死仍然懷有一種複雜矛盾的看法。如對秋瑾，魯迅就曾

〔註44〕 梁啟超《斯巴達小志》，《梁啟超全集》，第二冊，北京出版社，1999 年，第870 頁。

〔註45〕 梁啟超《斯巴達小志》，《梁啟超全集》，第二冊，北京出版社，1999 年，第870 頁。

〔註46〕 （美）李歐梵《鐵屋中的吶喊──魯迅研究》，尹慧瑉譯，嶽麓書社，1999 年，第 12～13 頁。

感到這位女革命家的行動未免魯莽，因爲她在被捕處死前一年在日本學生中的演說被『過份地偶像化了』。〔註47〕因此，那種以魯迅拒絕回國刺殺清廷走狗的任務爲論據而得出魯迅不愛國、怯懦的結論，甚至進而以此來否定魯迅人格的做法或論調，〔註48〕未免偏頗乃至荒謬。

小說集《故事新編》塑造了女媧（《補天》）、后羿（《奔月》）、大禹（《理水》）、墨子（《非攻》）、黑色人（《鑄劍》）等英雄形象。一方面，魯迅消解了古代神話、傳說與史實籠罩在他們頭上的英雄主義的神聖光環，把他們拉回到日常生活場景中，多從精神、心理狀態或世俗人性的層面來寫他們，讓他們在現實生活中還原爲平常的人。於是，女媧成了一位不時會感到懊惱和無聊的創世女神，后羿每天爲了日常生活而搞得焦頭爛額，墨子在止楚伐宋後也難免尷尬的遭遇。但更重要的是，另一方面，魯迅爲我們建構了新的民族精神和生命意志。墨子歷來被認爲是中國先秦俠文化精神的代表，《非攻》就成功地刻畫了墨子的這種光輝形象。爲阻止強大的楚國攻打弱小的宋國，墨子雖然不是宋人，但仍然不遠千里、風塵僕僕地親自趕往楚國，會見爲楚國造了先進戰爭武器雲梯的公輸般和一意孤行的楚王。經過艱苦努力，說服了他們，將一場不義戰爭止於未發狀態。這充分體現了墨子捨生取義、救民於水火的俠文化精神，可謂俠之大者。對歷史上墨子止楚伐宋一事，梁啓超曾給以高度評價：「凡兼愛者必惡公敵，除害馬乃所以愛馬也。故墨學衍爲遊俠之風。楚之攻宋，墨子之徒，趕其難而死者七十二人，皆非有所爲而爲也，殉其主義而已。」〔註49〕同時，蔣智由進一步發揮了梁啓超的觀點，高度贊揚了墨子及其精神：「如墨家者流，欲以任俠敢死，變屬國風，而以此爲救天下之一道也。觀於墨子，重繭救宋，其急國家之難若此，大抵其道在重於赴公義，而關繫於一身一家私恩私怨之報復者蓋鮮焉。此眞俠之至大，純而無私，公而不偏，而可爲千古任俠者之模範焉。」〔註50〕他們都明確地指出，俠之至大在於「公」，也就是俠的大義在於國家和民族的利益，這就把俠文化精神提高到了民族大義的高度。在《三閒集·流氓的變遷》中，魯迅更是高

〔註47〕 （美）李歐梵《鐵屋中的吶喊──魯迅研究》，尹慧瑉譯，嶽麓書社，1999年，第13頁。
〔註48〕 參見葛紅兵《爲二十世紀中國文學寫一份悼詞》，載《芙蓉》1999年第6期。
〔註49〕 梁啓超《論中國學術思想變遷之大勢》，《梁啓超全集》，第二冊，北京出版社，1999年，第572頁。
〔註50〕 蔣智由《中國之武士道·蔣序》，《梁啓超全集》，第三冊，北京出版社，1999年，第1377頁。

度贊揚了以墨家為代表的古俠士：「孔子之徒為儒，墨子之徒為俠。『儒者，柔也』，當然不會危險的。惟俠老實，所以墨者的末流，至於以『死』為終極的目的。」〔註51〕《補天》中「女媧」在創造時感到「從未曾有的勇往與愉快」，為救世於危難之中而勇於自我犧牲。《奔月》裏后羿在灰色的日常生活中還是有著「身子是岩石一般挺立著，眼光直射，閃閃如岩下電，鬚髮開張瓢動，像黑色火」的神來一瞬，當年射日的救世英雄的雄姿長存、精神不滅。《理水》中大禹為了治水，新婚四天即別新娘，三過家門而不入，生了兒子而不顧，與百姓同甘苦共患難，改「湮」為「導」，終於大功告成，此時的大禹，雖然滿腳底都是老繭，黑瘦如同乞丐，但無疑是頂天立地的大英雄。《鑄劍》裏黑色人行俠仗義，鋤強扶弱，敢於向殘暴的君王挑戰，可謂義薄雲天，浩氣長存。

　　他們拯世濟民、為民請命、埋頭苦幹、拼命硬幹、急人所難、不求名利。與「古衣冠的小丈夫」相比，與那些過去自稱「學生」、如今用「偷去的拳頭」向戰士進攻的逢蒙們相比，與以文化山為中心的考察大員、官場學者及小民奴才相比，與說明楚國發明製造攻城先進武器雲梯的公輸般相比，與祭奠暴君的庸眾相比，他們身上所體現出來的俠文化精神和文化性格是難能可貴的。這些勇於自我犧牲的救世精神、實幹精神和復仇精神以及相應的沉穩、堅毅、刻苦、向上的文化性格，代表了魯迅一直推崇的真正的中華民族的脊樑精神。同《采薇》、《出關》、《起死》相比較，可以看出魯迅在接納傳統文化思想上的鮮明主張。他主張接受的不是古代聖賢所捍衛的「先王之道」，不是「無為而無不為」和「相對主義」的老莊哲學，而是女媧、后羿和墨子的勇於自我犧牲的救世精神，是大禹的實幹精神，是黑色人的復仇精神。

　　魯迅執著於此在的現實人生，為人生而藝術，關注民族的生存處境和發展前景，積極地投身於民族現代化進程，他獨特的生命存在方式和文本言說方式，對於現代中國的意義，不啻於一場真正的「精神革命」。《故事新編》的主人公大都是神、英雄、哲人，他們是文明起源時代的民族脊樑。作為存在於古典文獻裏並在民間大眾中間廣為傳播的精神象徵，不論是女媧、后羿、大禹、墨子、黑色人，還是伯夷、叔齊、老子、莊子等，他們都是以某種文化精神開創者的姿態而進入史籍，並為人們所銘記且代代口耳相傳的。文明

〔註51〕魯迅《三閒集·流氓的變遷》，《魯迅全集》，第四卷，人民文學出版社，1981年，第155頁。

起源時代的原初精神是本眞的，赤誠的，而一旦進入傳統文化體制和世俗社會，便必然會受到各種各樣的規約和束縛，從而產生一種文化的惰性，「總在被摧殘，被抹殺，消滅於黑暗中」，〔註52〕最終難逃尷尬的末日命運。

誠然，伯夷、叔齊身上存有殉舊者的迂腐，受到華山大王小窮奇和首陽村第一高人小丙君的刁難、侮辱與非議，特別是小丙君府上的鴉頭阿金姐到首陽山上對伯夷和叔齊的奚落，更使他們受到了無端羞辱和致命的打擊：「『普天之下，莫非王土』，你們在吃的薇，難道不是我們聖上的嗎！」〔註53〕在這種人格侮辱面前，伯夷和叔齊毅然絕食，雖然被視爲脾氣大的傻瓜，但其士可殺而不可辱的氣節及對人格尊嚴誓死捍衛的精神還是值得讚佩的。與小窮奇、小丙君和阿金姐等這些「無特操者」相比，伯夷和叔齊畢竟有著高尙的節操，寧肯餓死在首陽山上，也不肯食周粟。他們是一種道德觀念的堅守者，是誓死捍衛人格尊嚴的志士，儘管他們在邪惡環境中的消極反抗不能從根本上改變其弱者地位，儘管他們被世俗社會無情吞噬，死後還要遭到「看客」們的誣衊和歪曲，但他們潔身自好、寧死不屈的人格精神和道德信念，卻是一種寶貴的精神財富。

在《故事新編》中，魯迅還塑造了形形色色的「小東西」們，諸如，在女媧屍體最膏腴的地方安營紮寨並把烽火引上九州的女媧氏的後裔們，顓頊的臣屬及王妃，殺人越貨的募捐救國隊，強盜小窮奇，無事生非的阿金姐和小丙君，專會弄剪徑的忘恩負義的逢蒙，文化山上的無聊學者，蠅營狗苟的關尹喜與帳房先生……從專制的統治者、鼓弄喉舌的讀書人到愚昧麻木的下層民眾，織就了一張無形的大網，中國脊樑式的人物就時時處於網的重重包圍之中，於是，脊樑精神遭到消解、扼殺，這些「小東西」們反而卻以頑強的生命力存在於這個世界。一方面是民族脊樑精神慘遭消解、扼殺的命運；一方面是「小東西」們的卑瑣行爲甚囂塵上，爲所欲爲。二者之間形成了一個矛盾著的張力結構，交織著魯迅絕望與希望糾葛並存的複雜心境。他悲憤於「小東西」們淺薄、卑瑣卻又有根深蒂固傳統的行爲方式，認爲「這一流人是永遠勝利的，大約也將永遠存在。在中國，惟他們最適於生存，而他們

〔註52〕魯迅《且介亭雜文·中國人失掉自信力了嗎》，《魯迅全集》，第六卷，人民文學出版社，1981年，第118頁。

〔註53〕魯迅《故事新編·采薇》，《魯迅全集》，第二卷，人民文學出版社，1981年，第410頁。

生存著的時候，中國便永遠免不掉反覆著先前的運命」。〔註54〕從表層上看，一種悲觀甚至絕望的情緒縈繞於魯迅的心頭，但深層裏卻飽含作者對於歷史、人性的深刻洞見和睿智體察，充滿了清醒的現實主義精神。更重要的是，魯迅並沒有過份地悲觀絕望，他內心裏還是滿懷希望地呼喚並堅守著文明起源時代的原初本眞的脊樑精神，堅信「我們從古以來，就有埋頭苦幹的人，有拚命硬幹的人，有爲民請命的人，有捨身求法的人，……雖是等於爲帝王將相作家譜的所謂『正史』，也往往掩不住他們的光耀，這就是中國的脊樑」。〔註55〕這是魯迅這位精神界戰士一生對人的生存、民族前途和國家命運不斷思考與探索的結晶。

（三）理性視野中的俠文化觀

　　魯迅主要是從思想革命的角度來研究俠文化的，並且注重研究國民性及其病根所在。在魯迅之前，梁啓超也十分注重研究國民性。梁啓超是清末民初「尚武」思潮的集大成者。他對俠文化傳統的重建與他對現實國情及國民性的剖析緊密相關。梁啓超指出，中國傳統文化精神之失，其　是「怯懦」，原因在於「歐、日尚武，中國右文是也」，〔註56〕以致造成國民的奴性。在《新民說》中，「尚武」成了理想國民的重要精神特徵，他認爲：「不速拔文弱之惡根，一雪不武之積恥，二十世紀競爭之場，寧復有支那人種立足之地哉！」〔註57〕同時，在《中國之武士道》中，梁啓超把國外的「尚武」精神與我國戰國時期向氣任俠的風氣相聯繫，尋求改造國民性的積極因素。這種對國民性改造的思考與魯迅是相通的，並給魯迅以很大的啓示。不過，梁啓超是站在民族國家的高度，從政治革命的角度來重新審視俠文化傳統的。而魯迅主要從個體生命出發，從思想革命的角度接受了晚清思想先驅改造國民性、重塑國民理想人格的人學思想，並完全擺脫了他們給「個人」和「自我」罩上的「國家」權威高於一切的陰影，以現代意識重新觀照俠文化傳統並汲取其

〔註54〕魯迅《華蓋集·忽然想到》，《魯迅全集》，第三卷，人民文學出版社，1981年，第18頁。

〔註55〕魯迅《且介亭雜文·中國人失掉自信力了嗎》，《魯迅全集》，第六卷，人民文學出版社，1981年，第118頁。

〔註56〕梁啓超《中國積弱溯源論·第二節 積弱之源於風俗者》，《梁啓超全集》，第一冊，北京出版社，1999年，第418頁。

〔註57〕梁啓超《新民說·第十七節 論尚武》，《梁啓超全集》，第二冊，北京出版社，1999年，第712頁。

積極精神，從而把改造國民性與爭取個性解放、人格獨立統一起來。因此，魯迅一生中十分注重批判奴性並把這種批判拓寬和深化。他每談到俠義小說，總是著眼於批判其表現出來的奴性。同時，在魯迅眼裏，個性解放和人格獨立的實現決非僅靠祛除奴性所能，人（包括俠）的本質整個被扭曲，主要是在封建倫理道德、禮法習俗、等級制度等禁錮和壓迫下，造成了人的全部價值的喪失，使人成為了非人。

　　魯迅主要從俠的歷史演變來辯證地剖析其本質。俠在我國出現很早，《韓非子》一書就談到了遊俠及其活動特徵，但由於史書沒有記載，所以司馬遷在《史記‧游俠列傳》中說：「古布衣之俠，靡得而聞已。」〔註58〕對於先秦的俠，魯迅認為出於墨家，「墨子之徒為俠」。相傳墨子及其門徒都能為拯世濟民的信念而赴湯蹈火，富有勇於自我犧牲的精神。魯迅肯定這樣的俠，小說《非攻》中刻畫的墨子就有著俠的原始風貌。在《三閒集‧流氓的變遷》中，魯迅認為：「惟俠老實，所以墨者的末流，至於以『死』為終極的目的。到後來，真老實的逐漸死完，止留下取巧的俠，漢的大俠，就已和公侯權貴相饋贈，以備危急時來作護符之用了。」〔註59〕魯迅所言是有道理的。漢代特殊的高壓政策使「以武犯禁」的俠面臨著生命的威脅，他們逐漸改變了生存策略，奔走於公侯權貴之門，較之先秦俠的特立獨行確實有些變質。俠的蛻變，關鍵是「義」的削弱和「奴性」的加強，正如魯迅所說：「『俠』字漸消，強盜起了，但也是俠之流，他們的旗幟是『替天行道』。他們所反對的是姦臣，不是天子，他們所打劫的是平民，不是將相。李逵劫法場時，掄起板斧來排頭砍去，而所砍的是看客。一部《水滸》，說得很分明：因為不反對天子，所以大軍一到，便受招安，替國家打別的強盜——不『替天行道』的強盜去了。終於是奴才。」〔註60〕義的削弱勢必導致俠的人格墮落，乃至成為奴才。到後來，「滿洲入關，中國漸被壓服了，連有『俠氣』的人，也不敢再起盜心，不敢指斥姦臣，不敢直接為天子效力，於是跟一個好官員或欽差大臣，給他保鏢，替他捕盜，一部《施公案》，也說得很分明，還有《彭公案》，《七俠五義》之流，至今沒有窮盡。他們出身清白，連先前也並無壞處，雖在欽差之下，究居平民之上，對一方面固然必須聽命，對別方面還是大可逞

〔註58〕 司馬遷《史記卷一百二十四‧游俠列傳第六十四》，景印文淵閣《四庫全書》（史部二 正史類），第二四四冊，臺灣商務印書館，1986年，第887頁。
〔註59〕 魯迅《魯迅全集》，第四卷，人民文學出版社，1981年，第155頁。
〔註60〕 魯迅《魯迅全集》，第四卷，人民文學出版社，1981年，第155頁。

雄，安全之度增多了，奴性也跟著加足」。〔註61〕這樣隨著俠的奴性加深，先秦意義上的「俠」便逐漸失去了現實的生存土壤，而日益走向沒落。最後，因為「為盜要被官兵所打，捕盜也要被強盜所打，要十分安全的俠客，是覺得都不妥當的，於是有流氓」。〔註62〕這樣，魯迅完整地勾勒了「俠」的演變史，他們由「老實」的俠演變為「取巧的俠」，由反對「姦臣」的俠而演變為「奴才」，再演變為「流氓」，全面地揭示了其本質蛻變的過程。魯迅非常看重俠的武德，他認為：「東瀛的『武士道』，是指武士應守的道德，與技擊無關。武士單能技擊，不守這道德，便是沒有武士道。」〔註63〕所以，他歌頌與讚揚的是能夠始終以暴抗暴、堅持人格獨立和精神自由、維護生命尊嚴的真正的俠，而憎惡走向墮落、蛻變之途的俠之末流。通過以上分析可以看出，俠之末流的「奴性」的形成是與封建專制統治分不開的，如曹正文所言：「中國之俠的坎坷命運，是由封建專制制度所決定的。」〔註64〕真是一語中的。我認為，中國之俠的走向沒落，歸根結蒂，乃在於封建的政治文化統治異常嚴酷，文人的奴性不斷增長，作為其主觀思想客觀對應物的俠義小說中俠客以及現實中俠的奴化也是必然的了。

　　魯迅探討了奴性的文化根源，認為不批判奴性，進行思想革命，中國是沒有希望的。從國民性改造的角度看，《鑄劍》中眉間尺與黑色人的復仇都逃不過被庸眾消解的命運，他們與仇人同時接受庸眾的祭奠本身就是對復仇者的一種諷刺。可見，魯迅對俠文化持有一定限度的批判。在國王大出喪的日子，靈車來了，「百姓都跪下去，祭桌便一列一列地在人叢中出現。幾個義民很忠憤，咽著淚，怕那兩個大逆不道的逆賊的魂靈，此時也和王一同享受祭禮，然而也無法可施」。復仇者和魯迅筆下的先驅者如夏瑜落得同樣的命運，僅僅刺殺了國王的結果是群眾不理解，仍然不覺悟。不從思想上改造國民精神，開啟民智，促其覺醒，這樣的復仇是無濟於事的。這是魯迅對清末革命黨人暗殺行為的影射，同時也表達了他對黑色人欲拯救民眾於暴君統治之下而不被庸眾所理解這一歷史悲劇的同情。魯迅充分肯定俠文化中的積極精神，但他的現代批判理性使他並不對俠文化抱有過大的期望。在他的文化批

〔註61〕魯迅《魯迅全集》，第四卷，人民文學出版社，1981年，第155～156頁。
〔註62〕魯迅《魯迅全集》，第四卷，人民文學出版社，1981年，第156頁。
〔註63〕魯迅《集外集拾遺補編‧拳術與拳匪》，《魯迅全集》，第八卷，人民文學出版社，1981年，第82頁。
〔註64〕曹正文《中國俠文化史》，上海文藝出版社，1994年，第1頁。

判視野中，俠文化史就是俠的墮落史，而這種墮落正是傳統文化不人道本質及其遺毒腐蝕下的結果。俠的墮落與魯迅批判的國民劣根性有關。在《非攻》中，墨子止楚伐宋後的尷尬遭遇是外部環境在扼殺真俠精神的真實寫照。在《理水》中，大禹自身的變化則是俠文化精神內部蛻變的反映，展示了正統文化對俠文化的招降。大禹被人看作是墨家的源頭，因此有人直接將俠文化精神溯源到此。大禹的精神先是被「罵殺」，接著被「捧殺」，其被同化的過程與俠的逐漸被奴化是相似的。魯迅對現實中的俠也有一種反感，在《吶喊·明天》中，當單四嫂子需要人說明而不願是阿五時，「但阿五有點俠氣，無論如何，總是偏要幫忙」，得到許可後，「他便伸開臂膊，從單四嫂子的乳房和孩子中間，直伸下去，抱去了孩子。單四嫂子便覺乳房上發了一條熱，剎時間直熱到臉上和耳根」。在這裡，魯迅以反諷手法刻畫了阿五借俠的名義揩油的醜態，此「俠氣」已非彼「俠氣」了，而蛻變成「流氓氣」了。當初主持公道、捍衛正義的俠文化精神已經走向了自己的反面，國民性中的「俠性」已經墮落成「流氓性」了。魯迅曾經在 1921 年宣佈有四類署名他不看，第一種就是「自稱『鐵血』『俠魂』『古狂』『怪俠』『亞雄』之類的不看」。〔註65〕可見，在情感態度上，魯迅對現實社會中俠文化變質後的氾濫和俠性的墮落是根本否定的。但從另一方面來看，正是由於魯迅對俠文化變質後的氾濫和俠性的墮落持根本否定的態度，才更加彰顯出他對真正的俠和俠文化精神肯定、堅守與張揚的價值立場。

魯迅在《中國小說史略》和《中國小說的歷史的變遷》中高度評價了《三國演義》與《水滸傳》，充分肯定了它們在中國文學史上的崇高地位和不朽價值，但對它們的思想局限和在現實生活中的消極影響，魯迅是深刻洞察的，且給以嚴厲的批判。在《葉紫作〈豐收〉序》一文中，魯迅認為：「中國確也還盛行著《三國志演義》和《水滸傳》，但這是為了社會還有三國氣和水滸氣的緣故。」〔註66〕魯迅在《流氓的變遷》中批判了《水滸傳》的「奴才哲學」，這裡又提出了「水滸氣」和「三國氣」，這與俠文化有什麼必然聯繫呢？細細考辨，我們發現，「三國氣」和「水滸氣」與俠文化也有聯繫，它們實際上就是所謂的江湖義氣。《水滸傳》中俠客義士們由反抗

〔註65〕 魯迅《集外集拾遺補編·名字》，《魯迅全集》，第八卷，人民文學出版社，1981年，第 99 頁。

〔註66〕 魯迅《且介亭雜文二集·葉紫作〈豐收〉序》，《魯迅全集》，第六卷，人民文學出版社，1981 年，第 220 頁。

貪官污吏到接受朝廷招安，一步步走向奴化，形成「奴才哲學」，是俠義削弱的結果。劉、關、張從「桃園三結義」到張、劉爲報關羽之仇而或喪命或耽誤軍國大事，水滸英雄從「八方共域，異姓一家」到接受招安而葬送梁山聚義大業，其中的江湖義氣可謂俠肝義膽、豪氣干雲，但最終的悲劇結局恰恰又是這江湖義氣極度膨脹的惡果。魯迅對這種封建愚昧的「三國氣」和「水滸氣」是反對乃至批判的。俠文化發展到近現代，由於俠之末流的魚目混珠及社會歷史環境的錯綜複雜，一些幫會組織和黑社會團體打著仗義行俠乃至替天行道的旗幟多行不義、爲非作歹，於是江湖義氣氾濫成災，出現了許多俠之末流——流氓，俠的本來面目被大大扭曲了、丑化了。俠之末流已經不是嚴格意義上的俠了，一些墮落的幫會組織和黑社會團體也就成了流氓集團。對當時中國現實社會中的這種現象，魯迅的認識是非常明確且深刻的。在《流氓的變遷》中，魯迅稱這些墮落的俠之末流爲「流氓」，並細緻地描述了他們的行爲：

> 和尚喝酒他來打，男女通姦他來捉，私娼私販他來凌辱，爲的是維持風化；鄉下人不懂租界章程他來欺侮，爲的是看不起無知；剪髮女人他來嘲罵，社會改革者他來憎惡，爲的是寶愛秩序。但後面是傳統的靠山，對手又都非浩蕩的強敵，他就在其間橫行過去。

〔註67〕

可見，俠之末流已經失去了俠者本色，變成了社會渣滓。對於假借俠的名義招搖撞騙的罪惡行徑，魯迅是深惡痛絕的。西洋武士道的沒落產生了像堂‧吉訶德那樣的戇大，雖然他在黑夜裏仗著寶劍與風車開仗，傻相可掬，可笑可憐，但「這是真正的吉訶德」，而中國俠文化的沒落產生了什麼東西呢？「中國的江湖派和流氓種子，卻會愚弄吉訶德式的老實人，而自己又假裝著堂‧吉訶德的姿態。《儒林外史》上的幾位公子，慕遊俠劍仙之爲人，結果是被這種假吉訶德騙去了幾百兩銀子，換來了一顆血淋淋的豬頭，——那豬算是俠客的『君父之仇』了」。〔註68〕如此看來，魯迅對江湖義氣在現實社會這個大染缸中的氾濫成災，是嚴厲批判的。然而我們逆向反思，可見出魯迅對真俠精神的珍視和留戀。

〔註67〕魯迅《魯迅全集》，第四卷，人民文學出版社，1981年，第156頁。
〔註68〕魯迅《南強北調集‧真假堂吉訶德》，《魯迅全集》，第四卷，人民文學出版社，1981年，第519頁。

　　對待俠文化的載體俠義小說或武俠小說，魯迅是站在思想革命的高度來加以審視的。他認為清代俠義小說的出現，是文學在和社會文化交互作用下，發展到一定歷史階段的產物：

> 　　明季以來，世目《三國》《水滸》《西遊》《金瓶梅》為「四大奇書」，居說部上首，比清乾隆中，《紅樓夢》盛行，遂奪《三國》之席，而尤見稱於文人。惟細民所嗜，則仍在《三國》《水滸》。時勢屢更，人情日異於昔，久亦稍厭，漸生別流，雖故發源於前數書，而精神或至正反，大旨在揄揚勇俠，贊美粗豪，然又必不背於忠義。
> 其所以然者，即一緣文人或有憾於《紅樓》，其代表為《兒女英雄傳》；一緣民心已不通於《水滸》，其代表為《三俠五義》。〔註69〕

對於《三俠五義》，他批評道：「《三俠五義》為市井細民寫心，乃似較有《水滸》餘韻，然亦僅其外貌，而非精神。……俠義小說中之英雄，在民間每極粗豪，大有綠林結習，而終必為一大僚隸卒，供使令奔走以為寵榮，此蓋非心悅誠服，樂為臣僕之時不辦也。」〔註70〕可見，魯迅對俠義小說的思想傾向基本上是反對的。對待俠義小說的現代變種——武俠小說，魯迅的態度也是不屑一顧的：「上邊所講的四派小說（指擬古派、諷刺派、人情派、俠義派——引者注），到現在還很通行。此外零碎小派的作品也還有，只好都略去了它們。至於民國以來所發生的新派的小說（指武俠小說——引者注），還很年幼——正在發達創造之中，沒有很大的著作，所以也姑且不提起它們了。」〔註71〕在一次講演中，魯迅說：「所謂民族主義文學，和鬧得已經很久了的武俠小說之類，是也還應該詳細解剖的。但現在時間已經不夠，只得待將來有機會再講了。今天就這樣為止罷。」〔註72〕魯迅把武俠小說和為他所不恥的所謂「民族主義文學」相提並論，且說武俠小說「鬧得已經很久了」，他對武俠小說的態度可見一斑。在雜文《新的「女將」》中，魯迅更進一步說道：

> 　　練了多年的軍人，一聲鼓響，突然都變了無抵抗主義者。於是遠路的文人學士，便大談什麼「乞丐殺敵」，「屠夫成仁」，「奇女子

〔註69〕魯迅《中國小說史略》，人民文學出版社，1973年，第239頁。
〔註70〕魯迅《中國小說史略》，人民文學出版社，1973年，第250頁。
〔註71〕魯迅《中國小說的歷史的變遷》，《中國小說史略》，人民文學出版社，1973年，第309頁。
〔註72〕魯迅《二心集·上海文藝之一瞥——八月十二日在社會科學研究會講》，《魯迅全集》，第四卷，人民文學出版社，1981年，第303頁。

救國」一流的傳奇式古典，想一聲鑼響，出於意料之外的人物來「為
國增光」。而同時，畫報上也就出現了這些傳奇的插畫。但還沒有提
起劍仙的一道白光，總算還是切實的。〔註73〕

在魯迅看來，在國難當頭、民族危亡的關鍵時期，流行的武俠小說助長了人
們耽於幻想卻怯於反抗的思想和心理，武俠小說不利於社會發展和思想進步
的負面影響昭然若揭。顯然，魯迅對當時武俠小說的流行確實是不敢恭維的。

關於魯迅對俠義小說或武俠小說基本否定的態度，我們必須作以辯證
的、歷史的分析。從某種意義上說，魯迅首先是一個偉大的思想家，時刻
感受著時代的脈搏，他的思想出發點離不開他對歷史文化真相的深刻洞察
及對所處特定時代思想啟蒙主題的積極回應。他對俠義小說或武俠小說基
本否定的態度，就源於他對俠文化發展到現代社會所暴露出的局限性的充
分認識和思想啟蒙的需要。俠文化發展到現代社會，被一些別有用心的人
作為欺世盜名的遮羞布，污染了俠文化精神的真義和精髓。對現代社會的
所謂俠和俠文化精神，魯迅是嗤之以鼻的，因為那不再是原初之俠和本真
之俠文化精神。特別是隨著俠義、公案小說的合流，小說中的俠客逐漸喪
失了獨立人格，成為統治階級的御用工具，「凡此流著作（指《三俠五義》
之類——引者注），雖意在敘勇俠之士，遊行村市，安良除暴，為國立功，
而必以一名臣大吏為中樞，以總領一切豪俊」。〔註74〕客觀地講，俠義小說、
武俠小說、俠義公案小說中所鞭撻的邪惡勢力是騎在人民大眾頭上的貪官
污吏和地主惡霸，所歌頌的俠客義士是他們所期望的救星，所贊美的清官
是他們渴求公道、伸冤雪恥的代理人，這些小說寄託了作者的理想願望，
表達了人民大眾渴求社會公道和社會正義的心聲，在某種程度上撫慰了他
們孤苦無助的靈魂。這是應該給以肯定的。但是，這些小說的思想傾向客
觀上卻投合了統治階級的需要，助長了人民大眾怯於乃至放棄現實鬥爭、
渴盼俠客和清官前來拯救的懦弱心態與幻想心理。特別是在思想啟蒙甚至
社會革命的時代，喚醒民眾覺醒，起來反抗不合理的社會制度和專制強權，
爭取自身解放和自由幸福的生活，是重大的時代主題。在這種歷史形勢下，
俠義小說、武俠小說、俠義公案小說的負面作用和消極影響確實會給思想

〔註73〕魯迅《二心集·新的「女將」》，《魯迅全集》，第四卷，人民文學出版社，1981
　　　　年，第 336 頁。
〔註74〕魯迅《中國小說史略》，人民文學出版社，1973 年，第 242 頁。

啓蒙與社會革命帶來某種危害，魯迅把論述的重點放在揭示其危害性方面，是可以理解的。所以，這些小說遭到魯迅等啓蒙思想家的批判乃至否定是出於特定時代的需要，有其歷史發展的必然性。同時，有論者經過深入考察認爲：「在藝術上，魯迅對武俠小說有進一步的肯定，他不僅肯定了它們所採用的文體，而且肯定了其藝術成就。」〔註 75〕由此可見，魯迅對俠義小說或武俠小說並不是全盤否定的。

馬克思認爲：「新思潮的優點恰恰就在於我們不想教條式地預料未來，而只是希望在批判舊世界中發現新世界。……我們的任務不是推斷未來，和宣佈一些適合將來任何時候的一勞永逸的決定，……（而）是要對現存的一切進行無情的批判。」〔註 76〕可以說，魯迅就是這樣在對俠文化的批判性改造中反思、探索，以求「發現新世界」，建構起堪與西方列強競雄於二十世紀世界舞臺的新文化和新人格的。由此可見，魯迅的俠文化批判，實際上，矛頭指向的是更大的目標，即以俠文化爲切入點，層層推進開展他的文化批判和國民性批判，旨在建構健康自由的文化和重塑國民的理想人格，同時把真正的俠文化精神注入國民靈魂，把個性解放思想、人格獨立意識和大膽反叛精神同推翻封建制度的艱巨任務結合起來，維護生命尊嚴，最終建立人人都有個性自由、人性都能得到健全發展的理想人國。

二 郭沫若：立在地球邊上放號的匪徒

在二十世紀之初，面對風雨如盤的黑暗中國，魯迅爲中國的未來熱切呼喚摩羅詩人的出現：「今索諸中國，爲精神界之戰士者安在？有作至誠之聲，致吾人於善美剛健者乎？有作溫煦之聲，援吾人出於荒寒者乎？」〔註 77〕1921年 8 月中國現代新詩的奠基之作《女神》的出版，真正向世人宣告了中國摩羅詩人的誕生。這就是郭沫若，一個自由豪放、挑戰威權、俠肝義膽的叛逆型詩人。綜觀他的新文學創作，無論詩歌還是戲劇，都真正體現了魯迅心目中摩羅詩人的風貌：「無不剛健不撓，抱誠守真；不取媚於群，以隨順舊俗；

〔註 75〕周蒽秀《瞿秋白魯迅論俠文化》，載《魯迅研究月刊》1995 年第 4 期。

〔註 76〕（德）馬克思《摘自「法德年鑑」的書信·M 致 R》（1843 年 9 月），《馬克思恩格斯全集》，第一卷，人民出版社，1972 年，第 416 頁。

〔註 77〕魯迅《墳·摩羅詩力說》，《魯迅全集》，第一卷，人民文學出版社，1981 年，第 100 頁。

發爲雄聲，以起其國人之新生，而大其國於天下。」〔註78〕郭沫若深受俠文化影響和俠文化精神浸潤，在現實中他是一個充滿了反抗意志的叛逆者。從詩集《女神》到抗戰史劇，從他自稱一介「學匪」、立在地球邊上放號要把地球推倒到熱情謳歌仁道愛國、捨生取義的英雄氣概，無不充滿了對俠文化精神的弘揚。作爲一個新文學作家，他不僅與時俱進，以一個政治家的敏銳時刻感受時代的脈搏，而且以反叛時俗的氣魄對俠文化進行了創造性轉化和現代承傳，這就使他的創作具有強烈的戰鬥性，充滿了鮮明的時代精神。

（一）現實中真正的匪徒

當俠恪守行俠仗義、扶危濟困、替天行道、同情弱小的價值原則時，應該稱其爲俠；當俠偏離了這些價值原則，那就不是俠了，或淪爲強盜土匪，或墮落成地痞流氓。在現實社會中，一些反叛傳統時俗、不滿現實秩序且遵循這些價值原則行事的人，往往被世俗的眼光視爲匪徒，與徹頭徹尾的強盜土匪混爲一談。所以，中國之俠也就有了俠盜、俠匪或匪俠、盜俠的說法。一個人是俠還是匪或盜，關鍵看其是否按照眞俠的價值原則行事。郭沫若認爲，身行五搶六奪，口談忠孝節義的匪徒是假的，他把古今中外一切致力於革命事業的偉大人物，如克倫威爾、華盛頓、馬克思、列寧、釋迦牟尼、墨家鉅子、哥白尼、尼采、惠特曼、托爾斯泰、盧梭、泰戈爾等等，視爲眞正的匪徒，並頌祝他們「萬歲！萬歲！萬歲！」。〔註79〕很顯然，郭沫若超越了世俗的看法，以現代意識賦予了匪徒嶄新的價值意義。其實，他本人從小就體現出好打抱不平、敢於叛逆、任俠尙武的個性，在現實中，就是一個不同尋常的眞正的匪徒。

郭沫若曾這樣描述家鄉土匪的「俠性」：「土匪的愛鄉心是十分濃厚的，他們儘管怎樣的『兇橫』，但他們的規矩是在本鄉十五里之內決不生事。他們劫財神，劫童子，劫觀音，乃至明火搶劫，但決不曾搶到過自己村上的人。他們所搶的人也大概是鄉下的所謂『土老肥』───一錢如命的惡地主。這些是他們所標榜的義氣。」〔註80〕這絕不是郭沫若對土匪的情有獨鍾，這種土

〔註78〕魯迅《墳·摩羅詩力說》，《魯迅全集》，第一卷，人民文學出版社，1981年，第99頁。

〔註79〕參見郭沫若《女神·匪徒頌》，《郭沫若全集》，文學編第一卷，人民文學出版社，1982年，第113～117頁。

〔註80〕郭沫若《我的童年》，《郭沫若全集》，文學編第十一卷，人民文學出版社，1992年，第16頁。

匪的義氣在他小時侯家裏所發生的一件事上得到了證明。有一年，郭沫若家裏採辦雲土的人辦了十幾擔從雲南運回，在離家三十里遠的千佛崖地方遭劫。但奇怪的是，事出後的第二天清早，打開大門時，被搶劫的雲土原封原樣的陳列在門次的櫃檯上。還附上了一張字條：得罪了。動手時疑是外來的客商，入手後查出一封信才知道此物的主人。謹將原物歸還原主。驚擾了，恕罪。〔註81〕因此，在郭沫若眼裏，這些劫富濟貧的土匪乃是俠肝義膽之士，與世俗看法截然不同。郭沫若不僅對他們產生了認同感，而且對其淪為被世俗所鄙夷的遭遇深表同情：「一般成為土匪的青年也大都是中產人家的子弟，在那時候他們是被罵為不務正業的青年，但沒人知道當時的社會已無青年們可務的正業，不消說更沒有人知道弄成這樣的是甚麼原因了。」〔註82〕當時郭沫若的家鄉樂山沙灣出現了幾個土匪頭領，如徐大漢子、楊三和尚、徐三和尚、王二狗兒、楊三花臉，都比郭沫若大不上六七歲。有的他們在小時候一同玩耍過的。其中楊三和尚最有名，他十幾歲就成了土匪。小時候的一天，郭沫若和他的五哥在河邊放風箏，楊三和尚也走來了。他已經是不敢十分公開行動的人，他走到他們旁邊來站了一會，但一翻身又滾在旁邊的一個坑裏去了，讓郭沫若哥兒倆費心遮掩著。原來楊三和尚在躲避官差的追捕，郭沫若哥兒倆掩護了楊三和尚，使他躲過了一劫。楊三和尚的出名是在搭救有名的土匪頭領徐大漢子的時候，徐大漢子被官兵捉著了囚在籠子裏抬往嘉定城的途中，楊三和尚帶領手下的弟兄把他劫搶了回來，同時還殺死了一位陳把總。此事把鄉里鬧得天翻地覆。〔註83〕很顯然，郭沫若把一些青年人淪為土匪的原因歸咎於當時黑暗的社會制度，他和五哥義救被官府追捕的土匪頭領楊三和尚的壯舉，也充分體現了童年時代的郭沫若對當時社會制度的不滿、叛逆及對俠義土匪的同情。從這種意義上說，現實中深受俠文化影響且做出義救土匪頭領壯舉的郭沫若，不啻是現實中的匪徒。他在後來的創作中自稱「學匪」，大膽贊美世界上一切革命的真正匪徒，並且宣導不斷破壞、不斷創造的精神，實屬童年經驗所積累的叛逆精神的集中爆發。

〔註81〕參見郭沫若《我的童年》,《郭沫若全集》,文學編第十一卷,人民文學出版社,1992年,第17頁。

〔註82〕郭沫若《我的童年》,《郭沫若全集》,文學編第十一卷,人民文學出版社,1992年,第16頁。

〔註83〕參見郭沫若《我的童年》,《郭沫若全集》,文學編第十一卷,人民文學出版社,1992年,第12頁。

　　郭沫若不滿現實、大膽叛逆，與俠文化的影響是分不開的，俠文化影響
和塑造著他的個性解放思想、叛逆精神與現實鬥爭精神。在學生時代，郭沫
若就表現出強烈的主體人格精神和個性獨立意志。郭沫若在樂山讀書的時
候，正值辛亥革命爆發前的一段黑暗混沌時期，新舊勢力進行著激烈的搏鬥，
社會動盪不安，這一切在當時的新學堂裏都得到了突出的反映，可謂小學堂
大社會。離開家鄉沙灣進入新學堂讀書的郭沫若，很快就接觸到一些社會矛
盾和黑暗現象。在小學第一學期期末考試中，郭沫若名列第一，遭到那些大
齡學生的侮辱和欺壓，學校不分是非曲直，強行把郭沫若從第一名壓到第三
名。這件事是郭沫若一生的第一個轉捩點，使他開始接觸了人性的惡濁面，
心裏埋下了仇恨和反抗的種子。1907 年春天，樂山小學的學生要求恢復星期
六半日休假制度，而校方對學生的正當要求不作答覆且故意刁難，激起了學
生的義憤，於是舉行罷課鬥爭，引發了學潮。郭沫若是這次學潮中的骨幹分
子，辦事果斷，敢於鬥爭，反抗精神最為強烈，因此遭到了開除的處分，這
是他第一次被學校斥退。在 1909 年晚秋時節的一個星期天，嘉定中學的學生
和當地駐軍發生了意外衝突，結果大打出手，雙方都有損傷。郭沫若沒有參
與衝突，後來知道情況後，路見不平，挺身而出，為受毆打致傷的同學仗義
執言。但是，由於學校畏懼駐軍，對此事沒有給以公正的處理，從而激起全
校罷課。結果八名學生遭到斥退，幾十名被記大過，在新校長到校後的一刻，
原校長唯恐斥退牌被繼任者取消，就急忙把處分決定呈報上去，通飭全省了。
這種陰險狠毒、專制暴虐的處理方式給學生造成了嚴重的傷害，郭沫若是遭
斥退學生中的一員。再次遭斥退後，郭沫若於 1910 年初春離開家鄉到成都讀
書，當時他在成都考取了分設中學的插班生。郭沫若來到成都的第一年，就
參加了席捲整個四川的國會請願運動，經受了一場真正的革命鬥爭的洗禮。
國會請願運動具有反封建的政治內容，郭沫若作為學生代表積極參加集會和
罷課鬥爭，結果又一次遭到斥退。1911 年郭沫若親自參加了保路同志會成立
大會和會後的示威遊行，甚至為了保護民眾利益，他還參加了學生界發起組
織的學生志願軍，以更加積極的姿態直接參與反封建的鬥爭。在這些活動中，
郭沫若越來越清醒地認識了社會的腐敗黑暗、罪惡無恥，他的性格越來越走
向反抗之途，反抗學校的專制制度，反抗反動當局對青少年的虐待和摧殘，
反抗整個社會的黑暗與腐敗，他的反抗精神也越來越強烈，以致於影響到他
的一生特別是文學創作領域。

　　辛亥革命後，郭沫若由於親自經歷了四川的反正運動，曾有過短暫的興奮。於 1913 年末懷著「富國強兵」的理想遠渡日本留學，立志學習醫科，想以醫學來拯救祖國，爲國家的繁榮富強做出貢獻。1915 年，郭沫若爲強烈抗議袁世凱對日本屈膝附逆的倒行逆施罪行，憤然寫下了一首詩，末尾兩句爲「男兒投筆尋常事，歸作沙場一片泥」。1918 年在國難當頭的多事之秋，郭沫若寫下了《怨日行》：「安得后羿弓，射汝落海潮？安得魯陽戈，揮汝下山椒？弈弓魯戈不可求，淚流成血灑山丘。」抗日戰爭期間，他寫下了許多慷慨激昂、大義凜然的壯麗詩篇。其中《銘刀》寫道：「刀徵壯士魂，鐵見丈夫節。蘸血叱龍蛇，草檄何須筆？」《南下抒懷四首》更是慷慨陳辭，其中一首寫道：「聖凡同一死，死有重於山。捨身而取義，仁者所不難。」〔註 84〕所有這些詩歌無不抒懷言志，既表達了作者爲拯救民族危亡而甘於捐軀赴難、視死如歸的情懷，又體現了作者以民族大義爲高蹈的俠文化精神。1919 年五四運動的革命浪潮激起了他強烈的愛國熱情，當時他和一些留日學生組織了一個抗日的社團「夏社」，把日本報紙和雜誌上侵略中國的言論與資料蒐集起來，翻譯成中文，向國內各學校各報館投寄，進行反對日本帝國主義的政治宣傳工作。更值得一提的是，1926 年郭沫若參加了北伐戰爭，任國民革命軍總政治部宣傳科長兼行營秘書長，隨軍北上，可謂投筆從戎、親赴國難。他曾拒絕蔣介石的拉攏，在其高官厚祿的威逼利誘面前毫不動搖，充分體現了爲孟子所稱道的大丈夫氣概。1927 年 3 月，郭沫若發表了討蔣檄文《請看今日之蔣介石》，對蔣介石的暴虐行徑和反革命本質進行了大膽揭露與無情批判。當時蔣介石是國民革命軍總司令，掌握軍事大權，這種直接抨擊和批判軍事統帥的行爲勢必要冒生命的危險。但郭沫若爲了革命正義事業而置個人生死於度外，無所畏懼，不怕犧牲，可謂大義大勇之舉。1927 年 8 月趕赴南昌，參加南昌起義，積極投身於武裝反抗國民黨反動派的革命鬥爭。抗戰期間，郭沫若出任國民政府軍事委員會政治部第三廳廳長（後改任文化工作委員會主任），一方面領導了文化界的統一戰線工作，投身抗日救亡大業；一方面積極配合時代使命而創作抗戰史劇，廣泛運用歷史上的俠義題材，以現代意識並結合時代精神對俠文化進行了現代性改造和轉化，繼承和發揚了俠文化精神，鞭撻國民黨反動派破壞抗戰大局的罪惡行徑，極大地鼓舞了全國軍民的抗戰鬥志。在大是大非面前，在民族危亡的關鍵時刻，郭沫若態度明確，立場堅定，嫉惡如仇，無畏無悔，顯然是其俠性心態和俠性情感的外露與呈現。

〔註 84〕 參見王本朝《郭沫若與俠義精神》，載《文史雜誌》1992 年第 6 期。

（二）文本世界：向黑暗社會和一切反動派亮劍

　　郭沫若初涉社會就認識了社會和人性的黑暗陰險，以及反動當局的暴虐無恥，隨著社會閱歷的增長、知識視野的開闊及鬥爭經驗的豐富，逐漸形成了桀驁不馴、大膽叛逆的反抗精神。無論五四時期追求個性解放的現實鬥爭，還是以後社會革命和民族救亡的正義事業，郭沫若都以積極的姿態回應時代的召喚，敢於挺身而出，向黑暗社會和反動統治者亮劍。從五四時期崇尚強力思想到抗戰時期從俠義題材中深刻開掘民族精神，既體現了他的俠性心態的演變軌跡，文本深層也傳達出他從俠文化中汲取精神資源建構自我主體人格和嶄新民族文化的價值理想。

1. 刺破黑暗夜空的尚力詩劍

　　五四時期軍閥橫行，社會黑暗，列強淩辱，生靈塗炭，弱國子民的悲苦生活無不折磨著郭沫若的心靈。面對黑暗的社會和民氣不振的紛亂現實，郭沫若對當時的社會制度已經徹底失望了。他崇尚強力思想，希望以強力摧毀罪惡的舊世界，渴望人們也渴望自己像歷史上的俠客和民族英雄一樣仗劍戡亂、重整山河，甚至希望通過以暴抗暴的鬥爭方式來消滅社會上的一切不合理現象，建立新的社會秩序。五四時期個性主義、啓蒙主義、無政府主義等各種思潮的西風東漸，激活了他潛意識中的俠文化精神，個人的鬱積和民族的鬱積在他心裏深處焦灼縈纏、奔騰飛躍，終於找到了噴火口，在追求個性解放、反叛傳統的社會文化語境裏，煥發爲尚力的詩劍，刺破了黑暗的夜空。

　　俠文化具有尚力的內涵，內在於郭沫若的人格精神和情感世界則是呈現爲鮮明而強烈的尚力意識。從某種意義上說，《女神》就是「力」的時代頌歌。「郭沫若對於時代發展的信息，有著海燕般的特殊敏感，他最先感受到了在20世紀初，偉大的『五四』運動中，祖國的新生，中華民族的覺醒」。〔註85〕尚力意識和民族覺醒的時代精神在郭沫若這裡轉化爲向黑暗社會挑戰、渴盼民族新生的藝術力量。《鳳凰涅槃》充滿了對「冷酷如鐵、黑暗如漆、腥穢如血」的「茫茫的宇宙」的詛咒，以鳳凰奔突、跳躍的力量之美，演繹了古老的中華民族經歷了偉大的涅槃，從死灰中更生的過程。詩中的「風歌」和「凰歌」以悲壯的葬歌結束了中華民族歷史上最黑暗的一頁，「鳳凰更生歌」以高昂、熱烈、誠摯、和諧的歡唱宣告著新鮮、淨朗、華美、芬芳、生動、自由、

〔註85〕錢理群、溫儒敏、吳福輝《中國現代文學三十年》（修訂本），北京大學出版
　　　　社，1998年，第103頁。

雄渾、悠久的新生民族的誕生和民族振興新時期的到來。《女神之再生》借再生女神之口形象地表達了對舊社會舊制度的厭棄和中華民族的新覺醒：「新造的葡萄酒漿不能盛在那舊了的皮囊。為容受你們的新熱、新光，我要去創造個新鮮的太陽」！「破了的天體」「我們盡他破壞不用再補他了！待我們新造的太陽出來，要照徹天內的世界，天外的世界」！在郭沫若的詩歌裏，尚力意識和徹底破壞、大膽創造的精神相結合，充滿了徹底的、不折不撓的戰鬥力量。在《我是個偶像崇拜者》中，高唱：「我是個偶像崇拜者喲！……我崇拜創造的精神，崇拜力，崇拜血，崇拜心臟；我崇拜炸彈，崇拜悲哀，崇拜破壞；我崇拜偶像破壞者，崇拜我！我又是個偶像破壞者喲！」同時在《梅花樹下醉歌》中高呼：「一切的偶像都在我面前毀破！破！破！破！」在《立在地球邊上放號》中，呼喚著「要把地球推倒」、「不斷的毀壞，不斷的創造，不斷的努力」的「力」，熱情地謳歌「力的繪畫，力的舞蹈，力的音樂，力的詩歌，力的律呂」。在《天狗》中，作者自喻為「天狗」，要把日、月、一切的星球和全宇宙來吞了，集中了「全宇宙底 Energy 底總量」，「飛奔」、「狂叫」、「燃燒」，「如烈火一樣地燃燒」、「如大海一樣地狂叫」、「如電氣一樣地飛跑」。在這裡，破壞意識和創造精神矛盾統一，真正凸顯了尚力意識的特徵。在《匪徒頌》中，作者自稱一介「學匪」，贊美著一切政治革命、社會革命、宗教革命、學說革命、文藝革命、教育革命的真正的「匪徒」，肯定了「匪徒」的勇於破壞舊世界的反抗精神和對歷史變革、發展的巨大推動作用。在《星空·洪水時代》中，郭沫若塑造了夏禹這一古代的治水英雄形象：「夏禹手執斧斤，立在舟之中腰。他有時在斫伐林樹，他有時在開鑿山岩。他們在奮湧著原人的力威，想把地上的狂濤驅回大海！」墨家和夏禹的關係密切，墨家的尚力思想和夏禹的精神是相通的，俠文化受益於墨家的尚力思想，郭沫若描述夏禹正表現出了俠文化中的尚力特徵，而在文本深層結構中卻蘊涵著更為深刻的意蘊，即借對夏禹奮原人力威治理洪水以濟天下蒼生之崇高精神的稱頌，實際上表達了對近代夏禹——勞工精神的贊美：「他那剛毅的精神好像是近代的勞工。你偉大的開拓者喲，你永遠是人類的誇耀！你未來的開拓者喲，如今是第二次的洪水時代了！」在此，作者把自己所處的時代比喻為開闢洪荒的第二次洪水時代，勞工就是創造新社會、新時代的開拓者，字裏行間充滿了昂揚奮進、開拓進取的創造精神。同時郭沫若的詩歌熱烈地追求著精神自由和個性解放，《我是個偶像崇拜者》中的「崇拜我」，《梅花樹下醉歌》中「我

贊美我自己！我贊美這自我表現的全宇宙的本體」！《湘累》中「我效法造化底精神，我自由創造，自由地表現我自己。我創造尊嚴的山嶽、宏偉的海洋，我創造日月星辰，我馳騁風雲雷雨，……我有血總要流，有火總要噴，不論在任何方面，我都想馳騁」！所有這些充滿強烈主觀色彩的語言無不擲地有聲，充分體現了個性解放思想，張揚了人格獨立精神。在這裡，人的自我價值得到了肯定，人的生命尊嚴獲得了尊重與捍衛，人的創造力得到了認可。這種激昂淩厲的氣勢和主體人格建構的自我意識，對於泯滅個性、不尊重人、戕害人性、壓制自由創造力的封建統治制度和封建文化傳統，不啻是空中驚雷、雲中閃電、刺向黑暗的利劍。

　　1923 年郭沫若先後寫了歷史劇《卓文君》和《王昭君》，1925 年面對「五卅慘案」的歷史現實，他深受反帝愛國運動的激發，懷著強烈的民族義憤寫出了《聶嫈》。後來他把這三個劇本彙編成集，取名《三個叛逆的女性》，於1926 年 4 月出版。主人公是三個叛逆的女性，卓文君打破「女人從一而終」的封建禮教的束縛，勇敢反封建、大膽追求個性解放和愛情婚姻自由，自願改嫁給司馬相如；王昭君敢於反抗王權、追求人格獨立，自願出塞和番；聶嫈譴責戰國七雄連年征戰給社會與人民帶來了深重災難，面對強暴，視死如歸而殺身成仁。從思想內容上看，批判的內容對準了封建制度，從禮教到王權，從王權到社會，層層深入地進行了徹底地否定，充滿了大膽叛逆、敢於反抗的精神，而這與五四時期反帝反封建，爭取個性解放、反叛不合理的社會制度這一社會思潮和時代精神是一致的。

　　從整體上來看，郭沫若創作於五四時期的詩和戲劇裏沒有絲毫的古老中國及其文化的中庸、妥協、軟弱，有的是徹底的、不妥協的、雄強剛健、勇於開拓和不斷創造的民族精神。俠文化確實參與了郭沫若的人格精神和情感世界的建構，在他的浪漫衝動中，呈現出俠性氣概，無不表現了俠義風尚和俠文化精神。

2. 批判一切反動派的正義之劍

　　韓雲波認為，郭沫若與俠文化的關係可以說淵源極深，他在文學創作中表現了俠義的風尚和氣質，抗戰期間的六大史劇，廣泛地運用了歷史上的俠義題材，弘揚了俠義精神，他對俠文化的融會，一方面「是他對傳統文化中俠義美德的獨特理解，表現了作家的人格理想」，另一方面「是他從泛神論英雄主義到俠義形態發展的心理需要，是他轉變立場之後所尋覓的充分中國傳

統化的英雄」。〔註86〕可以說，這是對郭沫若抗戰史劇的俠文化內涵的高度概括。郭沫若的六大抗戰史劇是批判一切反動派的正義之劍，作者立足於當時中國的具體實際，緊跟當時抗日救國的主流意識形態話語，密切結合民族救亡的時代精神和愛國思想，以具有政治家睿智思維的知識分子精英立場，廣泛運用歷史上的俠義題材，在史學家所發掘的基礎上，深刻開掘和發展俠義題材的歷史精神，為了現實鬥爭的需要，進行必要而合理的藝術虛構，恰當而巧妙地達到了借古鑒今的目的。可見郭沫若遊走於主流意識形態話語、知識分子精英話語之間，同時考慮到民間大眾對俠文化道德理想價值的期待視野，這樣劇作既發揮了鼓舞全國軍民抗戰鬥志而為現實鬥爭服務的工具論功能，又充分體現了高揚民族大義、譴責賣國投降罪行的人文精神。

抗戰後期是我國現代歷史上黎明前最黑暗的年代，當時的蔣介石反動集團採取賣國投降政策，對內實行暴虐的法西斯專政，對外勾結日本帝國主義侵華勢力殘酷鎮壓中國共產黨領導的抗日軍民的愛國行為。自 1940 年 3 月到 1943 年 6 月，蔣介石集團接連掀起三次「反共高潮」。在這國家民族生死存亡之際，黨中央和毛主席號召全黨、全軍和全國人民堅持抗戰、反對投降，堅持團結、反對分裂，堅持進步、反對倒退，鼓舞了人民的鬥志，指明了國家民族前進的方向。在這樣的歷史文化背景下，郭沫若創作了六部歷史劇：《棠棣之花》（1941 年）、《屈原》（1942 年）、《虎符》（1942 年）、《高漸離》（1942 年）、《孔雀膽》（1942 年）和《南冠草》（1943 年）。這些傑出的歷史劇，或取材於戰國時代的歷史，或取材於元朝末年的歷史，或取材於明末清初的歷史，都和抗戰後期的鬥爭形勢有著歷史的相似性，聯繫非常緊密，並且「在取材上多與俠有關」。〔註87〕通過發掘這些歷史事件和歷史人物的價值，彰顯其在當時時代背景下的積極意義。郭沫若的抗戰史劇歌頌了我國歷史上仁人志士為正義和真理而英勇獻身的高貴品質，鼓舞人民起來和國內外一切反動派作鬥爭，揭露了古代歷史上統治集團的昏庸殘暴和陰險狡詐，以影射抗戰後期的反動當局。他在談到《屈原》時曾說：

> 但我寫這個劇本是在一九四二年一月，國民黨反動派的統治最
> 黑暗的時候，而且是在反動統治的中心——最黑暗的重慶。不僅中

〔註86〕參見韓雲波《中國俠文化：積澱與承傳》，重慶出版社，2004 年，第 302 頁。
〔註87〕韓雲波《論郭沫若抗戰史劇的俠文化內涵》，載《貴州大學學報》（社會科學版）1993 年第 2 期。

國社會又臨到階段不同的蛻變時期，而且在我的眼前看見了不少的大大小小的時代悲劇。無數的愛國青年、革命同志失蹤了，關進了集中營。代表人民力量的中國共產黨在陝北遭受著封鎖，而在江南抵抗日本帝國主義的侵略最有功勞的中共所領導的八路軍之外的另一支兄弟部隊——新四軍，遭了反動派的圍剿而受到很大的損失。全中國進步的人們都感受著憤怒，因而我便把這時代的憤怒復活在屈原時代裏去了。換句話說，我是借了屈原的時代來象徵我們當前的時代。〔註88〕

在談到《虎符》時，他說：「我寫《虎符》是在抗戰時期，國民黨反動政府第二次反共高潮——新四軍事件之後，那時候蔣介石反動派已經很露骨地表現出『消極抗戰，積極反共』的罪惡行為。我不否認，我寫那個劇本是有些暗射的用意的。因為當時的現實與魏安釐王的『消極抗秦，積極反信陵君』，是多少有點相似。」〔註89〕他還說：「在戰國時代的七個大國裏面，秦國最強，關東六國都受著它的威脅。因此當時的政治家就有兩派主張。一派是主張關東六國聯合起來，共同抵禦秦國，就是所謂合縱派。另一派是擁護秦國的，希望關東六國都擁戴秦國，這就是所謂連衡派。」〔註90〕在這種創作思想指導下，遵循古為今用、失事求似的創作原則，郭沫若對俠義題材進行了現代闡釋和創造性轉化，賦予其積極的時代內涵和民族精神。

在劇作中，郭沫若對俠文化中的義進行了改造，克服了義的狹隘性，將其提升到民族大義的高度。具體來說，就是反對侵略和分裂，擁護國家統一和民族團結，以及捍衛民族獨立。同時，賦予俠義人物殺身成仁、捨生取義的俠義美德，以及打破奴隸制束縛、「把人當成人」的尊重個體生命價值的現代人道主義內涵。六大抗戰史劇塑造了聶政、屈原、嬋娟、信陵君、如姬、侯嬴、高漸離、段功、楊淵海、夏完淳等一系列光輝形象，描寫他們為了民族國家的前途命運和正義事業，不顧個人的榮辱安危，俠肝義膽，仗義執言，勇於向一切邪惡勢力作殊死鬥爭，歌頌了他們的愛國主義和英雄主義壯舉與

〔註88〕郭沫若《文學論集·序俄文譯本史劇〈屈原〉》，《郭沫若全集》，文學編第十七卷，人民文學出版社，1989年，第250頁。

〔註89〕郭沫若《文學論集·由〈虎符〉說到悲劇精神》，《郭沫若全集》，文學編第十七卷，人民文學出版社，1989年，第252頁。

〔註90〕郭沫若《文學論集·人民詩人屈原》，《郭沫若全集》，文學編第十七卷，人民文學出版社，1989年，第233頁。

崇高品質，這樣就使現實中與這些歷史人物處境相似、鬥爭相似的革命群眾，從他們身上看到了民族的美德和英雄的範例，從而鼓舞了其同國內外敵人進行英勇鬥爭的信心。同時，在信陵君、如姬、屈原等人身上也充分體現出尊重他人生命價值的人道意義。對楚懷王、魏王、南后、張儀、宋玉、夏無且、車力特穆爾等人，作者則進行了嚴厲批判，顯然這是在影射當時的國民黨反動派，是對蔣介石、汪精衛等罪惡行徑的無情鞭撻。

郭沫若歷史劇中的主要人物，都胸懷坦蕩，堅強正直，為了民族國家的前途和正義事業，不畏強暴，勇於鬥爭，正氣凜然，九死不悔。《棠棣之花》緊密結合現實鬥爭，描寫了戰國時代抗秦派和親秦派之間鬥爭的一個側面。聶政毅然行刺韓哀侯和韓相俠累，不是出於私仇，而是以為他們是秦國的走狗，主張三家分晉，削弱了中原的力量，從而縱容秦國逐步吞併整個中國。他是在為中華民族的正義事業而赴湯蹈火。事後為了不連累姐姐聶嫈，他毀容自盡。《屈原》的主人公愛國詩人屈原為了崇高遠大的政治理想，剛正不阿，勇於鬥爭，他主張聯齊抗秦，反對妥協投降，為此而受盡了迫害，寧願殺身成仁，也毫不動搖自己的鬥爭意志和獨立精神。《虎符》中的侯嬴不過是魏國看守城門的一介貧寒之士，在唇齒之盟趙國面臨強秦壓境、魏國也將遭秦國虎視眈眈之際，挺身而出，力薦俠士朱亥，助任俠使氣的信陵君竊符救趙，既解了邯鄲之圍，使魏國也免遭了生靈塗炭之災。《高漸離》中，為荊軻報仇而死的義士高漸離就是古代的一個仁人志士，他為了解救天下受苦受難的人，忍辱負重，雖然身殘眼瞎，但仍然一如既往地千方百計尋找復仇時機，最後用藏在樂器裏的鉛條刺殺秦始皇，未果，終於壯烈犧牲。《孔雀膽》中的楊淵海是段功麾下一位很義俠的部下，他執行了除惡務盡、殺死車力特穆爾的使命，為民除了害。《南冠草》中的少年詩人、抗清英雄夏完淳，英勇不屈，為了正義事業而為國捐軀。

更值得稱道的是，郭沫若在劇作中塑造了一系列俠女形象。《棠棣之花》中的春姑，是一個有著俠肝義膽的女子。她是濮陽橋畔的酒家女，非常傾慕勇敢尚義的聶政。在聶政離開酒家前往殺敵時，她斷然折下一枝桃花，並對他說：「你轉來的時候，怕這桃花早已經謝了，請你把這枝桃花帶了去吧。」當聶政問春姑要他帶「什麼喜歡的東西」回來時，她毅然回答道：「我只希望你平安地回到我們這兒。」聶政死後，春姑不畏強暴，和聶嫈一起前去認聶政的屍首，為他揚名，最後她們都在聶政的屍旁自盡，體現了捨生取義的巾

幗氣概。從劇作文本中我們可以看出，春姑之所以傾慕聶政，是因為她也是一個純潔善良的有正義感的女性。作者以她來襯托聶政的俠義情懷，更能引起讀者和觀眾對聶政的仰慕與同情。

　　《虎符》中的如姬是一個正直而堅強的女性，反抗魏王「不把人當人」的專制統治，積極擁護信陵君救趙的政治遠見，為了爭取「把人當成人」，為了幫助信陵君竊符救趙這一正義的事業，她不向暴力低頭，敢於冒著生命危險去竊取虎符。當專橫殘暴的魏王為虎符失竊事件要殺害她時，魏太妃勸她逃往邯鄲，投奔信陵君。如姬相信信陵君會全力保護她，但是她惟恐因此而引起時人和後世的誤解，會有損於信陵君的名譽，她寧為玉碎，不為瓦全，為了維護信陵君的名譽，她寧願選擇自盡。信陵君具有捨生取義的精神、悲天憫人的志願、神機妙算的智謀和赴湯蹈火的勇氣，如姬對之仰慕神往。他們是知己，本來可以說是天置地設的一對，如姬也非常想在他的身邊，但她又想到：「他是太陽，萬一我要是近了他的身邊，我就會焦死。我會要遮掩了他的光，我只好是一顆小小的星星，躲在陰暗的夜裏，遠遠的把他望著。」如姬又說：「但我一去便要給他蒙上了污穢。」這是她作為一個女人的內心秘密，在生死存亡的關鍵時刻，如此深明大義，視死如歸，為了他人的名節而甘願自我犧牲的精神，怎麼能不讓人肅然起敬，為之歉然，為之讚佩？！

　　《屈原》中的嬋娟是一個虛構的人物，在劇作中，她是屈原的使女和弟子，天真純潔，正直堅貞，具有屈原精神。當屈原被奸小佞臣陷害時，她積極擁戴他；當屈原失蹤時，她不畏艱險到處追尋他。她遵循並堅守屈原「我們生要生得光明，死要死得磊落」的教誨，不畏權勢，敢於指責南后：「你害死了我們的先生，你可知道這對於我們楚國是多麼大的一個損失，對於我們人民是多麼大的一個損失呀！」她把屈原比作太陽，罵南后是吃太陽的天狗，還詛咒南后說：「這比天狗還要無情的人呀，你總有一天要在黑暗裏痛哭的吧！」嬋娟非常尊敬並愛戴屈原，不畏強暴，視死如歸，為保衛屈原而敢於同邪惡勢力作殊死的鬥爭。最後，她誤飲毒酒而死，臨死之前有一段話，表示她能為保全屈原的生命而死，感到欣慰。她讚美屈原是「楚國的柱石」，敘述她在屈原的感化之下懂得要「把我的生命獻給祖國」，而現在終於能夠如願以償。嬋娟在劇作中是一個次要人物，寫她是為了映襯屈原的偉岸人格。她為了屈原而出生入死，甘於自我犧牲的精神，正閃耀著俠義的光輝。

《孔雀膽》中的阿蓋公主，善良貞烈，以文天祥的《正氣歌》教育段功前妻的子女，贊揚古人不屈不撓的浩然正氣。她反對邪惡，拒絕父王以孔雀膽毒酒害死她丈夫段功的陰謀。在段功被被害後，她自飲毒酒而死。她是一個爲了維護正義和捍衛人格尊嚴的堅強女性，是忠于堅貞愛情的典範，更是民族團結的象徵，說她有俠女的膽識與氣節，實不爲過。

《高漸離》中的家大人——懷貞夫人不顧個人的身家性命，不畏強暴，敢於反抗，積極協助高漸離以築擊殺秦始皇。行刺失敗後，大義凜然，與高漸離光榮地犧牲在一起。

深明大義，粗獷熾烈，忠於愛情的酒家女春姑；追求眞理，嚮往光明，面對邪惡毫不妥協的身份卑微的嬋娟；竊符救趙，捨生取義的如姬；維護正義，忠於愛情的阿蓋公主；不畏強暴，誓死反抗的懷貞夫人；再加上前文所述的「三個叛逆的女性」——聶嫈、卓文君和王昭君等，她們或富有叛逆精神，或擁有俠義情懷，追求正義，追求個性解放和人格獨立，無不閃耀著俠文化精神的光輝。她們深受紅顏知己身上所體現出來的民族大義精神的感召，深明大義，甘願爲紅顏知己奉獻自己的生命。在她們身上，死恰恰是對生的堅定的捍衛，是眞正的捨生取義，既充分體現了女性意識的覺醒，也意味著對生命尊嚴的維護。這就超越了俠文化中「士爲知己者死」的個人性和盲目性，具有了現代意義上的人學內涵。這也是郭沫若對俠文化進行創造性轉化的體現。

在中國歷史上，廣大婦女在政權、族權、神權、夫權四座大山的壓迫下痛苦呻吟、艱難掙扎、頑強奮鬥，她們不僅勤勞、善良，而且勇敢、智慧，富有正義感和自我犧牲精神。郭沫若是一個大膽叛逆、敢於反抗的時代英雄，追求人的尊嚴、權利、自由、解放，是他的人生追求。他筆下這些充滿俠肝義膽的叛逆女性，正是他自己人格精神的眞實寫照。鄧穎超對郭沫若的創作特別是關注、同情被壓迫婦女大眾的創作思想給予了高度評價：

> 凡是一個適合於歷史發展的革命文學家，凡是一種隨著時代前進的文學作品，他自然的，同時亦必然的，是最能夠，最善於關切的注視著，而且熱烈的同情於在那痛苦黑暗的一角，被壓迫呻吟下的一群——受著重重壓迫束縛的婦女大眾。沫若先生就是這樣一位優秀的革命作家典型。他以廿五年來在文學上的創作與實際革命運動結合起來，他不僅是文學革命家，同時亦是實際革命的前驅戰士。

所以他能以科學的態度與醫學的論據，對婦女問題作了精闢的發
揮，揭斥了那重男輕女的謬見惡習。他舉起鋒銳的筆，眞理的火，
向著中國婦女大眾指出光明之路。他吹起號角，敲起警鐘，爲中國
婦女大眾高歌著奮鬥之曲。他啓示著中國被壓迫婦女，不要做羔羊，
不要做馴奴，不要甘心定命，更不要任人擺弄，永遠沉淪！我們有
力量，我們能覺醒，我們要做人。不要悲哀哭泣，不要徘徊猶疑，
勿顧忌，勿畏縮，立起來戰鬥呀！堅決，剛毅，勇敢的向前衝去，
衝破舊社會的樊籠，打碎封建的枷鎖，做一個叛逆的女性，做一個
革命的女人！沫若先生即是這樣從歌贊中國歷史上叛逆的革命女性
中，燃燒著這樣--支中國女性革命的光明的火炬的。我即轉以此革
命的光明的火炬祝先生壽，爲先生贊。〔註91〕

該評價發表於 1941 年 11 月 16 日的重慶《新華日報》，郭沫若的創作眞正無愧
於「革命的光明的火炬」的讚譽，在以後的文學生涯中，他確實繼續燃燒著
革命的特別是「中國女性革命的光明的火炬」來從事創作的。

　　綜觀郭沫若的六大抗戰史劇，我們不難發現，他所賦予給俠義人物的精神
價值已經超越了古代歷史實存俠的原生態內涵。實際上，他是在借古人之口傳
達出諸如殺身成仁和捨生取義的俠義美德，以及追求個性解放、尊重個體生命
價值、維護國家統一和民族團結、捍衛民族獨立等文化精神，甚至將俠義題材
的價值境界提升到社會革命、人類解放的高度。更重要的是，通過俠義人物的
犧牲昇華起一種崇高精神，使人們在悲劇結局的體驗中獲得情感陶冶、心靈淨
化和人生價值的現實指向。在這種崇高精神的感召下，人們自然會對這些俠義
人物、對俠文化產生積極的情感體認和價值認同，喚起他們的愛國熱情和民族
氣節，從而激發起他們的現實鬥爭精神，鼓舞他們同仇敵愾的抗戰意志。這是
一種新的時代精神，爲抗日救亡所迫切需要的民族精神。郭沫若對俠文化的現
代性改造和承傳應該得益於他對戰國俠義題材的全新理解：

　　　　戰國時代是以仁義的思想來打破舊束縛的時代，仁義是當時的
　　新思想，也是當時的新名詞。

　　　　把人當成人，這是句很平常的話，然而也就是所謂仁道。我們
　　的先人達到了這樣的一個思想，是費了很長遠的苦鬥的。

〔註91〕鄧穎超《爲郭沫若先生創作二十五週年紀念與五秩之慶致祝》，載《新華日報》
　　　　1941 年 11 月 16 日。

戰國時代是人的牛馬時代的結束。大家要求著人的生存權，故爾有這仁和義的新思想出現。

我在《虎符》裏面是比較的把這一段時代精神把握著了。

但這根本也就是一種悲劇精神。要得真正把人當成人，歷史還須得再向前進展，還須得有更多的志士仁人的血流灑出來，灌溉這株現實的蟠桃。

因此轟嫈、轟政姊弟的血向這兒灑了，屈原、女須也是這樣，信陵君與如姬、高漸離與家大人，無一不是這樣。

「殺身成仁，捨生取義」，是千古不磨的金言。〔註92〕

郭沫若就是這樣在對俠義題材全新理解的基礎上，對俠文化進行符合抗戰時代需要和獨具民族特色的現代闡釋，從中提煉出積極質素，並在新的歷史條件下實現其創造性轉化的。在國難當頭、民族危亡之秋，郭沫若把審美眼光投向俠義題材，熱情謳歌一切為正義事業而勇赴國難、視死如歸的有志之士，從中發掘和提煉出大膽反抗、救亡圖存、民族大義等積極向上的精神資源，確實與他的俠義胸懷及對俠文化的全新理解密不可分。他曾在歷史小說《司馬遷發憤》中借司馬遷之口表達了自己的救世情懷：「我贊美遊俠，贊美朱家郭解。天下的人假如都是遊俠，都是急人危難不顧自己的身家性命的朱家郭解，世間上哪兒會有不合理的權勢存在？」〔註93〕對俠義人物的贊美，對俠文化精神的肯定和張揚，無不流露出作者的價值取向和人生理想。在郭沫若的六大抗戰史劇中，有四篇直接取材於《史記》，可見他對司馬遷所稱道的俠義之士和俠文化精神的鍾愛與重視。懷著強烈的歷史使命感、社會責任感和服務抗戰的創作心態，郭沫若從抗戰的現實鬥爭需要出發，以維護民族正義為思想基礎，寫俠義人物以身殉道，其目的就是號召全民族為維護國家統一、捍衛民族獨立而奮起抗爭，與國內外一切反動勢力作殊死較量。當郭沫若緊跟時代步伐，配合政治鬥爭而發掘歷史精神的時候，雖然能夠揭示歷史的一些本質精神，但在以現代意識對俠義題材進行改造，借人物之口傳達時代精神方面，未免有些拔高的嫌疑，這是以精英立場改造俠文化精神為現實政治

〔註92〕郭沫若《沸羹集·獻給現實的蟠桃——為〈虎符〉演出而寫》，《郭沫若全集》，文學編第十九卷，人民文學出版社，1992年，第342頁。

〔註93〕郭沫若《豕蹄·司馬遷發憤》，《郭沫若全集》，文學編第十卷，人民文學出版社，1985年，第217頁。

服務所必然面臨的尷尬。然而，瑕不掩瑜，歷史證明，郭沫若的六大抗戰史劇通過對俠文化改造所煥發的藝術力量和現實意義，確實極大地鼓舞了全國軍民同仇敵愾、積極抗戰的鬥爭意志和團結愛國、擁護統一的民族精神。

（三）超越時俗、古為今用的俠文化觀

郭沫若是一位緊跟時代步伐、與時俱進的作家，同時又是一個超越時俗的思想家，表現在創作思想上，就是他能夠根據時代的需要，堅持古為今用的創作原則，提出不同時俗的見解。具體到對俠文化的理解和詮釋特別是對俠義題材的運用上，就是他能夠結合時代精神對古代原初俠文化作出現代闡釋，發掘和提煉其歷史精神並賦予新的時代內涵，為現實服務。於是，在郭沫若的理論視域中，形成了超越時俗、古為今用的俠文化觀。

在俠文化的起源和觀念等方面，郭沫若進行了現代性改造和闡釋，近代以來，梁啓超、譚嗣同、魯迅等人都認為俠出於墨家，曾掀起一股墨學復興思潮。由於受到這股思潮的影響，少年時代的郭沫若也認同「遊俠者流出於墨家」〔註94〕的說法。他說：「我在小時也曾經崇拜過他（指墨子──引者注），認他為任俠的祖宗，覺得他是很平民的、很科學的。那時的見解和時賢並沒有兩樣。」〔註95〕郭沫若不僅在思想上崇拜墨子，而且在早期創作中也不時流露出對墨子的讚美和鍾愛。在《女神·匪徒頌》和《女神·巨炮之教訓》中，讚頌了墨子的「兼愛」、「節用」、「非爭」、「尊天」等思想。後來隨著思想的發展，當他以一個研究者的理性視野來透視俠文化的有關問題時，得出了一些迥異於前賢時彥的見解和結論，對墨子及其思想的態度也經歷了由感性的崇拜、讚頌到理性的研究、批判這樣一個發展過程。郭沫若批判墨子主要是他思想的反動性：「墨子始終是一位宗教家。他的思想充分地帶有反動性──不科學，不民主，反進化，反人性，名雖兼愛而實偏愛，名雖非攻而實美攻，名雖非命而實皈命。」〔註96〕他認為，俠與墨家有一定的關係，但並非出於墨家，「認俠為墨，也不過是在替墨子爭門面，然而大背事實」。〔註97〕

〔註94〕郭沫若《批評與夢》，《文藝論集》，人民文學出版社，1979年，第116頁。
〔註95〕郭沫若《十批判書·後記》，《郭沫若全集》，歷史編第二卷，人民出版社，1982年，第469頁。
〔註96〕郭沫若《青銅時代·墨子的思想》，《郭沫若全集》，歷史編第一卷，人民出版社，1982年，第463頁。
〔註97〕郭沫若《青銅時代·墨子的思想》，《郭沫若全集》，歷史編第一卷，人民出版社，1982年，第486頁。

通過對《史記》、《呂氏春秋》和《太平御覽》中有關俠的論斷和任俠故事進行考察分析，郭沫若找出了墨家與俠的相通和相異之處，證明俠與墨家確實有一定的關係，墨家也確實有任俠者存在，但俠並非僅僅出於墨家，從而批駁了「墨學並沒有亡，後世的任俠者流便是墨家的苗裔」〔註98〕之謬論。在他看來，「儒墨自儒墨，任俠自任俠，古人並不曾混同，我們也不好任意混同的。大抵在儒墨之中均曾有任俠者流參加，倒是實在的情形」。〔註99〕不僅如此，他還認為任俠之士也有可能出身於商賈：「所謂任俠之士，大抵是出身於商賈。……商賈而富有正義感的便成為任俠。」〔註100〕還有，他認為：「漢初甚至有道家而『尚任俠』的人。」〔註101〕在郭沫若的理論視野中，俠出於墨家的觀點無異於固步自封，局限了俠文化的內涵與外延的伸縮性，俠不純粹出於某家某派，其觀念主要是在與諸子百家相結合的過程中形成的。郭沫若的觀點打破了俠出於一家一派的時俗偏見，為後人探討俠的起源問題提供了方法論意義上的借鑒。

在俠的起源問題上，郭沫若超越了時俗偏見，沒有拘囿於俠出於一家一派的見解，但並不意味著他否定一家一派對俠文化的影響。在五四新文化運動高喊「打倒孔家店」、反傳統的呼聲中，郭沫若卻逆時代思想潮流而上，他認為：「現在的人大抵以孔子為忠孝之宣傳者，一部分人敬他，一部分人咒他。更極端的每罵孔子為盜名欺世之徒，把中華民族的墮落全歸咎於孔子。唱這種暴論的新人，在我們中國實在不少。」〔註102〕同時，他向世人宣告：「我們崇拜孔子。說我們時代錯誤的人們，那也由他們罷，我們還是崇拜孔子——可是決不可與盲目地賞玩骨董的那種心理狀態同論。我們所見的孔子，是兼有康德與歌德那樣的偉大的天才，圓滿的人格，永遠有生命的巨人。」〔註103〕

〔註98〕郭沫若《青銅時代·墨子的思想》，《郭沫若全集》，歷史編第一卷，人民出版社，1982年，第484頁。

〔註99〕郭沫若《青銅時代·墨子的思想》，《郭沫若全集》，歷史編第一卷，人民出版社，1982年，第485頁。

〔註100〕郭沫若《十批判書·古代研究的自我批判》，《郭沫若全集》，歷史編第二卷，人民出版社，1982年，第72頁。

〔註101〕郭沫若《十批判書·古代研究的自我批判》，《郭沫若全集》，歷史編第二卷，人民出版社，1982年，第73頁。

〔註102〕郭沫若《史學論集·中國文化之傳統精神》，《郭沫若全集》，歷史編第三卷，人民出版社1984年，第259頁。

〔註103〕郭沫若《史學論集·中國文化之傳統精神》，《郭沫若全集》，歷史編第三卷，人民出版社1984年，第259頁。

郭沫若的這種觀點及逆時代潮流而上的勇氣是可欽可敬的。更重要的是，郭沫若不僅逆五四批孔思潮而上，而且著重考察了爲官方和正統文人所不恥的俠與儒家的精神聯繫。他認爲儒家八派之一的漆雕氏之儒就是俠，「初期儒家裏面也有這樣一個近於任俠的別派而爲墨家所反對」，〔註104〕這個任俠的儒家別派就是漆雕氏之儒。漆雕氏之儒「不色撓，不目逃，行曲則違於臧獲，行直則怒於諸侯」，〔註105〕有尚武好勇的俠者風範，孔門弟子中的子路好勇任俠、曾子具有雖千萬人吾往矣的大勇氣概。儒分爲八派之後，儒家好勇任俠的風尚爲漆雕氏之儒所發揚光大，郭沫若認爲：「《禮記》有《儒行篇》盛讚儒者之剛毅特立，或許也就是這一派儒者的典籍吧。」〔註106〕可見，在郭沫若眼裏，俠與儒家思想有密切的精神聯繫。關於儒俠之間的關係，郭沫若從章太炎那裏受益匪淺。世人言儒怯儒柔弱，而章太炎則三作《儒俠》篇，指出儒者不儒不弱，且俠者具有殺身成仁、爲國除害的宗旨和氣魄，他認爲：「儒者之義，有過於『殺身成仁』者乎？儒者之用，有過於『除國之大害，扦國之大患』者乎？」〔註107〕俠者宗旨和儒家之義之用是息息相通的，從而找到了俠與儒之間的精神聯繫。章太炎「以儒兼俠」，儒俠並舉，目的在於提倡尚武任俠精神，號召人民起來反抗滿清統治，以實現革命排滿的大業。郭沫若汲取了章太炎俠文化觀的合理積極因素，並突破了其民族主義色彩的局限性，在俠文化觀念上實現了現代超越。孔子提倡仁者愛人，主張實行仁道，郭沫若認爲儒家的「『人』是人民大眾」，孔子的「『仁道』實在是爲大眾的行爲。他要人們除掉一切自私自利的心機，而養成爲大眾獻身的犧牲精神」。〔註108〕他曾這樣評價孔子的所謂勇：「不自欺與知恥，是勇，然是勇之初步。進而以天下爲己任，爲救四海的同胞而殺身成仁的那樣的誠心，把自己的智慧發揮到無限大，使與天地偉大的作用相比而無愧，終至於於神無多讓的那種

〔註104〕郭沫若《十批判書·孔墨的批判》，《郭沫若全集》，歷史編第二卷，人民出版社，1982年，第84頁。

〔註105〕韓非著，王先慎集解《韓非子集解卷十九·顯學第五十》，《諸子集成》，第五冊，上海書店，1986年，第352頁。

〔註106〕郭沫若《十批判書·儒家八派的批判》，《郭沫若全集》，歷史編第二卷，人民出版社，1982年，第149頁。

〔註107〕章太炎《訄書初刻本·儒俠第五》，《章太炎全集》（三），上海人民出版社，1984年，第11頁。

〔註108〕郭沫若《十批判書·孔墨的批判》，《郭沫若全集》，歷史編第二卷，人民出版社，1982年，第88～89頁。

崇高的精神，便是真的『勇』之極致。」〔註 109〕在創作中，郭沫若給俠義人物身上賦予了儒家的仁道思想和勇之氣概，把他們塑造成為人民大眾謀福利、充滿凜然正氣的崇高形象。如在《棠棣之花》中，聶政不畏強權，勇往直前，號召「大家提著槍矛回頭去殺各人的王和宰相」，為民眾的利益和民族的正義事業挺身而出、慷慨赴難，文本深層湧動著「願將一己命，救彼蒼生起」的大無畏英雄氣概，以及「去破滅那奴隸的枷鎖，高舉起解放的大旗」的救世情懷。從而將俠義人物的境界提升到人民甚至人類解放者的高度，整個文本也就「具有社會革命的意義」。〔註 110〕1948 年春，郭沫若在香港觀看了蘇聯電影《江湖奇俠》，之後意味深長地說：「我在這部《江湖奇俠》上不僅看見了傳說上的大俠那斯列琴的形象化，我更看出了現實的革命偉人列寧和斯大林的象徵。列寧和斯大林正是今天的烏茲別克人現實的那斯列琴了。」〔註 111〕在這裡，郭沫若把列寧和斯大林這樣偉大的全世界無產階級革命領袖也稱為俠了，將俠文化精神和社會主義事業相聯繫，可謂振聾發聵之見。這也恰恰表現了郭沫若在俠文化觀上的不隨時俗之處，說明隨著時代的發展和作者世界觀的進步，對俠的闡釋也賦予了新的時代內涵。可見，「郭沫若實際上是以儒為俠，其原因，大致一是儒不反政府而俠對抗朝廷，二是儒尚文而俠尚武，要尋求一個既有強烈叛逆性格和反權威精神，又有傳統理想社會和人格特徵的歷史文化形態，這就是郭沫若以當代觀念改造了的儒的內涵與俠的外殼的結合」。〔註 112〕

　　郭沫若的俠文化觀超越時俗、古為今用的特點主要源於時代精神和現實社會政治鬥爭的需要，從《女神》中張揚不斷破壞、不斷創造的精神和追求個性解放、尊重個體生命價值的思想到抗戰史劇中謳歌愛國救民、擁護統一的民族精神，俠由抗暴懲惡、扶危濟困的行為特徵到具有拯救民族危亡的社會革命理想，無不是作者在對俠文化進行現代性改造下所賦予的新的時代內涵。郭沫若積極發掘和提煉傳統文化資源以儒家思想賦予俠新的精神價值，

〔註 109〕郭沫若《史學論集・中國文化之傳統精神》，《郭沫若全集》，歷史編第三卷，人民出版社，1984 年，第 262 頁。

〔註 110〕韓雲波《論郭沫若抗戰史劇的俠文化內涵》，載《貴州大學學報》（社會科學版）1993 年第 2 期。

〔註 111〕郭沫若《集外・出了籠的飛鳥——看了〈江湖奇俠〉後》，《郭沫若全集》，文學編第十六卷，人民文學出版社，1989 年，第 298～299 頁。

〔註 112〕韓雲波《論郭沫若抗戰史劇的俠文化內涵》，載《貴州大學學報》（社會科學版）1993 年第 2 期。

又以先進的世界觀闡釋俠的現代意義，在對傳統俠文化的創造性轉化中，他筆下的俠雖然取材於歷史，卻超越了歷史實存俠的價值意義，從而能夠眞正地爲現實服務。這既是郭沫若俠文化觀的價值所在，同時體現在其創作中，也留下了政治功利色彩濃厚而相對沖淡藝術魅力的缺憾。

三　老舍：激揚劍膽鑄民魂的文俠

　　老舍出生於北京城的一個貧民家庭，在大雜院裏度過艱難的幼年和少年時代，深受民間文化、說唱藝術特別是俠義故事的影響，對弱者地位和含辛茹苦的生活況味體驗頗深，因此，他多以城市貧民的視角投入創作而使其作品具有人民性和人道情懷。有論者指山：「在整個新文學陣營中，老舍受俠文化的影響可能是最深最明顯的，這種影響從他一開始創作就顯露出來，幾乎成爲貫穿其全部創作的一根線，無論是在創作的動機上還是在作品情節的描寫上。」〔註 113〕這是一種可貴的發現，這種發現已經得到了學界的認可。但是我認爲，老舍受俠文化的影響不僅僅從他一開始創作就顯露出來，他之所以受俠文化的影響最深最明顯，更重要的是，他的現代生命體驗與俠文化發生了精神相遇並積澱爲其內心的崇俠情結，這種文化心理積澱直接參與指導他的現實行爲，並且在特定時代的創作中煥發爲人格精神的力量而呈現於作品文本之中。

　　深受俠文化影響的老舍雖然沒有直接參與五四新文化運動，但新文化運動卻賦予了他個性解放思想和現代意識：「反封建使我體會到人的尊嚴，人不該作禮教的奴隸；反帝國主義使我感到中國人的尊嚴，中國人不該再作洋奴。」〔註 114〕個性解放思想、反帝反封建意識和捍衛人格尊嚴的精神與俠的獨立人格精神、反抗意志是相通的，只不過前者在現代社會文化條件下獲得了現代意識的觀照。赴英執教深受歐風西雨浸染的人生經歷和抗戰期間血與火的洗禮，使老舍能夠站在東西方文化的交叉點上，一方面讚同甚至羨慕英國人的現代價值觀念，一方面冷靜地審視以英國爲代表的西方列強對弱國子民的傲慢與偏見並強烈抗議帝國主義的無恥侵略，他強烈地意識到中國必須建立現代意義上的國民人格和國家觀念。由於特定時代賦予了老舍反帝反封建的現代意識和反抗意志，所以，作爲一個深受封建禮教和倫理綱常薰染的知識分

〔註 113〕湯晨光《老舍與俠文化》，載《齊魯學刊》1996 年第 5 期。
〔註 114〕老舍《「五四」給了我什麼》，載《解放軍報》1957 年 5 月 4 日。

子，他能夠走出封建主義束縛，以現代意識觀照、批判國民劣根性和封建文化傳統；也能夠擺脫帝國主義侵略的夢魘，胸懷民族大義，深入開掘民族傳統文化中可以積極建設的質素，反抗西方列強的傲慢和帝國主義的侵略。所有這些反映到創作上，就是老舍以書生之筆對俠文化進行了充分借鑒和現代承傳及創造性轉化，將其作爲現代國民人格、民族文化和國家觀念可以積極建設的精神資源，激揚劍膽，爲人民大眾鑄造不屈的靈魂。老舍受俠文化的影響可謂深矣，俠文化也已經成爲學界觀照老舍其人其文的新視角。但正如緒論中所言，以往的研究成果都忽略了老舍的現代生命體驗尤其是旅英期間的人生經歷對他的精神刺激與俠文化的錯綜複雜的聯繫，他對俠文化的現實改造思路如何？還有他最初以現代意識觀照、批判國民劣根性和封建文化傳統，而抗戰期間轉爲對民族精神（包括俠文化精神）和優秀文化傳統的歌頌，其轉化的內在機制如何？他的文化立場怎樣？所有這些問題都沒有給以深入探究。

我認爲，老舍對俠文化的接受與思考，不僅僅表現爲外在的影響和簡單的承傳，更重要的是作家的現代生命體驗與俠文化在特定歷史境遇下的現代性聚合與主體性再造。具體來說，老舍立足於民間立場，以現代意識重新審視俠文化，對俠文化進行了現代性轉化和主體性再造，把它作爲文化建構和人格建構的參照系，從中汲取符合時代要求的質素來作爲傳統文化與國民人格更新再造的精神資源，在將俠文化精神作爲一種傳統美德予以張揚的同時，將其納入文化反思和國民性改造的整體文學格局中，最終致力於獨立人格的全新建構、社會理想的探尋和民族新生的文化構想。

（一）現代生命體驗中的任俠傾向和崇俠情結

在漫長的歷史發展過程中，由於俠文化的積澱與承傳，對俠的崇拜，逐漸成爲中國人相當普遍的文化心理，特別是身處弱者地位而又渴望強者拯救的中下層社會成員，對俠可以說是達到了頂禮膜拜的地步。隨著俠文化發展到現代歷史階段，特別是和文人知識分子的生命體驗相結合，積澱於民族心靈深處的俠文化精神變得更加知識分子化和內在性格化了，成爲他們雖不能至卻心嚮往之的精神圖騰，在特定時代往往會煥發爲他們的正義人格力量和堅貞不屈的精神。老舍就是這樣一個生活於現代且深受俠文化影響的新文學作家，他的青少年時代，正值清末民初「尚武」思潮方興未艾之時，受到了濃厚的俠文化精神氣候的浸潤，同時他身處社會底層，容易接觸到流傳於市

井巷里的民間說唱藝術，在讀小學期間，他常常在下午放學後，和同學「一同到小茶館去聽評講《小五義》或《施公案》」，〔註115〕深受當時流行的武俠公案小說、街頭茶肆中說唱文學的影響。因此，他對俠的大無畏精神和主持公道正義之心由衷敬佩。他說：「記得小的時候，有一陣子很想當『黃天霸』。每逢四顧無人，便掏出瓦塊或碎磚，回頭輕喊：看鏢！有一天，把醋瓶也這樣出了手，幾乎挨了頓打。這是聽《五女七貞》的結果。」〔註116〕同時，老舍從勤勞善良的母親那裏繼承了樂於助人、崇尚義氣的傳統美德，這是母親給他的生命教育中最富有俠義色彩的一面。〔註117〕這些童年經驗對老舍的文化人格及其思想與創作影響深遠，不但作為題材融進了他的文學創作中，更奠定了老舍終生對俠文化精神的情感眷戀。

老舍性格中的任俠傾向在成年後的現代生命體驗中更加鮮明，主要表現為他對俠的正義、無畏、率真、無私等人格質素的汲取和現代性轉化。從年輕時代起，老舍就非常愛好武術。「他學了少林拳、太極拳、五行棍、太極棍、黏平等等，並購置了刀槍劍戟。一九三四年遷居青島，老舍在黃縣路租了一套房子，房前寬敞的院子成了他的練拳場子。通客廳的小前廳裏有一副架子，上面十八般兵器一字排開，讓初次造訪的人困惑不解，以為闖進了某位武士的家」。〔註118〕同時，在山東工作期間，「山東的一些拳師、藝人、人力車夫、小商小販，也都是他當時的座上客，互相之間無所不談。他自己也常常耍槍弄棒，練習拳術」。〔註119〕老舍生活中的這些舉動固然主要是為了強身健體，但從中我們也可以窺見他的尚武精神和俠者風範。劉若愚在歸納俠的特徵時認為：「他們確有共同的特徵，諸如具有正義感、忠於朋友、勇敢無畏和感情用事，因而無愧遊俠這個稱號。」〔註120〕老舍性格中的剛正不阿、嫉惡如仇、同情弱小等特質與劉若愚總結的俠的特徵是一致的，這些特質是老舍對俠文化精神的現代性承傳與轉化，這在他的文化人格上有著鮮明的體現。小到日

〔註115〕老舍《悼念羅常培先生》，《老舍生活與創作自述》，人民文學出版社，1982年，第431頁。

〔註116〕老舍《習慣》，《老舍文集》，第十四卷，人民文學出版社，1989年，第489頁。

〔註117〕參見老舍《我的母親》，《老舍研究資料》（上），曾廣燦、吳懷斌編，北京十月文藝出版社，1985年，第108～113頁。

〔註118〕舒乙《老舍的關坎和愛好》，中國建設出版社，1988年，第32頁。

〔註119〕王行之《老舍夫人談老舍》，《老舍研究資料》（上），曾廣燦、吳懷斌編，北京十月文藝出版社，1985年，第315～316頁。

〔註120〕（美）劉若愚《中國之俠》，周清霖、唐發鐃譯，上海三聯書店，1991年，第191頁。

常生活、待人接物，大到民族前途、國家命運，老舍都表現出愛恨分明、大義凜然的人生姿態，「他總拿冷眼把人們分成善惡兩堆，嫉惡如仇的憤激，正像替善人可以捨命的熱情同樣發達」。〔註121〕在英國的時候，老舍非常關注國內革命軍的北伐進程，「我們在倫敦的一些朋友天天用針插在地圖上：革命軍前進了，我們狂喜；退卻了，懊喪」。〔註122〕盧溝橋事變後，「老舍每天看報，打聽消息，從早到晚抱著一部《劍南詩稿》反覆吟哦」。〔註123〕為了抗戰，老舍別妻拋子，以筆為劍，為救亡圖存的歷史使命而嘔心瀝血，為爭取民主自由而四處奔波。他的詩句「莫任山河碎，男兒當請纓」，〔註124〕令人想到南宋愛國詩人陸游，不禁油然而生敬意。旅美期間，老舍始終關注人民解放軍的勝利進程。新中國成立後，他立刻投入祖國的懷抱，從此，全心全意地歌頌祖國，歌頌黨，歌頌人民。文革初期，在慘遭毆打、倍受屈辱的境遇中，他選擇了與偉大愛國詩人屈原相同的歸宿，以崇高的殉道精神表達了對祖國的無限忠誠，捍衛了自己的生命尊嚴。由此可見，老舍的義，已經超越了人與人之間的私義，上升到民族大義和愛國主義的高度。在日常生活中，老舍也總是秉持正義之心，「他的朋友們，縱然有時免不了一些他所不悅的鹵莽或幼稚的行動，但只要是出於善意，他都能諒解；反之，如果是出於一種卑鄙的私圖或不光明的動機，縱然善於花言巧語，他也必正言屬色，給對方一個『下不去』」。〔註125〕在大是大非面前不苟且，不迎合，伸張正義，鐵骨錚錚，這正是俠文化精神的生動體現。

　　一個人在人生的早期階段所獲得的經驗，往往對其一生有著極其深刻的影響，特別是對他的人格精神和文化心理乃至思維方式等的形成與發展起著潛在的決定性的作用。通過以上事實分析，足以充分表明，老舍的現代生命體驗在與俠文化精神發生歷史性相遇的過程中，已經內化為他的人格結構和文化心理深層的寶貴質素，即崇俠情結。這種文化知識儲備和潛在的人格心

〔註121〕羅常培《我與老舍——為老舍創作二十週年作》，《老舍研究資料》（上），曾廣燦、吳懷斌編，北京十月文藝出版社，1985年，第262頁。

〔註122〕老舍《我怎樣寫〈二馬〉》，《老舍研究資料》（上），曾廣燦、吳懷斌編，北京十月文藝出版社，1985年，第533頁。

〔註123〕王行之《老舍夫人談老舍》，《老舍研究資料》（上），曾廣燦、吳懷斌編，北京十月文藝出版社，1985年，第317頁。

〔註124〕王惠雲、蘇慶昌《老舍評傳》，花山文藝出版社，1985年，第204頁。

〔註125〕以群《我所知道的老舍先生》，《老舍研究資料》（上），曾廣燦、吳懷斌編，北京十月文藝出版社，1985年，第255頁。

理質素，在特定時代精神氣候的觸發和激勵下，必然會作為珍貴的精神資源從潛意識層浮現出來，對作家的思想與創作發生重要影響。

（二）轉化與再造：對俠文化的改造思路

老舍雖然不是一個俠客，但統觀他的生命歷程和作品文本，可以說，他就是一位具有俠肝義膽的新文學作家，是一個具有俠的氣質的文人知識分子——現代文俠。他立足於民間立場，以現代意識展開對傳統文化的反思和對國民性的審視，繼承和發揚了俠文化精神，希望把這種少年血性湯注入老大民族的靈魂，改變其中庸、怯懦、忍辱屈從、苟且偷生等國民劣根性，同時根據特定時代的要求，對俠文化進行了現代性改造和利用，將民族氣節與愛國熱情作為俠文化的重要內涵加以突出，強調俠文化精神中能夠促進民族新生的積極方面，從而把五四以來的思想啓蒙主題推向深入。

1. 復仇精神的現代超越和獨立人格的全新建構

在俠文化的價值觀念中，復仇「原本是早期遊俠的人格價值最集中最有代表性的體現，這中間正義性的內核是俠義倫理的精神支柱，無疑也是復仇的動機之一」。〔註126〕儘管復仇帶有盲目性和殘酷性，但在客觀上卻起到了對公道、正義的捍衛和對生命尊嚴的維護，也有利於個體人格的獨立和個性的張揚。老舍筆下的復仇者與傳統俠文化中的復仇者形象有著內在的精神聯繫，並對其進行了現代超越。他把對復仇精神的理性闡發同他對整個傳統文化的批判以及對國民性的改造聯繫起來，同時把復仇精神的價值指向同個體生命價值的實現、個性的張揚、獨立人格的建構以及社會公正緊密結合，於是，在復仇與俠義之間建立起了某種內在有機的聯繫，形成一種趨於平衡的認知結構，強化了人們對復仇事件的肯定性評判，從而突出了復仇的歷史合理性與社會正義性。

基於國難家仇的情感因素和國民性改造的理性意圖，老舍對復仇精神給以肯定和認同，並把它作為特定條件下人格獨立與個性張揚的強大動力。他意識到，無論在行為模式，還是在精神特徵上，國人的生命力日趨萎縮，缺乏強烈的意志衝動及由此而來的外在生命行為，缺乏勇猛剛健的生命活力和積極進取的奮鬥精神。在老舍看來，幾千年封建禮教的統治，早已將國人雄強豪邁的復仇本性和反抗意志剝蝕殆盡，形成《二馬》中所說的「出窩老」

〔註126〕王立《武俠文化通論》，人民出版社，2005年，第9～10頁。

的病態人格。一味地怯懦、忍讓、屈從，導致世界列強的不斷入侵，中國逐步陷入半殖民地化的深淵。在《貓城記》中，貓人面對外敵入侵，從高官到小民都在唱戲，結婚，看熱鬧，麻木不仁，若無其事，不敢迎敵抗戰，最終導致貓國覆滅。在《四世同堂》中，人們似乎沒有亡城亡國之悲，仍然興高采烈地參加北海的滑冰比賽，吃喝玩樂，不敢反抗暴敵，更不會想到國民對國家應負的責任，只按著習慣行動，沉淪墮落到只剩下蒼白的軀殼。這些敘寫都充分表明了老舍對國民劣根性的清醒認識和深刻焦慮。「我們的文化或者只能產生我這樣因循守舊的傢夥，而不能產生壯懷激烈的好漢！我自己慚愧，同時我也為我們的文化擔憂。」〔註127〕老舍更借筆下人物之口表達了對傳統文化的反思和憂慮。面對國民劣根性，如何救治以使其走上健康之路呢？老舍在俠文化精神中找到了改造國民性的藥方，即不畏強暴、勇於反抗的復仇精神和獨立的人格意志，而這正是當時國民性重建的思想資源。尤其在抗戰期間，「真敢拼命的不是士兵與民眾？假如他們素日沒有那些見義勇為、俠腸義膽等舊道德思想在心中，恐怕就不會這麼捨身成仁了」，因此，老舍主張「利用舊思想把民心引到抗戰上來」，〔註128〕倡導以復仇精神來改造國民性，高揚國民的正氣、勇氣和骨氣，重建國民理想人格。

老舍在其處女作《小鈴兒》中，就敘寫了一個復仇故事。從四個小學生由愛國仇敵而練武的行為方式中，可知老舍受俠文化精神影響之深。特別是小鈴兒面對家庭悲劇所表現出的復仇衝動和作出的復仇行為抉擇，更顯示出老舍對復仇精神的情感認同。直到1926年《老張的哲學》發表時，老舍借小說中人物李老人之口，才真正表達了他對復仇精神的理性認識。善良的李老人在歷經無數次「好心無好報」的厄運之後，最終不再寬恕，而毅然決然地選擇了實踐行為上的復仇精神，主張以惡抗惡，以暴易暴。在該小說中，王德見自己的愛人李靜要被老張霸佔，面對老張的囂張氣焰，雖然自己並無多少力氣，但仍走上了復仇之路，在老張迎娶之日前去行刺。在《趙子曰》中，文弱書生李景純為了為民除害，去刺殺軍閥賀占元，明知勢單力薄，但仍單槍匹馬，從容上陣，大有視死如歸的俠客氣概。在話劇《國家至上》中，具有俠肝義膽的回族拳師張老師，曾「獨力滅巨盜」，「雖老仍敢冒險」，「具英果嚴肅氣度」。在《離婚》中，丁二爺為主人解難報仇，殺了惡人小趙，頗有

〔註127〕老舍《四世同堂》，百花文藝出版社，1985年，第192頁。
〔註128〕老舍《老舍文集》，第十五卷，人民文學出版社，1990年，第356頁。

先秦之俠的品行。更值得注意的是，長篇小說《四世同堂》高揚國家復仇意識，正面描寫了多起刺殺事件。詩人錢默吟從日本人手中死裏逃生之後，儼然成了一個神秘莫測的俠客。老舍塑造的這一系列人物形象，其抗世行為明顯地表現為俠的方式——一種江湖好漢式的復仇舉動。老舍在對復仇行為的敘寫中充滿了對復仇精神的現代超越，對傳統文化中的負面價值進行了顛覆和解構，揭露了怯懦、隱忍、苟安等在現實面前的無力與無益，肯定了復仇精神的價值意義，致力於獨立健全人格的全新建構。通過以上分析，我們可以看出，復仇精神的實質並非單純的對抗性行動，而是一種精神品格的象徵，一種健全人格的體現，一種新型社會道德的強大動力。

更為重要的是，近代以來在中華民族飽經內憂外患、國難家仇的歷史境遇下，戰爭的記憶和民族國家的恥辱給老舍的生命經驗留下了深刻的創傷，這些戰爭記憶和民族國家恥辱的創傷性經驗不斷被新的戰爭經歷（日本侵華戰爭）和海外生活環境（赴英執教）所激活，在創作上表現為強烈的國家復仇意識，可以說，現代著名作家中「仇洋」心理最重的就是老舍。〔註129〕無論身居海外，還是生活於國內，在維護民族尊嚴、張揚個性獨立等方面，「仇洋」心理對於老舍文化人格的塑造，意義重大，影響深遠。這樣，老舍對復仇精神的現代詮釋達到了民族大義和國家利益的高度，復仇精神的境界再次實現了超越與飛升。

我們再來看一下前面曾經提到過的《小鈴兒》這篇小說，它的主題思想非常明確，那就是：向洋人復仇。小鈴兒原本是一個天真、活潑、可愛的孩子，深受老師的喜愛。有一次，老師給了他一幅李鴻章的畫像，當他聽說李鴻章是與日本簽訂喪權辱國的賣國條約的人時，內心裏就本能地產生了對李鴻章的厭惡和反感。特別是當他從母親那裏聽說自己的父親戰死南京而連屍首都找不到時，幼小的心靈更加充滿了樸素的愛國情感和強烈的復仇火焰。國難家仇、民族恥辱在這個小孩子的心靈深處埋下了仇恨的種子，他把小朋友組織起來，練習殺敵本領，立志為像父親那樣慘死的無數冤魂報仇，「先打日本，後打南京」成為他內心復仇的渴望。很顯然，這篇小說折射出老舍對父親慘死於1900年八國聯軍入侵北京時的戰爭記憶和情感依戀。雖然那時候老舍才一歲，不可能擁有對那場戰爭的絲毫記憶，但長大後，他就不斷聽到

〔註129〕參見張全之《論戰爭記憶與老舍創作的國家復仇意識》，載《齊魯學刊》2001年第5期。

人們對那場戰爭的描述，尤其是母親的敘述，形成了他對那場戰爭的刻骨銘心的「記憶」：「自從我開始記事，直到老母病逝，我聽過多少多少次她的關於八國聯軍罪行的含淚追述。……母親的述說，深深印在我的心中，難以磨滅。」〔註130〕這樣，一種「仇洋」心理就在老舍內心深處萌發，並影響著他的創作。

1924 年，老舍赴英執教，英國是當年入侵中國的「八國聯軍」之一，他以自己的獨特的親身體驗，感受著這個西方的現代大都市。在中西文化碰撞的衝擊下，老舍認可並接受了先進的西方現代文明，但他並沒有陶醉於這種文明之中。戰爭記憶和民族國家恥辱的創傷性經驗被海外生活環境啟動，使老舍對英國抱持警惕和戒備心理，於是他冷靜地審視大英帝國的傲慢與偏見，以及西方人對中國形象的扭曲和醜化，揭示了西方殖民者偽善的險惡用心與侵略本質。在小說《二馬》中，老舍對西方人創造出來的「中國形象」作了形象的反映和揭示：「中國城要是住著二十個中國人，他們的記載上一定是五千；而且這五千黃臉鬼是個個抽大煙，私運軍火，害死人把屍首往床底下藏，強姦婦女不問老少，和作一切至少該千刀萬剮的事情的。作小說的，寫戲劇的，作電影的，描寫中國人全根據著這種傳說和報告。然後看戲，看電影，念小說的姑娘，老太太，小孩子，和英國皇帝，把這種出乎情理的事牢牢的記在腦子裏，於是中國人就變成世界上最陰險，最污濁，最討厭，最卑鄙的一種兩條腿兒的動物！」〔註131〕很顯然，配合西方殖民擴張的西方文化以其話語霸權的咄咄氣勢在扭曲和醜化著中國人的形象，這與中國人自己對國民劣根性的揭示在目的上有著本質上的不同，西方人以「他者」立場對中國進行的鏡像描述，其背後潛隱著不可告人的政治目的，他們必將會利用這些有關中國的「知識」製造輿論，並把這種「知識」轉化為一種可以拯救的名義對中國進行侵略的權力。老舍充分地意識到了這一點。在西方文化的話語霸權之下，在西方國家的殖民統治之下，中國人似乎無法抗辯西方人對中國人形象的扭曲和醜化。但可貴的是，老舍在小說中及時地揭示了西方人的險惡用心和不良目的。他以反諷的筆法塑造了一個「真愛中國人」的帶腿的「中國百科全書」式的人物形象──伊牧師，他半夜裏睡不著的時候，總

〔註130〕老舍《吐了一口氣》，《老舍生活與創作自述》，人民文學出版社，1982 年，第 147 頁。

〔註131〕老舍《老舍全集》，第一卷，人民文學出版社，1999 年，第 395 頁。

是禱告上帝快叫中國變成英國的屬國，並含淚告訴上帝，中國人要不叫英國人管起來，怎麼也升不了天堂。在這裡，伴隨著西方殖民侵略的文化殖民的本質得到了淋漓盡致的揭示，足以引起國人的警覺。爲了警惕和應對西方的侵略，老舍向國人強烈呼籲：「中國人！你們該睜開眼看一看了，到了該睜眼的時候了！你們該挺挺腰板了，到了挺腰板的時候了！──除非你們願意永遠當狗！」〔註132〕可以看出，老舍內心深處的國家復仇意識在海外生活環境的刺激下進一步強化了。

　　1929年老舍離開英國回國，途徑新加坡時，創作了長篇童話小說《小坡的生日》。在這部小說中，老舍描寫了一個由中國小孩、馬來小孩、印度小孩組成的人間樂園，他們在這裡縱情玩樂、盡情嬉戲。唯獨沒有白種小孩。可見，在這個由被奴役民族的孩子們構成的世界背後，潛在著一個白種人的世界。作者的用意在於呼喚這些被西方列強奴役的民族團結起來，共同對抗西方世界。「因此《小坡的生日》標誌著老舍民族──國家復仇主義有所轉變，即由中華民族向西方復仇，轉化爲聯合所有被壓迫者，向西方世界復仇」。〔註133〕

　　日本侵華戰爭的全面爆發，更加激活了老舍的國家復仇意識和民族抗爭精神。在全民抗戰的歷史文化境遇下，老舍主要致力於民族精神的高揚和民族新生的文化構想，這一點我們將在後面具體論述。從整體上看，由創傷性的戰爭記憶和民族國家恥辱，以及海外環境和國內環境的生命體驗，渾然交融而形成的國家復仇意識，成爲推動老舍走上文學之路的強大動力，或隱或顯地影響和制約著他的創作。

2. 俠義精神的推重和社會理想的探尋

　　俠義精神是俠文化精神的核心要素，是俠文化的精髓所在。「俠在『義』的倫理原則支持下，有一種實現正義的深層動機，因而他幾乎是出自於角色本能地去履行一種扶危濟困的職責」。〔註134〕可見，行俠仗義是俠的基本行爲準則，輕生死，重然諾，扶危濟困，鋤強扶弱成爲俠義精神的重要體現。對於俠義精神，老舍深表肯定和讚同，他說：「行俠仗義，好打不平，本是一個

〔註132〕老舍《老舍全集》，第一卷，人民文學出版社，1999年，第395頁。
〔註133〕張全之《論戰爭記憶與老舍創作的國家復仇意識》，載《齊魯學刊》2001年第5期。
〔註134〕王立《偉大的同情──俠文學的主題史研究》，學林出版社，1999年，第69頁。

黑暗社會中應有的好事。」〔註135〕對於武俠人物，老舍曾寫道：「在祥子眼裏，劉四爺可以算作黃天霸。他心中的體面人物，除了黃天霸，就得算是那位孔聖人。」〔註136〕在這裡，作為純屬虛構的金鏢黃天霸的魅力及小說人物劉四爺的影響，在普通民眾心中，居然蓋過了作為萬世師表的大成至聖先師孔子的光輝，對中國正統儒家文化可謂極大的諷刺，也足以證明俠的意識觀念已經內化為我們民族性或國民性中的寶貴質素，並給予老舍及其筆下人物以深遠的影響。老舍對社會的黑暗與不公正有著深刻的體驗，在盧溝橋事變以前，他一直嚮往一個和諧的沒有欺壓的美好世界。他崇尚善，想除盡人間不平事。於是，他在創作中塑造了許多富有俠義精神的理想人物，藉以表達他的社會人生理想。

　　老舍筆下的理想人物，同情弱小，抱打不平，仗義行俠，大義凜然，是一些滿懷著對社會公道、社會正義的樸素願望敢於挺身而出的英雄好漢。他們或具有傳統的道德力量，或呈現一派儒俠風度，或堅守崇高的民族氣節。儘管他們身上存在程度不同的缺陷，不能改變周圍人物的悲劇命運，不能從根本上改革社會弊端，但他們面對社會不公而敢於挺身而出，維護「正義」和「公道」。他們的俠義行為、高貴品格為老舍的藝術世界增添了亮色，不啻是黑暗王國中的一線光明，這意味著老舍對社會發展和民族前途充滿了希望，更顯示了他對傳統文化積極一面的贊許。在《老張的哲學》中，孫守備慷慨解囊贖回了弱女子李靜，救李靜於危難之際，孫守備有長者兼俠士遺風；趙四為了拯救李靜和龍鳳姑娘於水火之中，急公好義，不計較個人得失。《趙子曰》中的李景純認為，「救國有兩條道，一是救民，一是殺軍閥」，他最終以行刺軍閥的舉動表達了對黑暗社會的抗議。在《貓城記》中，大鷹為了激起國民的抗爭精神，讓人割下自己的頭顱懸掛在門樓上，以警示國人，大有捨生取義、殺身成仁的俠者風範。在《殺狗》中，描寫了在倡狂的敵寇面前，一個不識字的武術教師的勇武和正氣，他說：「只要挺起胸脯不怕死，誰也不敢斜眼看咱們！」表現出剛烈的民族氣節和威武不屈的俠者氣度。在《四世同堂》中，錢默吟兩次下獄都保持了士可殺而不可辱的民族氣節，家庭的不幸，民族的危亡，使他於悲憤中毅然決然地走上了抗戰之路。比較特殊而富

〔註135〕老舍《怎樣讀小說》，《老舍文集》，第十五卷，人民文學出版社，1990 年，第 521 頁。

〔註136〕老舍《駱駝祥子》，《老舍選集》，第一卷，四川人民出版社，1982 年，第 63 頁。

有意味的是《斷魂槍》，文本深層蘊藉著濃濃的懷舊情緒，這源於對「不傳」的槍法——俠文化的眷戀，表達了老舍對民間俠文化在新的歷史環境下尷尬命運的反思，同時彰顯了他對俠文化精神的尊崇。

　　總的來說，老舍筆下的理想人物既有捨生取義、為國為民的俠之大者，也有扶危濟困的普通義士，即使是《月牙兒》中的暗娼「我」和《駱駝祥子》中的虎妞，也都或多或少有點俠義之氣。在對這些俠義人物進行敘寫時，老舍總是把他們置於同自私卑瑣的某個人物或群體對立與抗爭的關係中，來進行意義表達的。如《老張的哲學》中趙四與老張們的鬥爭，《趙子曰》中李景純同趙子曰們的矛盾，《四世同堂》中錢默吟與冠曉荷的對立等等。在對比中，自私、卑瑣遭到了鞭撻，俠義精神得以張揚。從中我們應該認識到老舍推重俠義精神、探尋社會理想的良苦用心，即在將俠義精神作為一種傳統美德予以張揚的同時，以現代意識對其進行理性審視，取其積極因素，作為國民性改造和社會理想建構的寶貴精神資源。

3. 民族精神的高揚和民族新生的文化構想

　　「當國家民族處於危難的關頭，俠的忠勇人格還會對歷代遊俠或任俠之士產生範導作用，砥礪他們的志節，在他們心底喚出一種『捐軀赴國難，視死忽如歸』的大無畏英雄氣概」。〔註137〕老舍可謂任俠之士，他在北伐戰爭、抗日戰爭和解放戰爭時期憂國憂民、勇於擔當的精神與俠義行為，我們在前面已經提及，此處不再贅述。在這裡，我們探討一下在國破家亡的危機關頭，老舍的創作思想有何轉變，他以怎樣的文化立場參與了這場救亡圖存的偉大戰爭，這在他的作品文本中又有何重要體現。

　　隨著抗戰的爆發，為了爭取民族獨立和建設現代民族國家，以民族救亡為核心的戰爭文化取代或溶解了五四以來的啟蒙文化。於是，高揚本土文化、重視民族意識、弘揚民族氣節與讚頌愛國精神成為當時文化建設的價值取向。在特定的歷史文化境遇下，儘管當時五四時期開創的新文化和新文學傳統及其個性啟蒙精神被民族救亡話語所壓倒，老舍同大多數五四作家一樣由以往的文化批判轉為對民族精神和優秀文化傳統的歌頌，但他並沒有輕易放棄精英立場和思想啟蒙的使命，也沒有從一般的經濟或政治層面來探討戰爭的根源、揭露戰爭的罪惡、譴責戰爭的不義或頌揚民眾的抗戰熱情，而是堅持以往清醒的文化批判立場，試圖透視抗戰軍民殺身成仁、捨生取義所折射

〔註137〕汪湧豪、陳廣宏《俠的人格與世界》，復旦大學出版社，2005 年，第 106 頁。

出的文化內涵以及老中國兒女在民族危難面前的種種表現，對歷史文化傳統
進行深沉的反思。老舍接受了這場戰爭的洗禮，看到了民族的大劫難，也看
到了民族大劫難中的大無恥。這種深刻的戰爭體驗促使他清醒地審視和反省
了我們的民族傳統文化，批判了國民劣根性，更熱衷於喚起潛藏於人們內心
深處的「俠骨俠節」，寫出了民族的覺醒，也寫出了傳統文化可以積極建設的
一面，從而把民族氣節與愛國熱情作為俠文化的重要內涵凸顯出來，激發人
們救亡圖存、抵禦外侮的民族抗爭精神和國家復仇意識，呼喚民族的新生，
為危難中的中華民族提供了巨大的精神原動力。他這一時期的創作思想和文
化立場儘管有不合時代節奏的弦音，但卻因對整個民族傳統文化的現代性審
視和反思而具有厚重的歷史感與思想文化的深度，從而呈現出永恆的思想力
量和獨特的藝術魅力。

　　在《四世同堂》中，老舍從歷史文化層面深刻地剖析了戰爭中的民族性
格和社會心理，挖掘出傳統文化積極和消極的兩個方面。一方面，老舍痛心
地透視到民族精神的儒弱屈從、苟且偷生，正是亡城之根源，小羊圈胡同裏
人們的惶惑與偷生，正是受封建傳統文化的負面影響所致。一方面，老舍意
識到，要抵禦外侮，重整山河，必須使國民性格在抗日烈火中得到新生，有
優秀文化傳統的民族是不可戰勝的。在該小說中，那個一向只知道作揖鞠躬
的祁老人敢於對著敵人的槍口講話，他抱著餓死的重孫女向日本人抗議；瑞
宣經過彷徨、迷惑後，終於在錢默吟和瑞全的影響下，走上了抗敵之路；韻
梅在民族危亡之際，忍受著女兒餓死的悲痛，毅然支持丈夫的愛國行動，崇
高婦德與民族氣節融為一體，使她如雪中之梅，傲然挺立；祁天祐為維護人
格尊嚴而自殺，體現了俠文化精神的一個側面，即對人格尊嚴的極度重視。
更值得稱道的是，錢默吟一家的抗爭。這是一箇舊式知識分子家庭，在和平
的日常生活裏，他們心平氣和，潔身自好，安貧樂道，但在民族危亡、國難
當頭之際，以一家之長錢默吟為代表，他們都重氣節，輕財力，挺身而出，
勇赴國難。錢默吟是以「儒俠」形象出現的理想人物，他的人生哲學、文化
觀念、審美情趣等都是典型的中國傳統文化式的，在他身上，充分體現了中
國傳統文化中那種「士可殺而不可辱」的精神境界。他深明大義，一身正氣，
不畏強暴，敢於反抗。在家仇國難的血淚面前，他經受住了考驗和磨難，走
上抗日救國之路，演出了轟轟烈烈的戲樓刺殺、郊外懲治漢奸的英雄傳奇。
錢默吟作為中國傳統知識分子的代表，以其在民族解放戰爭中的新生，顯示
了「儒——俠」兩種文化傳統融匯的可能性。同為了病妻幼子竟然淪為漢奸

的陳野求相比，同賣國求榮、喪失氣節的漢奸冠曉荷、藍東陽相比，錢默吟、祁老人、祁天祐、瑞宣、韻梅等人身上所體現出來的不畏強暴、敢於反抗、誓死堅守民族氣節與捍衛人格尊嚴的精神，在民族危亡的關鍵時刻，是難能可貴的，充分顯示了民族心態中堅貞勇毅的一面和民族文化可以積極建設的一面。「在老舍看來，為神聖的民族解放戰爭所喚起的這種堅韌不屈、勇於自我犧牲的民族精神是可以成為建設新民族、新國家的精神力量的」。〔註 138〕這是老舍探尋民族傳統文化出路和國家前途命運的思想結晶，同時也標誌著老舍的創作隨著時代的發展而達到了一個新的高度。

（三）俠文化改造思路的當下性意義

　　我們知道，梁啟超是晚清「尚武」思潮的集大成者，他寫了《中國積弱溯源論》、《中國之武士道》等論著，積極尋求中國的病根所在，激烈地批判愚弱的國民性，大力提倡尚武任俠以新民強國。通過探討老舍與俠文化的關係，可以看出，老舍深受晚清以來仁人志士的憂患意識和自強理念，特別是梁啟超「尚武任俠」思想主張的影響並給予了積極的回應。老舍「因其氣質的剛強豪爽而接受俠的精神價值」，「他用俠的性格來否定世人的『沒有骨氣』，因此他的描寫也有宣導和號召的意義，這是改造國民性格的一種努力。在一個民族需要戰鬥的時代，現成的俠的性格必然被正面地表現」，「老舍用俠的精神的表現去滿足了時代的要求，完成了時代所賦予一個作家的使命」。〔註 139〕當然，老舍對待俠文化，並非一味地盲目崇拜，他也認識到了俠文化的負面影響，他說：「倘若作者專注意到『劍』字上去，說什麼口吐白光，鬥了三天三夜的法而不分勝負，便離題太遠，而使我們漸漸走入魔道了。」〔註 140〕更可貴的是，老舍對俠文化的積極價值給予了肯定和讚同，著重於對俠文化改造利用的可能性的思考，把俠文化精神注入自己理想的人格、社會與文化模式的建構之中，以實現自己的社會、文化理想和人格精神追求。

　　我們知道，老舍並不是一位武俠小說作家，但他卻能夠以精英立場汲取傳統俠文化中的精神資源並融入審美創造與藝術表達之中，遊走於雅俗之

〔註138〕錢理群、溫儒敏、吳福輝《中國現代文學三十年》（修訂本），北京大學出版社，1998 年，第 248～249 頁。
〔註139〕湯晨光《老舍與俠文化》，載《齊魯學刊》1996 年第 5 期。
〔註140〕老舍《怎樣讀小說》，《老舍文集》，第十五卷，人民文學出版社，1990 年，第 521 頁。

間，寄寓著自己強烈的文化理想和執著的精神追求。以此爲鑒，我們再來看看目前的新武俠小說創作。「21 世紀興起的大陸新武俠在前人文體創新體驗的基礎上，處於十分微妙的歷史座標系之中。一方面是前人已經爲武俠小說樹立了卓越的文體典範而使後人難於創新，另一方面是當下文化的進一步發展（包括文化時代內涵與技術手段的雙重躍進）爲武俠小說文體創新提供了良好的契機」。〔註 141〕很顯然，新武俠小說作家處於前人壓力和當前機遇的複雜糾葛之中。從整體上看，在這種特定的文化境遇下，新武俠小說創作呈現出一派大好風光，風格迥異，表現手法也融合了很多現代文化元素，並且得到了有關專家、學者的肯定和讚同：「科學主義、理想主義、和平主義的『三大主義』，作爲對金庸時代武俠小說哲學主義、現實主義、民族主義的超越和發展，集中顯示了 21 世紀大陸新武俠的文化先進性。」〔註 142〕但值得注意的是，很多人都在自己固有的創作模式裏打圈圈，不能實現眞正意義上的自我突破。我認爲，新武俠小說作家除了應注意技術上的創新之外，更需要眞正地多一份關注當下生存的人文情懷和願爲文學獻身的敬業精神，以豐厚的創作實績奉獻給這個文化多元的時代。因此，從文化、文學重建的角度來看，老舍的這種建構型文化改造思路，對於當前我們特別是新武俠小說作家怎樣實現傳統文化、文學（包括俠文化、文學）資源的現代性轉化，具有積極的借鑒意義，並將會產生深遠的影響。

四　沈從文：湘西遊俠精神的歌者

　　沈從文來自湘西鳳凰，行伍世家賦予他一種雄健尚武的血性和從軍的人生歷練，他從邊城出發沿沅水過洞庭走長江躋身於現代都市尋求美好的夢想，在漂泊動盪的人生江湖中，他看到了更多社會的常與變、民族的新與舊、人生的生與死、人性的善與惡。在屢屢受挫的人生際遇面前，深受湘西遊俠精神浸潤的沈從文憑著堅忍頑強的毅力和筆耕不輟的勤奮，動用豐厚的湘西生活積累和現代都市的生命體驗，由一介寒士步入中國現代文壇，正如有的論者所指出的，湘西的大山所賦予他的那種「潛在的力量一旦爆發，往往有

〔註 141〕韓雲波《大陸新武俠與武俠小說的文體創新》，載《西南師範大學學報》（人文社會科學版）2004 年第 6 期。
〔註 142〕韓雲波《「三大主義」：論大陸新武俠的文化先進性》，載《西南師範大學學報》（人文社會科學版）2006 年第 2 期。

一種不可抑止的原始野性」。〔註 143〕這種原始野性來自於湘西遊俠精神,「湘
西原本多俠氣」,〔註 144〕中國俠文化精神在湘西地方衍變爲遊俠精神,湘西人
「精神上多因遊俠者的遺風,勇鷙慓悍,好客喜弄,如太史公傳記中人」。〔註
145〕走出湘西的沈從文,來到都市尋求人生夢想,獲得了觀照社會、歷史、人
生、人性的現代意識。當他以鄉下人的人性道德尺規來衡量都市人生時,經
受了現代文明洗禮的大都市給他帶來的是深深的失望,他爲現代世界中遊俠
精神的失落而深感遺憾。他對湘西的鄉下生活情有獨鍾,特別對湘西人那種
未受封建正統倫理所規範或束縛的人性、未受現代工業文明所污染的生命價
值更加偏愛。面對都市人生的病態孱弱,面對都市人性的萎靡墮落,沈從文
自然會將審美視角投向湘西純樸強悍的民風,投向雄強勇武、誠信守諾、行
俠仗義的湘西遊俠精神,希望能從中汲取人格建構和文化建構以及實現社會
與國家重造的精神資源。在從邊城到世界的人生旅途上,沈從文成爲湘西遊
俠精神的歌者。他不僅把遊俠精神作爲自己的行爲觀念,在閱讀人生這本大
書的都市體驗中充滿了人間正道的俠骨柔情,而且把遊俠精神作爲人格精神
的質素和文化建構的資源,在文本中熱情抒寫、鍾愛有加,在文學理想之路
上甘於寂寞而深情歌吟。

(一)人間正道的俠骨柔情

　　沈從文是帶著鄉下人的純樸和稻花襲人的氣息以及沅湘水域的溫柔性情
而走上中國現代文壇的,家鄉民情風俗的天然積澱和古道熱腸的民風薰染,
使他的內心積存著人性的泓潭清池,他對原始純樸的人性美、人情美悠然神
往且盡情地謳歌禮贊。在這種意義上,論述沈從文的文章大多喜歡述說他的
溫和性情,他的甘於寂寞。「在人們看來,他身上缺少劍拔弩張式的陽剛之氣,
更有人則將他視爲生性懦弱,且帶市儈氣,一膽小書生也。其實這也是一種
誤會,一個人的勇敢或者說陽剛之氣,未必一定表現爲拍案而起,怒髮衝冠。
只要他心中有眞誠的情感在,這情,或是異性之間的愛,或是同性之間的友
誼。情義一日不滅,他都可能爲這情義而做出與平常性格迥然不同的舉止」。

〔註 143〕劉祖春《憂傷的遐思——懷念沈從文》,載《新文學史料》1991 年第 1 期。
〔註 144〕李輝《湘西原本多俠氣——沈從文的〈記胡也頻〉與〈記丁玲〉》,載《讀書》
　　　　 1990 年第 10 期。
〔註 145〕沈從文《湘西·鳳凰》,《沈從文散文選》,凌宇編,人民文學出版社,1982
　　　　 年,第 285 頁。

〔註 146〕在現實生活中，深受湘西遊俠精神浸潤的沈從文的一些行為確實體現了人間正道的俠義風範，溫柔似水的性情中多了一份剛健有力的俠骨俠情。

在人生歷程中，沈從文遇到了一個重要的轉機，那就是他調進報館工作後，認識了一個有進步思想的印刷工頭，他受到五四運動的影響，成為了一個進步工人，買了很多新書新雜誌。從他那裏，沈從文知道了《改造》、《新潮》、《創造週報》等進步刊物，知道了《超人》的作者是誰，知道了白話文與文言文的不同之處，更懂得了新思想。在這個進步工人的影響下，沈從文不僅長了見識，而且視野也開闊了。他不禁感慨道：「為了讀過些新書，知識同權力相比，我願意得到智慧，放下權力。我明白人活到社會裏應當有許多事情可作，應當為現在的別人去設想，為未來的人類去設想，應當如何去思索生活，且應當如何去為大多數人犧牲，為自己一點點理想受苦，不能隨便馬虎過日子，不能委屈過日子了。」〔註 147〕可見，在新思想的濡染下，沈從文對生活真諦有了深刻的體悟，他更加珍惜自己存在的價值和生命的意義，更加熱愛生活，時刻準備為自己的理想和大多數人的利益而受苦甚至犧牲生命。在這種感情的支配下，沈從文的第一個舉動就是捐款興學。他常常看到報紙上普通新聞欄裏，介紹賣報童子讀書、補鍋匠捐款興學等記載，就考慮到，自己讀書毫無機會，於是起了捐款興學的念頭。有一次他領了十天的薪餉，就全部買了郵票，裝進一個信封裏，並且在一張信箋上，說明自己捐款興學的意思，末尾落款「隱名兵士」，然後悄悄地把信寄到上海《民國日報·覺悟》編輯處，請求轉交「工讀團」。信寄出後，沈從文感到自己彷彿盡了一份應盡的社會責任，心中有一種說不出來的秘密愉快。沈從文的這種捨己為人、不圖回報的利他行為，大類俠客樂善好施、濟人危難的俠義風範，此高貴的品質不由得讓人肅然起敬。

沈從文常常慷慨解囊，幫助那些生活上處於困境的文學青年。卞之琳自費出版第一個詩集時，沈從文就曾提供過資助。他把編《大公報》文藝副刊每月所得的 100 元報酬，大部分用於請作者吃飯，給青年作者預支稿酬。因為他經歷過無望無助的人生痛苦，能夠更切身地體會到一個窮困的文學青年，在當時中國的現實環境中所必然遭遇的人生悲哀。當時的中國，一個青

〔註 146〕李輝《湘西原本多俠氣——沈從文的〈記胡也頻〉與〈記丁玲〉》，載《讀書》1990 年第 10 期。

〔註 147〕沈從文《從文自傳·一個轉機》，《沈從文散文選》，凌宇編，人民文學出版社，1982 年，第 112 頁。

年作家的成長，背負著沉重的社會壓力，政治上無民主，生活上無出路，許
多人都在艱難困苦的環境中掙扎浮沉。對他們遭遇的困難和不幸，沈從文都
能感同身受，深表同情，盡自己所能來幫助他們度過難關。1947 年 9 月，沈
從文收到一個從未謀面的青年詩人的來信，信中訴說了自己家中所遭遇的不
幸及面臨的困難。沈從文立即在報上註銷「啓事」，表示願意義務賣 20 張條
幅字，把所得錢款用來接濟那位窮作家。同時，他表示此後還想爲幾個死去
了的作家家屬賣半年字，幫助他們的生活。這位和沈從文素昧平生的窮作家，
就是詩人柯原。沈從文當年的義舉，不啻是黑暗中的一線光明，照亮了一個
走投無路的青年前進的道路，點燃了他對生活的信心和對未來的向上的激
情。在沈從文的人格精神這一陽光雨露浸潤下，中國大地上成長起了一個著
名作家、一個著名詩人。沈從文即便是在困居雲南期間，他也從來沒有爲自
己賣過一張字幅。但在別人遇到困難，需要幫助的時候，他爲什麼會慷慨解
囊、赴人之厄困呢？對此，凌宇分析道：「爲柯原賣字，只不過是許多同類事
蹟中的一例。這既與他的經歷有關，也得之於他所具有的善良熱情、慷慨好
義的岀族血緣，同時又出自他對人與人之間相互理解與同情的渴求。」〔註148〕

　　沈從文遠離政治，不參加任何黨派的活動，始終保持著人格的獨立，追
求精神的自由，但他並非將自己擯棄於社會之外而不食人間煙火，相反，他
對社會政治、黨派活動有著自己的立場和看法。「沈從文對蔣介石反感很深。
1949 年沈也這樣做出選擇：摒棄蔣介石，贊成毛澤東，中國人獨立自主，不
要胡適所依附的英美人世界」。〔註149〕面對國民黨的高壓統治和專制暴虐，面
對國民黨反動派對他的朋友的鎮壓虐殺，沈從文敢於「以文犯禁」，挑戰威權，
與政府抗衡，不怕犧牲，勇赴友人之厄困，追求社會的公道和正義，充滿了
俠義之氣。

　　1931 年 1 月 17 日胡也頻被國民黨軍警特務逮捕，沈從文不顧生命危險，
設法營救。這種不顧個人生命安危而赴朋友之難的大無畏精神就是一種俠義的
體現。最後營救不力，1931 年 2 月 7 日胡也頻被國民黨反動當局秘密槍殺於上
海龍華。丁玲在上海的處境也已經很危險，帶著和胡也頻所生的孩子在身邊十
分不便，於是決定把孩子送回湖南，交給母親撫養。4 月初，沈從文陪同護送
丁玲乘車返回湖南。當時，國民黨軍隊正在對江西紅軍革命根據地實行軍事圍

〔註148〕凌宇《沈從文傳》，北京十月文藝出版社，1988 年，第 408 頁。
〔註149〕（美）金介甫《沈從文傳》（全譯本），符家欽譯，湖南文藝出版社，1992 年，
　　　　第 190 頁。

勦，路上風聲緊，危險大，時時刻刻都有生命的危險。沈從文以一種濟人急難、不怕犧牲的精神，護送亡友之妻與遺孤安全到達了常德丁玲的家中。在常德住了幾天後，沈從文又陪同丁玲，一起回到了上海。在當時的白色恐怖下，沈從文的這一舉動帶有鮮明的「為朋友兩肋插刀」的俠氣。因營救胡也頻及幫助丁玲料理後事，沈從文延誤了返校日期。當沈從文從湖南返回上海時，他所任教的武漢大學開學已經頗有時日，雖然曾給學校寫信續假一個月，但當時這種情形已經不便再迴學校了。沈從文只好留在上海，繼續自己並無充分生活保障的寫作生涯。這種犧牲一己利益而成全朋友之事的捨己為人精神也恰恰體現了俠文化精神的利他性品質。八九月間，為了紀念已成烈士的朋友並為其遺孀籌集錢款，沈從文懷著對死難朋友的沉痛哀思，奮筆寫下了長篇回憶散文《記胡也頻》。但禍不單行，1933 年 5 月 14 日丁玲被國民黨特務秘密逮捕，沈從文再次不顧生命安危，積極參與營救丁玲，並以自己的方式向社會控訴國民黨秘密逮捕、屠殺進步作家的非法行徑。5 月 25 日，沈從文寫下了《丁玲女士被捕》一文，在 6 月 4 日出版的《獨立評論》上公開發表。面對社會上的謠傳，沈從文誓死捍衛丁玲的聲譽，他痛恨謠傳，堅信丁玲已經被國民黨當局逮捕，6 月 4 日，他再次執筆，寫下了《丁玲女士失蹤》，於 6 月 12 日發表在《大公報》上。7 月，沈從文寫下了長篇回憶散文《記丁玲女士》，在《國聞週報》上連載。1934 年，《記丁玲女士》結集為《記丁玲》交給上海良友圖書印刷公司出版。《記丁玲》雖然遭到國民黨中央宣傳部圖書審查委員會的嚴重刪削，但沈從文這種不畏強權專制，為維護正義和朋友聲譽而敢於冒險、富有犧牲精神的作為，可謂古之俠者風範的現代承傳。李輝認為：

> 讀《記胡也頻》和《記丁玲》，聯繫到它們問世的經過和當時的特殊環境，我會感受到沈從文熾烈的感情，感受到這位來自湘西、曾在士兵堆裏滾過爬過的文人，身上仍然帶有難得的俠氣。這俠氣源自友情，源自他的人生觀念中對正義、對友情的態度。能這樣對待友情、能這樣看待正義的人，不可能是懦弱的，更不可能帶有市儈氣。〔註 150〕

儘管後來「終因丁玲心存的『芥蒂』——無論起自何時，基本上埋葬了她與

〔註 150〕李輝《湘西原本多俠氣——沈從文的〈記胡也頻〉與〈記丁玲〉》，載《讀書》1990 年第 10 期。

沈從文的友誼」，〔註 151〕儘管沈從文也有為往事所擾的憂鬱，但「他總是微笑著面對已成過去的歷史，微笑著凝視這世界」。〔註 152〕心底無私天地寬，沈從文笑對人生變故的態度自然流露出俠者的坦蕩胸懷。

江青曾是解放前沈從文在青島大學任教時的學生，文革期間，她權傾一時，企圖拉攏一批著名知識分子為自己捧場叫好，沈從文也位於此列。江青試圖將沈從文作為一個籌碼，納入她精心設計的政治圈套。在有些人看來，這是求之不得的進身階梯，而對於沈從文，則有一種栗栗危懼之感。在文革初期，沈從文就曾拒絕給江青寫信以求自保，體現了一個俠義知識分子的人格力量。而面對江青的暗中主動拉攏，沈從文洞察到了其中的陰謀，處驚不變，大智若愚，巧妙地避過了做為自己所不恥的御用文人的危險，進一步顯示了他作為一個現代知識分子威武不屈、極重人格尊嚴的俠義情懷。〔註 153〕

（二）文本世界中的遊俠精神

沈從文對湘西遊俠精神極為推崇，他敬佩那些剽悍勇武、行俠仗義甚至帶有原始野性的遊俠者和任俠之士。在《從文自傳》、《湘行散記》、《湘西》等散文集及一些小說中，都有對湘西遊俠精神的生動描述和熱情歌贊。

沈從文筆下的鳳凰人大都勇武好鬥，即使打架殺人，也嚴格遵守武德，不搞暗算，不隨便亂來，在他們看來，尚武是一種美德，一種修養，而不是亂來一氣的匹夫之勇：

> 至於我那地方的大人，用單刀扁擔在大街上決鬥本不算回事。事情發生時，那些有小孩在街上玩的母親，只不過說：「小雜種，站遠一點，不要太近！」囑咐小孩子稍稍站開點罷了。本地軍人互相砍殺雖不出奇，但行刺暗算卻不作興。這類善於毆鬥的人物，有軍營中人，有哥老會中老麼，有好打不平的閒漢，在當地另成一幫，豁達大度，謙卑接物，為友報仇，愛義好施，且多非常孝順。〔註 154〕

> 遊俠者行徑在當地也另成一種風格，與國內近代化的青紅幫稍稍不同。重在為友報仇，扶弱鋤強，揮金如土，有諾必踐。尊重讀

〔註 151〕凌宇《沈從文傳》，北京十月文藝出版社，1988 年，第 298 頁。

〔註 152〕凌宇《沈從文傳》，北京十月文藝出版社，1988 年，第 6 頁。

〔註 153〕參見凌宇《沈從文傳》，北京十月文藝出版社，1988 年，第 484～486 頁。

〔註 154〕沈從文《從文自傳・我讀一本小書同時又讀一本大書》，《沈從文散文選》，凌宇編，人民文學出版社，1982 年，第 19 頁。

書人，敬事同鄉長老。換言之，就是還能保存一點古風。」〔註155〕
這種好打不平、尚武重義、扶弱鋤強、有諾必踐的遊俠精神，在沈從文的文本
世界中生長著、張揚著。在《從文自傳・船上》中，沈從文就塑造了一個曾姓
朋友的俠義形象。這位曾姓朋友叫曾芹軒，讀書不多，辦事卻十分在行，有軍
人風味的勇敢，爽直，正如一般鎮筸人的通性。有一年正月一日，作者與曾姓
朋友等一行三人從辰州城市街一個屠戶鋪子經過，該屠戶如《水滸》上的鎮關
西，誰也不敢惹。屠戶在新年時節仗勢欺人，從自家樓口小門裏拋爆竹欺侮行
人，曾姓朋友路見不平，挺身而出，假借拜年拳打鎮關西，著實教訓了屠戶一
頓。打後說：「狗崽的，把爆竹從我頭上丟來，你認錯了人。老子打了你，有什
麼話說，到中南門河邊送軍服船上來找我，我名曾祖宗。」一面說，一面便取
出一個名片向門裏拋去，拉著同行兩人的膀子，哈哈大笑，揚長而去。敢作敢
為，頂天立地，頗有大丈夫氣度，傳承了當年魯提轄拳打鎮關西、武松血濺鴛
鴦樓之遺風。〔註156〕《從文自傳・一個大王》中的俠義弁目劉雲亭，他原來是
一個土匪，一個大王，曾用兩隻槍斃過兩百個左右的敵人，曾有過十七位押寨
夫人，是一個真真實實的男子。有人述說誰賭撲克被誰欺騙把荷包掏光了，他
當時一句話也不說，一會兒走到那邊去，替被欺騙的把錢要回來，將錢一下攢
到身邊，一句話不說就又走開了。在他當土匪以前，本是一個良民，為人怕事
又怕官，被外來軍人把他當作一個土匪胡亂槍決過一次，到時他居然逃脫了，
後來且居然作了大王。沈從文稱從他那裏學習了一課古怪的學程，「從他口上知
道燒房子，殺人……種種犯罪的記錄，且從他那種爽直說明中瞭解那些行為背
後所隱伏的生命意識。我從他那兒明白所謂罪惡，且知道這些罪惡如何為社會
所不容，卻也如何培養著這個堅實強悍的靈魂」。他被司令官救過一次命，於是
不再做大王，而做了司令官的一個親信，如奴僕一樣忠實。由於一些變故，他
被司令官下令處決，之前他說：「司令官你真做夢，別人花六千塊錢運動我刺你，
我還不幹！」知恩圖報，不做負心人，有俠者風範。〔註157〕

　　沈從文認為：「慷慨好義，負氣任俠，楚人中這類古典的熱誠，若從當地

〔註155〕沈從文：《湘西・鳳凰》，《沈從文散文選》，凌宇編，人民文學出版社，1982
　　　　年，第281頁。
〔註156〕參見沈從文《沈從文散文選》，凌宇編，人民文學出版社，1982年，第83～
　　　　86頁。
〔註157〕參見沈從文《沈從文散文選》，凌宇編，人民文學出版社，1982年，第93～
　　　　104頁。

（指沅陵——引者注）人尋覓無著時，還可從這兩個地方（指麻陽縣和鳳凰縣——引者注）的男子中發現。」這說明遊俠精神傳統在湘西一些縣城的下層社會中普遍存在。在那山城（指沅陵——引者注）中用石板鋪成的一道長街上，往往有那麼一個平常人會引起外來人的好奇心。這個人矮小、瘦弱，耳不聰，眼不明，走路時忽忽忙忙，說話時結結巴巴。這個樣子古怪，神氣也古怪的平常人就是沅陵縣頂可愛的人——大先生，「說不定他那時正在大街頭為人排難解紛，說不定他的行為正需要旁人排難解紛」！走進大先生，將會接觸一點很新奇的東西，「一種混合古典熱誠與近代理性在一個特殊環境特殊生活裏培養成的心靈」，那就是急公好義的俠者風範，負氣任俠的古道熱腸。大先生的視覺和聽覺都毀壞了，但心和腦卻非常健全。「他需要的不是同情，因為他成天在同情他人，為他人設想幫忙盡義務，來不及接受他人的同情。他需要人信託，因為他那種古典的作人的態度，值得信託。同時他的性情充滿了一種天真的愛好，他需要信託，為的是他值得信託」。在大先生的身上，充分體現了湘西遊俠精神。所以作者建議「到沅陵去的人，應當認識認識這位大先生」。〔註158〕

《湘西·鳳凰》中的鳳凰人田三怒，是湘西「最後一個遊俠者」，他「二十年聞名於川黔鄂湘各邊區」，是一個典型的遊俠精神的體現者。「年紀不到十歲，看木傀儡戲時，就攜一血檮木短棒，在戲場中向屯墾軍子弟不端重的橫蠻的挑釁，或把人痛毆一頓，或反而被人打得頭破血流，不以為意」。「十五歲就為友報仇，走七百里路到常德府去殺一木客鏢手，因聽人說這個鏢手在沅州有意調戲一個婦人，曾用手觸過婦人的乳部，這少年就把鏢手的雙手砍下，帶到沅州去送給那朋友」。有一個張姓男子，曾出門遠走雲貴二十年，回鄉後與人談天，問在當地近來誰有名，人答田三怒，張姓漢子對這個正街賣粉的田家小兒子不免露出輕視的神氣。這輕蔑的神情為田三怒得知，當夜就有人去叫張家的門，叫張姓漢子第二天天亮以前離開此地，否則後果自負。張姓漢子不以為意，後天大清早，他果然橫屍於一個橋頭之上。還有一個姓王的酒後忘形，當街大罵田三怒不是東西，要與田三怒比試比試，被田三怒聽到。有人把此事告訴給姓王的母親，老婦人十分害怕，去請求田三怒放過自己這個獨子。田三怒叫她放心，他不會懲罰她的兒子。事後果然不再追究，

〔註158〕參見沈從文《湘西·沅陵的人》，《沈從文散文選》，凌宇編，人民文學出版社，1982年，第237～238頁。

還送了老婦人一筆錢，要她的那個兒子開個麵館。可見，田三怒從小就嫉惡如仇、行俠仗義、愛恨分明，對挑釁者能夠視具體情況區別對待，充分表現了一個真正遊俠的俠義氣度。後來，遊俠田三怒被暗槍打中，他伏在水邊石頭上，死前憤怒地教訓城頭上放冷槍的懦夫：「狗雜種，你做的事丟了鎮箪人的醜。在暗中射冷箭，不像個男子。你怎不下來？」最後，田三怒知道自己不濟事了，用手槍結束了自己的生命，「也完結了當地最後一個遊俠者」。「湘西最後一個遊俠者」田三怒雖然死了，但遊俠精神卻在一些湘西人的身上得到了繼承和發揚。「當年田三怒得力助手之一，到如今還好好存在，為人依然豪俠好客，待友以義，在苗民中稱領袖，這人就是去年使湘西發生問題，迫何鍵去職，使湖南政治得一轉機的龍雲飛」。他年輕的時候，「在街頭與人決鬥，殺人後下河邊去洗手時，從從容容如毫不在意」，也是一派遊俠者風範。更重要的是，「這種遊俠者精神既浸透了三廳子弟的腦子，所以在本地讀書人觀念上也發生影響」。軍人政治家陳渠珍，「就大有遊俠者風度」；少壯軍官如顧家齊、戴季韜等，「精神上多因遊俠者的遺風，勇鷙慓悍，好客喜弄，如太史公傳記中人」；詩人田星六的詩中「充滿遊俠者霸氣」。沈從文十分重視遊俠精神的弘揚和現代承傳，認為「遊俠者精神的浸潤，產生過去，且將形成未來」。〔註 159〕

　　在《湘行散記·虎雛再遇記》中，沈從文敘述道，他在上海時，想用最文明的方法試著來教育造就一個只有十四歲小豹子一般名叫祖送的鄉下孩子，希望他將來成為一個知識界的偉人。但事與願違，「那理想中的偉人，在上海灘生事打壞了一個人，從此便失蹤了」。作者知道「一切水得歸到海裏，小豹子也只宜於深山大澤方能發展他的生命」。當作者湘行到達辰州地方後，第一個見到的就是那個小豹子，「眉眼還是那麼有精神，有野性」，近四年來跟隨作者的上校弟弟沈嶽荃駐防水浦，在特務連服役。這樣一個只有十八歲的小豹子，就已經親手放翻了六個敵人。小豹子在陪送作者乘船同行途中，受到一個無理取鬧軍人的折辱。等船停上岸買菜時，小豹子在一個客店裏找到了那個蠻橫的軍人，把那個軍人的嘴巴打歪了，並且差一點兒把那軍人的膀子也弄斷了。〔註 160〕

　　與散文《虎雛再遇記》中的小豹子形象形成互文性參照的是小說《虎雛》

〔註 159〕參見沈從文《湘西·鳳凰》，《沈從文散文選》，凌宇編，人民文學出版社，1982年，第 282～285 頁。

〔註 160〕參見沈從文《湘行散記·虎雛再遇記》，《沈從文散文選》，凌宇編，人民文學出版社，1982 年，第 191～198 頁。

中的主人公，沈從文在小說《虎雛》中描寫了一個外貌清秀、舉止羞怯的小勤務兵，但爲了復仇，竟然會拔槍拼命，「勇敢如小獅子」。因此作者稱他爲「一個野蠻的靈魂，裝在一個美麗盒子裏」。〔註161〕散文和小說的題目都冠以「虎雛」，確有象徵意義，在虎雛般的人物身上流淌的是湘西遊俠精神傳統的血液。不論是報復惡人還是拼命復仇，在那躁動不安的靈魂裏，在那野蠻而強悍、卑微卻眞摯的行動裏，躍動著的是不屈不撓、勇於鬥爭、拼死捍衛生命尊嚴的俠文化精神的光輝。

在小說《邊城》中，沈從文對湘西人原始純樸的人性美和人情美進行了謳歌與禮贊，湘西的民風淳樸敦厚、雄強勇武，湘西人誠實、勇敢、熱情、仗義。對於湘西人，沈從文評價道：「這些人既重義輕利，又能守信自約，即便是娼妓，也常常較之講道德知羞恥的城市中紳士還更可信任。」〔註162〕小說中的人物，無論順順、老船夫、楊馬兵等老一代湘西人，還是翠翠、天保、儺送等年輕一代湘西兒女，他們大都誠實守信、熱情大度、勇敢仗義，有古遊俠遺風。掌水碼頭的龍頭大哥順順，爲人以誠相待、正直和平，處世公正無私、慷慨仗義。他喜歡結交朋友，慷慨而能濟人之急，凡因船隻失事破產的船家、過路的退伍兵士、遊學文墨人，到了茶峒這個湘西邊城，只要向他求助，他總是盡力幫助。原先掌水碼頭的執事人死後，順順由於德高望重而被推爲船總。他對自己的兩個兒子天保和儺送嚴屬要求、嚴格訓練，教育他們學得做人的勇氣與義氣。父子三人誠實勇敢、豪俠仗義、與人爲善，在茶峒一帶遠近聞名，受到人們的尊敬。雖然後來順順的兩個兒子因爲同時愛上翠翠而難以排遣內心的矛盾和痛苦，落得一個不幸遇難身亡，一個下桃源離家出走，但順順並沒有失去一個長者應有的寬厚仁慈，也沒有失去一個俠者應有的俠義情懷。在翠翠的外祖父老船夫死後，順順親自過問並幫助她料理後事，關心她的生活。楊馬兵爲人熱情、仗義，在老船夫死後，他親自照顧翠翠的生活，盡著自己的道義責任。老船夫勤勞善良，胸懷坦蕩，雖然出身貧微，卻有著高貴的生命尊嚴。翠翠癡情仗義、堅貞不渝，不管儺送是否能夠回來，她仍然默默守在渡口等候期盼著他的到來。天保、儺送兄弟倆善良、勇敢、仗義，成人之美，潔身自好，追求自由平等的生活，不受外在榮華富

〔註161〕沈從文《沈從文文集》，第四卷，花城出版社，1984 年，第 175 頁。
〔註162〕沈從文《邊城》，《沈從文小說選》，第二集，淩宇編，人民文學出版社，1982年，第 215 頁。

貴的誘惑。總之，在這些純樸善良的湘西人身上，無不閃耀著湘西遊俠精神的光輝，充分體現了俠文化在這人類文明的邊緣一隅所煥發出的精神魅力和深遠影響。

在抗戰開始時，沈從文對參加抗日戰爭的湘西士兵的英勇善戰，也表示出極大的敬意，並且感慨萬千：「這才像個湖南人！才像個鎮筸人！」他以家鄉人的悲壯和正氣作爲自己的驕傲。〔註163〕在沈從文的眼裏，湘西人的性情，在本質上有一個共同點，那就是不畏強暴、行俠仗義、急人之難，顯示出英雄本色。他贊美湘西人的俠氣，鼓勵同鄉投入抗戰，源於他對湘西遊俠精神有著清醒的理性認識：「個人的浪漫情緒與歷史的宗教情緒結合爲一，便成遊俠者精神，領導得人，就可成爲衛國守土的模範軍人。」〔註164〕在世俗眼光看來，湘西人的俠氣充滿了野蠻蒙昧甚至血腥氣息，但沈從文更注重遊俠精神對於當時國民人格和民族文化重建的價值意義。因此，他強調遊俠的原始本色，即俠義、勇武、誠信、謙遜、豪邁。他在《湘西・鳳凰》中寫道：

> 重在爲友報仇，扶弱鋤強，揮金如土，有諾必踐。尊重讀書人，敬事同鄉長老。換言之，就是還能保存一點古風。有些人雖能在川黔湘鄂數省邊境號召數千人集會，在本鄉卻謙虛純良，猶如一鄉巴佬。有兵役的且依然按時入衙署當值，聽候差遣作小事情，凡事照常。賭博時用小銅錢三枚跌地，名爲「板三」，看反覆、數目，決定勝負，一反手間即輸黃牛一頭，銀元一百兩百，輸後不以爲意，揚長而去，從無翻悔放賴情事。決鬥時兩人用分量相等武器，一人對付一人，雖親兄弟只能袖手旁觀，不許幫忙。仇敵受傷倒下後，即不繼續塡刀，否則就被人笑話，失去英雄本色，雖勝不武。犯條款時自己處罰自己，割手截腳，臉不變色，口不出聲。總之，遊俠觀念純是古典的，行爲是與太史公所述相去不遠的。〔註165〕

在對湘西遊俠精神進行歌贊的同時，沈從文對於湘西的落後及其原因也有

〔註163〕參見李輝《湘西原本多俠氣——沈從文的〈記胡也頻〉與〈記丁玲〉》，載《讀書》1990年第10期。

〔註164〕沈從文《湘西・鳳凰》，《沈從文散文選》，凌宇編，人民文學出版社，1982年，第273頁。

〔註165〕沈從文《湘西・鳳凰》，《沈從文散文選》，凌宇編，人民文學出版社，1982年，第281～282頁。

著充分的認識，他認為，湘西的落後是「湘西人負氣與自棄的結果」！〔註166〕他指出：「負氣與自棄本來是兩件事，前者出於山民的強悍本性，後者出於缺少知識養成的習慣；兩種弱點合而爲一，於是產生一種極頑固的拒他性。不僅僅對一切進步的理想加以拒絕，便是一切進步的事實，也不大放在眼裏。」〔註167〕就是這種頑固的拒他性造成了湘西的貧窮落後面貌以及外地人對湘西的誤解：「負氣與自棄使湘西地方被稱爲苗蠻匪區，湘西人被稱爲苗蠻土匪，這是湘西人全體的羞辱。每個湘西人都有滌除這羞辱的義務。天時地利待湘西人並不薄，湘西人所宜努力的，是肯虛心認識人事上的弱點，並有勇氣和決心改善這些弱點。第一是自尊心的培養，特別值得注意。因爲即以遊俠者精神而論，若缺少自尊心，便不會成爲一個站得住的大腳色。何況年輕人將來對地方對歷史的責任遠比個人得失榮辱爲重要。」〔註168〕這是沈從文以現代意識對湘西所作的理性觀照，由此也彰顯出遊俠精神對於振興湘西的價值意義。「日月交替，因之產生歷史。民族興衰，事在人爲」，〔註169〕沈從文相信自己的創作對湘西的振興和民族的發展會產生一定的積極意義，這也是他的文本世界歌贊與張揚湘西遊俠精神的根本出發點。

（三）文學理想寂寞之路上的歌吟

　　我們知道，五四新文化運動並非單純的思想解放運動，而是以思想解放爲切入點的社會改造運動，反映在文學觀念上便是啓蒙文學觀的產生。在新文學作家中，魯迅是啓蒙文學觀的倡導者和實踐者。他指出立國之本首在立人，必須喚醒國民樹立個性意識，提出了以文藝改造國民性的主張。這一主張獲得廣大作家的支持和回應，並在五四時期掀起了以人性解放爲宗旨的啓蒙文學運動。但到了 1920 年代中期以後，中國社會的階級矛盾日益尖銳、民族危機不斷加重，以民族民主解放爲宗旨的社會革命和民族救亡運動逐漸成

〔註166〕沈從文《湘西·題記》，《沈從文散文選》，凌宇編，人民文學出版社，1982
　　　　年，第 214 頁。

〔註167〕沈從文《湘西·題記》，《沈從文散文選》，凌宇編，人民文學出版社，1982
　　　　年，第 214 頁。

〔註168〕沈從文《湘西·題記》，《沈從文散文選》，凌宇編，人民文學出版社，1982
　　　　年，第 215 頁。

〔註169〕沈從文《湘西·題記》，《沈從文散文選》，凌宇編，人民文學出版社，1982
　　　　年，第 215 頁。

為時代社會的主潮，許多作家開始接受了馬克思主義文藝思想，走上革命救亡道路，自覺地把文學事業作為革命救亡運動的組成部分，而沈從文則秉持著自己的文學理想寂寞地走在與左翼文學和抗戰文學等主流文學獨異卻隔膜甚至牴牾的道路上。

　　沈從文深受魯迅開啟的啟蒙文學思想的影響，從改造社會和國民性的意義上理解並且確立了文學的價值作用與人學內涵，形成了文學創作的人性立場。在民族的生命情感被權勢壓榨下日漸低迷委頓、民族的精神理性被金錢扭曲下日趨蒼白萎縮的嚴酷現實面前，沈從文提出了變革社會的要求。社會必須變革與重造，文學重造是這項事業的重要組成部分且擔當首當其衝的重任，於是他提出了「重造經典」〔註170〕的主張。所謂「重造經典」，就是民族文化的重建。這種思想主張建立在沈從文對中國文化傳統根本性質疑的基礎上，這是五四反傳統思想的餘緒。在民族文化發展策略上，「漢人選的是儒家道路，發展城市，這種文化發展下去，必然會使漢人支配他們的同類。然而按沈從文的邊遠地區觀點，漢人文化後來已經逐漸衰落，到沈的青年時代（清王朝最後十年）已經走到危機的爆發點。漢人由於長期奉行繁文縟節的禮教，墨守僵死的文學經典，已經一蹶不振，相形之下，部落民族由於恪守古風，卻一直保持著他們的活力」。〔註171〕可見，中華民族在古代文明繁榮發展的同時，也喪失了初民的強悍性與生命活力，這是文明發展所付出的沉重卻必然的文化代價。在充分認識到傳統經典已經不適應現代社會發展和部落民族尚因恪守古風而保持活力的基礎上，沈從文把他的審美視角探向了湘西世界，對少數民族野蠻而強悍、卑微卻真摯的優美、健康、自由的人性進行發掘和張揚，同時汲取傳統文化中儒家的入世進取、釋家的人性向善、道家的人與自然和諧等積極思想，特別對湘西遊俠精神這一民間文化精神給以充分肯定和張揚，在與都市人生病態世界鮮明對照所形成的城鄉對峙的整體文學格局中，深入探求「民族品德的消失與重造」。〔註172〕從而通過文學創作來進行人性啟蒙以救贖國民靈魂、重鑄民族精神、重建民族的自尊心與自信心，最終實現民族文化重建、社會與國家重造的文學理想。

〔註170〕沈從文《談進步》，載《文藝季刊》1938年9月第1卷第3期。

〔註171〕（美）金介甫《沈從文傳》（全譯本），符家欽譯，湖南文藝出版社，1992年，第3頁。

〔註172〕沈從文《〈長河〉題記》，《沈從文批評文集》，劉洪濤編，珠海出版社，1998年，第250頁。

　　在階級矛盾尖銳、民族危機加重的歷史境遇下，沈從文沒有同許多作家一樣從階級解放和民族解放出發，以文學爲鬥爭的武器，走革命戰爭改造中國的征途，而是從改造人、改造社會、改造民族的角度寄託自己的文學理想。他要以自己腳踏實地的創作來重造經典，爲國民的人格結構注入現代理性精神，讓他們以全新的眼光來認識我們這個民族，進而激發他們的建設熱情來改造國民性、改造我們的民族和國家。在沈從文的文學理想觀照下，他在寂寞之路上對湘西遊俠精神深情歌吟，努力開掘遊俠精神的目的也將會昭然若揭了。

　　沈從文對俠文化的承傳和張揚，始終立足於他所理解的湘西遊俠精神。在他看來，湘西遊俠精神的形成與存在不外乎兩個方面：一是，屯丁子弟兵制度尚存不廢，「三楚子弟的遊俠氣概，這個地方（指鳳凰——引者注）因屯丁子弟兵制度，所以保留得特別多」；〔註173〕二是，「個人的浪漫情緒與歷史的宗教情緒結合爲一」。〔註174〕沈從文認爲，湘西遊俠精神「純是古典的，行爲是與太史公所述相去不遠的」。〔註175〕可見，他推崇的是原始的遊俠精神。「個人的浪漫情緒」和「歷史的宗教情緒」是原始遊俠精神的兩大精神支柱與核心質素。沈從文在深刻洞察了都市人生病態本質的基礎上，有意識地將遊俠精神作爲湘西純樸強悍民風的有機組成部分，以此爲參照物來審視都市人生。在作者的理性思維和審美視野中，都市社會之所以出現病態人生人性，正因爲其喪失了湘西人生人性中的一些重要的精神品質，如淳樸忠厚、坦蕩俠義、純潔互助的人性美人情美。在城鄉對峙的整體文學格局中，我們不難發現，作者對湘西鄉下人優美健康的生命形式和雄強勇武、自由自在的人格類型進行了謳歌禮贊，而對城市人的萎靡病弱的生命形式和冷酷自私的人格類型給以諷刺批判。在這種城鄉對比中，原始遊俠精神以「個人的浪漫情緒」使人的生命情感得以自由舒放、健康發展，使生命自由自在；以「歷史的宗教情緒」使人的精神意志更加堅忍頑強、積極向上，使精神獲得理性觀照，走向自覺。無論是國內戰爭

〔註173〕沈從文《湘西·鳳凰》，《沈從文散文選》，凌宇編，人民文學出版社，1982年，第272頁。

〔註174〕沈從文《湘西·鳳凰》，《沈從文散文選》，凌宇編，人民文學出版社，1982年，第273頁。

〔註175〕沈從文《湘西·鳳凰》，《沈從文散文選》，凌宇編，人民文學出版社，1982年，第282頁。

的發生，還是全民族抗戰的爆發，沈從文都以一種超然的姿態將遊俠精神的改造和湘西地方的振興乃至中華民族的偉大復興緊密聯繫在一起，思索怎樣才能更好地發掘和利用這種沉潛於人民大眾身上的精神力量，以及如何將遊俠精神轉化並運用到民族復興大業上來。這是沈從文作爲一個新文學作家，站在「重造經典」的文化戰略高度，改造和張揚遊俠精神的良苦用心與希望達到的預期效果。在這種意義上，我認爲沈從文深情歌吟、努力開掘湘西遊俠精神的目的在於：尋找積澱於我們民族文化心理結構深層的強悍的種族特質與雄健的人格精神，挖掘底層社會平民的文化性格中的積極因素，作爲文化革新的一個精神基礎，以此爲立足點，遵照大眾文化自身的規律去變革、去更新，並與儒、釋、道等上層文化精神中的積極因素共同構成新的現代民族精神，以此來改造人、改造社會、改造民族，從而實現國民人格和民族文化的重新建構。

其實，關於湘西人雄強進取、勇武誠實、有血性等精神的表現，早就有人指出這寄寓了沈從文的價值理想，即「想借文字的力量，把野蠻人的血液注射到老邁龍鍾頹廢腐敗的中華民族身體裏去使他興奮起來；年青起來，好在廿世紀舞臺上與別個民族爭生存權利」。〔註176〕可見，對遊俠精神的開掘和張揚體現出沈從文對民族前途與國家命運的深沉憂患意識及對民族生存道路的積極探尋。沈從文的遊俠精神，主要是作爲那種「無個性無特性帶點世故與詐氣的庸碌人生觀」〔註177〕的對立面而出現的，難怪作者要對現代世界中遊俠精神的失落而大爲遺憾，特別對都市人生的病態世界給以諷刺批判。但同時他也清醒地認識到，像遊俠精神這樣一些民間社會的文化傳統，畢竟屬於過去時代的產物，其本身有著很大的自發性和盲動性，「這種遊俠精神若用不得其當，自然也可以見出種種短處。或一與領導者離開，即不免在許多事上精力浪費。甚焉者即糜爛地方，尚不自知」。〔註178〕這是沈從文在湘西遊俠精神改造中加以謹慎思考之處，眞正體現了他以現代意識改造俠文化的理性精神。

〔註176〕蘇雪林《沈從文論》（節選），《二十世紀中國小説理論資料》，第三卷（1928～1937），吳福輝編，北京大學出版社，1997年，第263頁。

〔註177〕沈從文《湘西‧沅水上游幾個縣分》，《沈從文散文選》，凌宇編，人民文學出版社，1982年，第264頁。

〔註178〕沈從文《湘西‧鳳凰》，《沈從文散文選》，凌宇編，人民文學出版社，1982年，第273頁。

五　蔣光慈：向黑暗社會復仇的革命俠僧

　　蔣光慈這個來自大別山區的紅色革命文學作家，從小就喜歡讀《史記》和遊俠之類的小說，對朱家、郭解等俠義人物由衷讚佩且心嚮往之。他真誠地坦言：「我曾憶起幼時愛讀遊俠的事蹟，那時我的小心靈中早種下不平的種子；到如今，到如今呵，我依然如昔，我還是生活在不平的空氣裏！」〔註179〕蔣光慈生活在一個黑暗的社會和不公平的世道裏，幼小的心靈中埋下了許多不平的種子，滋長著對當時不公平的統治秩序和黑暗社會的反叛意志與復仇情緒。他曾自號俠生，表示一生要仗義行俠，做一個削盡人間不平的俠客，後來改名俠僧，意味著就是出家當和尚，也要做一個主持正義的俠客。他曾受過無政府主義思想的影響，這股反對強權、追求自由平等的西風曾啓動了他人格心理中的俠性質素，在現實中煥發出反抗意志和復仇精神。一九二一年，蔣光慈負笈莫斯科這個東方革命的聖地，接受了系統的馬列主義革命思想教育，逐漸由俠客式的無政府主義傾向和個性主義思想向無產階級革命的集體主義思想轉變。同去蘇俄學習的劉少奇、任弼時、蕭勁光等後來大都成爲中國無產階級革命的政治家和軍事家，而他卻選擇了革命文學創作的道路，爲中國無產階級革命鼓與呼。他積極倡導無產階級革命文學並系統地闡述了無產階級革命文學理論，更憑著自己的創作實績，向帝國主義、封建主義和官僚資本主義開戰，「在中華民族解放的偉大事業中，他決心以筆作槍，將自己全部的生命投向無產階級的革命文學事業，憑藉文學這支羌笛來抒發自己的胸臆」。〔註180〕可以說，蔣光慈的文學創作特別是小說創作大都帶有自敘傳的性質，現實中的蔣光慈是一個敢於向黑暗社會復仇的革命俠僧，而他小說中的主人公也大都具有強烈的反抗意志和復仇精神，文本中寄寓著作者濃烈的革命激情和崇高的社會理想，充滿了對俠文化精神的張揚，更體現出作者思想的發展軌跡。現實中蔣光慈的行爲觀念及其小說創作的特點，是與他特定的革命俠義情結分不開的，而這種革命俠義情結既體現了蔣光慈對人格建構的努力，也表達了他對文化建構的追求。

〔註179〕蔣光慈《鴨綠江上・自序詩》，《蔣光慈文集》，第一卷，上海文藝出版社，1982年，第 86 頁。
〔註180〕馬德俊《蔣光慈傳》，安徽人民出版社，2001 年，第 93 頁。

（一）從黑暗社會走來的革命俠僧

蔣光慈生活於一個中華民族外遭帝國主義侵略凌辱、內受封建軍閥橫行暴虐的黑暗社會，他從小就形成了一種桀驁不馴、不畏強權、敢於叛逆的個性，無論求學階段還是爲革命工作期間，現實生活中的蔣光慈總是一位具有俠肝義膽的風雲人物。他生活於黑暗社會，又從黑暗社會中走出來，毅然決然地投身於大革命的洪流。在從個人主義走向集體主義道路的過程中，俠文化精神始終是他行動的一股潛在動力。從某種意義上說，蔣光慈就是一位在無產階級革命思想教育下不斷成長的現代革命俠僧。

蔣光慈是中國無產階級革命文學的拓荒者、人類的歌童，他誕生於大別山區的安徽省霍邱縣南鄉白塔畈（現在屬於安徽省金寨縣）一個小商人家庭，其祖父是個自食其力的轎夫，其父蔣從甫當過學徒，開過雜貨店和米行，也做過教書先生，勤儉持家，艱辛度日。蔣從甫曾在一首七絕《挑塘泥》中寫道：「一肩泥土一籲聲，仰歎長空恨不平。終歲辛勤難半飽，老天忍負苦耕人。」〔註181〕從中可以看出他愛恨分明的個性和高尚磊落的人品。這在蔣光慈幼小的心靈中播下了不滿現實、反叛現實的種子，使他與俠文化之間產生了一種天然的精神聯繫。

蔣光慈在河南省固始縣縣立志成小學讀書期間，讀到了一些進步書刊，接受了西方民主思潮的深刻影響，精神豐富了，視野開闊了。他特別喜愛閱讀那些替天行道、劫富濟貧的遊俠小說，並且把裏面的俠客義士、英雄豪傑視爲榜樣，以致於他在現實中也表現出渾身的俠肝義膽，頗具俠客風範。當時蔣光慈家門對面有個萬春生堂藥店，藥店老闆的獨生子萬恕存，是個知識面廣、行俠好義的少年。他邀約少年醫生王仲卿、白塔畈三大才子之一的李宗鄴和就讀於志成小學的蔣光慈等人，利用學校的假期，在萬春生堂藥店集會，一住十日八日，徹夜暢談古往今來的英雄豪傑、文人學士。他們四個人都自命不凡，毅然在萬春生堂藥店結義爲異姓兄弟。有一次，固始縣縣長坐著轎子到志成小學察學，校長葉蘭谷讓品學兼優的蔣光慈作爲學生代表給縣長獻花。蔣光慈雙手將花獻上，並很規矩地行了一個鞠躬禮，而那個縣長卻怠慢無禮。蔣光慈覺得受到了極大的侮辱，他決心報復。於是他奔向史河邊，在史河河灘上挖了一大團泥巴，捏了一個拖著長辮子的泥人，還撿了幾塊泥團，以此作爲復仇的武器。當縣長的轎子路過河岸的時候，蔣光慈把泥塊向

〔註181〕參見吳騰凰《蔣光慈傳》，安徽人民出版社，1982 年，第 1～2 頁。

轎子砸去。縣長發現後讓轎夫停下，蔣光慈從草叢中站了出來，大膽地承認是自己幹的，並且當著縣長的面把他捏的那個翹著辮子的泥人踢翻。當縣長怒問爲何砸轎子時，蔣光慈義正辭嚴地說：「剛才我上臺給你獻花，縣長爲啥不還禮？來而不往非禮也！」縣長聽後才恍然大悟，立即返迴學校，對葉校長說那個獻花的學生前途無量，要多多栽培，有希望等。可以說，蔣光慈爲了維護人格尊嚴不畏強權、敢於反抗，充分體現了一個少年俠客的風采。當時，太平天國的叛徒李兆壽家就住在離志成小學不遠的固始縣李家後樓。李兆壽背叛了太平天國，接受了清王朝的招安，得勢後的李兆壽鎮壓人民革命力量，購買田產，巧取豪奪，草菅人命，無惡不作。他的小兒子李蔭堂更是仗勢欺人，作惡多端，民怨沸騰，民憤極大。國文老師詹谷堂對李氏父子的作爲義憤填膺，曾向蔣光慈等講述過李兆壽的醜惡歷史和李蔭堂魚肉鄉里、橫行霸道的罪惡。有一天，李蔭堂的轎子停在了學校門口。蔣光慈知道後，和幾位同學跑到門口，一起把李蔭堂的轎子給砸了。李蔭堂非常氣憤，找校長要求嚴懲「匪首」，開除砸轎子的學生，賠償損失。葉校長平日也很痛恨李蔭堂的所作所爲，更理解蔣光慈等人砸轎子的本意，於是，他與這個惡霸虛與委蛇了一番，使此事不了了之。怒懲惡霸的鬥爭，再次表現了蔣光慈不畏權勢、行俠仗義的風範。國文老師詹谷堂對蔣光慈的影響很大，他懂得武術，好打抱不平，是一位直爽、好學、胸懷大義的有志之士，他向學生介紹過偉大的革命導師列寧的光輝事蹟，鼓勵學生追求眞理。蔣光慈參加了詹谷堂組織的讀書會，在詹谷堂老師的教導下，思想變化很大，於是由思慕才華橫溢、投筆從戎的班超，轉而仰慕愛戴心向勞工、拯救民眾的列寧，詩句「昔日思班子，今朝慕列寧」就充分體現了他嚮往崇拜拯救人類命運的革命導師的情懷。詹谷堂爲以後蔣光慈走上尋求救國救民眞理的革命道路，影響是非常深遠的。〔註182〕從蔣光慈就讀於志成小學期間發生的萬春生堂藥店結義、腳踢泥巴縣長、怒砸李蔭堂的坐轎和參加讀書會等事件來看，他從小就形成了桀驁不馴、懲惡揚善、不畏強權、敢於反抗、誓死捍衛人格尊嚴的俠文化精神，以及對救民於水火的人類英雄的仰慕情懷。

　　一九一六年暑假，蔣光慈考取了河南省固始中學。在第一學期快結束的時候，他發現紳士校長劉春節對貧富子弟相待懸殊甚大，感到極爲不滿。他路見不平，主持正義，毅然聯合其他仗義勇爲的同學把校長打了一頓，結果

〔註182〕參見吳騰凰《蔣光慈傳》，安徽人民出版社，1982年，第6〜9頁。

被學校開除。蔣光慈回到白塔畈家中以後，一有空閒就看遊俠之類的小說。當父親就被開除一事而指責蔣光慈的時候，他心中頗為不服，堅持自己打校長有理。〔註 183〕一九一七年夏天，在結拜兄長、蕪湖省立第五中學學生自治會會長李宗鄴的直接推薦下，蔣光慈去蕪湖上中學。他沒有經過考試，直接被編到第五中學丙班。他給五中師生最深刻的印象是為人豪爽，有正義感，不滿社會現實，富有高度的愛國熱情。在進步教師劉希平、高語罕的影響下，他的思想深處萌發了反抗強權、追求自由平等的進步要求，公開自號俠生，表示一生要行俠仗義。他說：「我所以自號俠生，將來一定做個俠客，殺盡這些貪官污吏，削盡人間不平！」後來由於痛恨北洋軍閥政府的反動統治，對社會非常失望，憤世嫉俗，想離開這個污濁的黑暗世界，跳出紅塵，出家修行當和尚，於是把名字由「俠生」改為「俠僧」，表示就是當了和尚也要做個俠客，去削盡人間不平。五四運動前後，蔣光慈接受了十月革命思想的洗禮，在劉希平、高語罕的教育和影響下，他的思想產生了質的飛躍，由行俠仗義、削盡人間不平的俠客思想進步為救國救民的崇高抱負，他說：「要救中國，必須在中國有一個十月革命！」於是他又把名字改為光赤，與王赤華（原名王持華，後任蕪湖學聯秘書長）一起被蕪湖的軍閥馬聯甲稱為「安徽二赤」。〔註184〕蔣光慈出於對社會的不滿和失望，曾一度產生思想的苦悶。這時，俄國無政府主義者克魯泡特金的《告少年》和波蘭作家廖抗夫的劇本《夜未央》進入了他的視野，使他很受震撼，感到興奮。在受到十月革命思想影響而沒有找到現實鬥爭出路的時候，以個人力量反抗暴力強權、追求自由平等的無政府主義思想很容易將沉潛在蔣光慈精神結構深層的俠性質素大大激活，增強了他的現實反抗意志和叛逆精神。蔣光慈大量涉獵俄國虛無黨人的事蹟，蘇維亞為爭取自由幸福而反抗強權、行刺沙皇而不怕犧牲的俠義英雄壯舉，使他心悅誠服，由衷讚佩。蘇維亞成了蔣光慈的夢中情人，他表示「此生不遇蘇維亞，死到黃泉也獨身」。一九一八年蔣光慈和李宗鄴以及外校的錢杏邨（即阿英）、李克農等組織成立了一個無政府主義團體「安社」，「安社」是安那其的秘密組織，安那其是無政府主義的音譯。「安社」編發出版油印小報《自由之花》，由蔣光慈和李宗鄴任主編。〔註185〕他們反對強權，反對專制，反對禮教，追求自由和平等，體現出鮮明而強烈的俠文化精神。

〔註183〕參見吳騰凰《蔣光慈傳》，安徽人民出版社，1982 年，第 9～10 頁。
〔註184〕參見吳騰凰《蔣光慈傳》，安徽人民出版社，1982 年，第 12～15 頁。
〔註185〕參見吳騰凰《蔣光慈傳》，安徽人民出版社，1982 年，第 15 頁。

　　五四運動爆發後，反帝反封建的時代鬥爭激發了蔣光慈人格心理中的俠文化精神。作爲學生領袖，他積極參加學生運動，不畏暴力，不怕犧牲，爲追求正義和公道而投身於時代鬥爭的洪流，聲援北京學生的反帝愛國壯舉。抵制日貨是當時學生運動的一項重要內容，蕪湖商會會長湯善福唯利是圖，無視當時抵制日貨委員會的正義號召，對學聯的勸告，也是置若罔聞。蔣光慈、王持華、翟宗文等率領學生大鬧商會，要求商會在抵制日貨的決定上簽字。以湯善福爲首的商會拒不簽字，蔣光慈怒不可遏，實在是忍無可忍了，就順手抄起一根木棍向湯善福打去。雖然沒有打成，但卻極大地鼓舞了學生們的鬥志，結果湯善福和商會董事陶玉堂遭到了毆打，商會的電話也被學生拆掉，辦公室的傢俱也被打得一塌糊塗，商會終於在保證書上簽了字。面對軍閥馬聯甲的鎮壓和蕪湖檢察廳的出票傳訊，以及商會要殺害蔣光慈的傳言，蔣光慈等人大義凜然，毫不畏懼，敵人最終都沒有得逞。在抵制日貨的鬥爭中，蔣光慈還別出心裁地倡辦《雞毛報》，警告那些不法商人。當時任皖南鎮守史兼安徽軍務幫辦的軍閥馬聯甲，爲了增加經濟收入，想把食鹽增加百分之二十五的附加稅，定名爲「二五附加」，如果實行了，必將會給窮苦的市民和一般老百姓增加沉重的負擔。學聯站在人民的立場上，強烈反對「二五附加」。有一天，蔣光慈和翟宗文帶領學生闖進了馬聯甲的小老婆住的地方，恰好馬聯甲也在裏面。蔣光慈等人對馬聯甲怒目而視，要求他立即取消「二五附加」。馬聯甲早已嚇得魂不附體，當他問蔣光慈「貴姓」時，蔣光慈大聲回答：「我姓大炮！」在強大的壓力下，馬聯甲最後在保證書上簽了字。經過英勇無畏的鬥爭，反動軍閥的「二五附加」沒有實現，維護了廣大民眾的利益。蔣光慈的名字也在蕪湖內外傳播開來，他成爲蕪湖學生運動的中心人物，向人間不平和反動當局鬥爭的中堅力量。〔註186〕通過投身五四洪流、打商會、倡辦《雞毛報》、反對「二五附加」等鬥爭，愈加堅定了蔣光慈敢於向反動當局叫板、向黑暗社會復仇的鬥爭決心，體現了他英勇無畏的叛逆精神和反抗意志。

　　蔣光慈佩服爲希臘的民族獨立和解放而犧牲自我、不求回報的英國偉大詩人拜倫，這個「偉大的英國詩人傳奇的一生，他那捍衛工人階級利益的熱情演講，他投身希臘軍隊去同土耳其壓迫者鬥爭的英勇決斷，以及他高歌而亡的表現，使年輕的中國詩人（指蔣光慈——引者注）浮想聯翩」。

〔註186〕參見吳騰凰《蔣光慈傳》，安徽人民出版社，1982年，第16～23頁。

蔣光慈在他的詩作《我的心靈》中寫道：「我的心靈使我追慕，那百年前的拜倫！多情的拜倫啊！我聽見你的歌聲了，自由的希臘——永遠留著你千古的俠魂！」〔註187〕拜倫這個「千古的俠魂」昭示著一種獨立精神和自由意志，鼓舞著一切追求人類正義和社會公道的人們，以一種卓絕超俗的毅力和氣魄投身於個性解放、民族獨立乃至人類解放的正義鬥爭。蔣光慈與拜倫取得了跨越時空的情感交流和精神溝通，以一腔愛國的熱誠，毫無畏懼，義無反顧地投身於反帝反封建的大革命洪流之中。從大別山到蕪湖，從蕪湖到莫斯科，從莫斯科到上海，到處都留下他反抗黑暗、永遠革命的足跡，在大革命的時代合奏中時刻迴蕩著他以革命文學創作爲革命鼓呼的強勁旋律。一九二一年，爲尋求拯世濟民的眞理，在組織的安排下，血氣方剛的蔣光慈與劉少奇、任弼時、蕭勁光等赴蘇俄學習，進入莫斯科東方大學接受馬克思列寧主義革命思想的洗禮。在異國艱苦的求學生涯中，他堅定了革命的信念，選擇了革命文學創作作爲自己從事革命工作的具體方式，並爲之矢志不渝，奮鬥終生。一九二五年一月一日，蔣光慈在《民國日報》副刊《覺悟》上發表了《現代中國社會與革命文學》一文，積極倡導革命文學，明確指出：「誰個能夠將現社會的缺點、罪惡、黑暗……痛痛快快地寫將出來，誰個能夠高喊著人們來向這缺點、罪惡、黑暗……奮鬥，則他就是革命的文學家，他的作品就是革命文學。」〔註188〕他不僅是革命文學的倡導者，而且以創作實踐將革命文學作品，如詩集《新夢》、《哀中國》和小說《少年飄泊者》、《短褲黨》等，奉獻給轟轟烈烈的大革命時代。「四・一二」反革命政變以後，懷著堅定的革命信念，蔣光慈奔赴武漢，在《農工日報》副刊發表詩歌《到武漢以後》，表示要做中國的拜倫，爲爭取自由而戰。「七・一五」事變後，他離開武漢仍回上海，繼續從事革命文學活動。〔註189〕他反對專橫跋扈的封建軍閥，反對黑暗的社會秩序，反對社會上一切不合理、不自由和不平等的現象。他因反抗強權壓迫、追求自由平等而逐漸走上革命道路，也因接受了馬列主義革命理論、加入了中國共產黨而不斷克服俠客式的個人主義思想和無政府主義傾向，體現出仗義行俠、扶危濟困和拯世救民的現代革命俠客的風範。

〔註187〕參見馬德俊《蔣光慈傳》，安徽人民出版社，2001年，第51頁。
〔註188〕參見方銘編《蔣光慈研究資料》，寧夏人民出版社，1983年，第15頁。
〔註189〕參見方銘編《蔣光慈研究資料》，寧夏人民出版社，1983年，第6頁。

　　中國左翼作家聯盟成立於「立三路線」統治時期，很長時間又工作在王明第三次「左」傾路線時期，雖然是文學家的組織，但以參加政治活動、進行革命鬥爭爲第一要務。在左傾機會主義路線統治和支配下，左聯的一些示威、遊行運動讓革命者赤手空拳與敵人的刀槍、棍棒去對峙，許多優秀中華兒女喪身虎口，作了無謂的犧牲。在血的慘痛教訓面前，作爲左聯重要成員的蔣光慈對這種做法產生了不滿情緒，加上身體染病，他經常對當時左聯的「飛行集會」等活動表現出不積極的態度，甚至根本就不去參加，這就使他不可避免地受到當時黨內的殘酷鬥爭和無情打擊。再聯想到一九二九年因爲小說《麗莎的哀怨》而遭到的非正常的文藝批評，有著高度人格自尊的蔣光慈的思想發生了變化。蔣光慈始終認爲從事革命文學創作也是革命工作，他不希望在革命工作中盲動蠻幹、白白送命，這就與當時思想和工作路線極左的左聯領導人產生了極深的矛盾。經過艱難的思想鬥爭，蔣光慈於一九三〇年寫出了《退黨書》。退黨以後，蔣光慈決心做一個學者，仍堅持革命文學創作。一九三一年春，左聯柔石、胡也頻、殷夫、馮鏗、李偉森等五位同志被捕之後，蔣光慈出於正義感和同志情義立即跑到左聯開會，商討如何營救被捕的同志。得知左聯五烈士慘遭殺害的消息，他非常難過。在生命垂危之際，他還向樓適夷、楊邨人瞭解關於江西紅軍反「圍剿」的戰況，關心戰友，卻很少談到自己。﹝註190﹞在關於蔣光慈退黨的問題上，我認爲，在當時階級矛盾尖銳、階級鬥爭激烈的時代背景下，從堅持鬥爭和堅守黨的信念上來說，他選擇退黨這種做法顯然是不足取的，但結合當時黨內左傾機會主義路線甚囂塵上的社會現實，蔣光慈的做法也許可以獲得一種歷史的理解與同情。

　　一個深受俠文化影響和俠文化精神浸潤的革命作家，在其思想成長過程中，受到西方無政府主義思想的激發而煥發出拯世濟難、仗義行俠、向黑暗社會復仇的精神意志，這種可貴的精神意志不僅沉潛於他的人格結構之中，而且在其作品文本裏洋溢著陽剛雄渾的浩然正氣。在馬克思主義的教育和指導下，特別是經過莫斯科東方大學的靈魂洗禮和革命鬥爭實踐的現實歷練，蔣光慈逐漸克服了自身俠客式的無政府主義傾向和個人主義思想，走上了集體主義鬥爭的無產階級革命道路。中國革命鬥爭艱難嚴酷的現實條件要求每個革命成員必須無條件地服從革命大局，一切爲革命的集體利益和總體目標服務，「爲了階級的理想，犧牲一些個人利益，是無可非議的，但是一些人利

﹝註190﹞參見吳騰凰《蔣光慈傳》，安徽人民出版社，1982年，第146～147頁。

用這一點，對蔣光慈的排斥全無道理，因為從事革命文學創作和從事實際革命工作，這兩者在根本上並不對立」。〔註191〕蔣光慈從事革命文學創作也是一種革命行動，是現代無產階級革命的有機組成部分，與實際革命暴力鬥爭在革命目的方面是一致的。從這種意義上說，當時黨內對蔣光慈的反革命定性和開除黨籍的處理決定雖然服從了革命大局，維護了革命的集體利益，但從蔣光慈退黨後並未走向反革命道路的實際行動來看，這種定性和處理決定顯然有失公允，帶有嚴重的左傾主義局限性。蔣光慈已經為自己的一時決定承擔了歷史的重負，「若今天蔣光慈英靈有知，定會以不能回到黨內來為最大恨事。這個歷史事件，給黨的文藝工作留下了一個像炮彈那樣粗重的驚歎號」！〔註192〕

當時黨對蔣光慈的定性和處理決定確實值得現代人深刻反思，「蔣光慈的悲劇在於：中國革命一開始就重視實際鬥爭而輕視思想革命，使『五·四』未能徹底肅清的封建思想殘餘乘虛而入，封建的抑制個性和階級革命中崇高的革命理論中間，正確的階級革命理論在一定程度上受到閹割和扭曲。在無產階級思想的幌子下，客觀存在著革命者個性受到不應有的抑制，而必須完全消融於抽象的黨派和集團的觀念之中，帶著某些封建專制色澤的『革命』觀念不能不使那些已有個性意識的革命者深感迷惘」。〔註193〕獨立不羈、桀驁不馴、個性意識強烈的蔣光慈具有俠客式的個性主義和自由主義傾向，在由個性主義走向集體主義革命道路的過程中，無疑經歷了艱難的思想轉折和質變。作為一個革命個體，他有著人格的自尊和個人的革命見解，他自覺地為黨的革命事業艱苦奮鬥，以一支紅色的劍筆刺向帝國主義、封建主義和官僚資本主義的心臟，為革命鼓與呼，把革命文學創作作為一種崇高的革命事業，而不願看到左聯革命者在左傾路線領導下而白白作出無謂犧牲的慘劇。蔣光慈的這種思想在當時應該是有先見之明和積極意義的，但「當時不少革命陣營內部的領導人還不可能認識到在個人服從集體的前提下，革命隊伍裏的個人有分工的不同，創作被貶到一個可憐的角落。有的領導對創作的貶斥已遠不是基於它和繁忙的革命工作的衝突，而是摻雜了較多的泯滅個性的封建意識，這和為革命而暫時犧牲個人

〔註191〕馬德俊《蔣光慈傳》，安徽人民出版社，2001年，第474～475頁。
〔註192〕吳騰凰《蔣光慈傳》，安徽人民出版社，1982年，第147頁。
〔註193〕馬德俊《蔣光慈傳》，安徽人民出版社，2001年，第475頁。

的局部利益的崇高獻身精神是截然不同的。借無產階級名義，把創作定爲反革命、小資產階級的性質，歸之於摒棄之列，這正是改裝了的封建意識對於革命隊伍中正常的個人欲望和個性的鉗制」。〔註194〕

　　蔣光慈作爲古代俠客和現代革命者的統一體，既有著反叛精神和張揚個性的自由主義傾向，更具備革命集體主義的道德情操。他雖然因不滿當時左傾路線統治而作出了退黨的決定，但他仍爲革命事業憂心忡忡、殫精竭慮的現實行爲，卻使他不失一個眞正革命者的本色和現代革命俠客的道義情懷。蔣光慈對黨是忠誠的，他以退黨的鬥爭方式向當時黨內的左傾主義小集團挑戰，與其說他退出了偉大的中國共產黨，不如說他退出的是幾乎葬送了中國革命前途的這種黨內小集團。天不假年，有著俠客氣質的現代無產階級革命作家蔣光慈在病痛和抑鬱中英年早逝，他的一生中既有開創無產階級革命文學的輝煌，也有離開黨的懷抱的終生遺憾。雖然沒有完成未竟的革命事業，雖然遭到誤解甚至黨內批判，但絲毫無損他的光輝形象，歷史總會還一切正義之士以公道。一九五三年五月二十三日，在上海市文聯的主持下，上海人民將蔣光慈的靈柩遷葬於虹橋公墓。他生前的老戰友夏衍同志主祭，並報告了蔣光慈的生平及其鬥爭經歷，陳毅同志親筆題寫了墓碑「作家蔣光慈之墓」。〔註195〕這充分體現了黨和人民對蔣光慈的認可與肯定，倘作家英靈有知，定會含笑九泉。

（二）以筆作槍：向黑暗社會復仇的革命文學創作

　　青少年時代的人生經歷和生命體驗在蔣光慈的人格結構與文化心理中積澱了豐厚的俠文化精神質素，黑暗的社會、不公平的世道和人間的罪惡曾激起他強烈的反抗意志、復仇情緒與革命尚武精神，自由和平等成爲他終生的追求。反抗強權專制、追求自由平等、爲最廣大勞動大眾謀福利、謀求民族獨立與解放的中國無產階級革命時代的社會思潮曾給他帶來極度的興奮，特定時代的社會思潮與他人格心理中的俠文化精神取得了價值溝通和精神契合，他的反抗意志、復仇精神、革命尚武精神以及對黑暗社會的不平之氣在大革命的時代浪潮中擁有了現實釋放的平臺。他用眞摯的心靈感受這時代的脈搏，他用崇高的社會理想來迎接這革命的時代。於是，「蔣光慈運用他從莫

〔註194〕馬德俊《蔣光慈傳》，安徽人民出版社，2001年，第475頁。
〔註195〕參見吳騰凰《蔣光慈傳》，安徽人民出版社，1982年，第156頁。

斯科取回來的馬列主義，發自內心地提倡與黑暗社會進行鬥爭的文學，提倡反抗的革命文學。他毫無掩飾地公開聲明，自己不做一個政治家，要做一名革命文學家，要當中國的拜倫，去爲祖國爲人民征戰一生，灑盡最後一滴鮮血」！〔註196〕他選擇了革命文學創作作爲自己畢生的事業，寧願做中國革命的吹鼓手，他自謙道：「我只是一個粗暴的抱不平的歌者，我但願立在十字街頭呼號以終生！」〔註197〕可以說，蔣光慈就是一個現代革命俠客，以筆爲槍，通過自己的革命文學創作向黑暗社會復仇。透過他的創作，可以發現其革命思想發展的軌跡。他在創作中極力開掘俠文化精神中的反抗意志、復仇精神和革命尚武精神，並賦予其濃烈的革命激情和追求自由、平等的社會理想，像一把革命的利劍刺向帝國主義、封建主義和官僚資本主義的心臟，鼓舞著廣大革命民眾認清自己所面臨的時代使命和鬥爭任務，從個性解放、個人反抗逐步前進到集體主義的鬥爭道路上去。很顯然，蔣光慈的文學創作不是在象牙塔裏閉門造車，也不同於風花雪月，而是肩負著無產階級革命的時代使命和歷史責任，具有鮮明而強烈的政治傾向性、革命功利性和時代進步性。正是在這種意義上，蔣光慈慷慨陳辭：「朋友們，請別再稱呼我爲詩人，我是助你們爲光明而奮鬥的鼓號，當你們得意凱旋的時候，我的責任也就算盡了！……」〔註198〕綜觀蔣光慈的小說創作，可以說，他的人格結構和文化心理中的俠文化精神質素無不滲透、投射於其小說文本之中，同時在特定革命時代又呈現出新的精神內涵。

小說《少年飄泊者》有著強烈的反叛精神和復仇情緒，篇首錄作者自己的《懷拜倫》詩句爲序：「拜倫啊！你是黑暗的反抗者，你是上帝的不肖子，你是自由的歌者，你是強暴的勁敵。飄零啊，譭謗啊……這是你的命運罷，抑是社會對於天才的敬禮？」〔註199〕主人公汪中是安徽某縣一個佃農的兒子，在父母被地主逼死後，幼小的心靈懷著對地主和不公平社會的刻骨仇恨，走上了四處流浪的飄泊生涯。人世間的黑暗、社會的不公平、世道公理的泯滅既給他帶來人生命運的不幸，又不斷使他內心深處滋生著反抗、復仇等樸

〔註196〕吳騰凰《蔣光慈傳》，安徽人民出版社，1982年，第53頁。

〔註197〕蔣光慈《鴨綠江上·自序詩》，《蔣光慈文集》，第一卷，上海文藝出版社，1982年，第87頁。

〔註198〕蔣光慈《鴨綠江上·自序詩》，《蔣光慈文集》，第一卷，上海文藝出版社，1982年，第87頁。

〔註199〕蔣光慈《蔣光慈文集》，第一卷，上海文藝出版社，1982年，第3頁。

素的俠義觀念。在這樣一個獸性猖獗、暴虐吃人、正義公理蕩然無存的黑暗社會裏，法律往往是統治階級爲富不仁、爲非作歹的保護傘，於窮人無異於罪惡的枷鎖。遭受不幸的個體的人要想伸冤雪恥，必然會鋌而走險，走上個人復仇的道路。現行法律既然無法眞正爲民伸冤、主持正義，那現實中遭受冤屈苦難的人們就只好「以暴抗惡」，向黑暗的社會舉起復仇之劍。在父親慘遭地主劉老太爺的毒打之後，少年汪中的心裏燃起了復仇的火焰：

> 當時我想到這裡，我的靈魂似覺已離開我原有的坐處。模模糊糊地我跑到廚房拿了一把菜刀，逕自出了家門，向著劉家老樓行去。……我走向前向劉老太爺劈頭一菜刀，將他頭劈爲兩半，他的血即刻把我的兩手染紅了，並流了滿地，滿桌子，滿酒杯裏。他從椅子上倒下地來了，兩手繼續地亂抓；一班貴客都驚慌失色地跑了，有的竟駭得暈倒在地上。

> 大廳中所遺留的是死屍，血跡，狼藉的杯盤，一個染了兩手鮮血的我。我對著一切狂笑，我得著了最後的勝利……〔註200〕

雖然汪中的復仇想像沒有付諸行動，但卻眞正體現了一個無助的孤兒內心對社會不公和人間罪惡的抗議，以及誓雪人間不平的願望，文本深層蘊涵著作者對於公平、正義、自由、平等的渴念和追求。汪中佩服劫富濟貧的土匪，曾想投奔桃林村的土匪，以仗義行俠、復仇雪恨，爲了爭取自由去對抗黑暗的社會，但土匪已經被官軍打散，他的願望沒有實現，繼續在人生的江湖上流浪飄泊。「他走了相當一段孤獨的叛逆道路，身上流注著不惜與命運抗衡的倔強的生命力。他雖然身世卑微，與拜倫以『遊記』爲題的長篇敘事詩的主人公處境大異，但他也爲社會所放逐，四海飄泊，足跡及於皖、鄂、滬、粵諸地。作者賦予他佃戶孤兒、流浪奴僕、乞丐、店員、舊禮教迫害下的失戀者、工人、工運幹部、革命士兵等多重身份，從而窺見了鄉村及城市、商界及工廠的種種黑暗和罪惡」。〔註201〕在飄泊生涯中，汪中這位不肯向命運低頭的百折不撓的青年逐漸走上了革命道路。他曾進入黃埔軍校學習，更積極從事革命活動，以革命的方式行俠仗義，向黑暗社會復仇，追求自由和平等的生活。最後，他在東征陳炯明的戰役中英勇犧牲。可以說汪中是一個典型的拜倫式英雄，這是蔣光慈追慕拜倫這個千古俠魂的心理投射。「蔣光慈雖然追

〔註200〕蔣光慈《蔣光慈文集》，第一卷，上海文藝出版社，1982年，第16頁。
〔註201〕楊義《中國現代小說史》，第二卷，人民文學出版社，1986年，第63頁。

慕拜倫的『千古的俠魂』，他筆下的汪中甚至心神嚮往於《史記》記載的朱家、
郭解等豪俠之士，帶點朱、郭的打抱不平、扶助弱者的俠骨；但汪中畢竟把
個人的反抗發展爲階級的反抗，並最終爲人民的反帝、反軍閥的事業捐軀，
他已經跨越了『拜倫式英雄』的孤獨和秦漢時代俠客的偏執，而具有高爾基
早期小說中『流浪漢』人物的平民反抗性」。〔註202〕汪中由個人的反抗走向階
級的對抗直至爲反帝反封建的革命事業獻身，完成了他由俠客的個人主義向
革命者的集體主義轉變，從而帶有現代革命色彩，這是蔣光慈賦予主人公的
時代精神內涵。

在小說《鴨綠江上》中，朝鮮青年李孟漢和金雲姑都是貴族後裔，在日
本佔領朝鮮以後，兩家老人深感亡國的羞辱，出於民族義憤和愛國熱情，辭
官隱居於鴨綠江畔。從此，李孟漢和金雲姑在江畔海濱玩耍嬉戲，兩小無猜，
感情日篤。李孟漢在父母被日本當局迫害致死之後，爲金家收容，受到金雲
姑無微不至的關懷、安慰和體貼。但在日本當局的迫害下，李孟漢不得不與
金雲姑痛別，逃離祖國，漂泊異邦。金雲姑參加了革命，被日本警察逮捕，
屈死於漢城獄中。祖國淪亡、同胞受難、家人被害、愛人屈死，這一系列不
幸和災難降臨到年輕的李孟漢身上。在莫斯科這個東方革命聖地留學的朝鮮
革命青年李孟漢，「兼具留蘇的革命黨人和弱小民族的亡命客雙重身份，家室
破毀之哀陪伴著民族淪亡之痛，爲愛人復仇和爲祖國獻身表現爲高度的一
致，於沉哀至痛之中透露出執著的理想追求」。〔註203〕他懷著家仇國恨，爲愛
人爲家人爲祖國而英勇鬥爭、無畏獻身。

小說《短褲黨》充滿了高度的革命激情和復仇情緒，「是一首粗糙而響亮
的革命暴動者之歌」。〔註204〕它描寫了大革命後期上海工人第二次武裝起義的
失敗情況，並以第三次武裝起義的勝利爲故事的結局。一九二七年春，上海
的反動政治空氣異常窒悶，廣大民眾熱切而焦灼地盼望著北伐軍趕快到來，
而反動軍警當局則向人民舉起了罪惡的屠刀。黨的領導者史兆炎等不失時機
地充分發動群眾，積極組織全上海的同盟大罷工，以高昂的革命激情迎接北
伐軍的到來。隨著革命形勢的變化，大罷工迅速地發展成爲武裝起義。紗廠
黨支部書記李金貴率領工人糾察隊攻打警察署，準備奪取槍械，但不幸壯烈

〔註202〕楊義《中國現代小說史》，第二卷，人民文學出版社，1986年，第63頁。
〔註203〕楊義《中國現代小說史》，第二卷，人民文學出版社，1986年，第64頁。
〔註204〕楊義《中國現代小說史》，第二卷，人民文學出版社，1986年，第66頁。

犧牲。其妻邢翠英聞訊後，強忍著喪夫的悲痛，懷著滿腔復仇的怒火，手持菜刀毅然衝入警察署，一連砍死了兩個警察，自己最後也死於敵人的槍林彈雨之中。從小說所描述的時代背景而言，邢翠英的復仇舉動既是爲丈夫雪恨的個人行爲，又充滿了以暴力行動對抗反革命鎮壓的革命色彩。在沒有找到中國革命的最佳鬥爭方式的時代中，這種革命復仇的個人暴力行爲雖然帶有盲動性和恐怖色彩，但卻充分體現了革命尚武精神，既表明了革命者對反動當局的刻骨仇恨，也再現了當時革命形勢的特點。

　　小說《野祭》以革命文人陳季俠憑弔革命女戰士章淑君的「俠魂」的形式，憤怒抗議國民黨反動當局大屠殺的罪惡暴行。面對國民黨反動當局的大屠殺，陳季俠進行了深入的思考：

　　　　我是一個流浪的文人，平素從未曾做過實際的革命的運動。照理講，我沒有畏避的必要。我不過是說幾句閒話，做幾篇小說和詩歌，難道這也犯法嗎？但是中國沒有法律，大人先生們的意志就是法律，當你被捕或被槍斃時，你還不知道你犯的是哪一條法律，但是你已經是犯法了。做中國人眞是困難得很，即如我們這樣的文人，本來在各國是受特別待遇的，但在中國，也許因爲說一句閒話，就會招致死刑的。唉！無法的中國！殘酷的中國人！……但既然是這樣，那我就不得不小心一點，不得不防備一下。我是一個主張公道的文人，然而我不能存在無公道的中國。偶一念及我的殘酷的祖國來，我不禁爲之痛哭。中國人眞是愛和平的嗎？喂！殺人如割草一般，還說什麼仁慈，博愛，王道，和平！如果我不是中國人，如果我不同情於被壓迫的中國群眾，那我將……唉！我將永遠不踏中國的土地。〔註205〕

在這樣一個獸道橫行、法律和公道無存的黑暗社會裏，只有反抗才會有更好的出路。陳季俠的思考具有鮮明的時代色彩，在以蔣介石爲首的國民黨右派叛變革命以後，革命統一戰線遭到破壞，中國的革命事業陷入低谷。許多革命者經受著革命幻滅的精神痛苦，陷入了迷惘、動搖、徘徊甚至隨時失去生命的艱險處境。面對反動派的屠刀，中國共產黨人只有走武裝反抗的道路，別無他途。在這樣的時代境遇下，以革命的暴力對抗反革命的鎮壓帶有革命的正義性，會給迷惘中徘徊、恐懼中動搖的革命者帶來黎明前的曙光和前進的動力。小說中

〔註205〕蔣光慈《蔣光慈文集》，第一卷，上海文藝出版社，1982年，第364～365頁。

的女主人公章淑君是一個懷有俠魂的女性，革命文學家陳季俠賃居於章淑君的家中，章淑君給予他無微不至的體貼和關照，並對他懷有愛慕之情。在求愛未果之後，章淑君壓抑著內心的痛苦發憤閱讀革命書籍，不辭辛勞地從事工人運動。最後，這位懷有俠魂的女戰士爲革命獻出了自己年輕的生命。陳季俠買了一束鮮花和一瓶紅玫瑰酒，來到吳淞口的野外，面對著汪洋大海，爲章淑君舉行了深情的野祭。陳季俠表達自己對章淑君深深的懺悔和懷戀：「歸來罷，你的俠魂！歸來罷，你的精靈！這裡是你所愛的人兒在祭你，請你寬恕我往日對你的薄情。唉！我的姑娘！拿去罷，我的這一顆心！」〔註 206〕章淑君爲革命而英勇獻身的精神、爲正義而不懈鬥爭的俠魂使革命文人陳季俠接受了一場靈魂的洗禮，增強了鬥爭的信念和前進的動力：「這一瓶酒當作我的血淚；這一束花當作我的誓語：你是爲探求光明而被犧牲了，我將永遠與黑暗爲仇敵。唉！我的姑娘！我望你的魂靈兒與我以助力……」〔註 207〕

小說《菊芬》中的主人公菊芬出身於富庶人家，是一個天眞、活潑、美麗、純潔的少女，在革命正義信念的鼓舞下，「爲著被壓迫的人們，爲著全人類」〔註 208〕而投身於無產階級革命。她說：

> 人生總不過一死，死去倒乾淨些，你說可不是嗎？我想我不病死，也將要被他們殺死，不過寧願被他們殺死倒好些。我現在也不知因爲什麼緣故，總是想殺人，總是想拿起一把尖利的刀來，將世界上一切混帳的東西殺個精光……江霞同志，你想想，爲什麼敵人能夠拼命地殺我們，而我們不能夠拼命地殺敵人呢？呵，殺，殺，殺盡世界上一切壞東西！……〔註 209〕

這種看起來相當恐怖的暴力話語出自於一個如花似玉的少女之口，似乎讓人費解，但如果結合當時的革命形勢和時代氛圍，就可以對此作出合理的解釋。很顯然，蔣光慈賦予主人公菊芬的話語和行爲以革命的激情。在殘酷的革命年代，面對血淋淋的現實，一切風花雪月都將變得蒼白無力，面對敵人的血腥屠殺，革命的復仇觀念將會使一個溫柔的少女變得堅強甚至冷酷無情，義無反顧地走上反抗之路。最後，菊芬行刺政府 W 委員，連發兩槍未中，當場被捕。故事的敘述者江霞在讀完了菊芬的信後，深深感到：

〔註 206〕蔣光慈《蔣光慈文集》，第一卷，上海文藝出版社，1982 年，第 378 頁。
〔註 207〕蔣光慈《蔣光慈文集》，第一卷，上海文藝出版社，1982 年，第 378 頁。
〔註 208〕蔣光慈《蔣光慈文集》，第一卷，上海文藝出版社，1982 年，第 419 頁。
〔註 209〕蔣光慈《蔣光慈文集》，第一卷，上海文藝出版社，1982 年，第 415 頁。

> 我的心火燒起來了，我的血液沸騰起來了……我不爲菊芬害
> 怕，也不爲菊芬可惜，我只感覺到菊芬的偉大，菊芬是人類的光榮。
> 我立在她的面前是這樣地卑怯，這樣地渺小，這樣地羞辱……我應
> 當效法菊芬，崇拜菊芬！我應當永遠地歌詠她是人類史上無上的光
> 榮，光榮，光榮……倘若人類歷史是污辱的，那麼菊芬可以說是最
> 光榮的現象了。〔註210〕

菊芬的個人暗殺行爲帶有古代俠客行刺的特點，只不過在文本中被賦予了革命的正義性與合理性。從整體上看，作者對菊芬搞個人暗殺的復仇行爲是肯定的。

在小說《最後的微笑》中，性格怯懦的青年工人王阿貴被工廠開除以後，走投無路，曾一度陷入生存危機和精神痛苦的困境之中，但樸素的求生意志和生命尊嚴使他的反抗意識覺醒了。經過艱難的思想鬥爭，王阿貴逐步走上了向黑暗社會復仇的暗殺之路。於是，他懷著滿腔復仇的怒火，鋌而走險，斷然殺死了工會特務劉福奎和工頭張金魁等爲非作歹的壓迫者。就在王阿貴爲自己的復仇行爲產生困惑的時候，是革命黨人沈玉芳的正義倫理原則使他感到坦然而磊落，以致於感到自己「不但是一個勝利者，而且成了一個偉大的哲學家」。〔註211〕王阿貴最後一次復仇行爲是槍殺工賊李盛才，在遭到巡捕們的包圍後，他臨危不懼，英勇而從容地自殺身亡。他雖然死了，「但是在明亮的電光下，在巡捕們的環視中，他的面孔依舊充滿著勝利的微笑」。〔註212〕雖然王阿貴這種以個人暗殺的恐怖行爲對抗黑暗社會的鬥爭方式不能從根本上改變自己的命運，但在當時的社會歷史條件下，他敢於向不公平的黑暗社會挑戰的俠義精神和復仇勇氣，確實能給黑暗中痛苦呻吟卻又找不到出路的貧苦大眾以鬥爭的勇氣和前進的信心，使他們看到生活的希望。

在《衝出雲圍的月亮》中，王曼英在大革命後期走上了革命道路，曾當過女兵，臨過戰陣，手上也曾濺過人血。在大革命失敗後，她就像斷了線的風箏，茫然不知所向，出現了嚴重的精神危機。在看不到革命前途的困境中，面對黑暗的現實社會，她採取了毀滅世界和人類的虛無主義人生哲學，以扭曲的方式向黑暗的社會復仇，成爲一個瘋狂的復仇女俠。「她現在是出賣著自

〔註210〕蔣光慈《蔣光慈文集》，第一卷，上海文藝出版社，1982年，第419頁。
〔註211〕蔣光慈《蔣光慈文集》，第一卷，上海文藝出版社，1982年，第521頁。
〔註212〕蔣光慈《蔣光慈文集》，第一卷，上海文藝出版社，1982年，第540頁。

己的身體，然而這是因爲她想報復，因爲她想藉此來發洩自己的憤恨。當她覺悟到其它的革命的方法失去改造社會的希望的時候，她便利用著自己的女人的肉體來作弄這社會……」〔註213〕在現實中，她憑藉著自己的姿色，捉弄資本家的公子、買辦少爺、傲慢的政客、蹩腳的詩人，以此來報復仇敵，實現復仇的快慰。很顯然，「曼英是在向社會報復，曼英是在利用著自己的肉體所給與的權威，向敵人發洩自己的仇恨……」〔註214〕當她懷疑自己染上了梅毒，將失去再愛李尙志的資格時，仍繼續過著放蕩無度的生活，想用梅毒來毀滅這個黑暗罪惡的世界。在她以失去理智的扭曲方式向社會復仇的過程中，曾經收容過險些被親屬賣進妓院的純潔的小姑娘吳阿蓮，這種行爲不失急人之難的俠者之風。小阿蓮對賣淫行爲的深惡痛絕，使王曼英動搖了病態的復仇信念。在與堅定的革命者李尙志的交往中，增強了生活的信心。這些使她在復仇的瘋狂中獲得了人性的復蘇，於是當她絕望地想到吳淞口投海自殺的時候，郊外新鮮的田野風光使她感到不可名狀的愉悅，重新喚起了求生的意志，並到紗廠當女工，充滿熱情地積極投身於工人運動之中，重新走上了革命道路。王曼英知道自己並未得梅毒，於是以健全的身體和靈魂，與革命者李尙志重新相愛。這曾經一度被陰雲所遮掩住的月亮，終於衝出了重圍，獲得了新生。

《咆哮了的土地》是民國文學史上第一部正面描寫土地革命的長篇小說，它成功地塑造了一個工農革命領導人物的光輝形象：主人公礦工張進德。他出身於農村，與農村、農民有著深厚的血緣關係，對現實社會充滿反抗和叛逆情緒，行俠仗義，敢作敢爲。進入礦山做工後，接受了無產階級革命思想的洗禮，一度從事工人運動，成爲工運領袖，資本家要殺害他，他就逃回農村，但他仍然是一個革命戰士。在時局逆轉，新軍閥叛變革命，支持地主民團下鄉取締農會，革命危在旦夕的關鍵時刻，他顯得堅強而勇敢，帶領廣大民眾奮起反抗，解除舊軍隊的武裝，組織了農民自衛隊，撤退到三仙山上與敵人周旋。在嚴酷的鬥爭局勢下，他表現出大義凜然、鎮定自若、沉著穩健的革命俠者風範。最後，在自衛隊隊長李傑犧牲的情況下，他率領農民自衛隊衝出重圍，向金剛山出發去入夥，繼續從事革命武裝鬥爭。另一位主人公革命知識分子李傑，是大地主李敬齋的兒子。他大膽地同他的階級決裂，

〔註213〕蔣光慈《蔣光慈文集》，第二卷，上海文藝出版社，1983年，第14頁。
〔註214〕蔣光慈《蔣光慈文集》，第二卷，上海文藝出版社，1983年，第65頁。

由李家老樓的少爺變成李家老樓的叛逆者。他從小在外地求學，接受了無產階級革命的進步思想，成為學生運動的領袖。大革命時期，他回到故鄉發動農民革命，與包括自己的親生父親在內的階級敵人作殊死搏鬥。在他取得農民信任的同時，來自家庭的招降書也接踵而至，拒絕招降的後果將是地主集團對他和張進德的暗殺。他毫不畏懼，和張進德一起組建了農民自衛隊，被推為自衛隊的隊長，下令火燒李家老樓。最後，李傑在三仙山率部突圍時身負重傷，壯烈殉難。臨終前，他向張進德說道：「你是很能做事的，同志們都很信任你，我希望你此後領導同志們好好地，好好地進行下去……」〔註215〕李傑的遺言寄託著他對革命的希望，體現了他作為一個背叛自己階級的革命者堅定的革命精神和鬥爭意志。可以說，張進德和李傑是無產階級革命思想教育下的革命俠義英雄形象，在他們身上寄託著作者的人生願望和社會理想，這種革命俠義英雄形象是邢翠英、菊芬和王阿貴等盲動主義的復仇者所望塵莫及的。

總起來看，蔣光慈在小說創作中致力於反抗意志、復仇精神和革命尚武精神的開掘與張揚，並賦予其革命激情，對於鼓舞廣大人民的革命鬥志，是難能可貴的。在沒有找到正確的鬥爭路線的情況下，有些主人公的個人暗殺的復仇行為的確帶有盲動主義傾向，這是時代的局限和作者革命思想的局限，但這種以暴抗暴的個人武力鬥爭方式因革命因素的加入而帶有革命的正義性與合理性。隨著作者革命思想的發展，小說主人公的鬥爭方式也逐漸由個人暗殺的復仇行為走上了集體主義的鬥爭道路。可以說，蔣光慈的小說「融合了古代俠客、拜倫式英雄、高爾基早期作品中『流浪漢』的多種素質」，「增添了叛逆者的豪俠氣」。〔註216〕這是蔣光慈在馬克思主義革命暴力觀念指導下對俠文化改造的結果，他把古代俠客、拜倫式英雄、反抗的流浪漢和中國革命時代特色及革命尚武精神結合起來，賦予向黑暗社會復仇以革命的正義性與合理性，從而使傳統俠文化精神呈現出嶄新的現代革命內涵。

（三）在暴力與正義之間：蔣光慈的革命俠義情結

蔣光慈生活於黑暗社會，從小受到俠文化的影響，他的人格結構和文化心理中積澱著豐厚的俠文化精神質素，反抗專制強權、訴求社會公道正義、追求

〔註215〕蔣光慈《蔣光慈文集》，第二卷，上海文藝出版社，1983年，第413頁。
〔註216〕楊義《中國現代小說史》，第二卷，人民文學出版社，1986年，第65頁。

自由平等的俠文化精神使他與東漸的西方無政府主義思想取得了精神溝通。他曾仰慕古代俠客的義舉，也曾歆羨無政府主義者的暗殺行爲。在追求個性解放和自由平等的鬥爭中，正是無政府主義思想大大激活了他潛意識中的俠文化精神質素，煥發爲現實中反抗強權、主持正義、向黑暗社會復仇的行爲力量。十月革命之後，他逐漸接受了馬列主義的無產階級革命思想。無產階級革命反抗專制強權，要求推翻反動階級的暴力統治，建立爲勞動人民謀福利的自由平等的政權。蔣光慈人格結構和文化心理中反抗專制強權、訴求社會公道正義、追求自由平等的俠文化精神與無產階級革命的理想和要求之間存在著一致性或精神契合點，這是他逐漸走上無產階級革命道路的一個原因。無產階級革命要求以武裝革命對抗反動統治階級的武裝反革命，也就是以革命暴力鬥爭對抗反革命暴力統治，蔣光慈在無產階級革命鬥爭理論中找到了實現自己社會理想的精神支撐和行爲動力。對於從小就想做一個行俠仗義的俠客的蔣光慈來說，參加無產階級革命實屬於時代精神和個人思想發展的必然結果。他可以通過革命鬥爭的方式來行俠仗義，爲弱勢群體抱打不平，爲革命事業奔走呼號。俠文化精神的浸潤和無產階級革命思想的靈魂洗禮，在蔣光慈的精神結構和人格心理中逐漸醞釀、積澱成爲一種複雜的情結——革命俠義情結。

從某種意義上說，革命和俠義之間存在著不可避免的衝突。因爲俠文化存在著無政府主義傾向和個人主義思想的局限，俠義也容易在具體實踐中走向極端個人主義和自由主義的深淵；而無產階級革命要求它的每個成員必須遵守個人服從集體、少數服從多數的原則，在必要的情況下，爲了集體利益必須無條件犧牲個人利益。無產階級革命以暴力鬥爭的方式爲被壓迫、被剝削階級的利益而奮鬥，它訴求的是人類解放的正義事業。蔣光慈追求社會的公道和正義，認可和擁護這種爲正義而戰的暴力鬥爭。蔣光慈的革命俠義情結中不僅有反抗黑暗社會、爲正義而戰的質素，而且也存在追求精神自由和人格獨立的一面，這就不可避免地要與無產階級革命的集體主義原則發生矛盾衝突。他以退黨的鬥爭方式向當時統治左聯的左傾機會主義路線小集團宣戰事件，就充分體現了這種革命俠義情結的局限。他的退黨行爲本身確實是在捍衛個人的精神自由和人格獨立，這是一個俠者的風範。但在當時嚴峻而複雜的革命鬥爭形勢下，退黨必然會帶來親者痛、仇者快的後果。可以肯定地說，在把握了蔣光慈的革命俠義情結的前提下，將他的小說創作和退黨事件等納入俠文化視野中來加以重新觀照，是能夠得到更加合理有效的闡釋的。

　　蔣光慈在暴力和正義之間追求著自己的社會理想與人生事業，他把革命
文學創作作為自己投身於無產階級革命洪流的具體實踐方式，以筆為武器向
一切反動派開戰，為中國革命吶喊助威。可以說，蔣光慈的小說創作始終流
貫著革命俠義情結，這不僅體現了他的人格建構的理想，而且表達了他對無
產階級文化建構的追求。

　　在前面，我們已經對蔣光慈小說的人物形象進行了分析，不難發現，這
些人物形象身上既有著革命者的特點，也存在著俠客的影子。一方面，他們
在革命思想教育和影響下，個性意識覺醒了，對社會有著較為理性的認識，
對反動當局充滿了反抗意志和復仇精神，有以暴抗暴的革命傾向。但另一方
面，由於找不到革命鬥爭的正確方式或看不到革命出路，在以暴力鬥爭追求
社會正義的道路上，他們往往採取個人暗殺的復仇方式鋌而走險，這種個人
暗殺的復仇行為帶有古代俠客行刺的盲動主義傾向。《咆哮了的土地》中的張
進德和李傑是深受黨的革命思想教育與影響的革命英雄，他們沒有個人暗殺
的復仇行為，在走向集體主義鬥爭道路的過程中，他們逐漸克服了個人的思
想弱點而不斷成熟起來，但最終卻是以集體復仇的武裝暴動向敵人決戰。無
論個人復仇還是集體復仇，都是以暴力方式追求社會的正義，在革命激情的
感召下，血腥的復仇行為獲得了革命正義性與歷史合理性，這種糾結於暴力
和正義之間的革命俠義情結也就完成了自己所承擔的時代使命。蔣光慈小說
的主人公大都是社會的弱者，汪中是一個被迫漂泊、浪跡天涯的貧苦少年，
李孟漢是一個背負著國恨家仇、漂泊異國他鄉的青年，性格怯懦的王阿貴是
一個深受剝削和壓迫的青年工人，邢翠英、章淑君、菊芬和王曼英等都是弱
女子，張進德是一個遭受剝削和壓迫的普通礦工，李傑是一個背叛了自己階
級的逆子。在他們身上，蔣光慈不僅賦予了革命激情，而且賦予了俠客式的
反抗意志、復仇精神，以及追求自由平等的理念。蔣光慈給小說主人公的精
神結構和人格心理注入了俠文化精神質素與革命激情，顯然體現了他的人格
建構的理想。在一個黑暗社會，廣大勞動人民痛苦呻吟於反動階級統治之下
而找不到出路，幾千年封建思想統治給他們帶來精神奴役的創傷，國民劣根
性根深蒂固，使他們安於現狀、怯於反抗。蔣光慈曾說：「我忍不住怒斥那些
不覺悟的奴隸，真想乘空摸一摸那些人的心上是否還有熱氣，或者他們還是
卑劣的，卑劣的如同豬狗一般地昏睡，我下決心要與民眾共悲歡，要勇敢的
歌吟，為中國革命貢獻一切，我將與敵對階級不共戴天，不是他們把我們殺

死，就是他們死在我的面前。」〔註217〕從蔣光慈的話語中可以看出，他痛恨國民的奴性和不覺悟，決心與民眾共悲歡，喚醒他們起來與敵人鬥爭，以及願爲中國革命視死如歸的堅定信念。在無產階級革命初級階段，喚起民眾覺醒起來鬥爭，是一項複雜而艱巨的任務，任重而道遠。蔣光慈致力於爲中國革命鼓與呼的革命文學創作，他的小說人物形象塑造必然要爲無產階級革命服務。在敵人的暴力統治和殘酷鎮壓之下，要想取得革命成功，實現人人自由平等的社會理想，革命者必須不怕流血犧牲，具有堅強的反抗意志和復仇精神。很顯然，蔣光慈小說主人公的反抗意志、復仇精神及追求自由平等的價值理念，在革命激情的浸潤下，具備了現代革命者的某些特點，雖然個人暗殺的復仇行爲不是一個眞正革命者的本色，但作者所賦予小說主人公的俠文化精神質素和革命激情確實體現了他對革命者人格建構的積極探索與執著追求。我認爲，蔣光慈的眞正目的是想給現實生活中的人們注入反抗、復仇、追求自由平等、訴求社會公道正義等俠文化精神的積極因素，喚醒他們的鬥爭意識，鼓舞他們的鬥爭意志，讓他們放棄對敵人的任何幻想，切實看清敵人殘酷暴虐的本來面目，以大無畏的革命精神和視死如歸的俠者氣魄向黑暗社會復仇，去追求社會的公道和正義，建立自由平等的新世界。

為了配合中國革命的發展，振興中國無產階級文學，蔣光慈積極倡導革命文學，探求無產階級文化的建構之路。一九二四年八月一日，蔣光慈在《新青年》季刊第三期上發表了論文《無產階級革命與文化》，這是他第一次致力於革命文學理論建設。在此之前或同時，陳獨秀發表過《文學革命論》，李大釗就「什麼是新文學」提出了自己的看法，魯迅對於「聽將令」的「遵命文學」發表了自己的眞知灼見，鄧中夏、惲代英、沈澤民等積極宣傳初步的革命文學主張。但是，對革命文學眞正從理論上系統闡釋、積極倡導並在創作上努力實踐的，蔣光慈是第一人。他首先闡述了無產階級文學產生的可能性和必然性，強調無產階級一定能夠建設自己嶄新的文化：「無產階級革命，不但是解決麵包問題，而且是爲人類文化開一條新途徑……無產階級既成爲政治上的一大勢力，在文化上不得不趨向於創造自己特殊的文化，而且與資產階級的相對抗……在共產主義未實現之前，當然能夠創造出自己特殊的文化──無產階級文化……無產階級文化不但是可能的，而且是必然的。」革命文學是無產階級文化建設的重要組成部分，當時中國最重要的社會思潮就是

〔註217〕馬德俊《蔣光慈傳》，安徽人民出版社，2001年，第85頁。

革命，革命文學不是某個人的事情，它屬於整個時代。在該論文中，蔣光慈就中國革命文學發表了充滿崇高理想和青春活力的見解，這是中國現代文學史上闡述革命文學觀點最早、最清晰的理論文章。〔註218〕一九二五年元旦，在革命文學起步之際，蔣光慈在上海《民國日報》副刊《覺悟》上發表了《現代中國社會與革命文學》，以對五四文學前輩頗有不遜的語氣，旗幟鮮明地倡導革命文學，呼喚革命文學家的出現。他認爲中國現代社會是再黑暗沒有了，一般民眾深受軍閥和帝國主義的雙重壓迫，在這種黑暗狀態下，代表社會情緒的文學家的革命之歌是非常寶貴的，只要有文學家的高呼狂喊，就可以證明社會的情緒不是死的，有奮興的希望。〔註219〕爲了實現自己的革命文學主張，一九二四年十一月，他與沈澤民等組織春雷文學社；還參加過創造社；一九二八年編輯《太陽月刊》，並與錢杏邨、孟超、楊邨人等組織太陽社。他利用這些文學社團，團結志同道合者，共同以文學創作來實踐革命文學的具體主張。可以說，蔣光慈爲無產階級革命文學作爲一種規模浩大的文學運動在一九二八年崛起，作出了自己獨有的貢獻。一九二八年，蔣光慈領導的太陽社和後期創造社根據當時政治形勢的變化與革命發展的需要，在上海共同大張旗鼓地倡導無產階級革命文學運動。在無產階級革命文學運動中，「蔣光慈要求作家在謳歌愛與美的創作基調時，不要忽略了潛在的與黑暗抗爭的力、生命的力。他強調文學作品要體現出力，力的技巧，力的表現，力的文學，再明確一點，就是要表現爭鬥、元氣、力、高揚的現象，從潛在的美麗的人生的力，到無產階級革命的活力。要使人們認清自己所面臨的新社會鬥爭任務，由個性解放、個人反抗前進到集體主義的戰鬥行列中去」。〔註220〕這是蔣光慈關於革命文學創作的重要理論主張，體現了他對無產階級文化積極建構的理性追求。

在建構無產階級文化的道路上，蔣光慈不僅從理論上提出了自己的見解，而且以紮實的革命文學創作，實踐著自己的理論主張。蔣光慈首先是一個革命者，同時也是一個深受俠文化影響和俠文化精神浸潤的新文學作家，他內心深處的革命俠義情結必然會伴隨著革命文學創作的理論主張投射、積澱於他的創作文本之中。汪中、李孟漢、邢翠英、章淑君、菊芬、王阿貴、王曼英、張進德、李傑等這些充滿了反抗意志和復仇精神的小說人物形象，

〔註218〕參見馬德俊《蔣光慈傳》，安徽人民出版社，2001年，第94頁。
〔註219〕參見楊義《中國現代小說史》，第二卷，人民文學出版社，1986年，第60頁。
〔註220〕馬德俊《蔣光慈傳》，安徽人民出版社，2001年，第101頁。

無不給人一種力的美感，他們身上都潛隱著一種「與黑暗抗爭的力、生命的力」。他們在黑暗的社會中追求著個性的解放，探尋、摸索著前進的道路。他們中既有人以個人暗殺的復仇手段向黑暗社會宣戰，也有人以肉體爲武器向敵人復仇，這種盲動主義的個人反抗行爲既體現了時代的局限，也顯示了作者在無產階級革命鬥爭初級階段所不可避免存在的思想局限。隨著作者對革命形勢認識的深化和革命思想的發展，這種個人反抗行爲逐漸走上了集體主義的鬥爭之路。王曼英在革命者李尙志的幫助下，在現實生活的教育下，告別了扭曲的個人復仇行爲，重新回到了集體主義的革命鬥爭的軌道。張進德、李傑等富有反抗意志和叛逆精神的俠義革命者在黨的革命思想教育下，不斷克服自身的思想弱點，走集體鬥爭的革命道路，一切服從革命大局，積極從事革命活動。深入文本的深層結構，我們不難發現，蔣光慈人格結構與文化心理中的俠文化精神質素在或隱或顯地指導和規約著小說主人公的思想與行動。儘管小說主人公的個人復仇行爲有著無政府主義者暗殺恐怖的影子，但從根本上來說，這是蔣光慈的俠性心態和俠文化精神在文本中的藝術呈現。更重要的是，作者賦予小說文本以反抗黑暗社會的革命激情，從而使小說主人公的個人復仇行爲獲得了革命的正義性和歷史的理解與同情。

蔣光慈小說主人公的鬥爭方式由個人復仇行爲逐步走向集體主義鬥爭道路，眞正體現了他以革命思想和馬克思主義暴力觀念對俠文化的現代性改造，不僅克服了俠客式無政府主義傾向和個人主義思想的局限，而且在革命思想指導下，被賦予了革命的正義性與合理性。在無產階級革命時代，面對敵人的屠刀，革命者只有以革命暴力對抗敵人的反革命暴力，才能尋求自我解放的出路。在蔣光慈小說中，無論是個人復仇行爲還是集體武裝鬥爭，都體現了一種革命尙武精神，這是俠文化精神與革命時代特徵相結合的產物。這種革命尙武精神折射出蔣光慈的革命俠義情結的積極內核，革命與俠義結合，人性與俠性交融，使暴力和正義二者在革命話語中能夠達成有機統一，從而在現實革命鬥爭中起到呼喚民眾覺醒、砥礪人民鬥志的積極作用。

六　蕭軍：民族復仇精神和反抗意志的抒寫者

在深受俠文化影響和俠文化精神浸潤的新文學作家中，蕭軍可以說是比較獨特的一個。他出生於一個偏僻、荒涼、貧困、落後的窮山溝，在母愛缺失，父親粗暴，缺乏正常家庭溫暖的生活環境下，從幼年開始便表現出對一

切壓迫、束縛的反抗和對正義自由的熱愛與追求。他從小就生活在一個民風
剽悍、勇武好鬥的地域，當地有殺人越貨、綁票、砸孤丁、打家劫舍的盜匪，
人稱「紅胡子」、「馬鼈子」。這些盜匪集團的成份非常複雜，除少數野心家與
統治階級勾結並爲其利用外，多數人是爲生活所迫、鋌而走險自發起來奮力
抗爭的貧苦農民和破產的手工業者，其中不乏劫富濟貧、行俠仗義者。蕭軍
的親戚、鄰居有不少胡子英雄，他在幼年時非常崇拜這些英雄。長大後的蕭
軍逐漸形成了堅忍、頑強的個性和抗爭精神，豪放不羈，特立獨行。與其他
新文學作家不同之處還在於，蕭軍從小就練武，還專門拜師學藝。在現實生
活中，他渾身的俠肝義膽，好抱打不平，長期軍旅生涯的磨練，更爲其人格
精神增添了豪放勇武之氣。「九・一八」事變後，東北淪陷。一批青年作家在
山河破碎、國破家亡的民族悲憤中被迫離開飽受苦難的黑土地，開始了漂泊
動盪的流亡生活，他們陸續來到左翼文壇中心——上海，「把北國的血與淚、
劍與火和胸間的民族情、鄉土情凝聚於作品，成爲方興未艾的抗日反帝文學
的勁旅，以一個地區作家的群體意識給全國文學主潮的發展打下了深刻的血
的烙印」。〔註221〕曾立志做大俠客、做安重根式大丈夫的蕭軍，就是這個東北
作家群中的重要一員。他曾與軍界友人組織抗日義勇軍，不幸失敗，於是轉
變了鬥爭方式，以筆爲劍，揭露和控訴日寇的滔天罪行，鞭撻封建主義的剝
削和壓迫，抒寫著民族復仇精神和反抗意志。在現代革命意識指導下，結合
偉大的民族解放戰爭，蕭軍對俠文化進行了現代性改造和創造性轉化，他從
傳統俠文化中提煉出喚醒民眾起來反帝反封建的精神資源和鬥爭力量，鼓舞
人民鬥志，服務於現實的鬥爭。蕭軍現實中的反抗精神和俠義情懷滲透、內
化在創作中，就是小說文本在塑造胡子——抗日英雄的俠義形象、發掘他們
身上的俠文化精神過程中，注入了鮮明的反帝愛國精神和強烈的民族意識，
使傳統俠文化在抗日救亡的時代語境下呈現出新的話語蘊藉和時代特徵，體
現了作者的個人英雄主義人格追求和自由主義文化理想。

（一）從黑土地走來的拼命三郎

　　如果僅僅從精神層面探討蕭軍所受俠文化的影響，顯然是遠遠不夠的，
因爲蕭軍本人就是一個從黑土地走來的具有俠義精神的拼命三郎。他從小就
舞槍弄棒，學習武術，練就了一身的好武藝，加上黑土地文化賦予了他強悍

〔註221〕楊義《中國現代小説史》，第二卷，人民文學出版社，1986 年，第 508 頁。

勇武、敢於叛逆冒險的俠義情懷，使他敢於拼搏冒險、奮力抗爭，可謂藝高人膽大。他遇到困難險境從不低頭，常常急人之難，救人於厄；從不以武欺人，而是反抗邪惡，維護正義，仗義執言，甚至不惜犧牲自己的利益，可謂俠者風範。

1917 年，小蕭軍離開家鄉，被鄉人帶到了父親的謀生地長春城。父親整天忙於生計，沒有太多的時間顧及和照料小蕭軍。在孤獨寂寞和百無聊賴之中，他結識了一個小夥伴仲兒。有一次，仲兒被同學嘲罵、被老師申斥受了委屈，回家痛哭起來。仲兒要祖父帶他到學校去理論，但他的祖父膽小怕事，又無能爲力。路見不平，拔刀相助。此事激起蕭軍的同情和抱打不平的俠義心腸，拉著仲兒去學校理論，不僅仲兒被蕭軍的英武氣概所震懾，連仲兒那軟弱怕事的祖父此時也壯起了膽子，跟著到學校去講理。在學校裏，面對那些蠻橫無理的學生，蕭軍毫不示弱，大膽挑戰那個欺負仲兒的蠻橫的同學，雙方展開了混戰。蕭軍勢單力薄，寡不敵眾，但他毫不畏懼，英勇抵抗。仲兒從此不再輕視和譏諷蕭軍了，簡直把他當作英雄來尊崇。爲了主持公道、維護正義，蕭軍付出了慘重的代價，不僅滿身傷痕累累，而且在學校留下了「野蠻」的壞名聲。等蕭軍入那學校，有的老師對他抱有先入的成見，事事刁難，直到學校把他開除。這一切給蕭軍幼小的心靈以強烈的刺激，覺得世上沒有公平，他對現實的反抗精神更加強烈了。

1917 年前後的東北，日本帝國主義侵略勢力甚囂塵上，不可一世。許多有志之士以刺死伊藤博文的朝鮮愛國志士安重根爲榜樣，學文習武，充滿了反日愛國精神。在這樣的時代背景下，蕭軍進入「吉長道立商埠國民高等小學校」讀書，學校當時實行的「軍國民教育」曾使他萌生了愛國主義情感。放學後，蕭軍常常一個人躲進無人居住的破房子裏練習武術，甚至經父親同意，向一個叫段金貴的賣藝的山西人磕頭拜師。「蕭軍練武的目的，是想當一名闖蕩江湖的大俠客，身背單刀一把，殺貪官，打土豪，除漢奸，滅鬼子，除盡天下不公不平之事。這當然帶有少年的幼稚和可笑，但那愛國的感情是熾熱的。他很希望長大了去當朝鮮愛國志士安重根式的大丈夫」，〔註222〕「由崇拜行俠好義的江湖好漢，到民族英雄的安重根，再到荊軻、聶政、石達開，小蕭軍的思想沿著這個方向發展著」。〔註223〕1919 年五四運動爆發，聲勢波

〔註222〕張毓茂《蕭軍傳》，重慶出版社，1992 年，第 42 頁。
〔註223〕張毓茂《蕭軍傳》，重慶出版社，1992 年，第 43 頁。

及到長春，蕭軍積極參加罷課學生的講演遊行隊伍，顯示出不同尋常的膽識和氣魄。在巴姓和葉姓老師的無端侮辱及以開除相威脅面前，倔強好鬥的性格使蕭軍毫不畏懼，從不屈服，敢於挑戰和反抗。由於校長軟弱怕事，蕭軍又不肯賠禮，最後被開除。在對待蕭軍被開除的問題上，許多學生不滿學校當局的決定，提出抗議，王世忱和陳玉庭、朱君玉等自動提出退學，表示他們最強烈的抗議。被學校開除後，蕭軍以「假上學」瞞著家裏人，不讓家裏人知道。他整天在同學山東人王世忱安排的一個山東會館裏度過。在那段日子裏，他找來《聊齋誌異》、《西遊記》、《濟公傳》、《七俠五義》等小說來讀，覺得自由自在，無拘無束。王世忱品學兼優，外柔內剛，自動提出退學後，學校百般挽留，也毫不動搖，並且在蕭軍被開除的日子裏，幫助安頓、照顧蕭軍的生活。他在關鍵時刻表現出來的剛毅、頑強和急人之難的精神，使蕭軍由衷地欽佩。「假上學」被父親知道後，父親完全絕望了，讓他去自謀生路。從此，蕭軍走上了軍旅生涯。

　　1930 年春季，蕭軍於東北陸軍講武堂炮兵科畢業前夕，一次在野外實習期間，出於正義感為同學抱打不平，與一個隊長發生爭執，並在激憤難抑之下鍬劈飛揚跋扈的隊長，雖然因眾人攔阻而沒有死人，但蕭軍卻差一點因此掉了腦袋，結果被開除了學籍。這件事雖然暴露了蕭軍的輕率、魯莽，但他那挑戰強暴、蔑視蠻橫的抗爭精神是值得讚佩的。這是「僵化陳腐的舊生活舊規範同無拘無束的自由和正義之間矛盾激化、相互劇撞的必然結果，蕭軍命定般地不屬於這樣的生活，命定般地要被這樣的生活軌道所拋棄和開除。自由、漂泊與對真理正義的追求，才是屬於他的人生」。〔註224〕被「東北陸軍講武堂」開除後，蕭軍進入駐遼寧昌圖的陸軍二十四旅做準尉見習官，又在東北憲兵教練處任少尉軍官及武術助教。「九‧一八」事變爆發後，作為一個熱愛祖國和人民、追求自由與正義的熱血青年，蕭軍義憤填膺，曾向上級建議把東北憲兵教練處的 200 餘名官兵拉出去打遊擊，結果遭到拒絕。蕭軍不肯隨所在部隊和上級撤離瀋陽入關赴北京，更不願苟且偷生做亡國奴，他獨自來到吉林省舒蘭縣，與一個軍界友人商討組織抗日義勇軍，不幸慘遭失敗。蕭軍逃到哈爾濱後，以「三郎」為筆名徹底拋棄了軍旅生涯而從事文學創作，以文學為武器致力於愛國抗日大業。1932 年，哈爾濱發生水災，被洪水圍困，當時弱女子張迺瑩（蕭紅）有孕在身，正作為「人質」滯留在一個旅館，將

〔註224〕逄增玉《黑土地文化與東北作家群》，湖南教育出版社，1995 年，第 58 頁。

被老闆擬賣入妓院以抵欠賬。危難之中，蕭軍挺身而出，把走投無路、貧病交加的蕭紅拯救了出來，她那顆瀕臨絕望的心終於得到了溫暖和寧靜的港灣。蕭軍義救蕭紅，可謂赴人之難、救人於厄的俠義之舉。

蕭軍是魯迅的學生，在為文和做人上都受到了魯迅的恩澤與教導。魯迅於 1934 年 10 月 9 日夜在回覆蕭軍的信中說：「不必問現在要什麼，只要問自己能做什麼。現在需要的是鬥爭的文字，如果作者是一個鬥爭者，那麼，無論他寫什麼，寫出來的東西一定是鬥爭的……」〔註225〕正是在魯迅的關懷下，艱難跋涉在人生旅途上的蕭軍逐步走上文壇之路。魯迅本人就是一位俠肝義膽、義薄雲天的文俠，他像慈父一樣，在生活和創作上給予蕭軍無微不至的體貼、關照、幫助與引導。受人滴水恩，甘當湧泉報。蕭軍知恩圖報，魯迅逝世後，他悲痛欲絕，在魯迅下葬時，蕭軍是 16 位抬棺者之一，並且擔任魯迅葬禮的總指揮。在魯迅安葬後的寂寞時光裏，蕭軍經常到魯迅墳前探訪，深深緬懷自己的恩師。有一次，蕭軍來到魯迅墓前，為恩師掃墓。在墓前，他焚燒了新出版的《作家》、《中流》和《譯文》等魯迅生前最喜愛的刊物，以表示敬意，寄託哀思。此事被狄克（即張春橋——引者注）及其同夥馬吉蜂知道後，肆意在小報上寫文章辱罵蕭軍是魯迅的孝子賢孫，甚至侮辱魯迅。勇武好鬥的蕭軍，直接找到他們並當面提出挑戰，在上海徐家匯南草坪決鬥，決定用拳頭狠狠教訓他們一頓。結果馬吉蜂被打得落花流水，和狄克一起狼狽而逃。蕭軍這種以武懲戒無恥文人的方式是對正義的維護，對人格尊嚴的捍衛，更是對魯迅精神的堅守。從某種意義上說，魯迅對蕭軍之所以恩愛有加，是因為蕭軍這位來自黑土地的關東大俠的俠者氣質深深地吸引了魯迅，他們之間的交好，可以說是英雄俠士之間的惺惺相惜。他們的性格都豪放不羈、特立獨行、俠肝義膽、狷介耿直，有習武之人的俠義精神，也有常人的似水柔情。魯迅逝世後，他的硬骨頭精神和「橫眉冷對千夫指」的抗爭意志在蕭軍身上得到了很好的傳承。這是蕭軍繼承魯迅遺志、堅守魯迅精神的一種大義體現，也是他堅持人格獨立而獨行於文壇的俠者風範。

在延安時期，蕭軍與王實味素昧平生，在批判王實味的鬥爭不斷升級卻沒有一個人敢于堅持真理為王實味說句公道話的情況下，受朋友之託，蕭軍仗義執言，找到毛澤東為王實味說情，結果碰了軟釘子。在一次王實味批判大會上，王實味一開口說話，立即遭到一片喝斥，蕭軍為王實味鳴

〔註225〕魯迅《魯迅書信集》，上卷，人民文學出版社，1976 年，第 636 頁。

不平，對這樣的批判大會非常不滿。會後蕭軍認為這種批判確實缺乏實事求是的說理態度，說這是「往腦袋上扣尿盆子」等話。結果中央研究院派了四名代表到蕭軍住處，指責他破壞批判大會，要他承認錯誤，賠禮道歉！蕭軍勃然大怒，不但拒絕指責，還把那四名代表轟了出去。他還嫌不解氣，乾脆寫了份專門材料直交毛澤東詳陳己見。蕭軍把這份材料取名為《備忘錄》。1942 年 10 月 19 日下午，延安召開了「魯迅逝世六週年紀念大會」。蕭軍出人意料地在大會上宣讀了他的《備忘錄》。該驚人之舉如火上加油，整個會場頓時沸騰起來了。黨內外七名作家唇槍舌劍，輪番向蕭軍開火。蕭軍孤身一人，舌戰群儒，毫不畏懼，越戰越勇。這次會後，蕭軍無形中已經被扣上了「同情托派分子王實味」的罪名。「應當說，蕭軍在王實味問題上惹起的風波，並非是一個成熟革命者清醒的理智判斷，而是一種感情用事所造成的糾紛，這給蕭軍後來的政治和文學生涯，蒙上了一層濃重的陰影」。〔註 226〕在王實味事件上，蕭軍確實有些感情用事，但這種感情絕對不是私人感情，而是一種維護正義、堅持真理的同志之間的大義之情。在大家都明哲保身的情況下，蕭軍卻仗義執言，在深諳事故者看來，確實有些不合乎當時的時宜。但正是這種不合時宜卻恰恰彰顯了蕭軍不畏強權、正直無私的高貴品質。在一個法制尚不健全、民主生活處於非常態的時代社會裏，尤其需要蕭軍的這種精神和勇氣。

　　從蕭軍的幾個人生片段中可以發現，他愛好正義自由的天性和獨立人格的追求使他不斷地同舊生活、舊環境、舊世界、舊規則發生本能的必然的衝突與對抗，處於對新的世界和新的人生的不斷追求之中。蕭軍從小就表現出來的反抗精神和無拘無束的自由人格，使他在追求新的世界和新的人生中更加英勇無畏，特立獨行，充分體現了他的個人英雄主義人格追求和自由主義文化理想。「應當說，在與舊世界舊生活的對抗中，蕭軍強烈的個性主義自由主義使他全不將舊世界放在眼裏，顯示出英雄般的壯烈和精神人格美。可是，當他以這樣的精神態度和人格準則投入新的世界和環境時，則既會使他與新的環境產生歷史性的誤會和矛盾，又會使其精神人格顯示出複雜的、正負俱備的效應，有時負效應可能大於正效應」。〔註 227〕可見，蕭軍對俠文化的承傳表現在其精神人格和實踐行為中既有積極意義，也有消極影響。而這正是蕭

〔註 226〕張毓茂《蕭軍傳》，重慶出版社，1992 年，第 240 頁。
〔註 227〕逢增玉《黑土地文化與東北作家群》，湖南教育出版社，1995 年，第 63 頁。

軍作爲一個現實中俠客所呈現出來的人性複雜性和精神眞實性的一面，同時也表現了現實生活與理想追求之間的矛盾。

（二）國恨家仇鑄就的民族復仇精神和反抗意志

與強悍尙武、敢於冒險叛逆的黑土地文化血脈相通的俠文化精神不僅鎔鑄了蕭軍的人生方式和人格精神，而且也鎔鑄著他的作品構成與審美追求。也就是說，蕭軍人格結構中的俠文化精神常常浸潤、滲透、積澱在他的文學創作之中，通過他的創作可以透視其俠者風範。在日本帝國主義的鐵蹄下，黑土地人民過著國破家亡、飢寒交迫的生活；封建主義壓迫、封建軍閥橫行暴虐，更使他們失去了生命保障、自由和尊嚴。在民族內外交困、無所適從的時代背景下，酷愛自由、敢於叛逆冒險的蕭軍充滿了民族義憤和對帝國主義、封建主義的仇恨。民族戰爭的爆發，對淪陷於鐵蹄之下的故土的思戀，對外來侵略者和國內反動派的仇恨，加上漂泊動盪的流亡生活所帶來的屈辱、焦慮、悲憤的心理，使得蕭軍致力於在作品中極力發掘由國恨家仇鑄就的民族復仇精神和反抗意志，以喚起廣大民眾反帝反封建的救亡愛國熱情。在蕭軍筆下，作爲黑土地雄強人格典型代表的胡子，「其身上的俠義精神（包括劫富濟貧、反抗、復仇等）一經民族主義情感的激揚和提煉便可以構成一種抗日英雄的基本素質」，〔註228〕從而賦予人物以俠義情懷，張揚了俠文化精神。「剛正不阿的個人氣質和對社會人生的俠義態度，使他的作品金剛怒目，如鼓如聾，彷彿是以他一身發達的筋肉，一股倔強的意氣寫成的」，〔註 229〕給中國現代文壇帶來了東北黑土地那強悍、粗獷、剛健、豪放的山野氣息。

在《同行者》中，作者塑造了一個俠義人物。「我」離開軍隊，在由烏拉街步行到舒蘭城的路上，遇到一個農民般的中年漢子。這個同行者曾在林中砍過木頭，有一個情人，但他覺得自己年歲過大，就成全情人和年歲小的另一個伐木人結婚。他對地主懷有強烈的憎恨，稱舊軍隊是蝨子、臭蟲，「他的身上留有彈傷，暗示著他是《八月的鄉村》中東北人民革命軍的前驅」。〔註230〕中年漢子禮讓情人，表現出高尙的品格，敢於蔑視強權暴力，具有強烈的反抗精神，不愧爲一個情義兼備、俠肝義膽的光輝形象。

〔註228〕楊經建《俠文化與 20 世紀中國小說》，載《文史哲》2003 年第 4 期。

〔註229〕楊義《中國現代小說史》，第二卷，人民文學出版社，1986 年，第 517 頁。

〔註230〕楊義《中國現代小說史》，第二卷，人民文學出版社，1986 年，第 528 頁。

　　《八月的鄉村》「描寫東北人民革命軍在磐石一帶和日本侵略軍進行浴血苦戰，是關外大地的血淚交迸的怒吼，民族良心的充滿英雄氣概的吶喊」，〔註231〕他們為爭取民族的自由和解放而不怕犧牲、英勇奮戰，全書充滿了民族復仇精神和反抗意志，迴蕩著革命英雄主義的旋律。魯迅給《八月的鄉村》以高度評價：「不知道是人民進步了，還是時代太近，還未湮沒的緣故，我卻見過幾種說述關於東三省被占的事情的小說。這《八月的鄉村》，即是很好的一部，雖然有些近乎短篇的連續，結構和描寫人物的手段，也不能比法捷耶夫的《毀滅》，然而嚴肅，緊張，作者的心血和失去的天空，土地，受難的人民，以至失去的茂草，高粱，蟈蟈，蚊子，攪成一團，鮮紅的在讀者眼前展開，顯示著中國的一份和全部，現在和未來，死路與活路。凡有人心的讀者，是看得完的，而且有所得的。」〔註232〕

　　在《八月的鄉村》中，作者塑造了許多具有反抗復仇和勇猛殺敵的俠文化精神的抗日英雄形象。他們或出身農民、苦工，或出身胡子、舊軍人，或出身知識分子，他們之間有兄弟般的感情。面對共同的民族敵人，他們能夠同仇敵愾，團結抗敵，勇敢頑強，毅然向敵人舉起復仇的刀槍。「在他們誰也不肯顯示自己不聰明；全要顯示自己是英勇的，沒有一點膽怯或憐憫來殺一個日本兵，更是殺日本軍官」。〔註233〕在他們執行戰鬥任務的時候，「充滿每個隊長和隊員當前的希望就是戰鬥。誰也不會想到這次鬥爭會使自己死掉，更不會想到死掉以後的事情。群眾的力量鼓勵著，好像只有在鬥爭的裏面才有生活」，〔註234〕在民族危難之際，充滿了大義凜然、視死如歸的英雄氣魄。

　　鐵鷹隊長曾是奉天戚家店的一個農民，當過兵，因為復仇也當過胡子，後來加入人民革命軍，和日本兵，和一切阻礙他們前進的敵人展開鬥爭。「他高高的身材，挺立在那裏，手槍掛在腕子上，儼然似一隻沒有翅膀的鷹。……他殺起人來向是沒有溫情的。他嚴厲得如官長一樣對待他的部屬，人們綽號全叫他『鐵鷹』，這是象徵他的猛鷙和敏捷」。〔註235〕他率領隊伍身先士卒，英勇殺敵，呈現出一派勇赴國難、視死如歸的俠義英雄風範。

〔註231〕楊義《中國現代小說史》，第二卷，人民文學出版社，1986年，第521頁。
〔註232〕魯迅《且介亭雜文二集・田軍作〈八月的鄉村〉序》，《魯迅全集》，第六卷，人民文學出版社，1981年，第287頁。
〔註233〕蕭軍《八月的鄉村》，人民文學出版社，1954年，第23頁。
〔註234〕蕭軍《八月的鄉村》，人民文學出版社，1954年，第53頁。
〔註235〕蕭軍《八月的鄉村》，人民文學出版社，1954年，第26頁。

　　陳柱司令是東三省土生土長的莊稼人，當過兵，老婆孩子全被日軍殺害，他懷著家仇國恨積極從事抗戰大業。陳柱認為，為了將來的新世界，為了向壓迫、殺戮自己的同志、姊妹、弟兄的敵人復仇，做出革命的犧牲是不可避免的。他向戰士們指出面前的敵人就是日本帝國主義的軍閥、政客、資本家，以及為日本帝國主義作走狗的滿洲軍閥、官吏、地主、土豪、劣紳，號召「現在是做了中國人民，為勞苦大眾，為全世界弱小民族爭自由、爭平等的好漢」〔註236〕的戰士們一定要同敵人鬥爭到底。在一次演說中，陳柱慷慨陳辭：「……我們就到全死滅的一天，也不能軟弱，也不能曲屈著腦袋，再叫那王八羔子們來統治了！同志們，你們是不是抱了這樣決心，才來參加革命的？……我不必徵求誰的意見，那是一定的。」〔註237〕可謂胸懷坦蕩，威武不屈。他眼光高遠、顧全大局、沉著剛毅、視死如歸，鎮定自若地指揮人民革命軍與日、偽軍展開血與火的生死搏鬥。在陳柱身上，充分體現了一個胸懷民族大義的革命戰士決絕的復仇精神和同敵人血戰到底的反抗意志。

　　李七嫂原本是一個樸素的鄉村婦女，不幸慘遭日本兵侮辱，孩子也被日本兵殺死，這幾乎使她陷入絕境。在情人唐老疙疸死後，「她所想的只有復仇和忍耐，孩子和情人；怎樣蹀盡這所有的山崗，田野，和森林……早一步跨到了龍爪崗」。〔註238〕她的民族意識和反抗意志終於覺醒，穿起情人的軍裝，拿起情人的步槍加入了革命隊伍，走上了抗戰之路。小說細緻地描寫了她對孩子的慈愛和對情人的真摯及孩子被殺後的瘋狂，偉大的母性和民族危亡的時代境遇使原本善良平凡的李七嫂變成了一個英勇無畏的戰士、一個復仇女俠。

　　崔長勝是一個對「新世界」懷著夢想和堅定信念的純樸老人，在部隊遇到敵情準備撤離時，生病體弱的他不願服從命令躲在老鄉家，他認為是苟且偷生，是一種恥辱，他要拿起槍與日軍戰鬥。「為什麼呢？老的東西不應該死掉嗎？這是很合理的──這是為革命死的哪！」〔註239〕這是一個革命老人真摯的心聲和無私的胸懷，最後他為革命自殺身亡。

　　蕭明作為一個革命者，有勇有謀，機智頑強，剛毅果斷。他在敵人的勢力範圍內不畏強暴艱險，組織了一支抗日隊伍，在對敵鬥爭中把劉大個子、

〔註236〕蕭軍《八月的鄉村》，人民文學出版社，1954年，第119頁。
〔註237〕蕭軍《八月的鄉村》，人民文學出版社，1954年，第120頁。
〔註238〕蕭軍《八月的鄉村》，人民文學出版社，1954年，第81～82頁。
〔註239〕蕭軍《八月的鄉村》，人民文學出版社，1954年，第39頁。

小紅臉、崔長勝、李三弟等農民和小手工業者教育磨練成堅強的抗日戰士，可謂眞正的英雄。但作爲一個知識分子，他存在著性格上的軟弱和優柔寡斷，在革命與戀愛發生衝突事件上，他不堪忍受失戀的打擊，曾用槍一千遍地頂著自己的頭顱，甚至因此而精神渙散、意志消沉，差點兒影響了保護傷員的革命任務。一個抗戰英雄在敵人面前剛毅果斷、雄姿煥發，但卻被自己打敗了。通過蕭明的形象塑造，充分體現了蕭軍筆下俠義人物性格的複雜性和眞實性。

在敵人即將前來圍剿的緊要關頭，陳柱司令決定撤退，留下蕭明來保護傷員，但蕭明因爲與安娜戀愛的事件造成精神渙散、意志消沉，在生死攸關的危機時刻，鞋匠出身的李三弟大義凜然、挺身而出，自告奮勇帶領留守的部隊掩護傷員安全轉移。作爲一個普通戰士，其正直、英勇、顧全大局的精神可佩可贊。

參加革命隊伍的戰士們，大都經歷了不堪壓迫鋌而走險，進入高山密林拿起武器反抗復仇的心路歷程，這與古代俠客、東北胡子投身綠林，與官府對抗，劫富濟貧，行俠仗義非常相似。可貴的是，作者賦予筆下的俠義人物以抗日救亡的特定時代內容，從而使作品「洋溢著土地淪喪而民族魂不滅的浩然充塞於天地間的正氣，血染的山河和鐵鑄的人物相映襯，使它在民族反抗情緒高漲的上海文壇上一鳴驚人」。〔註240〕

《第三代》是蕭軍在 20 世紀三、四十年代撰寫的繼代表作《八月的鄉村》之後最見藝術功力的一部長篇小說。作品以二十世紀初葉（自辛亥革命到五四運動前夕）舊軍閥統治的東北（以奉天省淩河村和吉林省長春市爲中心）爲背景，描寫了貧苦農民深受地主欺騙、壓迫、剝削的痛苦生活及彼此展開的殊死搏鬥；描寫了走投無路的農民鋌而走險上山當胡子及這支胡子隊伍劫富濟貧、與官府對抗的眞實生活經歷；再現了背井離鄉的農民漂泊城市的悲慘遭遇及他們在反帝愛國學生運動面前的意識覺醒和歡快情緒。在該小說中，蕭軍刻畫了劉元、井泉龍、翠屏、海交等俠義形象。俠文化精神在他們身上得到了很好的展現，那就是反抗、復仇、英勇、尊嚴。

淩河村是東北一個偏僻落後的小山村，生活在這塊土地上的人民純樸、勤勞、熱情、粗獷。長期以來，在大地主楊洛中的控制和欺壓下，淩河村的

〔註240〕楊義《中國現代小說史》，第二卷，人民文學出版社，1986 年，第 521～522 頁。

農民愚昧憨厚、艱難度日，過著朝不保夕的生活。楊洛中與官軍狼狽為奸，把善良無辜或打抱不平者投入牢獄，逼迫人們離開黑土地，走上進山當胡子的反抗復仇之路。

在胡子當中，劉元是一個俠肝義膽的形象。在他的身上，充分體現了俠者的復仇精神和反抗意志。出於對父親劉三蹶子專制暴虐的反抗而離開生他養他的凌河村，上山加入了胡子頭海交領導的隊伍，那時候，他還是個孩子。他敢於反抗，機智勇敢，正直無私。在久旱無雨，人們又要面臨旱災、鬧荒年的情況下，劉元對上天充滿了詛咒，把身邊自己的步槍舉起來瞄向了天空。楊三扯住他的手，問他要幹什麼，他說：

> 不幹什麼……我要看一看老天爺究竟在那裏？……若是我看見他……拚上一顆子彈給他嘗嘗……揍下個王八蛋……倒看看老天爺是長著幾個腦袋……人們全要供奉他……〔註241〕

老天爺在世俗眼光裏是至高無上的權威的象徵，而劉元敢於詛咒老天爺，向老天爺挑戰，足以看出他蔑視權威、不畏強暴的俠者氣魄。在與大地主楊洛中、與軍閥圍剿部隊、與叛徒楊三等一系列鬥爭中，無論環境怎樣艱苦、形勢怎樣變化，他都沒有退縮過、動搖過。即使在首領海交遇難身亡、叛徒楊三投靠官軍、胡子隊伍面臨分崩離析的危急關頭，劉元為海交復仇的信念和向官軍、地主鬥爭的精神也沒有消失，而是一如既往地進行著決絕的戰鬥。後來，他投奔了老英雄井泉龍，井泉龍佩服劉元的人品和反叛精神，將女兒大環子許配給他為妻。劉元的鬥爭意志沒有消沉，他以別樣的方式繼續著自己的抗爭之路。可以說，劉元身上湧動著黑土地特有的剽悍、野性、桀驁不馴的生命強力，他的反抗不僅僅是為了在艱難時世謀求自身的生存，更重要的是，他以生命為代價去追求人格獨立、精神自由和生命尊嚴，追求社會的公道和正義。

老英雄井泉龍在年輕的時候，曾參加過義和團，胸前飄灑著雪白的鬍鬚，不畏權勢，嫉惡如仇，抱打不平，敢作敢為，慷慨豪邁，義勇雙全，代表著凌河村的凜然正氣。他是整個凌河村唯一敢於正面抗爭大地主楊洛中的人，為保釋無辜被捕的林青和汪大辮子，他敢於挺身而出，帶領村民直接找楊洛中交涉，向他討個公道。大地主楊洛中由於害怕胡子搶劫，強迫村民在村頭

路口設置防禦胡子的崗卡，要求村民無償地輪流幫他做「炮手」去守望，井泉龍帶頭起來抗議。他曾隻身赴仇人楊洛中家祝壽，與胡子裏應外合直搗楊府，給大地主楊洛中以致命的重創。他不怕牽連，毅然收留與官軍作戰身負重傷的胡子劉元，因欽佩劉元的膽識和俠義，招他爲婿。他在夜裏翻山越河，拜會沿途「吃大戶」的饑民群首領蒙古老人烏蘭德。當井泉龍自報家門後，烏蘭德竟站起了那高大的身體，走近井泉龍……「我知道你呀！我知道你！人們和我說過你的名字……烏蘭德尊敬你、佩服你啊！」〔註242〕舉止間帶有民間英雄傳奇色彩。

　　海交是胡子首領，出身於胡子世家。他從少年時就當了胡子，曾經有過很多人馬和大堆銀元，也有金盆洗手陞官發財的機會，但他不爲之所動。不管得勢還是失勢，他一生中都不愛錢，不愛陞官，不愛女人，只願在漂泊動盪、自由冒險的綠林生涯度過此生。海交最可貴的品德除了對部下有著兄弟般的感情外，還有不傷害無辜百姓、替天行道、劫富濟貧等，更重要的是他不與官府合作，不向官軍投降，始終保持著高貴的做人尊嚴。在一個公道無存、正義缺失的黑暗社會裏，由鬍匪、盜賊出身而後成爲官軍飛黃騰達的比比皆是，「東北王」張作霖就是其中的一個典型。然而，海交卻以做胡子爲自豪，在他的觀念中，胡子在行爲和精神上永遠是自由的，比那些殘害百姓、荼毒生靈的官軍活得有尊嚴。海交在遇難彌留之際，對他的兄弟們說：

　　　　弟兄們……不要再牽留著我……你們多牽留我一刻……就是多增加我一刻的痛苦啊！……我還有什麼依戀呢？扔下我吧！我對於人世沒有什麼依戀了……人世上也沒有依戀我的人……我沒有娶過老婆也沒有孩子……也殺過了我所不愛的一些敵人……也沒有違背了我老子的遺言：我沒有投降了官軍……回來擒拿我舊日的夥伴……我一直是和他們拚著的……〔註243〕

海交還說：「我把我老子的一句話送給你們：『不要投降』……只要你們還在幹！」〔註244〕海交的遺言自然流露出一個胡子英雄的錚錚鐵骨和俠義氣概，他的價值抉擇眞正體現了爲官方意識形態和主流文化所擯棄而處於社會文化邊緣的一個鬍匪所能具有的可貴的生命尊嚴與人格魅力。

〔註242〕蕭軍《第三代》，下冊，黑龍江人民出版社，1983 年，第 923 頁。
〔註243〕蕭軍《第三代》，上冊，黑龍江人民出版社，1982 年，第 172 頁。
〔註244〕蕭軍《第三代》，上冊，黑龍江人民出版社，1982 年，第 172 頁。

　　翠屏是一個倔強潑辣、堅強勇敢、敢於反抗的女俠形象，在丈夫汪大辮子無辜被楊洛中勾結官軍逮捕後，作爲一個弱女子，她卻表現出了異常的勇敢和無畏：

　　　　翠屏在臨走出門的時候，出乎人們意外地竟指著楊洛中，刀似的動著她的薄嘴唇：

　　　　「……不要緊啊！就是把我的大辮子的命要了……我是個女人……不能怎的你……大辮子也是有兒孫的！……你將來就是死了……你也是有兒孫的！……他們只要一天天地大起來……就總要算這筆血淚賬！……你楊洛中……」〔註245〕

丈夫被捕後，翠屏受到村裏新來的段巡長的騷擾和威脅，激起了她的復仇情緒和反抗意識，她想殺了他。當宋七月勸阻她時，她說道：

　　　　我以爲你是個男人……向你說一說！……一個女人受了這樣的欺侮……你還教導她忍耐…………他是官員，……他有槍……他有男人們那樣加倍的力氣……我怎麼和他抗拒？……我不殺了他，向那些人們去討公道麼？他們會講公道麼？他們會把講公道的人關進監牢裏面去！……他們會把講公道的人逼成瘋狂了！……他們能替我這樣沒有希望得到報償的人講公道麼？…………我不管什麼官員，什麼人命……就是當今的皇帝……他如果侵害到我……只要我能夠……我也要殺了他。〔註246〕

這是一個普通農村弱女子的憤怒之聲，這是深刻洞察社會黑暗的復仇宣言，這是人性的吶喊，擲地有聲，慷慨淋漓，使堂堂鬚眉汗顏，一個不畏強暴、敢於反抗的女俠形象呼之欲出。最後，翠屏帶著一柄尖刀上羊角山當了胡子。從淩河村到羊角山，再到長春這個現代都市，在生活貧困、命運坎坷、人身侮辱、精神苦悶等多重困境下，這個堅強的女性始終都沒有低頭，頑強地與命運抗爭。然而，她的婚姻和家庭卻是不幸的。丈夫汪大辮子軟弱無能，膽小怕事，她沒有能夠完全走出傳統女性的局限性，最後隨著丈夫又回到了淩河村。但這並沒有遮蔽住翠屏作爲一個女中豪傑所體現出來的俠義光輝。

　　在《第三代》中，蕭軍還塑造了一個胡子叛徒的形象——楊三。楊三原是淩河村的一個好漢，不僅相貌出眾、多才多藝，而且槍法高超、有膽有識，

〔註245〕蕭軍《第三代》，上冊，黑龍江人民出版社，1982年，第109頁。
〔註246〕蕭軍《第三代》，上冊，黑龍江人民出版社，1982年，第199頁。

頗受人們喜愛，更是姑娘們的夢中情人。他殺死春二奶奶犯了罪以後，就上山入夥，投奔海交當了胡子。海交死後，楊三朝三暮四，貪戀安逸享樂，無法忍受胡子艱難困苦的冒險生活，最終背叛了海交的遺言和許多胡子弟兄，投靠了以往爲他所憎惡不恥的大地主楊洛中，做了淩河村的巡長，勾結官軍進山圍剿往日的胡子弟兄，墮落爲俠義胡子中的敗類。楊三雖然得到了榮華富貴，但卻徹底喪失了一個俠義胡子所應有的基本素質。這是作者所批判的人物。

在舊中國帝國主義飛揚跋扈、封建軍閥橫行暴虐之下，東北黑土地上許多失去土地的農民或破產的手工業者鋌而走險，上山入夥當胡子，走上反抗復仇之路。他們打家劫舍、殺富濟貧，在冒險的亡命生涯中，用自己的生命去追求自由和人間的公道、正義。他們英勇善戰，艱苦奮鬥，但在沒有先進思想和先進階級領導的情況下，找不到正確的出路，要麼被官方殘酷鎮壓下去，要麼成爲少數野心家利用的工具，被官府招安，結局總是歸於失敗。這些草莽英雄、綠林好漢雖然多以失敗告終，但他們的武裝活動，在當地的社會影響非常巨大，以致於那裏的民風剽悍，好鬥尚武。蕭軍出身於胡子盛行的農村，熟悉胡子的生活，更有著長期和豐富的軍旅生活體驗，對「官匪一家」、「兵匪一家」的黑暗社會現實有深刻的洞察和切身的體會。他對胡子英雄的鬥爭精神深表欽佩，也同情胡子的悲劇命運。在民族戰爭爆發、全民奮起抗戰的歷史背景下，在抗日救亡的時代主題召喚中，蕭軍把審美視野投向活躍於黑土地山野之間一個特殊的生存群體——胡子，在小說中塑造胡子的俠義英雄形象，寫他們的豪爽與勇氣、強悍與仗義，發掘和表現他們的反抗、復仇、英勇、尊嚴等俠文化精神，實際上蘊涵著作者的個體生命體驗，凸顯出他以現代意識對俠文化精神所作的獨特理解與審美觀照。

從整體上來看，在反帝愛國、抗日救亡的時代語境中，蕭軍小說所塑造的胡子——抗日英雄的俠義形象及所表現出來的俠文化精神體現了他個人英雄主義的人格追求和自由主義文化理想，對於喚起民眾民族意識的覺醒，激發廣大民眾抗日救亡的熱情和反抗意志，可謂意義重大，影響深遠。

（三）理想之路上的艱難跋涉

作爲從黑土地走來的一位桀驁不馴、行俠仗義、特立獨行的新文學作家，蕭軍始終秉持著靈魂深處反抗壓迫、追求正義的血性和良知，在理想之路上艱難跋涉。幼年喪母、父親粗暴的家庭不幸，激發他幼小的心靈萌

生長大後爲媽媽報仇的強烈的「仇父」意識，初步表現出他對家庭權威的蔑視和反抗。由於抱打不平、維護正義而被學校開除的遭遇，對黑暗社會眞正面目認識的逐步加深，更增強了蕭軍對舊社會、舊秩序的不滿和反抗。日本帝國主義的入侵，國破家亡的流亡生活，使他表現出強烈的民族復仇情緒和愛國救亡意識。一切的不幸和痛苦，並沒有壓倒這顆堅強的靈魂，而是激發了他對正義和自由的執著追求，磨礪並促成了他頑強的生存意志和無畏的叛逆精神。「在中國現代文學史上，像蕭軍這樣如此不倦執著地熱愛自由、冒險、俠義、追求無拘束無媚俗的自由人格、骨子裏具有天不怕地不怕的『流浪漢』性格和硬漢性格的作家，還是不多見的」。〔註 247〕渾身俠肝義膽、英勇無畏的蕭軍在長期漂泊動盪的流亡生涯中，逐漸形成了不畏強權、自掌正義、不怕犧牲、仗義執言的個人英雄主義人格追求和公道、正義、平等的自由主義文化理想。

「九・一八」事變後，懷著滿腔的愛國熱血和國恨家仇的民族悲憤，蕭軍曾聯合軍界友人組織抗日義勇軍，企圖在與日寇的現實血肉搏鬥中實現殺敵報國的宏願。不幸失敗後，他就以筆爲劍，控訴日寇暴行，鼓舞人民鬥志。他在魯迅的幫助和指導下，出版了充滿民族正氣和抗爭精神的《八月的鄉村》，投身於 1930 年代左翼文藝運動的時代潮流之中。1937 年「八・一三」事變後，他又投身於民族抗戰的洪流之中。在回應時代和民族召喚的過程中，蕭軍找到了價值實現的突破口。爲了實現祖國獨立、民族自由解放、人民翻身做主的文化理想，他自覺地承擔起引領民族精神的文化使命。他在創作中對俠文化所蘊涵的復仇精神和叛逆意識加以提煉與昇華，注入抗日救亡和反封建壓迫的時代內涵，直接與喚起民眾的覺醒和反抗意識相聯繫，凸顯出反帝反封建的現代革命意識，從而將傳統俠文化改造成爲鼓舞人民鬥志的現代民族復仇精神和反帝反封建的反抗意志。蕭軍人格心理中自掌正義、不怕犧牲等質素內化在小說人物身上，則體現了個人英雄主義精神，這種精神在革命熔爐的冶煉下會煥發爲顧全大局、大義凜然的英雄氣概，如《八月的鄉村》中的李三弟在危急關頭挺身而出，帶領留守的部隊掩護傷員安全轉移。這裡的個人英雄主義已經昇華爲革命壯舉，此時，俠的個人行爲經由現代性改造已經融入革命一途。可見，蕭軍注重發掘俠文化在實際鬥爭中的價值，賦予了俠文化精神以新的社會意義和民族意識。

〔註247〕逢增玉《黑土地文化與東北作家群》，湖南教育出版社，1995 年，第 54 頁。

　　對於自己身上的個人英雄主義人格追求和自由主義文化理想，蕭軍有著清醒的認識和理智的判斷。在延安時期，一向尊重和愛惜蕭軍的毛澤東曾提出要蕭軍改行「入黨當官」，蕭軍竟然連連拒絕，他說：「……我這個人自由主義、個人英雄主義太重，就像一頭野馬，受不了韁繩的約束，到時候連我自己也管不住自己，我還是在黨外跑跑吧！」〔註248〕後來，蕭軍進入延安中央黨校學習，進一步增強了對黨的認識，思想上追求進步。於是，他向當時的副校長彭真表示願意加入中國共產黨，彭真表示熱烈歡迎。但當彭真問蕭軍能否遵守黨的紀律和組織原則時，蕭軍非常坦蕩地表示不能。因為桀驁不馴、嫉惡如仇的個性使他不屈不撓、愛恨分明，更不會服從和執行他認為不對的決定。蕭軍十分清楚自己的個性，所以他說：「誰要是命令我，支使我，我立刻就會產生一種心理上的反感，這是我的弱點，難以克服的弱點！看來我還是留在黨外吧，省得給黨找麻煩！」〔註249〕對於蕭軍這位從黑暗世界艱難跋涉到革命聖地的知識分子來說，加入中國共產黨本來應是必然的人生選擇，何況他受到黨的領袖毛澤東的尊敬和器重。按照世俗的眼光來看，當時來到革命聖地延安的知識分子大都把入黨作為自己的夢想和追求，把能夠得到領袖的信任和尊敬引為人生的自豪，蕭軍如果按照毛澤東的要求入黨，那他的官運亨通和飛黃騰達指日可待。但蕭軍卻以「受不了韁繩的約束」的「難以克服的弱點」，輕易放棄了人生道路上的一次重要機遇和關鍵選擇。我認為，這固然是世俗人生的一大損失，但對於蕭軍來說，卻恰恰彰顯了他坦率、真誠的高貴品質。在難得的人生機遇面前，在世俗的飛黃騰達誘惑之下，作為一個血肉之人，還有什麼樣的弱點和毛病不能克服呢？而蕭軍沒有因此作出違心的抉擇。從蕭軍坦蕩無私、自我解剖的話語中，我們發現他對自己的弱點有著清醒的認識和理智的判斷，但同時又有著執拗的堅持和自我肯定。個人英雄主義和自由主義表現在蕭軍身上不再是自私、盲動，也不是對現實政治的對抗，而是一種血性、良知，是一種追求真理和正義的勇氣。這種人格追求和文化理想既體現了蕭軍作為一個俠者的坦蕩胸懷，同時也使他同現實環境發生著衝突，給自己帶來不幸的命運和災難。延安王實味事件上的挺身而出、仗義執言，使他蒙受同情「托派分子」之冤而遭到誤解和批評。在東北解放區，由於《文化報》事件，蕭軍被莫須有地冠以「反蘇、反共、反

〔註248〕王德芬《蕭軍在延安》，載《新文學史料》1987年第4期。
〔註249〕王德芬《蕭軍在延安》，載《新文學史料》1987年第4期。

人民」三項彌天大罪而遭到批判。儘管如此，但蕭軍在不幸的命運和災難面前始終沒有低頭屈服，而是以頑強的生命意志活了下來，從而成就了一個豪放不羈、光明磊落的文壇獨行俠的光輝形象。

總之，蕭軍俠義的一生及充滿民族復仇精神和反抗意志的文學創作，可以說貫穿著個人英雄主義的人格追求和自由主義文化理想，而這種人格追求和文化理想只有結合他的個人經歷與精神個性，納入俠文化的宏闊視野中來加以審美觀照，才能夠得到正確、合理、全面的理解和闡釋。

七　茅盾、鄭振鐸、瞿秋白：異口同聲的批判者

在新文學作家中，有三位確實與眾不同，他們更多地看到俠文化的負面作用和消極影響，對武俠小說這類作品「大都不屑一顧，對其廣泛流行持非常嚴厲的批評態度，以爲其『關係我們民族的運命』，甚至爲嘲弄中國人的俠客崇拜而呼喚『中國的西萬諦斯』」。〔註250〕他們認爲武俠小說是小市民的「迷魂湯」，使其「從書頁上和銀幕上得到了『過屠門而大嚼』的滿足」，〔註251〕「懸盼著有一類『超人』的俠客出來」，以此「來寬慰了自己無希望的反抗的心理」，〔註252〕其社會效果爲「濟貧自有飛仙劍，爾且安心做奴才」。〔註253〕可以說，在對待俠文化和武俠小說的態度上，他們是異口同聲的批判者，「過份強調小說的教誨功能而完全否認其娛樂色彩，並進而從思想傾向上全盤否定武俠小說」〔註254〕是其鮮明而突出的特色。他們是茅盾、鄭振鐸和瞿秋白，與其他新文學作家不同的是，他們從思想革命、政治革命和民族救亡的現實利益出發，以現代知識分子的精英意識，對俠文化和武俠小說及人們對其迷戀中所反映出來的國民性或民族性展開文化反思，爲了現實鬥爭的需要，從

〔註250〕陳平原《千古文人俠客夢——武俠小說類型研究》，人民文學出版社，1992年，第65頁。

〔註251〕參見沈雁冰（茅盾）《封建的小市民文藝》，載《東方雜誌》1933年第30卷第3號。又見茅盾《中國文論二集·封建的小市民文藝》，《茅盾全集》，第十九卷，人民文學出版社，1991年，第368頁、第369頁。

〔註252〕鄭振鐸《論武俠小說》，《海燕》，新中國書局，1932年。又見鄭振鐸《論武俠小說》，《中國文學研究》（下），人民文學出版社，2000年，第334頁。

〔註253〕瞿秋白《吉訶德的時代》，載《北斗》1931年第1卷第2期。又見瞿秋白《吉訶德的時代》，《瞿秋白文集》，文學編第一卷，人民文學出版社，1985年，第377頁。

〔註254〕陳平原《千古文人俠客夢——武俠小說類型研究》，人民文學出版社，1992年，第66頁。

思想傾向上對俠文化和武俠小說進行徹底批判乃至完全否定，帶有鮮明的政治功利色彩，也深深地打上了時代的、階級的烙印。茅盾、鄭振鐸和瞿秋白對待俠文化的態度具有歷史的合理性與時代的進步意義，但對其局限性也必須保持清醒的認識。

（一）茅盾：武俠小說是小市民的「迷魂湯」

　　茅盾是一個政治傾向性非常鮮明而強烈的作家，他較早接受了馬克思主義的思想學說，親自參加了建立中國共產黨、促進國共合作和大革命的政治實踐活動。作爲一個具有社會科學家氣質的小說家，「在小說領域內他將『五四』時期文學研究會『人生派』的現實主義精神接過來，加以發展，建立起在當時來說屬於全新的革命現實主義文學模式」。〔註 255〕所以，他在觀察現實、處理藝術問題的時候，總是能夠站在革命者的立場上，結合當時的社會歷史現實，深刻洞察社會的本質，注重文學的社會功利性，堅持藝術爲人生且要反映人生的主張，以更好地爲現實人生和革命任務服務。他對待作爲俠文化藝術載體的武俠小說的態度，也是如此。

　　在《封建的小市民文藝》中，茅盾以階級分析的方法，將當時盛極一時的武俠小說及由武俠小說改編拍成的武俠電影定性爲「封建的小市民文藝」，是小市民即所謂小資產階級的「迷魂湯」，把批判的矛頭指向 1930 年代的武俠熱，並給以猛烈攻擊。茅盾首先描述了當時的武俠熱：

　　　　一九三〇年，中國的「武俠小說」盛極一時。自《江湖奇俠傳》以下，摹仿因襲的武俠小說，少說也有百來種罷。同時國產影片方面，也是「武俠片」的全盛時代；《火燒紅蓮寺》出足了風頭以後，一時以「火燒……」號召的影片，恐怕也有十來種。〔註 256〕

《江湖奇俠傳》是平江不肖生（向愷然）的武俠小說代表作，《火燒紅蓮寺》就是根據他的這部小說改編拍成的。該小說和影片在當時影響很大，促進和帶動了武俠熱的形成。茅盾把當時這股武俠熱稱爲「武俠狂」，指出當時武俠小說的讀者和武俠影片的看客大部分是小市民。茅盾認爲，這種「武

〔註 255〕錢理群、溫儒敏、吳福輝《中國現代文學三十年》（修訂本），北京大學出版社，1998 年，第 222 頁。

〔註 256〕沈雁冰（茅盾）《封建的小市民文藝》，載《東方雜誌》1933 年第 30 卷第 3號。又見茅盾《中國文論二集·封建的小市民文藝》，《茅盾全集》，第十九卷，人民文學出版社，1991 年，第 368 頁。

俠狂」現象的出現不是偶然的,「一方面,這是封建的小市民要求『出路』的反映,而另一方面,這又是封建勢力對於動搖中的小市民給的一碗迷魂湯」。〔註 257〕在茅盾的批判視野中,小市民痛恨貪官污吏和土豪劣紳,武俠小說或武俠影片恰恰滿足了小市民的這種心理需要,也攻擊貪官污吏和土豪劣紳,並且抬出清官廉吏,為民伸冤,認為這是在替統治階級辯護;小市民渴望「出路」,渴盼王權外的拯救,武俠小說或影片滿足小市民的心靈渴望,塑造了為民除害的俠客,這些俠客一定又依靠聖明長官、公正士紳,而做俠客的唯一資格是忠孝節義,俠客所保護的只是那些忠孝節義的老百姓,認為「俠客是英雄,這就暗示著小市民要解除痛苦還須仰仗不世出的英雄,而不是他們自己的力量」、「又在穩定了小市民動搖的消極作用外加添了積極作用:培厚那封建思想的基礎」。〔註 258〕在封建思想意識的統治之下,小市民深受幾千年精神奴役的創傷,背負著沉重的精神負累,於是在「迷魂湯」的誘惑和麻痹下,「他們中間血性差些的,就從書頁上和銀幕上得到了『過屠門而大嚼』的滿足;他們中間血性剛強的人就要離鄉背井,入深山訪求異人學道」。〔註 259〕很顯然,茅盾是接續了五四思想革命的火種,對武俠小說和武俠影片的封建倫理意識與鬼神迷信思想及「非科學的神怪的武技和『善有善報,惡有惡報』的定命論」〔註 260〕給以強烈批判和徹底否定。茅盾所批判和否定的這些內容,正是五四新文化運動(思想革命)的革命對象,與民主、科學的精神背道而馳甚至水火不容。茅盾對武俠小說和武俠影片猛烈開火,主要側重於它們的一些負面作用和消極影響,如麻痹人們的鬥志,使他們安於現狀,放棄現實鬥爭;加重人們的封建思想意識和果報觀念及迷信思想,對統治階級抱有不切實際的幻想。

〔註257〕 沈雁冰(茅盾)《封建的小市民文藝》,載《東方雜誌》1933 年第 30 卷第 3 號。又見茅盾《中國文論二集‧封建的小市民文藝》,《茅盾全集》,第十九卷,人民文學出版社,1991 年,第 368 頁。

〔註258〕 沈雁冰(茅盾)《封建的小市民文藝》,載《東方雜誌》1933 年第 30 卷第 3 號。又見茅盾《中國文論二集‧封建的小市民文藝》,《茅盾全集》,第十九卷,人民文學出版社,1991 年,第 369 頁。

〔註259〕 沈雁冰(茅盾)《封建的小市民文藝》,載《東方雜誌》1933 年第 30 卷第 3 號。又見茅盾《中國文論二集‧封建的小市民文藝》,《茅盾全集》,第十九卷,人民文學出版社,1991 年,第 369 頁。

〔註260〕 沈雁冰(茅盾)《封建的小市民文藝》,載《東方雜誌》1933 年第 30 卷第 3 號。又見茅盾《中國文論二集‧封建的小市民文藝》,《茅盾全集》,第十九卷,人民文學出版社,1991 年,第 369 頁。

所以，茅盾的批判有利於民眾個體意識的不斷覺醒和思想的進一步解放，有利於幫助他們認清統治階級的真實面目，放棄幻想，自主命運，起來反抗階級壓迫。同時，當時「九・一八」事變和「一・二八」事變相繼發生，抗日救亡成為時代的重大主題，無論「從書頁上和銀幕上得到了『過屠門而大嚼』的滿足」，還是「離鄉背井，入深山訪求異人學道」，都是民族危亡關頭的消極行為，均不利於鼓舞人民的抗日救亡熱情和反帝愛國意志。在抗日救亡的時代語境下，武俠小說和武俠影片的盛行是不利於抗戰大局的，從這種意義上說，茅盾的批判同樣具有喚醒民眾的民族意識和鼓舞民眾抗日鬥志的積極作用。

在《玉腿酥胸以外》中，茅盾指出，專以「玉腿酥胸」為號召的影片頗受人抨擊，因為這些荒淫肉感的片子能夠消磨抗日救國的壯志，同時指出，武俠迷信的影片也受到人們的抨擊，因為這些封建思想的片子能夠麻醉人心。〔註261〕茅盾認為，在抗日戰爭的時代浪潮中，人們需要的確實不是「玉腿酥胸」和「武俠迷信」的影片，需要的是鼓舞民眾鬥志的真正的抗戰影片。在小說《三人行》中，茅盾塑造了一個中國沒落貴族子弟形象姓許的，他奉行俠義主義，算是要為正義而鬥爭，他用個人的力量去救幾個苦人，還想暗殺擺煙燈放印子錢的陸麻子。作者寫了他的無聊及俠客夢的虛幻和可笑，深刻揭示了他那崩潰的書香貴族子弟的頹傷精神。姓許的之俠義主義，在當時的中國「的確有些妨礙著群眾的階級的動員和鬥爭，在群眾之中散佈一些等待主義——等待英雄好漢。這是應當暴露的」。〔註262〕

總起來看，茅盾的批判具有思想革命色彩和階級鬥爭的政治革命傾向及救亡圖存的反帝愛國意識，在緊密配合時代使命，解放人民的思想，鼓舞民眾的鬥志，實現民族的獨立解放等方面，發揮了積極的作用。

（二）鄭振鐸：武俠小說的流行「關係我們民族的運命」

鄭振鐸曾是文學研究會的發起人之一，關注現實的社會和人生問題，反對遊戲的、消遣娛樂的文學觀，堅持藝術為人生的主張，注重文學的社會功利性。在對待武俠小說的態度上，他找到了武俠思想和國民劣根性的聯繫，

〔註261〕茅盾《中國文論二集・玉腿酥胸以外》，《茅盾全集》，第十九卷，人民文學出版社，1991年，第403頁。
〔註262〕瞿秋白《談談〈三人行〉》，《瞿秋白文集》，文學編第一卷，人民文學出版社，1985年，第449頁。

站在革命者立場上，從挽救民族性格、拯救國民靈魂的高度，對武俠小說進行了深刻的批判和堅決的否定。

在《論武俠小說》中，鄭振鐸把武俠小說的流行視為關係國家前途和民族命運的大事，開篇就旗幟鮮明地指出：

> 當今之事，足為「人心世道之隱憂」者至多，最使我們幾位朋友談起來便痛心的，乃是，黑幕派的小說的流行，及武俠小說的層出不窮。這兩件事，向來是被視為無關緊要，不足輕重的小事，決沒有勞動「憂天下」的君子們的注意的價值。但我們卻承認這種現象實在不是小事件。大一點說，關係我們民族的運命；近一點說，關係無量數第二代青年們的思想的軌轍。因為這兩種東西的流行，乃充分的表現出我們民族的劣根性；更充分的足以麻醉了無數的最可愛的青年們的頭腦。〔註263〕

在這裡，鄭振鐸把武俠小說和黑幕派小說相提並論，並稱為最使人痛心疾首、關係民族命運的大事，不僅表現出了民族的劣根性，更足以麻醉青年們的頭腦。正是在這種清醒的理性認識指導下，他深深感到「為了挽救在墮落中的民族性計，為了『救救我們的孩子』計，都有大聲疾呼的喚起大眾的注意的必要」。〔註264〕與茅盾不同的是，鄭振鐸首先把鬥爭的矛頭指向了清末的武俠熱：

> 像《施公案》、《彭公案》、《三俠五義》（即《七俠五義》之原名）以及《七劍十三俠》、《九劍十八俠》之類。他們曾在三十年前，掀動過一次軒然的大波，雖然這大波很快的便被近代的文明壓平了下去——那便是義和團的事件。但直到最近，他們卻仍在我們的北方幾省，中原幾省的民眾中，興妖作怪。紅槍會等等的無數的奇怪的組織，便是他們的影響的具體的表現。〔註265〕

鄭振鐸把義和團運動的愚昧迷信和破壞性看作清末武俠熱造成的惡果之一，也把當時的紅槍會等民間組織作為武俠小說影響的具體表現，這在一定程度

〔註263〕鄭振鐸《論武俠小說》，《海燕》，新中國書局，1932 年。又見鄭振鐸《論武俠小說》，《中國文學研究》（下），人民文學出版社，2000 年，第 333 頁。

〔註264〕鄭振鐸《論武俠小說》，《海燕》，新中國書局，1932 年。又見鄭振鐸《論武俠小說》，《中國文學研究》（下），人民文學出版社，2000 年，第 333 頁。

〔註265〕鄭振鐸《論武俠小說》，《海燕》，新中國書局，1932 年。又見鄭振鐸《論武俠小說》，《中國文學研究》（下），人民文學出版社，2000 年，第 334 頁。

上確實揭示了以武俠小說爲藝術載體的俠文化的負面作用和消極影響。就義
和團運動而言，武俠小說中所渲染的俠客、劍仙的超人武功和神奇法力以及
刀槍不入的特異功能等愚昧迷信的內容，經過造反首領的改造，對下層民眾
具有極大的吸引力和誘惑性。下層民眾加入義和團，打著扶清滅洋的旗號，
憑著一種迷信的短見和愚昧的匹夫之勇，以血肉之軀去抵抗西方列強的船堅
炮利，不僅沒有打敗洋鬼子，而且給社會帶來了巨大的破壞，落得個爲清王
朝利用之後反遭剿滅的可悲結局。但在諸如此類的事件中，「不知有多少熱血
的青年，有爲的壯士，在不知不識之中，斷送於這樣方式的『暴動』與『自
衛』之中」。〔註266〕

　　在鄭振鐸看來，武俠小說對於民族的危害是非同小可的，必須加以警惕
和注意。在揭示武俠小說發達流行的原因方面，鄭振鐸指出：

　　　　最重要的原因之一，便是一般民眾，在受了極端的暴政的壓迫
　　之時，滿肚子的填塞著不平與憤怒，卻又因力量不足，不能反抗，
　　於是在他們的幼稚心理上，乃懸盼著有一類「超人」的俠客出來，
　　來無蹤，去無跡的，爲他們雪不平，除強暴。這完全是一種根性鄙
　　劣的幻想；欲以這種不可能的幻想，來寬慰了自己無希望的反抗的
　　心理的。武俠小說之所以盛行於唐代藩鎮跋扈之時，與乎西洋的武
　　力侵入中國之時，都是原因於此。〔註267〕

鄭振鐸通過分析讀者的接受心理，既找到了武俠小說發達流行的原因，又找
到了武俠思想和國民劣根性之間的聯繫。無力反抗強權暴政的民眾在現實中
找不到出路，而武俠小說中除暴安良的俠客能夠激起他們內心被拯救的渴
望，在閱讀中他們孤獨無助的心理會得到寬慰，但他們也極易陷入不切實際
的幻想，喪失自主命運的鬥爭精神。鄭振鐸對讀者接受心理進行分析的深層
目的在於，希望深受武俠思想毒害的廣大民眾能夠放棄一切不合實際的幻
想，眞正地自主命運，起來反抗階級壓迫，帶有階級鬥爭的革命色彩。在鄭
振鐸看來，武俠思想是謬誤的有毒的，是麻痺和腐蝕民眾鬥爭意志的精神鴉
片，武俠思想既助長了民眾漠視現實鬥爭的心理，又深入國民靈魂，造成自

〔註266〕鄭振鐸《論武俠小說》，《海燕》，新中國書局，1932 年。又見鄭振鐸《論武
　　　　俠小說》，《中國文學研究》（下），人民文學出版社，2000 年，第 334 頁。
〔註267〕鄭振鐸《論武俠小說》，《海燕》，新中國書局，1932 年。又見鄭振鐸《論武
　　　　俠小說》，《中國文學研究》（下），人民文學出版社，2000 年，第 334 頁。

我麻醉、安於現狀而怯於抗爭的國民劣根性。由此鄭振鐸深入反思了五四新
文化運動對武俠思想批判的不徹底性：

> 當時，雖然收了一些效果，但可惜這些效果只在浮面上的，─
> ─所謂新文化運動至今似乎還只在浮面上的──並未深入民眾的核
> 心。所以一部分的青年學子，雖然受了新的影響，大部分的民眾卻
> 仍然不曾受到。他們仍然是無知而幼稚的，仍然在做著神仙劍客的
> 迷夢等等。〔註268〕

五四新文化運動對傳統文化進行了歷史清算和價值重估，對俠文化（武俠思
想）也進行了清理和批判，但實際效果並不理想，五四反封建思想革命的任
務遠遠沒有完成。鄭振鐸結合1930年代的武俠熱，列舉了許多當時《時報》
的本埠新聞所報導的少男少女們棄家訪道的故事，《時報》記者認為這些少男
少女們都中了武俠小說及電影之迷。同時指出當時的小學教科書也充滿了武
俠思想。可見，武俠小說在當時的影響是相當普遍的。從而把批判的矛頭又
指向了現代武俠小說。在鄭振鐸的批判視野中，武俠小說所散佈的武俠思想
「使強者盲動以自戕，弱者不動以待變的。他們使本來落伍退化的民族，更
退化了，更無知了，更宴安於意外的收穫了。他們滋養著我們自五四時代以
來便努力在打倒的一切鄙劣的民族性」！〔註269〕在鄭振鐸看來，武俠思想對
民族的未來發展遺害無窮，他對武俠小說的作者們、出版家們以及武俠電影
的編者、演者們也提出了質問，警告他們注意武俠思想的負面作用和消極影
響。最後出於繼續進行思想革命的需要，鄭振鐸認為五四時代並未完全過去，
他呼籲：「我們正需要著一次真實的徹底的啟蒙運動呢！而掃蕩了一切倒流的
謬誤的武俠思想，便是這個新的啟蒙運動所要第一件努力的事。」〔註270〕可
見，在對清末武俠熱有了清醒的理性認識，並且在深刻反思了五四思想革命
對武俠思想批判的不徹底性，以及正視現代武俠小說普遍流行的基礎上，鄭
振鐸大有在思想文化領域內開展「二次革命」的決心和毅力。而把掃蕩武俠

〔註268〕鄭振鐸《論武俠小說》，《海燕》，新中國書局，1932年。又見鄭振鐸《論武
俠小說》，《中國文學研究》（下），人民文學出版社，2000年，第334～335
頁。

〔註269〕鄭振鐸《論武俠小說》，《海燕》，新中國書局，1932年。又見鄭振鐸《論武
俠小說》，《中國文學研究》（下），人民文學出版社，2000年，第336頁。

〔註270〕鄭振鐸《論武俠小說》，《海燕》，新中國書局，1932年。又見鄭振鐸《論武
俠小說》，《中國文學研究》（下），人民文學出版社，2000年第337頁。

思想作爲新的啓蒙運動的第一件努力的事，足以體現出鄭振鐸對待俠文化和武俠小說的無情批判與徹底否定的文化態度。

在《我們所需要的文學》中，鄭振鐸結合「九・一八」和「一・二八」事變後中國人民開始了民族抗戰的大時代，把武俠小說視爲應該無條件斥責、掃蕩和打倒的不良的文學，鄭重地指出了武俠小說的危害：

> 武俠小說的發展與流行，害苦了一般無充分識別力的兒童們；那一批躺在上海的鴉片煙榻上的不良作家們，在他們的隨了一圈圈的煙圈而糾繞著的幻想裏，不知傳染了多少的清白無辜的富於幻想的小兒女們。報紙上所記載的許多棄家求道的男女兒童們的可笑的故事，便是他們的最好的成績！〔註271〕

在鄭振鐸看來，武俠小說毒害著少年兒童們的心靈，對青少年的成長有著嚴重的誤導作用。這樣的小說不利於「九・一八」和「一・二八」事變後的偉大時代的鬥爭。他認爲，「五四」是一個普遍的思想界的反抗時代；「五卅」是一個更偉大的　・部分青年以實際行動起來反抗的時代，也就是革命作家放下筆杆子、拿起槍桿子的時代，等革命高潮過去後，他們又拿起了筆桿子；「九・一八」和「一・二八」事變後的時代與以前不同，眞實的經驗，眞實的行動，眞實的反抗，眞實的鬥爭，使他們更深刻了，更熱情了，更偉大了。〔註272〕在抗日救亡這樣一個偉大的時代，文學應該有個更偉大的前途：

> 在這熱烘烘的，火辣辣的偉大時代裏，正是偉大文學的誕生的最適宜的時期。
>
> 在眞實的生或死的爭鬥的火光裏，照見一個偉大的文學的誕生，而吶喊、衝鋒、炮彈的炸裂便是誕生的賀歌。
>
> 而廣大的群眾也正在等候著。
>
> 是起來的時候了，親愛的作家們！
>
> 抬起頭來：無垠的地平線上廣大的群眾在當前。〔註273〕

〔註271〕鄭振鐸《我們所需要的文學》，《中國文學研究》（下），人民文學出版社，2000年，第321頁。

〔註272〕參見鄭振鐸《我們所需要的文學》，《中國文學研究》（下），人民文學出版社2000年，第319頁。

〔註273〕鄭振鐸《我們所需要的文學》，《中國文學研究》（下），人民文學出版社，2000年，第323～324頁。

「九・一八」和「一・二八」事變後，抗日救亡開始成爲重大而統一的時代主題，一切文藝活動都應該無條件地服從抗戰大局，這是革命作家的一貫立場。鄭振鐸正是從革命者立場出發來審視武俠小說和呼喚與偉大時代相合奏的偉大文學的。他對武俠小說的批判及對偉大文學的呼喚，有利於喚醒沉溺於武俠思想中的民眾的民族意識和反抗意志，鼓舞他們積極投身於抗戰的洪流。

總之，鄭振鐸的批判側重於文化啓蒙，具有反封建思想革命色彩、階級鬥爭的革命傾向和反帝救亡意識，他的俠文化批評話語適應了時代的需要，充滿了歷史的文化的反思和感時憂國的人道情懷。

（三）瞿秋白：呼喚「中國的西萬諦斯」

瞿秋白是中國無產階級革命家、理論家，中國共產黨早期領導人之一。作爲一個已經走上革命道路的新文學作家，當然具有鮮明的政治傾向性和強烈的革命色彩，更加注重文學的社會功利性。在對待俠文化的態度上，瞿秋白主要著眼於時代需要和當時革命形勢的發展，對俠文化作以階級的分析，指出武俠小說對下層民眾的不良影響及作爲一種文學類型的危害性，對其思想傾向進行批判和否定，爲了嘲弄中國的俠客崇拜而呼喚「中國的西萬諦斯」。

作爲一個革命作家，瞿秋白主要是爲著革命目的而研究俠文化的，他要根據時代需要和當時革命形勢發展的具體實際來評價俠文化，結合當時革命實踐的具體要求來檢驗俠文化，這是他的基本出發點。

在《吉訶德的時代》中，瞿秋白首先指出「中國還在吉訶德的時代」、「中國人的腦筋裏是劍仙在統治著」，〔註 274〕他認爲這是「武俠小說連環圖畫滿天飛」〔註 275〕的惡果。從第一次國內革命戰爭到第二次國內革命戰爭時期，中國共產黨領導的群眾革命運動在全國範圍內如火如荼地迅猛發展，在這樣的革命形勢下，必然要求廣大人民群眾充分認清革命道路，放棄對統治階級的幻想，自己把握自己的命運，起來反抗階級壓迫，以實際行動投身於大革命的時代洪流。而 1930 年代的文化市場上武俠小說流行甚

〔註274〕瞿秋白《吉訶德的時代》，載《北斗》1931 年第 1 卷第 2 期。又見瞿秋白：《吉訶德的時代》，《瞿秋白文集》，文學編第一卷，人民文學出版社，1985 年，第 376 頁。

〔註275〕瞿秋白《吉訶德的時代》，載《北斗》1931 年第 1 卷第 2 期。又見瞿秋白《吉訶德的時代》，《瞿秋白文集》，文學編第一卷，人民文學出版社，1985 年，第 377 頁。

廣，與新文學爭奪著讀者市場，「武俠小說作爲一種通俗藝術，主要是滿足城市公眾消遣和娛樂的需要，……對於沒有受過良好教育因而缺乏欣賞高雅藝術能力的城市大眾來說，武俠小說正合他們的胃口」。〔註 276〕於是，在當時人民大眾文化素質普遍較低的歷史環境下，武俠小說的讀者群體比較龐大，俠文化對下層民眾的思想意識具有普遍的影響，不斷衝擊著新文學的市場。而武俠小說所描寫的內容，在瞿秋白看來，並不符合當時革命形勢發展的具體要求。因爲武俠小說很容易讓廣大民眾做「夢想著青天大老爺的青天白日主義者，甚至於把這種強盜當做青天大老爺，當做救苦救難觀世音菩薩」。〔註 277〕也就是說，武俠小說所宣揚的俠文化思想會麻痺民眾直面現實的鬥爭精神和反抗意志，放棄現實鬥爭。那中國人的腦筋在劍仙的統治之下，結果會如何呢？當然是「相信武俠的他們是各不相問的，各不相顧的。雖然他們是很多，可是多得象沙塵一樣，每一粒都是分離的，這不僅是一盤的散沙，而且是一片戈壁沙漠似的散沙。他們各自等待著英雄，他們各自坐著，垂下了一雙手。爲什麼？因爲：『濟貧自有飛仙劍，爾且安心做奴才。』」。〔註 278〕可見，瞿秋白認爲武俠小說所宣揚的個人英雄主義會導致廣大民眾如一盤散沙，不能團結起來鬥爭，更不能自己把握自己的命運，而是消極等待所謂俠客英雄們的拯救，武俠小說在現實中所能起到的實際作用只能是讓廣大民眾「安心做奴才」。瞿秋白還指出武俠小說對青少年造成的消極影響，那就是使一些十五六歲的小孩子沉浸於俠客英雄的夢幻之中，偷偷地跑到峨嵋山五台山去學道修仙煉劍，「這已經算是有志氣的好漢，總算不在等待英雄，而是自己想做英雄了」。〔註 279〕既然廣大民眾等待俠客英雄的拯救，那麼他們所等待的究竟是一些什麼樣的英雄呢？「這些英雄所侍候的主人，例如包公，彭公，施公之類，是些什麼樣

〔註 276〕陳平原《千古文人俠客夢——武俠小說類型研究》，人民文學出版社，1992年，第 65 頁。
〔註 277〕瞿秋白《吉訶德的時代》，載《北斗》1931 年第 1 卷第 2 期。又見瞿秋白《吉訶德的時代》，《瞿秋白文集》，文學編第一卷，人民文學出版社，1985 年，第 376 頁。
〔註 278〕瞿秋白《吉訶德的時代》，載《北斗》1931 年第 1 卷第 2 期。又見瞿秋白《吉訶德的時代》，《瞿秋白文集》，文學編第一卷，人民文學出版社，1985 年，第 377 頁。
〔註 279〕瞿秋白《吉訶德的時代》，載《北斗》1931 年第 1 卷第 2 期。又見瞿秋白《吉訶德的時代》，《瞿秋白文集》，文學編第一卷，人民文學出版社，1985 年，第 377 頁。

的人物，——那麼，英雄的本身也就可想而知的了。英雄所侍候的主人，充其量只是一個青天大老爺，英雄的本身又會高明到什麼地方去呢」？〔註280〕很顯然，瞿秋白以俠文化是否有利於當時的群眾革命運動發展為價值判斷標準，對俠的本質作出了階級的分析。瞿秋白對俠文化的批評話語深層蘊藉著他希望廣大民眾放棄對統治階級的幻想，起來反抗階級壓迫，拯救自我，自主命運的良苦用心，具有鮮明的階級鬥爭的政治革命色彩。

當時，震東書局出版的一部武俠小說《關東豪俠傳》在社會上廣為流傳。該小說的主人公是東三省著名俠客（實際上是鬍匪頭子）小白龍，對於前來剿滅他們的官兵，小白龍作為鬍匪頭領採取的態度是：

> 我們是安分良民，不知道的總說我們是強盜土匪。我們給官軍打敗了還好，萬一官軍給我們打敗，被那些鬼子聽了去，說中國的土匪如此厲害，中國的官兵如此沒用，——豈不成了笑話！所以我不願意打敗仗，也不願意打勝仗，只好馬上就走。……〔註281〕

可見，這位關東豪俠對官兵是採取不抵抗主義的。瞿秋白在《小白龍》中對小白龍的不抵抗主義進行了深入地剖析，他認為：「這並不是小說家的罪惡。這是小白龍等類，根本就不反對財神主義和財神制度。因此，財神和土匪之間，雖然有許多表面上的搶奪，骨子裏是有一個共同之點的：就是保護財神主義的基礎。所以武俠小說家能夠這樣描寫，而且描寫得這樣巧妙。」〔註282〕小白龍等類土匪的不抵抗主義在武俠小說家的描寫下，似乎是深明民族大義，完全從抗日大局出發。但是，抗戰並不意味著要取消國內的階級鬥爭，如果取消了國內的階級鬥爭，那麼抗戰大局也就很難堅持下去。在瞿秋白看來，強盜土匪和中國的財神即統治階級是一丘之貉，因為他們有一個「保護財神主義的基礎」的共同之點。在這個前提下，小白龍的「對內不抵抗始終要變成對外不抵抗的」。〔註283〕所以，小白龍對待官兵圍剿的態度是「中國的

〔註280〕瞿秋白《吉訶德的時代》，載《北斗》1931年第1卷第2期。又見瞿秋白《吉訶德的時代》，《瞿秋白文集》，文學編第一卷，人民文學出版社，1985年，第377頁。

〔註281〕瞿秋白《小白龍》，《瞿秋白文集》，文學編第一卷，人民文學出版社，1985年，第414頁。

〔註282〕瞿秋白《小白龍》，《瞿秋白文集》，文學編第一卷，人民文學出版社，1985年，第415頁。

〔註283〕瞿秋白《小白龍》，《瞿秋白文集》，文學編第一卷，人民文學出版社，1985年，第415頁。

財神借著強盜土匪的聲名，還可以更加巧妙的宣傳不抵抗主義」〔註284〕的典型個案。顯然，關東豪俠小白龍的態度是不利於當時抗戰形勢發展的。但現實中的普通民眾把小白龍等作爲俠客英雄來崇拜著，這種俠客崇拜和當時流行的武俠小說有著密切的聯繫：

> 這些小說和連環圖畫，很廣泛的傳播到大街小巷輪船火車上。
> 那些沒有「高貴的」智識而稍微認識一些字的「普通人」，只有這種
> 小說可以看，只有這種戲可以聽，這就是他們的「文藝生活」。平常
> 這一類的小說的題材雖然單調，可是種類和份數都很多的，什麼武
> 俠什麼神怪，什麼偵探什麼言情，什麼歷史什麼家庭。……這些東
> 西在各方面去「形成」普通人的宇宙觀和人生觀。〔註285〕

由此可見，武俠小說對廣大民眾的影響非常巨大，以致於在「各方面去「形成」普通人的宇宙觀和人生觀。「九・一八」事變後，「所謂『抗日文藝』，也還是這一類的小說家做得又多又快」。〔註286〕瞿秋白把武俠小說家看作「財神菩薩的走狗」，〔註287〕「它們利用這種幾百萬人習慣的惰性，能夠廣泛的散佈財神菩薩的迷魂湯」。〔註288〕在這裡，瞿秋白對武俠小說家作了惡毒的詛咒，並把武俠小說定性爲「財神菩薩的迷魂湯」，把對俠文化的批判提升到了階級鬥爭和民族救亡的高度。他還把武俠小說視爲中國的「馬路文學」，提出「『不入虎穴，焉得虎子，』──這是現在對付中國的馬路文學的方針」，〔註289〕這意味著瞿秋白之所以深入研究武俠小說與俠文化，從根本上說是爲了能更好地批判它們，爲現實的革命鬥爭服務。無論小白龍的不抵抗主義還是武俠小說廣泛散佈迷魂湯，都不利於當時抗日鬥爭的大局，瞿秋白的批判目的在

〔註284〕瞿秋白《小白龍》，《瞿秋白文集》，文學編第一卷，人民文學出版社，1985年，第414頁。

〔註285〕瞿秋白《小白龍》，《瞿秋白文集》，文學編第一卷，人民文學出版社，1985年，第415頁。

〔註286〕瞿秋白《小白龍》，《瞿秋白文集》，文學編第一卷，人民文學出版社，1985年，第415頁。

〔註287〕瞿秋白《小白龍》，《瞿秋白文集》，文學編第一卷，人民文學出版社，1985年，第415頁。

〔註288〕瞿秋白《小白龍》，《瞿秋白文集》，文學編第一卷，人民文學出版社，1985年，第416頁。

〔註289〕瞿秋白《小白龍》，《瞿秋白文集》，文學編第一卷，人民文學出版社，1985年，第416頁。

於喚醒民眾的民族意識和抗日救亡的鬥爭意志，警惕民眾在堅持抗戰的同時，仍要與國內的階級敵人作堅決的鬥爭。

在《談談〈三人行〉》中，對茅盾的小說《三人行》進行了分析、評論。《三人行》描寫了「九‧一八」事變前後，許、惠、雲三個青年尋找人生道路的歷程。雖然不是武俠小說，但涉及到了俠的問題。許是一個出身於書香人家的沒落貴族子弟，奉行俠義主義，走上了堂‧吉訶德式的仗義行俠之路，他要憑藉個人的力量去暗殺惡霸，結果失敗喪命。茅盾在小說文本中對許的俠義主義道路給予了批判，說明青年只有走集體主義道路，積極參加人民群眾的實際鬥爭，在革命實踐中不斷地鍛鍊自己，提高自己，才能有更好的出路。瞿秋白對茅盾的這種藝術描寫持肯定和贊賞的態度：

> 作者把他的無聊，可笑，討厭，他那種崩潰的書香人家的頹傷精神，都還寫得露骨，相當的透澈。這種英雄好漢的俠義主義，在現在的中國的確有些妨礙著群眾的階級的動員和鬥爭，在群眾之中散佈一些等待主義──等待英雄好漢。這是應當暴露的。〔註290〕

但是，在茅盾把許處理成「貴族子弟」這一點上，瞿秋白持不同意見。在俠的階級基礎問題上，他認為：「這種俠義主義，並沒有發生在現實的崩潰的中國貴族子弟之中，而在於平民小資產階級的浪漫青年，尤其是在失業破產的流氓無產階級，各種各式的秘密結社，──畸形的俠義主義表現在現實的所謂下流人的幫口裏面。」〔註291〕中國的貴族子弟截然不同於西方的貴族子弟，西方貴族子弟中會出現民意黨那樣的轟動人物，而「中國的書香貴族子弟本來就只會頹傷，不會俠義。勉強要他俠義，他也就決不會去暗殺皇帝和總長（象民意黨那樣），而只會想去暗殺什麼燕子窠的老闆」。〔註292〕瞿秋白認為茅盾在這方面的處理是失敗的。俠在思想上是一種個人英雄主義，在行動上容易走向盲動，就其社會基礎來說，俠義主義極易出現於破產的農民和失業的手工業者當中。在黑暗社會裏，這些人就成了流氓無產階級的主要來源，他們憎恨舊社會、舊制度和貪官污吏、土豪劣紳，具有強烈的反叛意識和抗

〔註290〕瞿秋白《談談〈三人行〉》，《瞿秋白文集》，文學編第一卷，人民文學出版社，1985年，第449頁。

〔註291〕瞿秋白《談談〈三人行〉》，《瞿秋白文集》，文學編第一卷，人民文學出版社，1985年，第450頁。

〔註292〕瞿秋白《談談〈三人行〉》，《瞿秋白文集》，文學編第一卷，人民文學出版社，1985年，第450頁。

爭精神。在沒有接受先進思想指導和先進政黨領導之前，他們的反抗鬥爭是盲目的，具有很大的破壞性，往往會被統治階級所分化、收買和利用，成爲他們的走狗和爪牙，甚至變成新的惡霸豪強。「中國的貴族子弟至多只會夢想要做諸葛亮和岳飛，想把騷動起來的民眾重新用什麼精忠賢能的名義壓下去」〔註293〕從現實革命鬥爭的角度來看，武俠小說所描寫和宣揚的個人主義與盲動主義，對於革命形勢發展是非常不利的。在這種社會文化語境下來審視，瞿秋白對俠的階級基礎的分析及對茅盾在這方面處理失敗的批評，是有道理的。

在《普洛大眾文藝的現實問題》中，瞿秋白對俠文化同樣提出了批判。他認爲，人民大眾「享受」的《七俠五義》和《火燒紅蓮寺》及連環圖畫等所表達的「意識形態是充滿著烏煙瘴氣的封建妖魔和『小菜場上的道德』——資產階級的『有錢買貨無錢挨餓』的意思」。〔註294〕爲了創造普洛的革命的大眾文藝，瞿秋白指出了「當前的鬥爭任務是：反對武俠主義，反對民族主義」。〔註295〕因爲在他看來，當時豪紳資產階級的「大眾文藝」之中，武俠劍仙的迷夢和岳飛復活的幻想鬧得滿城風雨，烏煙瘴氣，使人們於迷夢和幻想當中忘卻了現實鬥爭，消磨了反抗意志，不利於階級鬥爭和抗日局勢的發展。瞿秋白認爲，普洛大眾文藝的鬥爭任務是要在思想上武裝群眾，意識上無產階級化，要開始一個反對青天白日主義的鬥爭，要迎接一個「無產階級的『五四』」。這裡的青天白日主義就是所謂青天大老爺的主義，「武俠和劍仙是一個青天大老爺，所謂祖國民族也是一個青天大老爺」。〔註296〕也就是說，反對青天白日主義就是反對武俠和劍仙，就是反對狹隘的民族主義。在這裡，瞿秋白把反對俠文化的鬥爭提升到了思想革命的高度，目的在於，讓人們放棄等待和幻想，要眞正地從蒙昧中覺醒，切實行動起來，團結一致，同階級敵人和民族敵人展開殊死搏鬥。在怎麼樣去寫普洛大眾文藝方面，瞿秋白批判了個人主義傾向。他認爲：「這種個人主義，『個人的英雄決定一切』的公式，

〔註293〕瞿秋白《談談〈三人行〉》，《瞿秋白文集》，文學編第一卷，人民文學出版社，1985 年，第 450 頁。

〔註294〕瞿秋白《普洛大眾文藝的現實問題》，《瞿秋白文集》，文學編第一卷，人民文學出版社，1985 年，第 463 頁。

〔註295〕瞿秋白《普洛大眾文藝的現實問題》，《瞿秋白文集》，文學編第一卷，人民文學出版社，1985 年，第 473 頁。

〔註296〕瞿秋白《普洛大眾文藝的現實問題》，《瞿秋白文集》，文學編第一卷，人民文學出版社，1985 年，第 475 頁。

根本就是諸葛亮式的革命。這樣，甚至於黨都可以變做諸葛亮，劍仙，青天大老爺！無產階級的集體主義必須完全克服這種傾向。」〔註297〕俠的個人英雄主義傾向非常鮮明而強烈，在先進思想指引下，這種個人主義是能夠轉化成積極的革命力量的。瞿秋白正是著眼於無產階級集體主義革命事業的需要，來認識個人主義的。所以，他說：「對於這些鬥爭的過程的理解，才能夠把一切種種的變相劍仙和變相武俠肅清，而正確的顯露無產階級政黨的集體的領導作用。」〔註298〕在文章中，瞿秋白從文藝大眾化思想出發，對武俠小說的藝術形式給予了肯定。他認為可以把「現時大眾小說（《火燒紅蓮寺》等）」進行「改作」，〔註299〕為當時的革命鬥爭服務。《火燒紅蓮寺》是根據平江不肖生（向愷然）的武俠小說《江湖奇俠傳》改編的，有戲劇、電影、連環圖畫等各種改編本，《江湖奇俠傳》描寫了一些除暴安良的鬥爭，在一定程度上反映了普通平民的某些願望。按照瞿秋白的思維邏輯，如果用先進的思想和正確的觀點給以改編，是能夠很好地為當時的革命鬥爭服務的。這就說明武俠小說也有值得借鑒和肯定的地方，反映了瞿秋白作為一個革命作家所應有的辯證的唯物的思想態度。

從整體上來看，瞿秋白作為一個無產階級革命家和黨的主要領導人之一，在分析和評價俠文化時，總是站在革命者的立場上，從政治革命的角度，注意啟發民眾覺悟對革命的重要性，注重分析俠文化的負面作用及其對廣大民眾的消極影響，所以，他對武俠小說的思想傾向給以無情批判和全盤否定是必然的。同時作為一個新文學作家，他不僅批判武俠小說的思想傾向，而且也注意到了武俠小說在藝術形式方面值得借鑒和肯定的地方。這就是瞿秋白對待俠文化的辯證的唯物的態度，他的俠文化批評話語也帶有思想革命色彩、階級鬥爭傾向和反帝愛國意識。

（四）革命者立場上的反思與批判

任何一種文化都有正面作用和積極意義，同時也有負面作用和消極影響，俠文化當然也不例外。關於俠文化的正面作用和積極意義，此處不再贅

〔註297〕瞿秋白《普洛大眾文藝的現實問題》，《瞿秋白文集》，文學編第一卷，人民文學出版社，1985年，第478頁。

〔註298〕瞿秋白《普洛大眾文藝的現實問題》，《瞿秋白文集》，文學編第一卷，人民文學出版社，1985年，第478頁。

〔註299〕瞿秋白《普洛大眾文藝的現實問題》，《瞿秋白文集》，文學編第一卷，人民文學出版社，1985年，第474頁。

言。關於俠文化的負面作用和消極影響，茅盾、鄭振鐸和瞿秋白三位新文學作家分析得已經也很透徹了。我只是想指出，其實，對俠文化的反思與批判甚至徹底否定，早在古代就已經存在了。戰國時期韓非子站在官方立場視俠爲國家的五蠹之一，對其進行批判和否定，堅決地主張鎭壓和剿滅。西漢司馬遷站在民間立場，在肯定和讚佩遊俠精神的同時，對俠可能墮落和蛻變成暴豪之徒也有所擔心與反思。站在知識精英立場的歷代文人知識分子在武俠類作品的創作中，描寫了俠客義士除暴安良、懲惡揚善的義舉，大力張揚了俠文化精神，但同時文本之中也會程度不同地流露出迷信果報思想、忠孝節義觀念、盲目復仇意識、濫殺無辜的嗜血欲望等封建糟粕，這就無形中給廣大民眾帶來相當可怕的誤導，這也是引起一些官方史家、正統文人乃至從革命利益和需要出發的精英知識分子對俠文化進行口誅筆伐的口實。這充分說明對俠文化的反思、批判乃至否定的態度，是自俠和俠文化產生以來就已經存在了，並且伴隨著俠和俠文化發展的全過程，這是一種文化發生發展歷史中的正常現象和應有之義。

對茅盾、鄭振鐸和瞿秋白的俠义化批評話語，我們已經進行了分析和評價。他們的俠文化批評話語的突出特色就是革命者立場上的反思與批判，帶有反封建思想革命色彩、階級鬥爭的革命傾向和反帝救亡意識，俠文化批判的鬥爭矛頭最終指向的是帝國主義、封建主義和官僚資本主義這壓在舊中國人民頭上的三座大山。在一個階級矛盾、民族矛盾逐漸加深和日益激化的時代社會裏，這種俠文化批評話語有利於喚起廣大民眾覺醒和激發他們的鬥志，放棄對反動統治階級和國內外敵人的幻想，眞正地起來反抗一切壓迫和剝削自己的敵人，尋求個人自由、階級解放和民族獨立的道路。這是三位革命作家的俠文化批評話語的歷史合理性與時代進步意義之所在。但其局限性也是非常明顯的，他們的「這種價值取向及審美態度一直延續至今。儘管八十年代金庸等人的作品風行大陸，引起部分學者的關注，但正統文化人心目中的武俠小說仍是毒害青少年的『文化垃圾』」。〔註300〕在一個思想解放的時代，仍有正統文化人繼續沿用茅盾、鄭振鐸和瞿秋白的這種俠文化批評話語及其批判思維，顯然是有失公允的。究其原因，乃在於 1980 年代乃至當前的正統文化人對茅盾、鄭振鐸和瞿秋白的這種俠文化批評話語及其批判思維之局限性認識不足，且缺乏歷史的、時代的具體分析，甚至把它奉若神明。

〔註300〕陳平原《千古文人俠客夢——武俠小說類型研究》，人民文學出版社，1992年，第65頁。

　　客觀地說，茅盾、鄭振鐸和瞿秋白的俠文化批評話語大體上是中肯的，但在對武俠小說的批評上，過份強調小說的教誨功能而完全否定其娛樂色彩，並從思想傾向上對武俠小說全盤否定，顯然是不恰當的。「武俠小說其實只是小說的一個品種，而不是一種固定的思想傾向。雖然一般武俠小說都肯定行俠仗義，急人所難，但就具體作品而言，內容比較複雜，有的突出除暴安良，有的渲染血腥復仇，可以說全由作者思想高下而定」。〔註301〕對於武俠小說的評價決不能一概而論，必須堅持實事求是的原則，根據每部武俠小說的具體情況來為其定性，決不能因為某些武俠小說的思想傾向存在封建糟粕，而對作為一種文學類型的武俠小說從整體上作出危害社會和人民的結論。所以，陳平原指出：「武俠小說作為一種通俗藝術，首先考慮的是如何才能被廣大讀者接受並轉化為商品，而不是傳播哪一種思想意識。指責作家有意毒害青少年，或者讚揚其弘揚愛國精神，其實都不得要領。」〔註302〕我們應該從陳平原的話語中得到有益的啟示。

　　武俠小說的思想傾向是複雜的，俠客的類型及其活動的社會歷史背景也有所不同，必須作出實事求是的歷史的分析和評價。在階級社會裏，俠客義士行俠仗義，除暴安良，劫富濟貧，懲惡揚善，雖然不能從根本上解決被剝削者被壓迫者及受侮辱受損害者的生存問題，但或多或少能使他們看到反抗的力量和生存的希望，感到人間的溫情，也能解決一些具體的問題。武俠小說特別是俠義、公案合流後的俠義公案小說往往描寫一些俠客輔佐並依附於某位官僚，對此現象要作以具體分析。如果俠客輔佐、依附的是一個貪官污吏，那這位俠客就是誤入了歧途，如果繼續執迷不悟，那他就會墮落成助紂為虐的走狗或鷹犬，不再是仗義行俠、光明磊落的俠客了。如果俠客輔佐、依附的是一位正直廉潔、為民請命的清官，並且在清官的帶領下能夠誅鋤豪強惡霸、為民伸張正義，雖然從根本上來說這是維護統治階級利益，是為鞏固封建統治秩序服務的，但也會給普通平民帶來一些好處，起碼會使他們感到一些做人的尊嚴，不再繼續忍受壞人的欺壓，那該俠客就不失俠義道。至於武俠小說中所流露出來的迷信果報思想、忠孝節義觀念、盲目復仇意識、濫殺無辜的嗜血欲望等封建糟粕，我們必須結合當時黑暗專制的社會歷史背

〔註301〕嚴家炎《金庸小說論稿》，北京大學出版社，1999年，第23頁。

〔註302〕陳平原《千古文人俠客夢──武俠小說類型研究》，人民文學出版社，1992年，第66頁。

景來加以解釋。這些封建糟粕確實必須批判，因為它們會束縛人們的思想，麻痺人們的現實鬥志，不利於社會的發展和進步。但在一個黑暗專制的社會裏，在下層民眾看不到生存希望和前進道路的情況下，這些思想觀念卻眞實地表達了他們某些正當的情感要求與合理的理想願望。如果對俠文化和武俠小說的思想傾向一味地採取批判乃至全盤否定的態度，那就有可能於不經意間充當了政治權力或官方意識形態的無意識同謀。「當社會並不具備革命條件、不可能發生革命的時候，俠客們仗義行俠，或輔佐清官辦事，是應該給以某種肯定的。並不是只有革命才能促進社會的發展，有時候，社會秩序的穩定和社會安寧也能促進社會的發展。當社會並不具備革命條件、需要社會秩序的穩定和安寧的時候，清官和俠客就是維持秩序穩定與安寧的因素，他們就成為了社會所需要的人物，他們的存在，對人民也是有利的，因此，對於他們應該給以某種肯定，對武俠小說的思想內容也應該給以某種肯定」。〔註303〕相反，當社會已經具備革命條件，處於革命的前夕或處於革命的高潮階段時，武俠小說所宣揚的青天白日主義和等待主義，及其造成的廣大民眾把命運交託給青天大老爺和等待俠客拯救的思想心理，確實會給革命形勢的發展帶來某些危害，所以在當時的歷史條件下，茅盾、鄭振鐸和瞿秋白著眼於俠文化的負面作用與消極影響，揭示其危害性，是可以理解的。他們忽略了俠文化和武俠小說在思想內容上的正面作用與積極意義，確實與他們所處的革命時代密切相關，他們的俠文化批評話語也完全符合革命時代的要求，承擔了當時的歷史使命和革命責任。但他們的這種批判思維與革命性見解卻極易誤導人們對俠文化和武俠小說的理解與闡釋，從而「1949年後，這種『革命的見解』更借全國政權力量付諸實行，武俠小說便難免遭禁或變相遭禁的命運」。〔註304〕1955年7月27日發佈的《人民日報》社論《堅決地處理反動、淫穢、荒誕的圖書》旗幟鮮明地要求：「凡渲染荒淫生活的色情圖書和宣揚尋仙修道、飛劍吐氣，採陰補陽、宗派仇殺的荒誕武俠圖書，應予收換，即以新書與之調換。」〔註305〕並且認為「這類反動的、淫穢的、荒誕的圖書，事實上已經起了並正在起著帝國主義和蔣介石匪幫的『第五縱隊』的作用。在

〔註303〕周蔥秀《瞿秋白魯迅論俠文化》，載《魯迅研究月刊》1995年第4期。
〔註304〕嚴家炎《金庸小說論稿》，北京大學出版社，1999年，第19頁。
〔註305〕洪子誠編《二十世紀中國小說理論資料》，第五卷（1949～1976），北京大學出版社，1997年，第125～126頁。

我們全國人民正在從事緊張而嚴肅的社會主義建設事業的時候，是絕對不能允許它們繼續散佈毒素的」。〔註306〕很顯然，這是茅盾、鄭振鐸和瞿秋白等的俠文化批評話語之革命批判思維的延續。新中國作為一個新生的革命政權剛剛建立不久，就面臨著來自國內外一切敵人和國內錯綜複雜的階級鬥爭形勢等各方面的嚴峻挑戰。為了維護社會穩定和人民團結，為了鞏固新生的政權，對「宣揚尋仙修道、飛劍吐氣，採陰補陽、宗派仇殺的荒誕武俠圖書」作出這樣的處理決定，是可以理解的。但認為武俠圖書「事實上已經起了並正在起著帝國主義和蔣介石匪幫的『第五縱隊』的作用」，卻未免對俠文化和武俠小說的社會功能估之過高。正是在這種思想認識的指導下，1949 年以後，武俠小說在文壇上處於銷聲匿跡的狀態，俠文化被壓抑到更加邊緣的地位。只是到了 1980 年代，伴隨著思想解放的時代潮流，港臺武俠小說逐漸進入大陸人民的閱讀視野，大陸的武俠小說創作也開始浮出歷史地表，漸漸興起了一股武俠小說熱。在這種時代文化語境下，俠文化和武俠小說逐漸擺脫了被壓抑的歷史狀態而進入專家、學者們的研究視野，並在 1990 年代掀起了俠文化研究的熱潮。在對待俠文化的態度方面，面對歷史上或褒或貶的理解與闡釋，我們的學術思維存在著影響的焦慮，但我們要勇於衝破歷史見解的牢籠，結合今天的社會文化語境，對俠文化作出盡可能準確而全面、科學而合理的理解與闡釋。

我認為，俠是直面人類生存狀態的一種人格範型和實踐模式。人類在不斷征服世界、改造世界使自己的本質力量日益對象化的過程中，雖然一度再度高揚了人的主體性，顯示了作為人的力量，但無法為所欲為，始終受到客觀規律的制約和命運的捉弄。在廣袤的蒼穹和無限的時間的映照下，在大自然的挑戰和天災人禍的脅迫面前，人類意識到自身的脆弱和孤獨無助。在種種內外壓迫的現實境況中，自然會產生被拯救的渴望；在各種內外束縛的羈絆下，自然會萌生對自由的追求。因此，渴望被拯救的歸屬感和嚮往自由的心靈衝動必然會與追求人格獨立、精神自由、行為不羈的俠客及帶有烏托邦色彩的公道正義的江湖世界產生親和感，發生強烈的共鳴。即使現實中並不存在理想的俠客和桃花源式的江湖，起碼這種審美藝術世界會使人類在想像中獲得替代性的滿足而得以寬慰或孤獨或痛苦或空虛或失落的心靈，從而實

〔註306〕洪子誠編《二十世紀中國小說理論資料》，第五卷（1949～1976），北京大學出版社，1997 年，第 125 頁。

現對某種生存困境的超越，獲得精神的提升和靈魂的慰藉，激發出積極的人生導向和生活情趣。有論者認為武俠小說或俠文化是精神鴉片和迷魂湯，容易使讀者產生耽於幻想、缺乏反抗勇氣、溺養甘心為奴的心理，這種負面作用和消極影響確實是客觀存在的歷史事實，不利於革命形勢的發展，不符合人生向上的意義和社會進步的要求，但決不能因此對武俠小說或俠文化的思想傾向給以完全否定，武俠小說或俠文化同樣有其正面作用和積極意義。在當下文化語境中，必須重新認識俠文化，尤其對俠文化的正面作用和積極意義要作出符合時代精神與民族特色的闡釋。在一個朝綱廢弛、世道混亂、法制不健全的黑暗社會中，孤獨無助而又看不到光明前景的芸芸眾生在沒有接受或根本不能接受文化精英的思想啓蒙之前，如何度過漫漫長夜，扭轉被奴役被壓迫的命運，立足於生命本體，在王法之外重建損有餘以奉不足的江湖世界的審美藝術形式——俠文化、俠文學，無疑是一劑救世良方，它將使一顆顆孤苦無依亟待拯救的靈魂安妥地度過苦難的歲月，以延續人類歷史的發展。幾千年人類文明史證明，無論流血、暴力、屠殺、種族滅絕、大災害等多麼可怕，都無法真正地磨滅人類求生的欲望和活著的渴求。因此，把俠文化置於這樣的歷史文化語境中來闡釋，並以人本主義的眼光審視其思想傾向和價值意義，將會有利於人們加強對俠文化的正確認識，樹立科學合理的俠文化觀，從中汲取積極質素注入自己的人格結構和文化心理，以更好地執著於此在的生存，實現人生追求和社會理想。

結　語
俠：不滅的精靈

　　由於政治的、意識形態的以及俠文化本身固有的缺陷等複雜原因，俠文化一直以亞文化形態居於主流文化的邊緣一隅。雖然處於被壓抑的狀態，但俠文化始終參與著中國文化的建構和國民人格的塑造，一旦遇到適宜的時代精神氣候和現實生存土壤，沉潛於有識之士人格結構和文化心理深處的俠文化精神質素就會被激發出來。王富仁指出：「傳統之所以成為傳統，其根本原因在於它已經取得超越時空限制的力量，它的存在價值已經無法被後人的選擇所抹殺。」〔註1〕作為傳統文化的一脈，俠文化同樣具有超越時空限制的力量，在漫長的歷史積澱和現代承傳中始終閃耀著文化的光芒，並沒有因官方的壓制和正統文人的撻伐而失去其存在價值與文化魅力。在歷史發展過程中，俠文化以永恆的存在價值和特有的文化魅力給有良知、有血性、有正義感的國人一種強烈的價值召喚，成為他們尋求精神家園、實現自我完善的思想資源；同時，俠文化也會獲得符合時代要求和現實需要的豐富內涵，煥發為社會改造、理想人格建構和文化重建的積極動力，使有良知、有血性、有正義感的國人胸懷深切的社會責任感和基於自己獨特理解的人文關懷。因此，他們會鐵肩擔道義、妙手著文章，為國家、民族，更為貧弱無助的良善人們，不惜奉獻自己的才華乃至生命。

　　民國時期新文學作家在從啓蒙話語到革命話語再到救亡話語、翻身解放話語的價值轉換過程中，俠文化是作為社會變革、人格建構和文化建構等現

〔註1〕王富仁《中國現代文化指掌圖》，人民文學出版社，2004年，第117頁。

實需要而被他們所接受與表現的。毋庸置疑，在俠文化影響和俠文化精神浸潤之下，不少新文學作家其人其文大都充斥著凜然正氣，民國文學也因此平添了許多雄渾陽剛之美和剛健正義之音。人民共和國成立後，俠文化雖然受到壓制，但經過革命性的改造、轉化和利用，始終以一種現代變體沉潛於十七年的革命英雄傳奇小說和文革期間的一些革命樣板戲之中。具體來說，1950～1970 年代的人民共和國文學中已經沒有武俠小說的棲身之地，但人們仍然能從《林海雪原》、《鐵道游擊隊》、《烈火金剛》、《敵後武工隊》、《萬山紅遍》、《大刀記》、《紅旗譜》等革命歷史題材的小說和《《智取威虎山》、《奇襲白虎團》、《紅色娘子軍》等革命樣板戲中，發現俠文化因素和武俠的影子。這與 1940 年代解放區新章回體小說《呂梁英雄傳》、《洋鐵桶的故事》和《新兒女英雄傳》等所開創的「革命英雄傳奇」的小說模式是一脈相承的，「它們都能恰到好處地將傳統俠文化主題的一般性與當時意識形態的特殊性有機地整合起來：在『革命化』或泛政治化敘事中隱涵著大眾化審美情趣和民間性藝術思維的底蘊，理想主義創作傾向簡縮爲革命樂觀主義情調，以暴抗暴、因強進取的尚武精神變換爲以暴除惡、因時進取的戰鬥激情，而傳奇性本色則『濤聲依舊』」。〔註 2〕從某種意義上說，武俠小說是中國民間英雄傳奇最主要的藝術載體，俠客也就成爲了中國民間社會普通民眾心目中嚮往之的傳奇英雄。由於俠文化價值體系本身的開放性，其精神內涵也就不可避免地帶上了隨著歷史發展和時代精神變遷而呈現出相對流動性的特點。雖然俠文化屬於民間文化的基本範疇，處於亞文化狀態，一直未能眞正進入主流文化的價值體系，但是，由於其本身的開放性和流動性，在中國幾千年文化發展、演變的歷史進程中，俠文化幾乎沒有缺席過，或隱或顯地滲透、彌漫於中國傳統文化的各個角落。可以說，俠文化在中國文化史上是一種不容否認的客觀存在，與主流文化處於互相影響、彼此藉重的複雜關係之中。任何時代的主流文化或主流意識形態必然要按照自己的價值觀念對俠文化進行改造或轉化，納入主流文化或主流意識形態的價值體系，從而達到爲我所用的目的。而俠文化在接受主流文化或主流意識形態改造或轉化的同時，也在影響著主流文化或主流意識形態，並藉重主流文化或主流意識形態的價值引領、思想啓蒙和輿論導向等作用來傳播自己的精神價值。就革命英雄傳奇而論，正如陳思和所言：「革命時代不可能再照搬原來的武俠小說，但傳統的

〔註 2〕楊經建《俠文化與 20 世紀中國小說》，載《文史哲》2003 年第 4 期。

文學因素一定會融入新的時代話語精神，改變其表達的內容，作家們可以把
這種因素轉換到游擊隊員、民間英雄的故事中去。武俠的傳統還是被保留，
只不過在不同時代出現了不同的形態。」〔註3〕事實上確實如此，革命英雄
傳奇藉助於民間英雄傳奇這一古老的藝術形式，塑造農民（民間）英雄形象，
並賦予文本以革命激情和革命思想，弘揚了無產階級的政治革命理想和英雄
主義精神。政治革命的主流意識形態對民間英雄傳奇進行了革命性改造，武
俠小說作爲民間英雄傳奇最主要的藝術載體，必然會進入革命性改造和利用
的價值視野，其精神因素和價值觀念也在主流意識形態的改造、倡導中被保
留與張揚，從而由民間英雄傳奇轉變爲革命英雄傳奇，自掌正義的民間俠客
也轉化成爲革命正義事業而出生入死的富有傳奇色彩的革命英雄。改革開放
後，隨著政治環境的寬鬆、思想的解放，俠文化和武俠小說經過數十年的壓
抑終於浮出歷史地表、進入人們的視野。且不論作爲俠文化本體負載者的武
俠小說，就是新時期以來許多非武俠小說，也程度不同地受到俠文化的影
響，或隱或顯地塑造了經過現代性轉化的俠意象，張揚著新時期特色的俠文
化精神。例如，當代尋根文學作家莫言和鄭萬隆，他們「試圖憑藉余占鼇們
和『異鄉異聞』中的異人們的『江湖精神』去振興和激發當代人的生命力，
或者說，去實施一種也許是一廂情願的整體性『拯救』（象徵性的拯救恰恰
是『烏托邦』設想的基本功能）」，〔註4〕他們的小說文本深層充分體現了任
俠使氣、狂野尚武的價值取向。還有鄉土文學作家劉紹棠，他的「北運河」
系列小說在對運河沿岸的民情風俗和鄉土人情的盡情描繪以及汲取民間說
書藝術與地方口語、俗語的精華之中，建構了一個以京東首邑——通縣爲主
體的敘事空間。在這樣一個充滿鄉土氣息的敘事空間中，作者爲我們傾心「講
述了一個個古道熱腸重義輕身、一諾千金生死相交的『大團圓』的故事，從
而營構了一個以『通州』爲主體的、既有慷慨悲歌之氣、又具俠骨柔腸的泛
江湖化的空間世界」。〔註5〕毋庸多舉例，由此就可以管窺到俠文化影響深遠
的價值意義和俠文化精神的歷史穿透力。實存俠早已消隱於歷史的深處，形
象俠一直活躍於人們的心中，觀念俠永遠朗照在思想的晴空。作爲一種人格
範型、價值理念和行爲規範，俠始終會對一切追求自由、平等、正義和公道，

〔註3〕 陳思和《先鋒與常態——現代文學史的兩種基本形態》，載《文藝爭鳴》（理
論綜合版）2007 年第 3 期。
〔註4〕 楊經建《俠文化與 20 世紀中國小說》，載《文史哲》2003 年第 4 期。
〔註5〕 楊經建《俠文化與 20 世紀中國小說》，載《文史哲》2003 年第 4 期。

維護生命尊嚴、張揚個性解放的人們，構成永恆的價值期待和自我救贖的烏托邦想像。

近代以來，在中外文化的交流、對話和衝撞中，中國曾陷入亙古未有的尷尬局面。面對傳統文化的種種危機，實現其創造性轉化作為一項艱巨的歷史任務落在了近現代知識分子的肩上。在各種文化轉化模式的思路中，包括對傳統文化內部諸要素進行重新梳理和再度發掘。當然，以魯迅為代表的民國時期新文學作家對俠文化的現代思考便是其中頗有特色的一部分。通過以民國時期新文學作家與俠文化的關係為切入點，在俠文化理論視野下，從整體上考察新文學作家俠性心態的生成與嬗變，探究他們與俠文化發生精神相遇的具體體現及其複雜糾葛，足以管窺到他們對理想人格的建構思路及對傳統文化的現實改造思路和文化建構的價值理念。同時，通過對茅盾、鄭振鐸和瞿秋白有關俠文化的批評話語進行分析與評價，可以從另一方面認識到俠文化的負面作用和消極影響。儘管他們的批評話語存在諸多局限，但在當前文化語境下，卻能夠加深我們對俠文化的全面認識，不至於陷入譽之過高或貶之甚低的極端學術思維。從某種意義上說，我真正希望探討的是以魯迅為代表的中國現代知識分子對待傳統文化的一種現實改造思路，即他們究竟是以怎樣的態度來對待傳統文化中非主流或邊緣文化資源的。

可以說，20 世紀中國文學與文化一直存在雅／俗、主流／非主流的對峙之爭。然而，「事實上，高雅文學和通俗文學，只能是一種長期共存的關係，永遠不可能誰吃掉誰而形成一統天下」。〔註6〕站在 21 世紀的門檻，回眸上個世紀的激烈論爭，我們應該有清醒的理性認識了。我認為，文化和文學特別是小說類型不應該有高下之分、尊卑之別，關鍵在於我們要善於引導它們向著豐富人性、健全人格、優化文化生態環境的方向發展。在判斷文化思想優劣的標準中，最根本的一條是：看其是否有利於人的生存與發展，更要看其是否有利於人的個性的健全與優化、自由與張揚，因為人的全部尊嚴與價值在於思想文化；當然不僅僅如此，擴而大之，這種思想文化也有利於人的個性所置身的人類群體乃至社會集團、國家民族的正常運行與健康發展，為個體或群體人的生存超越、自主自足、自尊自強、獨立解放、自由追求、理想實現等創造一個良好的生態環境即社會的人文的自然的環境，特別是有利於

〔註 6〕 嚴家炎《文學的雅俗對峙與金庸的歷史地位》，載《西南師範大學學報》（人文社會科學版）2004 年第 5 期。

人的文化人格塑造、民族靈魂的鑄造以及全人類文化人格的優化，這樣的文化思想應該是優質文化，是真正的人的文化。反之，那些不利於或有害於人的生存與發展的文化意識，不是腐朽沒落的文化思想就是非人的文化意識。〔註7〕根據這一條價值判斷標準，特別是從文化生態平衡的視角來審視，暴力和正義兼具、俠性和人性交融的俠文化應該屬於真正的人的文化範疇。儘管歷史上，俠文化和武俠小說作為通俗的非主流文化、文學不受人重視，直到現在仍遭到某些專家、學者的口誅筆伐，但是，它們並未因此而走向低潮。相反，令人驚喜的是，「對於武俠小說來說，2004年也許將是具有紀念意義的：『首屆大學生武俠文學獎』開評，『21世紀中國俠文化』欄目開辦，『大陸新武俠』概念由此全面形成」。〔註8〕同時，陳平原認為：「精英文化（elite culture）與通俗文化（popular culture）之間的對話與轉化，是20世紀中國文化發展的一個重要側面。」〔註9〕可見，20世紀精英文化、文學與通俗文化、文學之間的互動，構成了中國文化不斷走向和諧發展的重要一環，21世紀初中國俠文化的勃興勢頭也預示著一個雅俗互動共榮的文化局面即將形成。在文化多元並存的新世紀，我們應該以與時俱進的文化品格和相容並蓄的學術胸懷來對待各種文化與文學，使它們真正地走向對話之途，最終實現精英文化、文學與通俗文化、文學之間的共存並榮、和諧發展。

　　當前中國正處於由傳統社會向現代社會的全面轉型期，面對中華民族源遠流長的傳統文化資源，「面對當今世界各種思想文化相互激蕩的大潮，面對國家發展和人民生活改善對文化發展的要求，面對社會文化生活多樣活躍的態勢，如何找準我國文化發展的方位，創造民族文化的新輝煌，增強我國文化的國際競爭力，提升國家軟實力，是擺在我們面前的一個重大現實課題」。〔註10〕我認為，一個國家、一個民族的社會進步和文化發展，最終的決定性因素在於其內部。這是我國在全面實現現代化進程中進行文化變革的一個根本立足點和出發點。站在新世紀的門檻，我們必須努力開掘傳統文化尤其是

〔註7〕 參見朱德發《世界化視野中的現代中國文學》，濟南：山東教育出版社，2003年，第8～9頁。

〔註8〕 韓雲波《大陸新武俠與武俠小說的文體創新》，載《西南師範大學學報》（人文社會科學版）2004年第6期。

〔註9〕 陳平原《當代中國人文觀察》，人民文學出版社，2004年，第1頁。

〔註10〕 胡錦濤《在中國文聯第八次全國代表大會、中國作協第七次全國代表大會上的講話》，載《美術》2006年第12期。

民間社會大眾文化中鮮活的積極因素，並對之進行現代性改造和創造性轉化，以作爲國民人格建構和民族新文化建設的寶貴精神資源，爲中華民族的文化革新和偉大復興提供強大的精神動力與智力支持。因此，無論是民國時期新文學作家與俠文化關係這一研究課題本身，還是作爲精英知識分子的新文學作家對作爲通俗文化之一脈的俠文化所持的現代性改造、創造性轉化，以及對俠文化精神所持的繼承和張揚等現實態度，對於當前中國社會文化、文學的價值重建與和諧發展，無疑都具有重要的理論價值和積極的現實借鑒意義。

主要參考文獻

一 古代典籍

1. 班固《前漢書》，景印文淵閣《四庫全書》，第二五〇冊、第二五一冊，臺北：臺灣商務印書館，1986 年。

2. 韓非《韓非子》，景印文淵閣《四庫全書》，第七二九冊，臺北：臺灣商務印書館，1986 年。

3. 韓非著，王先慎集解《韓非子集解》，《諸子集成》，第五冊，上海：上海書店，1986 年。

4. 高誘注《呂氏春秋》，《諸子集成》，第六冊，上海：上海書店，1986 年。

5. 焦循著《孟子正義》，《諸子集成》，第一冊，上海：上海書店，1986 年。

6. 劉安著，高誘注《淮南子》，《諸子集成》，第七冊，上海：上海書店，1986 年。

7. 劉寶楠著《論語正義》，《諸子集成》，第一冊，上海：上海書店，1986 年。

8. 阮元校刻《十三經注疏：附校勘記》，北京：中華書局，1980 年。

9. 司馬遷《史記》，景印文淵閣《四庫全書》，第二四四冊，臺北：臺灣商務印書館，1986 年。

10. 司馬遷《史記》，長沙：嶽麓書社，1988 年。

11. 孫詒讓著《墨子閒詁》，《諸子集成》，第四冊，上海：上海書店，1986 年。

12. 王弼注《老子道德經》，《諸子集成》，第三冊，上海：上海書店，1986 年。

13. 王先謙注《莊子集解》，《諸子集成》，第三冊，上海：上海書店，1986 年。

14. 荀悦《前漢紀》，景印文淵閣《四庫全書》，第三〇三冊，臺北：臺灣商務印書館，1986 年。

二 作家著作

1. 陳獨秀《獨秀文存》，合肥：安徽人民出版社，1987 年。

2. 郭沫若《郭沫若全集》，文學編第一卷，北京：人民文學出版社，1982 年。

3. 郭沫若《郭沫若全集》，文學編第九卷，北京：人民文學出版社，1985 年。

4. 郭沫若《郭沫若全集》，文學編第十卷，北京：人民文學出版社，1985 年。

5. 郭沫若《郭沫若全集》，文學編第十一卷，北京：人民文學出版社，1992 年。

6. 郭沫若《郭沫若全集》，文學編第十六卷，北京：人民文學出版社，1989 年。

7. 郭沫若《郭沫若全集》，文學編第十七卷，北京：人民文學出版社，1989 年。

8. 郭沫若《郭沫若全集》，文學編第十九卷，北京：人民文學出版社，1992 年。

9. 郭沫若《郭沫若全集》，歷史編第一卷，北京：人民出版社，1982 年。

10. 郭沫若《郭沫若全集》，歷史編第二卷，北京：人民出版社，1982 年。

11. 郭沫若《郭沫若全集》，歷史編第三卷，北京：人民出版社，1984 年。

12. 蔣光慈《蔣光慈文集》，第一卷，上海：上海文藝出版社，1982 年。

13. 蔣光慈《蔣光慈文集》，第二卷，上海：上海文藝出版社，1983 年。

14. 老舍《老舍論創作》，上海：上海文藝出版社，1980 年。

15. 老舍《老舍生活與創作自述》，北京：人民文學出版社，1982 年。

16. 老舍《老舍選集》，第一卷，成都：四川人民出版社，1982 年。

17. 老舍《老舍文集》，第十四卷、第十五卷，北京：人民文學出版社，1989 年。

18. 老舍《老舍全集》，第一卷，北京：人民文學出版社，1999 年。

19. 梁啓超《梁啓超全集》，第一冊、第二冊、第三冊，北京：北京出版社，1999 年。

20. 魯迅《中國小說史略》，北京：人民文學出版社，1973 年。

21. 魯迅《魯迅書信集》，上卷，北京：人民文學出版社，1976 年。

22. 魯迅《魯迅全集》，北京：人民文學出版社，1981 年。

23. 魯迅《魯迅佚文全集》（下），北京：群言出版社，2001 年。

24. 茅盾《茅盾論創作》，上海：上海文藝出版社，1980 年。

25. 茅盾《茅盾全集》，第十九卷，北京：人民文學出版社，1991 年。

26. 毛澤東《毛澤東選集》，第一卷、第二卷，北京：人民出版社，1991 年。

27. 瞿秋白《瞿秋白文集》，文學編第一卷，北京：人民文學出版社，1985 年。

28. 沈從文《沈從文小說選》，第二集，凌宇編，北京：人民文學出版社，1982 年。

29. 沈從文《沈從文散文選》，凌宇編，北京：人民文學出版社，1982 年。

30. 沈從文《沈從文文集》，第四卷，廣州：花城出版社，1984 年。

31. 沈從文《沈從文文集》，第七卷，廣州：花城出版社，1984 年。

32. 沈從文《沈從文批評文集》，劉洪濤編，珠海：珠海出版社，1998 年。

33. 聞一多《聞一多全集》，第三冊，北京：生活・讀書・新知三聯書店，1982 年。

34. 蕭軍《八月的鄉村》，北京：人民文學出版社，1954 年。

35. 蕭軍《第三代》，上冊，哈爾濱：黑龍江人民出版社，1982 年。

36. 蕭軍《第三代》，下冊，哈爾濱：黑龍江人民出版社，1983 年。

37. 章太炎《章太炎全集》（三），上海：上海人民出版社，1984 年。

38. 鄭振鐸《中國文學研究》（下），北京：人民文學出版社，2000 年。

39. 周作人《知堂回想錄》，香港：三育圖書文具公司，1980 年。

40. （德）馬克思、恩格斯《馬克思恩格斯全集》，第一卷，北京：人民出版社，1972 年。

三　研究著作

1. 蔡翔《俠與義——武俠小說與中國文化》，北京：北京十月文藝出版社，1993 年。

2. 陳寶良《中國流氓史》，北京：中國社會科學出版社，1993 年。

3. 陳平原《千古文人俠客夢——武俠小說類型研究》，北京：人民文學出版社，1992 年。

4. 陳平原《中國現代學術之建立——以章太炎、胡適之為中心》，北京：北京大學出版社，1998 年。

5. 陳平原《當代中國人文觀察》，北京：人民文學出版社，2004 年。

6. 陳平原《中國現代小說的起點——清末民初小說研究》，北京：北京大學出版社，2005 年。

7. 陳子善、王自立編《回憶郁達夫》，長沙：湖南文藝出版社，1986 年。

8. 崔奉源《中國古典短篇俠義小說研究》，臺北：聯經出版事業公司，1986 年。

9. 淡江大學中文系主編《俠與中國文化》，臺北：臺灣學生書局，1993 年。

10. 范伯群、湯哲聲、孔慶東《20 世紀中國通俗文學史》，北京：高等教育出版社，2006 年。

11. 方銘編《蔣光慈研究資料》，銀川：寧夏人民出版社，1983 年。

12. 馮自由《革命逸史》，初集，北京：中華書局，1981 年。

13. 耿雲志《胡適年譜》，成都：四川人民出版社，1989 年。

14. 龔濟民、方仁念《郭沫若傳》，北京：北京十月文藝出版社，1988 年。

15. 龔鵬程《大俠》，臺北：錦冠出版社，1987 年。

16. 韓雲波《中國俠文化：積澱與承傳》，重慶：重慶出版社，2004 年。

17. 洪子誠編《二十世紀中國小說理論資料》，第五卷（1949～1976），北京：北京大學出版社，1997 年。

18. 胡德培編《艾蕪》，北京：人民文學出版社，1986 年。

19. 胡絜青、舒乙《散記老舍》，北京：北京十月文藝出版社，1986 年。

20. 逢增玉《黑土地文化與東北作家群》，長沙：湖南教育出版社，1995 年。

21. 李劼人研究學會編《李劼人研究》，成都：四川大學出版社，1996 年。

22. 林非、劉再復《魯迅傳》，北京：中國社會科學出版社，1981 年。

23. 凌宇《沈從文傳》，北京：北京十月文藝出版社，1988 年。

24. 劉增傑編《師陀研究資料》，北京：北京出版社，1984 年。

25. 羅成琰《百年文學與傳統文化》，長沙：湖南教育出版社，2002 年。

26. 羅立群《中國武俠小說史》，瀋陽：遼寧人民出版社，1990 年。

27. 馬德俊《蔣光慈傳》，合肥：安徽人民出版社，2001 年。

28. 倪婷婷《「五四」作家的文化心理》，南京：南京大學出版社，2005 年。

29. 錢理群、溫儒敏、吳福輝《中國現代文學三十年》（修訂本），北京：北京大學出版社，1998 年。

30. 錢理群《心靈的探尋》，北京：北京大學出版社，1999 年。

31. 舒乙《老舍的關坎和愛好》，北京：中國建設出版社，1988 年。

32. 宋劍華《百年文學與主流意識形態》，長沙：湖南教育出版社，2002 年。

33. 譚嗣同《譚嗣同全集》（增訂本），下冊，北京：中華書局，1981 年。

34. 唐寶林、林茂生編《陳獨秀年譜》，上海：上海人民出版社，1988 年。

35. 湯晨光《老舍與現代中國》，長沙：湖南師範大學出版社，2002 年。

36. 陶希聖《辯士與遊俠》，上海：商務印書館，1930 年。

37. 田蕙蘭等選編《錢鍾書楊絳研究資料集》，武漢：華中師範大學出版社，1997 年。

38. 王本朝《20 世紀中國文學與基督教文化》，合肥：安徽教育出版社，2000 年。

39. 王富仁《中國現代文化指掌圖》，北京：人民文學出版社，2004 年。

40. 王夫之《讀通鑒論》，第一冊，北京：中華書局，1975 年。

41. 王海林《中國武俠小說史略》，太原：北嶽文藝出版社，1988 年。

42. 王惠雲、蘇慶昌《老舍評傳》，石家莊：花山文藝出版社，1985 年。

43. 王立《偉大的同情──俠文學的主題史研究》，上海：學林出版社，1999 年。

44. 王立《武俠文化通論》，北京：人民出版社，2005 年。

45. 王曉明《無法直面的人生──魯迅傳》，上海：上海文藝出版社，2001 年。

46. 王一川《中國現代性體驗的發生》，北京：北京師範大學出版社，2001 年。

47. 汪湧豪、陳廣宏《俠的人格與世界》，上海：復旦大學出版社，2005 年。

48. 韋清編《梁羽生及其武俠小說》（增訂本），香港：偉青書店，1980 年。

49. 吳福輝編《二十世紀中國小說理論資料》，第三卷（1928～1937），北京：北京大學出版社，1997 年。

50. 吳其昌《梁啟超傳》，天津：百花文藝出版社，2004 年。

51. 吳騰凰《蔣光慈傳》，合肥：安徽人民出版社，1982 年。

52. 吳小如《古典小說漫稿》，上海：上海古籍出版社，1985 年。

53. 徐德明《中國現代小說雅俗流變與整合》，北京：社會科學文獻出版社，2000 年。

54. 徐斯年《俠的蹤跡──中國武俠小說史論》，北京：人民文學出版社，1995 年。

55. 許壽裳《亡友魯迅印象記》，北京：人民文學出版社，1953 年。

56. 閻煥東《鳳凰、女神及其他──郭沫若論》，北京：中國人民大學出版社，1990 年。

57. 楊守森主編《二十世紀中國作家心態史》，北京：中央編譯出版社，1998 年。

58. 楊義《中國現代小說史》，北京：人民文學出版社，1986 年。

59. 余英時《士與中國文化》，上海：上海人民出版社，2003 年。

60. 袁良駿編《丁玲研究資料》，天津：天津人民出版社，1982 年。

61. 曾廣燦、吳懷斌編《老舍研究資料》（上），北京：北京十月文藝出版社，1985 年。

62. 張毓茂《蕭軍傳》，重慶：重慶出版社，1992 年。

63. 鄭春元《俠客史》，上海：上海文藝出版社，1999 年。

64. 朱德發《世界化視野中的現代中國文學》，濟南：山東教育出版社，2003 年。

65.（美）露絲・本尼迪克特《文化模式》，王煒等譯，北京：生活・讀書・新知三聯書店，1988 年。

66.（美）金介甫《沈從文傳》（全譯本），符家欽譯，長沙：湖南文藝出版社，1992 年。

67.（美）李歐梵《鐵屋中的吶喊——魯迅研究》，尹慧珉譯，長沙：嶽麓書社，1999 年。

68.（美）劉若愚《中國之俠》，周清霖、唐發鐃譯，上海：上海三聯書店，1991 年。

69.（美）王德威《被壓抑的現代性——晚清小說新論》，宋偉傑譯，北京：北京大學出版社，2005 年。

四　研究論文

1. 包子衍等整理《浮生自述——唐弢談他的生平經歷和文學生涯》，載《新文學史料》1986 年第 4 期。

2. 蔡翔《知識分子與江湖文化》，載《上海文論》1992 年第 5 期。

3. 陳夫龍《批判中建構：論魯迅與俠文化精神》，載《西南師範大學學報》（人文社會科學版）2006 年第 4 期。

4. 陳恭懷《陳企霞傳略》，載《新文學史料》1989 年第 3 期。

5. 陳虹、陳晶《陳白塵年譜》，載《新文學史料》1989 年第 1 期。

6. 陳江華《俠之狂者——論魯迅的俠義精神》，碩士學位論文，東北師範大學，2006 年。

7. 陳娟《蕭軍的小說與俠文化精神》，載《北京大學學報》（哲學社會科學版）2005 年第 4 期。

8. 陳雙陽《中國俠文化流變試探》，載《中山大學學報》（社會科學版）1996 年第 4 期。

9. 陳思和《先鋒與常態——現代文學史的兩種基本形態》，載《文藝爭鳴》（理論綜合版）2007 年第 3 期。

10. 二十八畫生（毛澤東）:《體育之研究》，載《新青年》1917 年 4 月 1 日第 3 卷第 2 號。

11. 馮友蘭《原儒墨》，載《清華學報》1935 年第 2 期。

12. 馮友蘭《原儒墨補》，載《清華學報》1935 年第 4 期。

13. 富治平《俠文化與蕭軍小說研究》，碩士學位論文，西南師範大學，2005 年。

14. 葛紅兵《為二十世紀中國文學寫一份悼詞》，載《芙蓉》1999 年第 6 期。

15. 顧頡剛《武士與文士之轉換》，載《責善半月刊》1940 年第 1 卷第 7 期。

16. 管恩森《耶穌‧撒旦‧魯迅——魯迅與基督教關係發微》，載《魯迅研究月刊》2002 年第 2 期。

17. 韓成武、趙林濤、韓夢澤《燕趙文化精神與唐代燕趙詩人、唐詩風骨》，載《河北師範大學學報》（哲學社會科學版）2006 年第 6 期。

18. 韓雲波《論魯迅與中國俠文化的改造——兼談〈故事新編〉中的三篇小說》，載《魯迅研究月刊》1992 年第 1 期。

19. 韓雲波《郭沫若歷史文學與士文化傳統——初論郭沫若的儒俠統一觀》，載《郭沫若學刊》1992 年第 4 期。

20. 韓雲波《論中國俠文化的基本特徵——中國俠文化形態論之一》，載《西南師範大學學報》（哲學社會科學版）1993 年第 1 期。

21. 韓雲波《論郭沫若抗戰史劇的俠文化內涵》，載《貴州大學學報》（社會科學版）1993 年第 2 期。

22. 韓雲波《郭沫若與中國俠文化》，載《郭沫若學刊》1993 年第 3 期。

23. 韓雲波《論俠的流氓特徵與俠文化的虛偽——中國俠文化形態論之四》，載《社會科學輯刊》1994 年第 1 期。

24. 韓雲波《郭沫若歷史劇與士文化品格的現代轉換》，載《郭沫若學刊》1994 年第 2 期。

25. 韓雲波《俠的文化內涵與文化模式》，載《西南師範大學學報》（哲學社會科學版）1994 年第 2 期。

26. 韓雲波《大陸新武俠與武俠小說的文體創新》，載《西南師範大學學報》（人文社會科學版）2004 年第 6 期。

27. 韓雲波《「三大主義」:論大陸新武俠的文化先進性》，載《西南師範大學學報》（人文社會科學版）2006 年第 2 期。

28. 何新《俠與武俠文學源流研究（上篇）——論中國古典武俠文學》，載《文藝爭鳴》1988 年第 1 期。

29. 何雲貴《老舍與中國武俠文化》，載《江西社會科學》2003 年第 9 期。

30. 胡錦濤《在中國文聯第八次全國代表大會、中國作協第七次全國代表大會上的講話》，載《美術》2006 年第 12 期。

31. 蔣承勇《偷食禁果故事及其文化人類學解讀》，載《文藝研究》2002 年第 4 期。

32. 揆鄭（湯增璧）《崇俠篇》，載《民報》1908 年 8 月第 23 號。

33. 李浩《原俠》，載《西北大學學報》（哲學社會科學版）1996 年第 1 期。

34. 李輝《湘西原本多俠氣——沈從文的〈記胡也頻〉與〈記丁玲〉》，載《讀書》1990 年第 10 期。

35. 李歐《論原型意象——「俠」的三層面》，載《四川師範學院學報》（哲學社會科學版）1994 年第 4 期。

36. 李歐《論儒俠互補》，載《西南民族學院學報》（哲學社會科學版）2000 年第 9 期。

37. 李歐《武俠小説關鍵字》，載《博覽群書》2005 年第 5 期。

38. 李怡《「渴血渴血，復仇復仇！」——〈鑄劍〉與魯迅的復仇精神》，載《名作欣賞》1991 年第 6 期。

39. 李怡《盆地文明‧天府文明‧內陸腹地文明——論現代四川文學的文化背景》，載《社會科學研究》1996 年第 2 期。

40. 廖傳江《郭沫若與中國俠文化》，載《樂山師範學院學報》2000 年第 4 期。

41. 凌雲嵐《現代文學中的俠文化——現代文人的文化改造思路》，載《中國文學研究》2002 年第 4 期。

42. 劉祖春《憂傷的遐思——懷念沈從文》，載《新文學史料》1991 年第 1 期。

43. 茅盾《我閱讀的中外文學作品》，載《中國現代文學研究叢刊》1982 年第 1 期。

44. 錢理群《試論魯迅小説中的「復仇」主題——從〈孤獨者〉到〈鑄劍〉》，載《安順師專學報》（社會科學版）1996 年第 1 期。

45. 錢穆《釋俠》，載《學思》1942 年第 1 卷第 3 期。

46. 丘立才、陳傑君《矛盾而複雜的五四詩人康白情》，載《新文學史料》1990 年第 2 期。

47. 瞿秋白《吉訶德的時代》，載《北斗》1931 年第 1 卷第 2 期。

48. 沈雁冰（茅盾）《封建的小市民文藝》，載《東方雜誌》1933 年第 30 卷第 3 號。

49. 孫鐵剛《秦漢時代士和俠的式微》，載《國立臺灣大學歷史學系學報》1975年第 2 期。

50. 湯晨光《老舍與俠文化》，載《齊魯學刊》1996 年第 5 期。

51. 湯晨光《魯迅與墨俠精神》，載《魯迅研究月刊》1997 年第 1 期。

52. 王本朝《郭沫若與俠義精神》，載《文史雜誌》1992 年第 6 期。

53. 王本朝《郭沫若與俠文化》，載《貴州社會科學》1993 年第 3 期。

54. 王本朝《論郭沫若歷史劇與俠文化的現代改造》，載《求索》1995 年第 5 期。

55. 王德芬《蕭軍在延安》，載《新文學史料》1987 年第 4 期。

56. 王駿驥《魯迅郭沫若俠義觀比較論》，載《魯迅研究月刊》1993 年第 9 期。

57. 王衛東《老舍小說俠義情結探源》，載《北京聯合大學學報》（人文社會科學版）2005 年第 1 期。

58. 汪聚應《唐代俠風與文學》，博士學位論文，陝西師範大學，2002 年。

59. 熊憲光《「縱橫」流爲俠士說》，載《西南師範大學學報》（哲學社會科學版）1997 年第 4 期。

60. 嚴家炎《文學的雅俗對峙與金庸的歷史地位》，載《西南師範大學學報》（人文社會科學版）2004 年第 5 期。

61. 楊經建《崇俠意識：20 世紀小說的一種文化心理取向——俠文化價值觀與 20 世紀中國文學》，載《學海》2003 年第 1 期。

62.. 楊經建《俠文化與 20 世紀中國小說》，載《文史哲》2003 年第 4 期。

63. 楊經建《俠義精神與 20 世紀小說創作》，載《雲南社會科學》2004 年第 1 期。

64. 郁達夫《我的夢，我的青春——自傳之二》，載《人間世》1934 年 12 月 20 日第 18 期。

65. 袁良駿《魯迅與「俠」文化》，載《中國社會科學院研究生院學報》2002 年第 3 期。

66. 袁良駿《中國古代俠義小說二題》，載《北京工業大學學報》（社會科學版）2003 年第 1 期。

67. 張全之《論戰爭記憶與老舍創作的國家復仇意識》，載《齊魯學刊》2001 年第 5 期。

68. 張未民《俠與中國文化的民間精神》，載《文藝爭鳴》1988 年第 4 期。

69. 鄭英傑《沈從文與湘西遊俠精神》，載《船山學刊》2000 年第 4 期。

70. 周蔥秀《瞿秋白魯迅論俠文化》，載《魯迅研究月刊》1995 年第 4 期。

71. 壯遊（金松岑）《國民新靈魂》，載《江蘇》1903 年第 5 期。

附錄：民國時期新文學作家與
俠文化研究年表

一九九○年

　　李輝《湘西原本多俠氣——沈從文的〈記胡也頻〉與〈記丁玲〉》，載《讀書》1990 年第 10 期。

一九九一年

　　李怡《「渴血渴血，復仇復仇！」——〈鑄劍〉與魯迅的復仇精神》，載《名作欣賞》1991 年第 6 期。

一九九二年

　　陳山：《中國武俠史》（七 俠與中國文化精神），上海：上海三聯書店，1992 年。

　　韓雲波《論魯迅與中國俠文化的改造——兼談〈故事新編〉中的三篇小說》，載《魯迅研究月刊》1992 年第 1 期。

　　韓雲波《郭沫若歷史文學與士文化傳統——初論郭沫若的儒俠統一觀》，載《郭沫若學刊》1992 年第 4 期。

　　王本朝《郭沫若與俠義精神》，載《文史雜誌》1992 年第 6 期。

一九九三年

　　韓雲波《論郭沫若抗戰史劇的俠文化內涵》，載《貴州大學學報》（社會科學版）1993 年第 2 期。

　　韓雲波《郭沫若與中國俠文化》，載《郭沫若學刊》1993 年第 3 期。

王本朝《郭沫若與俠文化》，載《貴州社會科學》1993 年第 3 期。

王駿驥《魯迅郭沫若俠義觀比較論》，載《魯迅研究月刊》1993 年第 9 期。

一九九四年

韓雲波《郭沫若歷史劇與士文化品格的現代轉換》，載《郭沫若學刊》1994 年第 2 期。

王本朝《救贖與復仇——〈復仇（其二）〉與魯迅對宗教終極價值的消解》，載《魯迅研究月刊》1994 年第 10 期。

王立、賀雪飛：《論現代作家筆下的復仇主題——兼與傳統復仇文學主題比較》，載《學習與探索》1994 年第 5 期。

一九九五年

王本朝《論郭沫若歷史劇與俠文化的現代改造》，載《求索》1995 年第 5 期。

周蔥秀《瞿秋白魯迅論俠文化》，載《魯迅研究月刊》1995 年第 4 期。

一九九六年

錢理群《試論魯迅小說中的「復仇」主題——從〈孤獨者〉到〈鑄劍〉》，載《安順師專學報》（社會科學版）1996 年第 1 期。

湯晨光《老舍與俠文化》，載《齊魯學刊》1996 年第 5 期。

一九九七年

劉洪濤《湖南鄉土文學與湘楚文化》（二 作為表現對象的湘楚文化），長沙：湖南教育出版社，1997 年。

湯晨光《魯迅與墨俠精神》，載《魯迅研究月刊》1997 年第 1 期。

一九九九年

嚴家炎：《金庸小說論稿》（文化生態平衡與武俠小說命運），北京：北京大學出版社，1999 年。

二〇〇〇年

陳志《深隱的世界——艾蕪「遊俠」情結試探》，載《宜賓師範高等專科學校學報》2000 年第 4 期。

何雲貴《武俠文化的輓歌——〈斷魂槍〉主題新論》，載《重慶師專學報》2000 年第 4 期。

廖傳江《郭沫若與中國俠文化》，載《樂山師範學院學報》2000 年第 4 期。

林華瑜《放逐之子的復仇之劍——從〈鑄劍〉和〈鮮血梅花〉看兩代先鋒作家的藝術品格與主體精神》，載《魯迅研究月刊》2002 年第 8 期。

徐德明《中國現代小說雅俗流變與整合》（第七章 老舍：雅俗整合的典範），北京：社會科學文獻出版社，2000 年。

張寶明《試論「五四」新文化運動中的尚武傾向》，載《河南師範大學學報》（哲學社會科學版）2000 年第 6 期。

鄭英傑《沈從文與湘西遊俠精神》，載《船山學刊》2000 年第 4 期。

二〇〇一年

廖傳江《郭沫若五四時期的創作與新文化的尚武情結》，載《郭沫若學刊》2001 年第 3 期。

潘超青《「洋派文學」封印下的傳統碎片——試論穆時英創作中的墨俠文化底色》，載《福州大學學報》（哲學社會科學版）2001 年第 1 期。

張全之《論戰爭記憶與老舍創作的國家復仇意識》，載《齊魯學刊》2001 年第 5 期。

二〇〇二年

方伯榮《魯迅金庸初步比較》，載《嘉興學院學報》2002 年第 4 期。

凌雲嵐《現代文學中的俠文化——現代文人的文化改造思路》，載《中國文學研究》2002 年第 4 期。

羅成琰《百年文學與傳統文化》（第五章 俠文化價值觀與 20 世紀中國文學），長沙：湖南教育出版社，2002 年。

宋劍華《百年文學與主流意識形態》（第五章 英雄主義完美意識的價值推崇），長沙：湖南教育出版社，2002 年。

袁良駿《魯迅與「俠」文化》，載《中國社會科學院研究生院學報》2002 年第 3 期。

二〇〇三年

楊經建《崇俠意識：20 世紀小說的一種文化心理取向——俠文化價值觀與 20 世紀中國文學》，載《學海》2003 年第 1 期。

楊經建《俠文化與 20 世紀中國小說》，載《文史哲》2003 年第 4 期。

楊經建《「江湖文化」與 20 世紀中國小說創作——俠文化價值觀與 20 世紀中國文學論之三》，載《天津社會科學》2003 年第 4 期。

何雲貴《老舍與中國武俠文化》，載《江西社會科學》2003 年第 9 期。

二〇〇四年

楊經建《俠義精神與 20 世紀小說創作》，載《雲南社會科學》2004 年第 1 期。

二〇〇五年

陳娟《蕭軍的小說與俠文化精神》，載《北京大學學報》（哲學社會科學版）2005 年第 4 期。

富治平《俠文化與蕭軍小說研究》，碩士學位論文，西南師範大學，2005 年。

王衛東《老舍小說俠義情結探源》，載《北京聯合大學學報》（人文社會科學版）2005 年第 1 期。

（美）王德威《被壓抑的現代性——晚清小說新論》（第三章　虛張的正義——俠義公案小說），宋偉傑譯，北京：北京大學出版社，2005 年。

二〇〇六年

陳夫龍《批判中建構：論魯迅與俠文化精神》，載《西南師範大學學報》（人文社會科學版）2006 年第 4 期。

陳江華《俠之狂者——論魯迅的俠義精神》，碩士學位論文，東北師範大學，2006 年。

陳越《劍與書：越文化模式與魯迅的精神結構》，載《西南民族大學學報》（人文社科版）2006 年第 7 期。

段春娥、李外卿《湘西民間文化對沈從文鄉土文學影響探源》，載《懷化學院學報》2006 年第 7 期。

傅其林、李歐《從俠義模式看中國二十年代雅俗小說的互動》，載《西南民族大學學報》（人文社科版）2006 年第 6 期。

肖佩華《論海派小說中的市井意識》，載《中國現代文學研究叢刊》2006 年第 3 期。

二○○七年

陳夫龍《轉化與再造：老舍對俠文化的改造思路》，載《寧夏社會科學》2007 年第 4 期。

陳巍《血親復仇主題在中國現代文學中的延伸和變異》，碩士學位論文，河南大學，2007 年。

李歐、傅其林《二十年代小說中的俠意象與俠義精神評述》，載《重慶工商大學學報》（社會科學版）2007 年第 3 期。

劉紅梅《老舍待人有俠氣》，載《做人與處世》2007 年第 7 期。

劉忠《精神界的流浪漢——延安時期的蕭軍》，載《中國現代文學研究叢刊》2007 年第 6 期。

于寧志《俠文化與蕭軍》，載《太原師範學院學報》（社會科學版）2007 年第 6 期。

王文濤《老舍與中國俠文化》，碩士學位論文，鄭州大學，2007 年。

禹明華《老舍小說與墨俠精神》，載《中國文學研究》2007 年第 3 期。

周惠、楊茹《反抗的執著與自由的偏至——論蔣光慈的「英雄情結」》，載《安陽師範學院學報》2007 年第 1 期。

朱文清《倚天仗劍何處去——試析新文學作家對俠客形象的改寫》，碩士學位論文，廣西師範大學，2007 年。

二○○八年

焦仕剛《「現代性」輝映下魯迅的墨俠文化情結》，載《長春工業大學學報》（社會科學版）2008 年第 4 期。

王玉寶《想像父親的方式——老舍小說的俠崇拜心態》，載《湖南科技學院學報》2008 年第 5 期。

二○○九年

陳夫龍《論魯迅的俠文化觀》，載《東疆學刊》2009 年第 1 期。

陳夫龍《郭沫若的俠文化觀》，載《郭沫若學刊》2009 年第 1 期。

陳夫龍《新文學作家俠性心態的基本特徵》，載《內蒙古社會科學》2009 年第 3 期。

陳夫龍《革命者立場上的反思與批判——茅盾、鄭振鐸和瞿秋白的俠文化批評話語再審視》，載《山東師範大學學報》（人文社會科學版）2009 年第 5 期。

焦仕剛《「現代性」燭照下魯迅的俠骨柔情》，載《河南理工大學學報》（社會科學版）2009 年第 1 期。

劉明月《犧牲與拯救——魯迅與「復仇主義」》，碩士學位論文，青島大學，2009 年。

王學振《「武」的退隱和「俠」的張揚：論老舍與俠文化》，載《西南大學學報》（社會科學版）2009 年第 6 期。

苑美華《老舍的俠肝義膽》，載《文史博覽》2009 年第 5 期。

舒展、丁聰《老舍有俠氣（外一篇）——紀念老舍 110 週年誕辰有感》，載《民主與科學》2009 年第 3 期。

二〇一〇年

陳夫龍《論鄭振鐸的俠文化批評話語》，載《三明學院學報》2010 年第 1 期。

陳夫龍《遊走於暴力和正義之間——論蔣光慈的革命俠義情結》，載《重慶文理學院學報》（社會科學版）2010 年第 3 期。

陳夫龍《郭沫若的創作與俠文化精神》，載《山東師範大學學報》（人文社會科學版）2010 年第 4 期。

陳夫龍、李歐《沈從文的創作與湘西遊俠精神》，載《韓中言語文化研究》2010 年第 22 輯。

陳夫龍《千古俠魂的現代回聲——現代中國文學與俠文化專題研究》（第三章　俠文化視野下的中國新文學作家），上海：上海三聯書店，2010 年。

李環宇《江湖文化視野中的蕭軍創作研究》，碩士學位論文，四川外語學院，2010 年。

劉中望《政治化與大眾化的雙重邏輯——論針對 1930 年代中國武俠小說的批評熱潮》，載《西南大學學報》（社會科學版）2010 年第 1 期。

二〇一一年

陳夫龍《民族復仇精神和反抗意志的抒寫者——蕭軍與俠文化精神》，載《山東師範大學學報》（人文社會科學版）2011 年第 1 期。

陳夫龍《俠文化：新文學研究視角的拓展》，載《西華師範大學學報》（哲學社會科學版）2011 年第 2 期。

陳夫龍《呼喚「中國的西萬諦斯」──論瞿秋白的俠文化批評話語》，載《徐州工程學院學報》（社會科學版）2011 年第 2 期。

陳永萬、龍學家《論蔣光慈小說中革命者的俠義精神》，載《劍南文學》（經典教苑）2011 年第 7 期。

何聖倫、何開麗《苗族生命倫理觀與沈從文的俠義敘事》，載《西南大學學報》（社會科學版）2011 年第 4 期。

姜峰《現代鄉土小說中的民間俠文化形態》，載《伊犁師範學院學報》（社會科學版）2011 年第 3 期。

肖佩華《論中國現代市井風情小說「俠」之美學品格》，載《學習與實踐》2011 年第 3 期。

二〇一二年

曹豔紅《20 世紀 20～30 年代小說中的底層漂泊者形象》，載《瀋陽師範大學學報》（社會科學版）2012 年第 2 期。

李瑋《魯迅與莫言「復仇」敘事比較研究》，碩士學位論文，廣西師範大學，2012 年。

張向東《魯迅的「尚俠」精神》，載《語文知識》2012 年第 2 期。

二〇一三年

焦振文、韓燕《論魯迅思想中的儒俠色彩》，載《保定學院學報》2013 年第 1 期。

曾瑩《革命的浪漫與俠情──對蔣光慈的再認識》，載《寧波教育學院學報》2013 年第 6 期。

二〇一六年

陳夫龍《湘西遊俠精神：沈從文創作的精神支點》，載《東嶽論叢》2016 年第 1 期。

後　記

　　本書是在我的博士學位論文《中國新文學作家與俠文化》基礎上修改而成的。自從 2008 年 5 月 18 日在汶川大地震的餘震中通過博士學位論文答辯，並於 6 月榮獲四川大學文學博士學位而順利畢業以來，迄今已經八年有餘。這漫長的八年，既是我正式進入高校系統從事中國現當代文學專業教學與研究工作的一段生命歷程，更是我在學術生涯上繼續積蓄能量而不斷成長與進步的見證。可以說，這篇博士學位論文是我的學術生命的價值原點，特別是以俠文化來觀照現代中國文學的理論方法的自覺意識和以新文學作家作為研究對象的學術實踐，一直成為支撐我走上學術之路的精神動力。

　　記得剛進入山東師範大學文學院工作的時候，朱德發先生就叮囑我，要抓緊時間把博士論文出書，不然隔得久了，難免學術觀點落伍。當時，我考慮到出版費用問題而躊躇未決，同時因剛到山師而不清楚中國現當代文學國家重點學科有資助學術著作出版方面的政策，待知曉學科的資助政策後，又出於個人的現實考慮，就沒有再過問出書事宜，所以我的博士學位論文至今尚未出版。2010 年初適逢國家社會科學基金項目申報契機，我以博士學位論文為基礎獨立申報了國家社會科學基金青年項目，沒想到居然中了。那年夏天的一個下午，學科帶頭人魏建先生打電話告訴我國家社會科學基金項目已經在網上公示了，裏面有我的項目《中國新文學作家與俠文化研究》，並督促我抓緊時間上網查看。而我竟然不相信。但當我打開網頁仔細查詢的時候，卻發現當天公示的結果中真的有我的項目。現在想想，其實那是一種不自信。一個剛畢業不到兩年的博士，沒有什麼人脈資源，申請省級項目尚且不能成

功，怎麼會榮獲國家社會科學基金項目呢？當然，這是我的第二次申報。申報成功，意味著多年來我的學術思考和學術成果獲得了國家體制層面的認可與學界同行的肯定。這對我來講，無疑是一種極大的鼓舞，學術的自信也油然而生，我決心將現代中國文學與俠文化專題繼續研究下去。八年來，我圍繞著這個專題展開研究，發表了一些學術論文，並給本科生和研究生開設了「現代中國文學與俠文化（研究）」選修課程，產生了一定的影響。自 2015年 6 月進入山東師範大學中國語言文學博士後科研流動站師從吳義勤先生從事博士後研究以來，我將十七年時期革命歷史小說和港臺新武俠小說納入了研究規劃，以進一步拓展和深化俠文化對現代中國文學的影響研究。同時，仍密切關注新文學作家與俠文化研究的現狀及其存在的問題，在此基礎上，繼續深入勘探。我獨立申報的項目《中國新文學作家的俠文化觀及其價值重構研究》於今年榮獲中國博士後科學基金第 60 批面上資助，這又使我的學術自信倍增。從成都到濟南，一路走來，我始終堅持將「現代中國文學與俠文化」作爲研究重心而深入探討，意在凸顯俠文化作爲一種理論方法的重要性和必要性，並以「中國新文學作家與俠文化」作爲學術嘗試和研究基點，力爭爲當下現代中國文學研究提供一種新的思路與學術生長點，爲中國文論話語的價值重建提供新的理論借鏡，爲文學史的重寫提供一種理論範式和闡釋方式。這是我的學術追求，更寄寓著我的人文理想。倘若能抵達和實現，那將是人生莫大的榮幸和欣慰。

我的博士學位論文主要研究新文學作家與俠文化的關係，涉及到的新文學作家主要是民國時期的新文學作家，而人民共和國時期與俠文化關係密切的劉紹棠、莫言等新文學作家，雖然在行文中有所提及，但並未成爲主要的研究對象，也沒有設專門章節來探討。出於學術的嚴謹和規範，出版前我特將論文題目修改爲《民國時期新文學作家與俠文化研究》，以凸顯「民國」這個特定歷史時期之於「新文學作家與俠文化」的意義，並對相應詞語和個別注釋作了校訂。八年來，在新文學作家與俠文化這個領域又陸續出現了許多研究成果，但爲了眞實地呈現我最初的思考結晶，論文的整體架構和具體行文仍然保持了原來的狀貌。在增加的附錄部分，我爲 1990 年以來出現的有關研究成果做了一個詳細的年表，一來展示近三十年來「民國時期新文學作家與俠文化研究」的動態歷程；二來也算是對我的博士學位論文中已有研究現狀的必要補充。

　　本書能在祖國寶島臺灣出版，得益於導師李怡先生的厚愛。雖然畢業已逾八載，但李老師的學術激情和敬業精神仍激勵著我努力前行。特別是近年來他關於「民國機制」的理論建構和「民國文學」的闡釋範式，給予我豐厚的學術滋養和深刻的方法論啓示，激發了我對民國武俠小說研究的衝動。在今後的科研規劃中，我將立足於「民國機制」的理論視點，從「民國文學」的整體架構出發，爲探尋民國武俠小說研究的新範式而作出有益的嘗試。也許本書的出版將成爲一個契機，推動我在現代中國文學與俠文化研究的學術道路上一如既往地走下去。

　　感謝讀博期間李怡先生、易丹先生的言傳身教。感謝工作期間朱德發先生、魏建先生、吳義勤先生的關心和支持。感謝花木蘭文化出版社的慷慨相助。所有這些，都將凝聚爲巨大的精神力量，使我對生命和學術充滿了敬畏、信心與勇氣，在這個喧嘩與騷動的世界上不再孤寂，也不再浮躁，以一顆恬淡而又充滿激情的心去擁抱這本該絢爛的生活。

陳夫龍

2016 年 12 月 30 日於濟南